FOLIE MEURTRIÈRE

Originaire de Caroline-du-Sud, Leonard Goldberg est aujourd'hui médecin à Los Angeles. Il donne des cours à la faculté de médecine de l'université. Il est l'auteur de romans à suspense dont *Menace mortelle, Soins mortels* et *Moisson mortelle*.

Paru dans Le Livre de Poche :

LEONARD S. GOLDBERG

Folie meurtrière

TRADUIT DE L'AMÉRICAIN PAR JEAN GOUMAIN

PAYOT

Titre original :

LETHAL MEASURES
Penguin Books USA Inc., New York, 2000.

A Paige et à Julie

Aucun animal sauvage ne peut atteindre la férocité de l'homme.

Herman Melville, *Moby Dick*

1

Mercredi 10 mars, 21 h 48

Le carnaval d'Hollywood West avait attiré beaucoup de travestis. Certains portaient robes de cocktail ou du soir. D'autres s'étaient déguisés en *bunnies* de *Playboy* malgré la fraîcheur de la nuit. Les spectateurs rassemblés sur les trottoirs pointaient le doigt en riant vers deux *drag-queens* en minijupe et talons hauts qui jetaient des baisers à la foule. Un exhibitionniste vêtu d'un imperméable s'exposa un instant avant de refermer son vêtement. La foule applaudit. Deux flics surgirent de nulle part et l'emmenèrent sous les sifflets.

Eva Reineke observait un policier qui parlait dans un talkie-walkie. Son regard revint sur la foule, essayant de repérer d'autres flics équipés d'oreillettes ou parlant dans des micros émetteurs. Elle n'en vit aucun, mais elle savait pourtant qu'ils étaient là. Elle sentait leur présence.

Quelqu'un arrivant dans son dos vint buter contre elle et la bouscula. Elle fit volte-face et sa main se posa instinctivement sur le pistolet semi-automatique qu'elle portait à la ceinture.

— Pardon, ma petite dame, balbutia l'ivrogne. (Il la dévisagea un instant, avant d'ajouter avec un sourire narquois :) Ou jeune homme, peut-être ?

Eva essaya de contourner le soûlard en uniforme de colonel de l'armée de l'air. Il ne portait sur la poitrine ni rubans ni décorations. Un faux, se dit-elle. Un simple déguisement.

L'homme la saisit par les épaules et l'attira contre lui. Il empestait la bière.

— Retirons la casquette pour voir si tu es un garçon.

Eva lui porta un violent coup de genou dans les parties. L'homme s'effondra aussitôt, hoquetant et se tenant les testicules. Eva s'éloigna d'un pas tranquille et laissa passer dix bonnes secondes avant de se retourner. L'ivrogne était toujours plié en deux sur le trottoir. Personne n'était venu à son secours. La foule était trop occupée à regarder le défilé.

Eva s'approcha de la devanture d'un disquaire et observa son reflet dans la vitrine. Elle portait une tenue de combat et une casquette à large visière rabattue jusqu'au bout du nez. De son visage on ne pouvait voir que les lèvres et le menton. Son regard se porta sur le reflet des gens qui passaient derrière elle. Rien que des civils. Pas d'uniformes ni de flics.

— Hé ! Quelqu'un est blessé ! cria une voix.

Eva entra dans le magasin et se balada à l'intérieur, tout en jetant de temps en temps un regard vers la rue. Les gens s'attroupaient pour contempler le nouveau spectacle : celui d'un homme malade allongé par terre. C'était plus excitant que tous ces travestis paumés. Pauvres types, songea-t-elle avec dégoût en se demandant pour la millième fois où allait l'Amérique.

— Puis-je vous aider ? demanda une jeune vendeuse vêtue d'un jean et d'un débardeur sous lequel elle ne portait pas de soutien-gorge.

— Je cherche des gospels, répliqua Eva.

— Au fond, près de la porte, montra la vendeuse. Si vous ne trouvez pas, appelez-moi.

— Entendu.

— Vous avez une tenue marrante. Où l'avez-vous trouvée ?

— Dans un magasin de surplus.

Eva s'éloigna nonchalamment vers le fond de la boutique, et s'esquiva par la porte de derrière pendant que la vendeuse regardait ailleurs. Le parking était plein et le gardien s'était adossé au mur pour fumer un joint et écouter de la musique rap sur son baladeur. Eva traversa rapidement le parking faiblement éclairé et enjamba un muret pour prendre une ruelle qui aboutissait sur Fletcher Drive. Elle s'arrêta et se tapit dans l'ombre et vérifia si on la suivait. Un chien aboya. Un peu plus loin une télé hurlait. La ruelle resta déserte.

Eva remonta la rue qui menait vers les collines d'Hollywood. Il était plus de 22 heures et la plupart des maisons étaient plongées dans le noir. Là où il y avait encore de la lumière, les rideaux des salles de séjour avaient été tirés. Les portes étaient sûrement verrouillées et les alarmes enclenchées, pensa Eva avec aigreur. Et certains propriétaires avaient leurs fusils chargés car le quartier n'était pas sûr. Mais les gens du coin n'allaient plus avoir de soucis bien longtemps. Ils allaient mourir. Les traîtres, bien entendu, mais aussi un certain nombre d'innocents. Eva s'en fichait. Quand Dieu voulait éliminer le mal, il tuait souvent des innocents en même temps. Comme à Sodome et Gomorrhe. Et au moment du Déluge. Dieu était comme ça.

Eva jeta un coup d'œil de part et d'autre de la rue avant de traverser. Quelques voitures étaient garées le long du trottoir, mais elles lui étaient familières. Elle entendit un bruissement tout près et se figea, les cinq sens en alerte. Son regard se dirigea vers une haie et elle porta la main à son arme. Puis elle vit ce que c'était : un chat du voisinage en train de chasser dans les buissons.

Elle s'avança rapidement jusqu'à la porte et frappa un, puis deux coups.

— Qui est là ? demanda une voix d'homme.

— Un Juste, répondit Eva.

La porte s'ouvrit et Eva se dirigea vers un petit living. Il n'y avait pas de meubles, pas même une chaise. Les stores vénitiens, vieux et jaunis, étaient tirés.

— Où sont-ils ? demanda tranquillement Eva.

— Dans la cuisine.

— Dis-moi exactement ce qui s'est passé. Je veux que tu me répètes les mots exacts.

— Ben, la plupart du temps c'était en espagnol, si bien que...

— Dis-moi ce dont tu te souviens, coupa Eva. Mot pour mot.

Rudy Payte se caressa la barbiche en réfléchissant. Un grand gaillard trapu, près de la trentaine, crâne rasé.

— Je suis allé pisser et, en revenant, j'en ai entendu un qui parlait en anglais.

— Tu étais dans l'entrée, près de la cuisine. C'est bien ça ?

— Exact. Ils ne se rendaient pas compte de ma présence, dit Rudy sans élever la voix. Ça m'a semblé bizarre que le mec parle anglais. Ils parlent toujours espagnol entre eux.

— Que disait-il ?

— Il voulait savoir quelle prime il aurait s'il leur disait quelle banque devait être attaquée.

Le visage d'Eva se durcit.

— Il parlait sûrement aux flics locaux.

— Ou aux fédéraux, approuva Rudy. L'un de ses copains a dit quelque chose en espagnol, et le mec a demandé aux flics comment ils pouvaient être certains de toucher la récompense.

— Et alors ?

— Alors j'ai toussé bruyamment pour les prévenir de mon retour dans la cuisine.

— Et il a raccroché ?

— Ouais. Ils se sont remis à parler espagnol en un clin d'œil.

Eva s'approcha des stores vénitiens et écarta les lames pour regarder dehors. Tout était parfaitement calme. Un vieux promenait son berger allemand. Le chien reniflait un arbre sans grande conviction. Eva se tourna vers Rudy.

— Tu es certain qu'ils se sont servis de ton téléphone mobile ?

— Sûr et certain, répliqua Rudy sans hésiter. Il

était encore chaud de la main du gars quand je l'ai repris. Et il n'y a pas d'autre téléphone dans la cuisine.

— Bien, dit Eva. Et on ne peut pas faire le lien entre ton téléphone mobile et cette adresse.

Rudy hésita.

— Ça, c'est pas dit.

Eva secoua la tête.

— Les appareils des flics leur permettent de savoir le numéro d'appel, pas l'adresse.

— Mais ils peuvent la retrouver.

— Ce sera l'adresse bidon à Culver City que j'ai donnée en prenant le téléphone.

Elle épia encore une fois à travers le store, se demandant si les flics avaient eu le temps de localiser l'appel du téléphone cellulaire. Elle savait que c'était faisable en repérant les lignes de transmission qui rebondissaient sur le satellite en orbite. C'est comme ça qu'ils avaient localisé O. J. Simpson dans sa Bronco sur l'autoroute. C'était faisable, se répéta-t-elle, mais ça prenait du temps. Revenant à Rudy, elle dit :

— Il est resté combien de temps au téléphone ?

— Quelques minutes.

— Sois précis.

— Deux minutes, estima Rudy. Trois tout au plus.

Eva hocha la tête, tout en pensant qu'il mentait. Les Mexicains n'étaient pas idiots. Ils n'auraient pas pris le téléphone si Rudy était allé simplement aux toilettes. Il avait dû se mettre sous la douche et y rester un sacré bout de temps, selon son habitude.

— Qu'est-ce qu'on fait ? dit-il, interrompant ses pensées.

— Semblant de rien.

Rudy lui jeta un regard surpris.

— Comment ça ?

— Laisse-les croire que tout va bien et fais ce que je te dirai.

Eva traversa l'entrée et poussa les portes battantes de la cuisine. Rudy sur ses talons, un faux sourire aux lèvres.

Les quatre Mexicains debout autour de la table firent un signe de bienvenue à Eva en souriant.

— *¡ Evita !*

— *¡ Hola, Evita !*

— *¡ Buenas noches, Evita !*

Ils savaient bien qu'elle s'appelait Eva, mais ils l'avaient surnommée Evita en souvenir d'Evita Perón, qu'ils avaient vue au cinéma. La grande Evita, qui avait tant fait pour les pauvres et les exploités de son Argentine chérie. La grande Evita, qui avait aidé tellement de gens. Comme allait le faire, pour eux, leur Evita. Ils allaient cambrioler une banque pour elle, et elle mettrait leurs familles à l'abri du besoin. Ils mourraient l'esprit tranquille.

Ils lui trouvaient même une ressemblance physique avec Evita Perón, par sa fine silhouette, son beau visage aux yeux verts et aux cheveux blond foncé tirés en arrière en un chignon strict. Ils n'étaient pas d'accord sur son âge. Certains disaient tout juste la trentaine. Les autres pensaient qu'elle approchait de la quarantaine. Mais tous s'accordaient à dire que ce devait être une fameuse affaire au lit.

— Evita, est-ce qu'on pourrait manger quelque chose ? dit le plus grand des Mexicains. Nous n'avons rien pris de la journée.

— Mais bien sûr. (Eva lui souriait tout en se demandant si c'était lui le traître qui avait téléphoné aux flics.) Mais il faut d'abord s'entraîner à l'attaque de la banque. Vous avez tous reçu le gilet pare-balles que vous allez porter. C'est fabriqué dans un matériau en plastique spécial qui vous protégera en cas de fusillade. Il faudra les porter sous vos vestes. Ce qui veut dire que ce jour-là vous les aurez sur le dos pendant au moins deux heures. Ce n'est pas rien. Il faut qu'on soit sûrs que ça ne vous provoquera pas d'ampoules ou d'irritation de la peau, même au bout de plusieurs heures. Alors ce soir vous allez les enfiler et les garder sur vous pendant une heure pour voir s'il n'y a pas de problème.

Le grand Mexicain fit signe qu'il avait compris.

— Alors mettez-les maintenant.

Les gilets étaient faits de lourdes feuilles de plastique couleur orange vif. Ils recouvraient la poitrine et le dos et étaient maintenus par des bandes Velcro. En les enfilant, les gars échangèrent des regards complices. Ils espéraient bien ne pas avoir à les porter finalement, grâce à leur accord avec la police et, à la clé, une récompense suffisamment forte pour mettre leurs familles à l'abri du besoin. Ils se savaient atteints de maladies incurables qui ne leur laisseraient que quelques mois à vivre. Leur mort laisserait leurs familles démunies. Mais Evita avait appris leur situation et les avait contactés pour leur proposer une solution. L'attaque de la banque assurerait l'avenir de leurs femmes et de leurs enfants.

— Bon, dit-elle quand ils furent prêts. Pendant une heure vous restez dans la maison sans quitter vos gilets. Défense de sortir, quoi qu'il arrive. C'est compris ?

Ils firent signe que oui.

— Bien. D'ici là on sera revenu avec à manger et à boire.

— *¡ Gracias, Evita !*

— *¡ Gracias !*

Eva quitta la cuisine, immédiatement suivie par Rudy. Dans l'entrée il lui saisit le bras.

— Tu ne peux pas faire confiance à ces enfoirés, grogna-t-il à voix basse. Ils vont patienter quelques minutes et puis...

Eva posa un index sur ses lèvres.

— Chut !

Ils sortirent dans l'air frisquet et balayèrent les environs du regard pour détecter toute personne ou chose suspecte. Le chat poursuivait sa chasse dans le buisson. Le vieil homme et son chien avaient disparu. Eva compta les véhicules en stationnement le long du trottoir, vérifiant que c'était toujours les mêmes. Elle fit signe à Rudy et ils traversèrent rapidement la rue pour rejoindre leur voiture.

Rudy mit le moteur en route.

— Tu fais une grosse erreur.

— Démarre, dit Eva d'une voix neutre. N'allume pas tes phares avant le carrefour.

Eva retira sa casquette et la perruque blonde qu'elle portait en dessous. Elle secoua sa tignasse rousse et l'ébouriffa. Puis elle se pencha en avant pour retirer le haut de sa tenue de combat.

Rudy l'observait du coin de l'œil, admirant ses seins tandis qu'elle passait un maillot de footballeur qui portait le numéro 32. Ensuite elle retira de la boîte à gants une télécommande de la taille d'un répertoire. Rudy sourit et se dit qu'il l'avait sous-estimée. Elle était rusée comme le diable, plus qu'aucun des mecs qu'il avait jamais rencontrés.

Ils étaient maintenant presque au carrefour.

— Allume tes phares, ordonna Eva.

— Par où je file ?

— Prends vers la gauche. Pas vers le défilé.

Le feu était au rouge. Ils attendirent en regardant traverser deux travestis main dans la main. L'un portait une minijupe, l'autre une combinaison moulante.

— On se croirait à Sodome et Gomorrhe, grommela Rudy. Ça me ferait plaisir qu'ils soient dans la maison avec les Mexicains.

— Leur tour viendra.

Le feu passa au vert.

Eva activa la télécommande et pressa le bouton rouge.

En une fraction de seconde, l'onde électrique atteignit le détonateur dans le plastic dissimulé à l'intérieur des gilets orange dont les Mexicains s'étaient entourés la poitrine. Il y eut un éclair immédiatement suivi d'une explosion si forte que le sol trembla violemment sous la voiture.

Rudy s'accrocha au volant.

— Ouah !

Eva se retint au tableau de bord. Les alarmes de voiture s'étaient toutes déclenchées. Les gens couraient en tous sens en hurlant, cherchant un refuge. La voiture mit quelques secondes à s'arrêter de vibrer. Eva replaça la télécommande dans la boîte à gants.

— Le sort de nos amis est réglé.

— Bon Dieu ! T'as utilisé combien de C-4 ?

— Deux pains par gilet.

— Oh la vache ! Ils ne retrouveront même pas un orteil intact.

— C'est voulu, dit Eva en pointant le doigt. C'est vert. Tu peux démarrer.

2

Jeudi 11 mars, 8 h 02

Simon Murdock restait les yeux rivés sur l'écran de télé, abasourdi devant un tel spectacle de désolation. L'explosion avait réduit en poussière la moitié d'un pâté de maisons. Il y avait seize morts, vingt-huit blessés à hospitaliser. Et ce n'était qu'un chiffre provisoire. La télévision montrait précisément un pompier émergeant d'un amas de briques et de poutres. Il transportait un enfant de trois ans tout au plus. Le gosse était en pyjama et on voyait bien qu'il était mort. Murdock grimaça et détourna les yeux, se disant que ce ne pouvait être que l'œuvre d'un cinglé. *Une bombe ! En plein Los Angeles ! Mon Dieu !*

Murdock contempla son bureau du Memorial Hospital. Il était rempli de bouquets et de pots de fleurs, cadeaux de la veille à l'occasion de ses vingt ans à la tête de ce centre hospitalier. Cela donnait à la pièce un air de fête en complet décalage avec le moment présent. Son regard se reporta sur l'écran.

La sonnerie de son interphone se déclencha. Il appuya sur le bouton pour répondre à sa secrétaire.

— Quoi ?

— Vous avez M. Kitt, du FBI, sur la une.

Murdock éteignit la télévision avec sa télécommande et appuya sur le deuxième bouton de l'interphone.

— Simon Murdock à l'appareil, dit-il en rapprochant un bloc et un stylo.

Il écouta la formule de politesse d'usage, puis se mit à noter les instructions de William Kitt, chef du service « Terrorisme national » au FBI. Il devait :

(1) Hospitaliser systématiquement les blessés au Memorial. Ceux qui avaient été admis ailleurs devaient y être transférés au plus vite. (2) Confier toutes les autopsies au médecin légiste du Memorial, le Dr Joanna Blalock. (3) Tout élément vestimentaire, bijou ou objet quelconque trouvé sur les cadavres devait être transmis au FBI pour examen. (4) Prévoir un endroit pour l'identification des corps. (5) Aucun communiqué de presse sans visa préalable des services chargés de l'enquête.

Suivait la liste des différents services concernés par cet attentat et le nom de chaque responsable. Murdock continuait de prendre des notes, mécontent que les blessés et les victimes à autopsier n'aient pas été répartis entre les différents hôpitaux de Los Angeles. Si le Memorial devait tout assurer, ses capacités d'accueil et d'intervention allaient être sérieusement entamées. Services de chirurgie et d'orthopédie, service de soins intensifs, urgences, radiologie et pathologie, tout allait être engorgé. Mais ils rempliraient la mission. Toutes les instructions seraient suivies à la lettre.

Pas seulement parce que ça émanait du FBI. Une heure auparavant, Murdock avait reçu un coup de fil d'un ami haut placé à Washington, qui avait été le conseiller privé de quatre Présidents et avait un pouvoir considérable. Il s'était arrangé pour qu'en quelques années des centaines de millions de dollars soient versés par les autorités fédérales au Memorial. Sans lui, Murdock n'aurait jamais pu construire dans le cadre de son hôpital tous ces instituts et unités de recherche. Le moment était venu de le payer de retour.

— Bien entendu, poursuivait Kitt, le gouvernement fédéral couvrira toutes les dépenses.

— Nous avons les fonds nécessaires pour faire face, répondit Murdock.

— Il nous faudra les justificatifs de tous vos frais.

— J'ai bien compris, ajouta Murdock.

Mais il avait déjà décidé de n'en rien faire. Il savait que tout décompte des dépenses serait considéré par le gouvernement comme une facture et payé sans délai. Mais ça n'arrangeait pas Murdock. Son ami lui avait demandé une faveur, il voulait lui donner satisfaction. Grâce à cela, le Memorial pourrait compter sur des crédits de recherche plus importants.

— Nous souhaiterions un relevé hebdomadaire, continuait Kitt.

— Ce sera fait d'une manière satisfaisante pour tous, dit fermement Murdock pour clore le sujet.

Il y eut un silence. Murdock put entendre l'agent du FBI avaler sa salive.

— Votre aide nous est précieuse, Dr Murdock.

Ce dernier coupa l'interphone et quitta son bureau. Il dit en passant à sa secrétaire :

— Je ne suis pas disponible.

Il descendit au niveau B par l'ascenseur. Il suivit un long couloir tout en réfléchissant aux moyens nécessaires pour exécuter les instructions du FBI. Trouver un lit au Memorial pour chaque blessé ne posait pas de problème. Ceux déjà admis étaient soit en chirurgie, soit en orthopédie. On ferait la même chose pour les nouveaux arrivants. Ça tiendrait tout juste, mais c'était réalisable. Il allait réunir les infirmières en chef pour qu'elles réorganisent les salles. Puis il parlerait aux chargés des relations publiques. Aucun communiqué de presse non visé par le FBI ou le responsable de l'enquête. Pas de conférence de presse à propos des victimes jusqu'à nouvel ordre. Saloperie de bombe, rumina-t-il. Spécialement conçue pour tuer et estropier. Il avait encore en tête ce pompier émergeant des décombres avec un enfant mort dans les bras. Il eut du mal à chasser cette image.

Murdock franchit des doubles portes portant l'écriteau : ENTRÉE STRICTEMENT INTERDITE AU PERSONNEL NON AUTORISÉ. Une secrétaire occupée au téléphone leva les yeux.

— Le médecin-chef est-il là ?

— Non, monsieur, répondit la secrétaire en masquant de la main le combiné.

— Savez-vous où il est ?

— En rendez-vous, je crois.

— Appelez-le et dites-lui que je l'attends dans mon bureau dans dix minutes.

— Puis-je lui dire pourquoi ?

Murdock ignora la question.

— Le Dr Blalock est-elle là ?

— Oui, au fond.

Murdock franchit de nouvelles portes battantes pour pénétrer dans la salle d'autopsie. Il balaya du regard les lieux, fortement éclairés, et les huit tables d'examen en Inox alignées sur deux rangs. Ses yeux se posèrent sur le mur du fond recouvert d'un carrelage blanc. Il compta les tiroirs de réfrigération où l'on gardait les cadavres. Il y en avait dix, ce qui était loin d'être suffisant vu le nombre des victimes de l'explosion. Et de plus la salle d'autopsie ne convenait guère pour procéder aux identifications. Il fallait aménager une grande salle en morgue provisoire afin que parents et amis puissent venir reconnaître les corps.

Murdock se hissa sur la pointe des pieds et aperçut Joanna. Il contourna la pièce, passant près des corps en attente d'autopsie, des corps d'un bleu cadavérique qui ressemblaient plus à des mannequins qu'à des humains. Une balle avait fait dans une poitrine un trou dans lequel on pouvait rentrer le poing. Murdock essaya d'imaginer l'arme qui avait pu causer pareille blessure.

Il s'arrêta et s'effaça pour laisser passer deux employés qui retiraient un corps d'un tiroir et le plaçaient sur la table de dissection. C'était le cadavre d'un vieillard, gris et ratatiné, la peau sur les os. L'un des techniciens découpa le scalp du mort tandis que l'autre déroulait le fil de la scie électrique.

Joanna Blalock tournait le dos à Murdock et parlait à Lori McKay, professeur assistant en pathologie. Elles avaient toutes les deux un air de jeunesse, remarqua-t-il, surtout Lori McKay. On l'aurait aisément prise pour une étudiante avec ses longs cheveux auburn, ses yeux verts et les quelques taches de rousseur qui parsemaient ses joues. Murdock poussa un profond soupir en se demandant si elle était vraiment si jeune ou si c'était lui qui vieillissait. Un peu des deux, sans doute.

— Je suis à vous tout de suite, Simon, lui lança Joanna.

Murdock acquiesça et observa Joanna de profil. Elle n'avait pratiquement pas changé depuis qu'il l'avait engagée dix ans auparavant pour diriger le service de médecine légale. Son visage patricien n'avait pas une ride. Ses cheveux blond sable étaient toujours tirés en arrière et retenus par une simple barrette. Et elle paraissait toujours cinq ans de moins que son âge. Personne ne lui aurait donné presque quarante ans.

Murdock se souvenait avoir hésité à l'engager, malgré des lettres de recommandation dithyrambiques du John Hopkins. Il n'arrivait pas à croire qu'une femme aussi jeune et belle puisse être également une intellectuelle. Erreur ! Elle s'était révélée un excellent élément. En quelques années elle s'était fait une réputation nationale, constamment sollicitée pour donner une expertise à l'extérieur.

Cela créait des problèmes. Elle était de plus en plus souvent appelée en consultation à des tarifs importants. Quand Murdock essayait de restreindre ces activités, elle menaçait de démissionner. Ce qu'elle aurait déjà fait s'ils n'avaient trouvé un compromis. Elle continuerait à diriger le service à temps partiel, ne consacrant pas plus du tiers de son temps en travaux extérieurs. En dépit de cet accord, son indépendance continuait de l'irriter. Depuis un an Murdock avait discrètement contacté deux pathologistes pour éventuellement la remplacer. L'un venait d'Harvard, l'autre de Duke. Ni l'un ni l'autre n'arrivaient à la cheville de Joanna Blalock, tant en talent qu'en expérience. Murdock grommela intérieurement, encore insatisfait de l'accord qu'il avait passé avec Joanna, mais se sachant dans l'impossibilité de le dénoncer. Du moins pour l'instant.

Il fixa des yeux le bout de chair que Joanna tenait dans la lumière. Le morceau était couvert de peau et deux appendices pendaient. Murdock mit un moment à réaliser qu'il avait sous les yeux un morceau de main.

Il vint regarder de plus près.

— Démembrement accidentel.

— C'est une éventualité, dit Joanna.

Murdock jeta un regard à la table vide.

— Où est le reste du corps ?

— C'est tout ce que nous avons, répondit Joanna tout en examinant les doigts à la loupe. Des randonneurs sont tombés dessus dans un ravin isolé au nord de Los Angeles.

Murdock se gratta le menton, réfléchissant.

— Est-ce que ça ne pourrait pas être la victime d'un meurtre découpée en morceaux pour éviter toute identification ?

Joanna secoua la tête.

— Pas dans ce cas. Quand un corps est volontairement découpé, le meurtrier utilise pratiquement toujours un instrument tranchant, genre hachoir ou hache, ce qui donne des coupures propres et nettes. Ici les bords de la blessure sont en dents de scie, l'os déchiqueté. (Elle secoua de nouveau la tête.) Cette main a été arrachée avec énormément de force.

— Enfin, vous avez quelques doigts qui vous permettent de relever les empreintes.

— Pas vraiment, dit Joanna en montrant les bouts de doigts rongés. Regardez ces traces de morsures. J'imagine que ces doigts ont été grignotés par des coyotes ou autres charognards.

Murdock réprima un haut-le-cœur, et il réalisa que toutes les tables de dissection étaient sur le point de se remplir de bouts de corps désarticulés.

— J'ai quelque chose d'important à vous dire.

— J'arrive, répondit Joanna.

Elle scruta une fois de plus l'échantillon avant de le donner à Lori.

— J'aimerais que vous examiniez cette main en vous concentrant sur la peau et en la passant aux rayons X. A mon retour j'attends que vous ayez déterminé à qui elle appartenait. Vous devez pouvoir me préciser le sexe, l'âge, la taille, si il (ou elle) était marié(e), l'origine ethnique, tout sur son passé et ses occupations récentes.

Murdock examina le quatrième doigt. Il ne vit pas d'alliance.

— Célibataire, paria-t-il.

— Marié, répliqua Joanna. Il y a une ligne pâle là où la bague masquait le soleil.

— Où est-elle ? demanda Lori.

— Sans doute a-t-elle été arrachée en même temps que la main. Ou avalée par un coyote. La moitié du doigt est bouffée.

Lori eut un regard sceptique vers Joanna.

— Il peut être divorcé depuis un moment et avoir retiré son alliance.

— C'est envisageable, mais peu probable. Le soleil aurait effacé la trace en peu de temps sous ce climat sud-californien. Cet homme travaillait en plein air.

— A quoi ? demanda Lori.

— C'est vous qui allez me le dire, dit Joanna en lui tendant la loupe avec un sourire accompagné d'un clin d'œil.

— Vous me donnez des indices ?

— Je viens de le faire.

Joanna retira ses gants de latex et se dirigea vers le mur aux tiroirs réfrigérés. Elle s'adossa au métal dont elle sentit la fraîcheur à travers sa tenue opératoire. Il était 8 h 20 et la salle d'autopsie était chaude et humide parce que le système de ventilation était de nouveau en panne.

A une table voisine un technicien mit en route sa scie électrique et s'attaqua au crâne du clampin qui avait la poitrine trouée par balle. Un bruit aigu et assourdissant envahit la pièce. Joanna épia Murdock et se demanda s'il était malade. Son patron vieillissait à vue d'œil. Il avait les cheveux tout blancs, le visage profondément ridé et parsemé de kératoses séniles. Et il avait les épaules voûtées comme un vieillard. Joanna détourna le regard et attendit que la scie s'arrête. Murdock dit :

— Tout d'abord, merci pour l'installation.

— Espérons qu'elle tiendra vingt ans, répondit sincèrement Joanna.

Simon Murdock s'était révélé un excellent directeur du Memorial. Parfait administrateur et remarquable collecteur de fonds, il savait aussi s'entourer. A la force du poignet il avait fait du Memorial un ensemble hospitalier de référence. On le citait parmi les cinq premiers d'Amérique. Mais Murdock avait aussi de sérieux défauts. Il pouvait se montrer insensible, brutal et manœuvrier. Pour lui la fin justifiait les moyens. Joanna n'éprouvait aucune sympathie à son égard et ne lui faisait aucune confiance.

— J'ai besoin d'un grand service, Joanna.

— Ça marche, dit-elle, dans la mesure où je peux vous le rendre entre maintenant et demain 17 heures.

— Qu'est-ce qui se passe à 17 heures ?

— Je pars en vacances pour deux semaines.

— Je suis dans l'obligation de vous demander de les reporter.

— Pas question, répliqua Joanna. Ma sœur, que je n'ai pas vue depuis deux ans, arrive par avion de Paris. Avec son fils, que je ne connais pas encore.

— Je pense que vous allez changer d'avis quand vous saurez pourquoi je vous demande ça.

— Ça m'étonnerait, mais je vous écoute.

Murdock prit une profonde inspiration, regrettant de ne pas être vingt ans en arrière, quand personne ne discutait les ordres des patrons.

— Ce n'est pas moi qui le demande, c'est le FBI. Ils veulent vous confier les autopsies des victimes de l'explosion d'hier soir.

— Il y a d'autres médecins légistes qui pourraient...

— C'est vous qu'ils veulent, l'interrompit Murdock.

Joanna soupira faiblement.

— Je ne suis pas un expert en blessures par explosion.

Murdock haussa les épaules.

— Ils doivent avoir leurs raisons pour vous réclamer.

Joanna regarda Lori qui était devant le négatoscope.

— La barbe, Simon ! murmura-t-elle. Je n'ai pas encore rencontré mon neveu. Je n'ai jamais vu la nouvelle génération des Blalock.

— Je comprends, dit Murdock en pensant au fils qu'il avait perdu à la suite d'une overdose et à tous les moments où il n'aurait pas dû être absent.

Il avait uniquement consacré sa vie à faire du Memorial un centre hospitalier de renommée internationale. Il revint à l'instant présent.

— Si vous refusez, je vais être obligé de faire appel à des spécialistes qui vont s'installer dans votre laboratoire le temps qu'il faudra.

Joanna hocha lentement la tête, consciente de sa subtile menace. Ses collègues enviaient sa position au Memorial et feraient n'importe quoi pour l'occuper. Parmi eux Murdock trouverait quelqu'un pour prendre sa place s'il le voulait.

— Je pourrais peut-être le faire à mi-temps la première semaine, proposa-t-elle.

— C'est un boulot à plein temps. Vous y passerez seize heures par jour. Et encore à ce train-là le FBI pense que ça prendra des mois pour en voir le bout.

Joanna approuva à nouveau. Les autopsies pouvaient être faites dans la foulée et terminées en quelques semaines. Mais l'étude minutieuse et l'identification des débris humains prendraient des mois. Elle fut tentée de démissionner sur-le-champ. Mais cela aurait été stupide. Elle avait une situation en or. Elle dirigeait le service la plupart du temps, mais elle consultait aussi à l'extérieur, ce qui lui permettait de traiter les cas qui l'intéressaient. Cela lui donnait une indépendance dont peu de ses collègues jouissaient. Ce serait idiot de démissionner, se répéta-t-elle, mais l'envie d'être avec sa sœur et son neveu la tenaillait. Elle pensa aussi au week-end manqué qu'elle devait passer à Montréal avec Paul du Maurier, sa nouvelle passion. Cela aurait été sublime. Paul et elle à Montréal, et retour à Los Angeles pour accueillir Kate et son petit garçon. Joanna essayait de trouver une solution. Son regard se porta sur Lori et elle se demanda si sa jeune assistante ne pouvait pas diriger l'enquête, du moins la démarrer.

— J'ai du mal à lire la radio, appela Lori. Je trouve de l'os écrasé un peu partout.

Joanna alla au négatoscope, Murdock sur ses talons. Lori lui montra les têtes métacarpiennes hypertrophiées. Plus une calcification marquée des ligaments entourant les jointures.

— Qu'est-ce que vous en concluez ? fit Joanna.

— On dirait qu'il a eu plusieurs fractures de la main.

— Et quel est le métier qui entraîne de fréquentes fractures des mains ?

Lori fronça les sourcils.

— Celui de boxeur, s'exclama-t-elle.

— Tout juste. Et les multiples déformations révélées par la radio indiquent un grand nombre de combats, il s'agit donc d'un professionnel.

Lori plissa soudain les yeux.

— Qu'est-ce qui vous dit que ce n'était pas plutôt un punk habitué aux bagarres de rue ?

— Ça pourrait peut-être expliquer les multiples fractures, mais pas la calcification marquée des tissus. (Joanna se servit d'un crayon rouge pour encercler les dépôts de calcium les plus denses.) Voici le résultat fréquent de traumatismes continuels, comme c'est le cas chez les boxeurs, qui s'entraînent à taper sur des sacs de sable.

Murdock écoutait avec intérêt. La boxe était le seul sport qui le passionnait. Adolescent, il avait été champion des Gants d'Or.

Lori contemplait la radio, fâchée de n'avoir pas découvert elle-même cet indice évident.

— On peut donc conclure que la victime était

boxeur professionnel et marié. Et la couleur de la peau fait penser qu'il était latino-américain.

— Excellent, approuva Joanna. Et son âge ?

Lori revint à la table de dissection et pinça la peau du dos de la main pour en tester l'élasticité. Il n'y avait ni rides ni lignes profondes.

— Je pencherais pour plus ou moins trente ans.

— Et sa taille ?

— Petite, dit Lori sans hésiter. Je dirais autour d'un mètre cinquante et dans les cinquante-cinq kilos. Ce ne sont que des approximations fondées sur la taille de ses mains et de ses os.

— Et vous faites ça très bien.

Lori fit un large sourire, aux anges.

— Dites-moi maintenant s'il parlait anglais et quel était son travail dernièrement.

Lori lui lança un regard surpris.

— On vient de déterminer qu'il était boxeur.

— Mais pas récemment.

Joanna utilisa une palette à langue pour retourner la main et exposer la paume. Elle montra d'épaisses callosités.

— Les boxeurs n'ont pas les mains calleuses. On ne trouve ça que chez les travailleurs manuels.

— Et vous en concluez qu'il devait connaître suffisamment l'anglais pour pouvoir obtenir un travail de ce genre. Sur un chantier du bâtiment ou un truc comme ça.

Joanna approuva et retourna à nouveau la main.

— Sur le dos des doigts il y a un tatouage à demi effacé.

Lori prit une loupe et examina attentivement les premières phalanges.

— Sur le quatrième doigt je distingue vaguement un *V* et sur le petit doigt je crois lire un *E*.

— Qu'est-ce que ça vous inspire ?

Lori réfléchit un moment et finit par hausser les épaules.

— Je perds pied.

— Vous devriez parler tatouages avec Jake Sinclair, dit Joanna, repensant au policier de la Criminelle qui avait été plus ou moins son amant depuis dix ans.

Il était bel homme et d'agréable compagnie, mais foncièrement solitaire et destiné à le rester. Il disparaissait et réapparaissait selon son humeur. Elle s'en était accommodée jusque-là. Mais plus maintenant.

Lori essayait de déchiffrer l'expression de Joanna.

— Qu'est-ce que le lieutenant Sinclair pourrait me dire à propos des tatouages ?

La pensée de Joanna se reporta sur la main.

— Il vous expliquerait que le tatouage le plus répandu sur les mains des Latinos, ce sont les mots *love* et *hate*, une lettre par doigt. Et en général on ne se fait pas tatouer quelque chose qu'on ne comprend pas. On peut donc parier que cet homme écrivait et lisait l'anglais.

— Mais pourquoi ce tatouage est-il presque effacé ?

— Ce n'est qu'une supposition, mais je le soupçonne de s'être fait tatouer encore gamin. Et, comme souvent, de l'avoir regretté plus tard et d'avoir voulu se le faire enlever.

Lori approuva.

— Au laser, probablement.

— Ce qui n'est pas donné, poursuivit Joanna. Cela pourrait indiquer qu'il gagnait bien sa vie comme boxeur.

— Dans ce cas-là, pourquoi est-il devenu manœuvre ?

— Il a peut-être eu une période difficile lorsqu'il a raccroché les gants. C'est souvent le cas.

Murdock acquiesça d'un léger signe de tête. Cela arrivait à la plupart des boxeurs, même à des vedettes comme Joe Louis et Sugar Ray Robinson. Il continuait de suivre la conversation, stupéfait de voir Joanna tirer autant à partir de si peu. Mais c'est ce qu'on attend des médecins légistes. Rien d'étonnant à ce que le FBI ait tenu à l'avoir.

— Mais on ne sait toujours pas comment cette main a été arrachée, dit Lori.

— Il est probable que quand on saura qui il est le

reste commencera à s'éclaircir. Pour l'instant on sait qu'il s'agit d'un jeune Latino, marié, ancien boxeur ayant connu le succès. On fixe approximativement son poids entre 55 et 60 kilos. Il parlait anglais, ce qui indique qu'il a vécu chez nous un certain temps. Il était même peut-être né ici. Et il travaillait comme manœuvre ces derniers temps.

— Ça réduit un petit peu le champ des recherches, dit Lori sans enthousiasme.

— Ça le réduit considérablement. En fouillant un peu, on doit retrouver de qui il s'agit.

— Et je m'y prends comment ?

— En vous adressant à la fédération de boxe de Californie.

Murdock intervint.

— C'est un poids mouche ou un poids plume.

— Vous êtes sûr ?

— Certain.

— Bien, dit Joanna en notant cependant dans sa tête de vérifier. Il a donc combattu dans les catégories poids mouche ou poids plume au cours de ces dix dernières années. Il a fait pas mal de combats, et je le soupçonne d'avoir été plus souvent vainqueur que vaincu. Et il avait les mots *love* et *hate* tatoués sur les doigts.

Lori poussa un profond soupir.

— Ce n'est pas un mince boulot. Il peut y avoir des centaines de boxeurs qui correspondent à cette description. N'oubliez pas qu'il a pu faire enlever son tatouage quand il était au sommet de sa gloire.

— C'est bien ce que j'ai dit, il va falloir fouiller un peu.

— Si vous êtes d'accord, j'aimerais me faire aider par le chef des internes.

— Très bonne idée, acquiesça Joanna. Mais c'est vous qui menez l'enquête. Il faut que vous preniez rendez-vous avec quelqu'un de la fédération et que vous consultiez les fiches une par une.

— Si seulement on pouvait s'appuyer sur une caractéristique particulière.

— Il en a une. Il a récemment disparu, et personne ne sait ce qu'il est devenu.

— Sa femme doit être aux quatre cents coups.

— Elle a peut-être même rempli une demande de recherches, ajouta Joanna. Une fois la sélection faite, on pourra comparer avec la liste des personnes portées disparues depuis une semaine ou deux.

Lori griffonna une note.

— Rien d'autre ?

— C'est tout pour le moment. (Joanna regarda sa montre.) Fonçons en radiologie. Si on y est avant 9 heures, ils vont pouvoir nous faire un scanner de la main. Il y a peut-être quelque chose dans les tissus que nous n'avons pas décelé.

Murdock jeta un coup d'œil à la pendule et s'en voulut d'avoir perdu autant de temps. Il était 8 h 55. Il était en retard à son rendez-vous avec le responsable du service de pathologie pour l'installation d'une morgue provisoire. Il allait falloir accueillir au moins seize corps. Ce qui nécessitait une grande salle.

Il s'éclaircit ostensiblement la gorge et attendit que les deux femmes se tournent vers lui.

— Joanna, il faut que j'y aille. Réfléchissez bien à ma demande. J'ai besoin d'une réponse pour midi, dans un sens ou dans l'autre.

Lori le regarda quitter la pièce, puis se tourna vers Joanna.

— De quoi s'agit-il ?

— D'un piège dont on ne peut pas se sortir.

— Que vous a tendu Murdock ?

Joanna hocha la tête.

— Il est très fort à ce jeu-là.

3

Jeudi 11 mars, 13 h 40

Le lieutenant de police Jake Sinclair se déplaçait avec précaution parmi les décombres, évitant soigneusement les fanions qui parsemaient le périmètre de l'explosion. La couleur de chaque drapeau indiquait la partie de corps humain trouvée à cet emplacement. Rouge pour la tête et le cou, jaune pour le buste, vert pour les bras et les mains, bleu pour les pieds et les jambes. Le plus gros reste découvert jusqu'à maintenant était une omoplate.

Jake enjamba une porte de four électrique et prit le trottoir, accompagné du lieutenant Dan Hurley de la section complots criminels de la police de Los Angeles, spécialisée dans les attentats à la bombe et les incendies volontaires.

— Il y avait combien de personnes dans la maison ? demanda Jake.

— On ne peut pas dire.

Hurley était grand et mince avec un visage taillé à la serpe et des cheveux en brosse. Il avait perdu deux doigts de la main gauche et le bout d'un troisième.

— On n'a trouvé que des débris humains. Ils devaient être au moins trois, continua-t-il.

Jake parcourut du regard la zone dévastée, s'arrêtant sur un médecin légiste qui passait les décombres au crible.

— Quelle sorte d'explosif était-ce ?

— Du plastic, à première vue.

— Vous avez une idée de la quantité ?

Hurley se gratta l'oreille.

— Un paquet. Ces gars-là ne faisaient pas dans le détail.

— On dirait un champ de bataille.

— Ouais, dit Hurley d'un ton neutre, se remémorant le Viêtnam où il était démineur. Il avait fait ça pendant un an sans une égratignure. Il avait la baraka. Mais la chance l'avait abandonné il y avait huit ans, quand une bombe artisanale avait prématurément explosé dans le centre de Los Angeles, lui arrachant deux doigts. Faute d'inattention, se répéta-t-il pour la énième fois. Instinctivement, Hurley enfouit sa main infirme dans la poche de son pardessus.

— Sait-on qui habitait cette maison ? demanda Jake.

— Pas du tout. D'après les voisins, elle venait d'être louée.

— Qui en était propriétaire ?

— Le plus proche voisin. Mort lui aussi dans l'explosion, ainsi que sa femme et leur petite fille.

Jake poussa un profond soupir.

— Ça ne s'annonce pas facile, hein !

Tout en parlant, ils observaient le médecin légiste grassouillet qui fouillait méthodiquement les décombres. Il en sortit une lourde chaussure de sécurité. Elle contenait encore un pied humain. Le médecin reposa la chaussure et plaça un drapeau bleu.

Hurley désenveloppa un chewing-gum et le mit dans sa bouche, mâchonnant lentement.

— Les gars du FBI m'ont dit qu'ils s'amènent avec une pointure en médecine légale, du nom de Blalock.

— Joanna Blalock ? demanda Jake.

Hurley grogna en sourdine.

— Une femme, alors ?

— Ça vous dérange ?

— Pas vraiment, protesta-t-il sans conviction. Est-elle bonne, au moins ?

— Sacrément bonne, répondit Jake sans hésiter. Vous vous rappelez cette affaire il y a deux ans avec ce cadavre défiguré aux doigts coupés ? Eh bien, c'est elle qui a reconstitué le visage et révélé son identité.

— Mais elle pouvait travailler sur un corps entier. Cette fois-ci on ne dispose que de débris. C'est une autre chanson.

Jake sourit légèrement.

— Vous auriez tort de la sous-estimer.

— Bon, bon ! dit Hurley, toujours pas convaincu.

Il ne faisait pas trop confiance aux femmes lorsqu'il s'agissait de faire respecter la loi. Non qu'il fût macho. Il adorait ses deux filles, et il espérait bien les voir devenir médecins ou avocates, ou ce qui leur plairait le mieux. Mais ça ne l'empêchait pas de penser qu'en matière d'investigation criminelle les femmes étaient moins performantes que les hommes.

Les deux policiers s'écartèrent pour laisser passer deux agents fédéraux visiblement pressés. Ils portaient des vestes bleues sur le dos desquelles on lisait ATF* en lettres jaunes.

— Il y a combien de services de police sur ce coup ? demanda Jake.

— Beaucoup trop. Pour commencer, il y a le FBI, l'ATF, la section complots criminels de la police de Los Angeles. Et il y en a sûrement d'autres qu'on ne connaît pas encore. N'oubliez pas que c'est une affaire à sensation. Tout le monde va vouloir se mettre en avant.

— Bon Dieu ! grogna Jake. On va se marcher sur les pieds.

— Au début, admit Hurley. Mais quand on se sera aperçu que la solution n'est pas évidente et qu'aucune piste n'aboutit nulle part, la plupart des services vont s'en lasser et prendre leurs distances. Ils n'auront pas envie d'être associés à un échec.

— Et du coup c'est nous qui nous farcirons toutes les tâches ingrates, pensa Jake à haute voix.

* ATF (Alcohol Tobacco and Free Arms) : service action de la répression des fraudes, dont le rôle a été majeur à Waco.

— Et qui porterons le chapeau si on ne met pas la main sur les instigateurs.

Leur attention se reporta sur le médecin légiste qui tenait une seconde chaussure. On apercevait un os déchiqueté qui dépassait.

— Je crois bien que c'est la paire ! leur cria-t-il.

— Deux chaussures, une droite et une gauche, ne forment pas obligatoirement une paire, dit tranquillement Hurley. Elles peuvent avoir appartenu à deux personnes différentes.

— Qu'est-ce qui vous fait dire qu'elles forment une paire ? dit à son tour Jake.

— Parce que ce sont les mêmes chaussettes, répondit Girish Gupta.

C'était un homme rondelet, entre deux âges, né à New Delhi et qui avait fait ses études à Londres. Il était devenu médecin légiste titulaire du comté de Los Angeles.

— Je vais vous les montrer dès que j'aurai fini d'explorer cette zone.

Du coin de l'œil Hurley vit une femme remarquablement séduisante se glisser sous le ruban qui isolait les lieux du crime. Il la prit pour une journaliste particulièrement culottée.

— Eh, vous ! Repassez illico derrière la barrière !

La femme ignora l'ordre et se dirigea vers eux.

— Salut, Jake ! dit Joanna dans un sourire. Ça fait une paye.

— J'ai été débordé, répondit Jake, frappé par sa froideur. Complètement débordé.

— Pas plus que tout le monde !

— Sans doute. (Jake s'adressa à Hurley.) Lieutenant Dan Hurley, je vous présente le Dr Joanna Blalock.

— Sacré nom ! siffla doucement Hurley. Excusez-moi, docteur Blalock. Je vous ai prise pour une journaliste.

— Sans importance, dit Joanna, parlant d'un ton neutre pour masquer son irritation.

C'était un réflexe typique de mâle. Les femmes n'étaient bonnes qu'à servir d'infirmières, de professeurs ou de secrétaires, mais pas de médecins légistes. Elle s'était constamment heurtée à ça dans sa vie professionnelle. Elle aurait dû en avoir pris l'habitude depuis le temps, mais ça ne passait toujours pas.

Joanna jeta un coup d'œil circulaire, épouvantée devant l'étendue du désastre. C'était comme si une tornade était passée au milieu du quartier. Maisons effondrées avec, par-ci, par-là, un mur resté debout. Décombres recouvrant tout. Dans le caniveau une poupée Barbie déchiquetée et tachée de sang.

— Dieu du Ciel ! dit Joanna en poussant la poupée du bout du pied.

— Avez-vous déjà travaillé sur des attentats à la bombe ? lui demanda Hurley.

— Un peu.

C'est-à-dire trois fois rien, pensa Hurley, mécontent.

— Laissez-moi vous dire où nous en sommes.

Il lui raconta que l'explosion s'était produite à 10 h 40 la veille au soir. Il lui décrivit en détail le genre d'explosif utilisé et comment il avait été fabriqué, ainsi que le dernier décompte des morts et des blessés. On avait retrouvé vingt corps. Aucun des plus proches voisins n'avait survécu. Mais il y avait peut-être un témoin oculaire, cependant... Un homme qui promenait son chien de l'autre côté du carrefour au moment de l'explosion.

— Et qu'est-ce qu'il raconte ?

— Rien pour l'instant. Il a été commotionné et est encore en état de choc. De plus il a les deux tympans éclatés et il n'entend rien de ce qu'on lui dit. Il a peut-être vu quelque chose, mais ce n'est pas sûr.

Joanna montra du doigt le tas de décombres devant elle. Il ne restait que quelques marches de brique et un petit porche cimenté. Des tuyaux sortaient du sol, complètement tordus.

— C'est la maison d'où est partie l'explosion ?

— Exact.

— Et le foyer ?

— La cuisine, on pense, fit Hurley en montrant la partie à gauche des marches.

Le foyer, là où la bombe avait explosé, comportait deux caractéristiques : c'était l'endroit le plus endommagé et où on trouvait la plus forte concentration d'explosif. Les spécialistes l'avaient détectée sur plusieurs instruments de cuisine.

Joanna imagina les conséquences d'une explosion dans une cuisine. Dans la plupart d'entre elles on trouve le réfrigérateur et l'évier aux deux murs opposés.

— Je suppose que l'évier est parti d'un côté et le frigo de l'autre.

Hurley hocha la tête.

— On a retrouvé l'évier à quarante mètres au sud et le réfrigérateur à vingt mètres au nord. Et un morceau de cuisinière de l'autre côté de la rue à l'est. On estime que l'explosion s'est produite entre ces trois objets.

— Demandez s'il vous plaît aux experts du labo d'examiner soigneusement tous ces objets.

Hurley hésita.

— Pourquoi ?

— Parce que des restes humains peuvent s'être incrustés dans ces appareils lourds.

— C'est juste, admit Hurley qui sortit un carnet et un crayon.

Joanna remarqua ses doigts manquants et détourna le regard.

— Pensez-vous qu'il s'agit d'un accident de travail ?

Hurley eut un sourire pincé. « Accident du travail » était une façon de parler, alors qu'il s'agissait de terroristes qui s'étaient fait éclater prématurément au nez une de leurs propres bombes.

— Je dirai que l'accident du travail est le scénario le plus probable pour toutes sortes de raisons. D'abord, je ne vois pas pourquoi on ferait sauter son voisinage au plastic. Et vous ?

Joanna haussa les épaules.

— Ça pourrait être une manière de répandre la

terreur dans toute la population. C'est la panique générale quand des habitations sautent.

— Pas mal vu, fit Hurley, mais non. Les terroristes préfèrent les endroits où il y a foule, des endroits publics comme les avions, les bus ou les immeubles. Ils aiment tuer le plus de monde possible. S'ils avaient placé cette quantité de C-4 dans un centre commercial un samedi après-midi, il y aurait eu des centaines de morts. Et je ne sais combien d'estropiés.

— C'est peut-être l'agissement de dingues.

Hurley secoua la tête.

— Les dingues n'agissent pas en groupe. Et n'utilisent pas de plastic. C'est une marque du terrorisme. (Il secoua encore la tête.) Non, ce n'est pas le travail d'un dingue. Un petit groupe de terroristes jouaient avec du plastic dans la cuisine et boum !

— Je vous croirais plus volontiers si on pouvait mettre la main sur un ou deux corps nus.

— Pourquoi particulièrement nus ? demanda Jake.

— Les terroristes se mettent souvent à poil pour fabriquer leurs bombes, expliqua Hurley. Les vêtements produisent parfois suffisamment d'électricité statique pour tout faire sauter. (Il désigna du pouce les fanions qui flottaient dans la brise légère.) Malheureusement, on n'a que des petits bouts. Aucun corps intact.

— Mais on trouvera des parties de bustes, objecta Joanna. Et on pourra y chercher des traces de vêtements, boutons ou fermetures Eclair.

— Quand bien même ! répliqua Hurley. Ça ne prouvera pas grand-chose.

— Bien sûr que si. On saura qu'au moment de l'explosion il n'y avait pas un groupe de terroristes à poil assis autour d'une table en train de fabriquer une bombe.

Hurley haussa les épaules.

— Ils ne se déshabillent pas toujours.

— Mais beaucoup de techniciens qui travaillent le plastic le font.

Hurley hocha la tête, pensant que Joanna avait

l'air d'en connaître un rayon sur les explosions de bombes. Elle connaissait le vocabulaire des spécialistes... des expressions comme « accidents de travail » ou « foyer de l'explosion ». Et elle savait ce que signifiait la découverte d'un corps nu sur le lieu d'un attentat. Et aussi que « techniciens » désignait ceux qui fabriquaient les bombes. Mais c'était une connaissance superficielle. Il suffisait de lire les journaux et magazines ou de regarder les documentaires à la télé. C'était même sur Internet. Joanna parlait d'or, se dit-il. Mais elle n'était pas sûre d'elle-même.

— Salut docteur Blalock ! cria Girish Gupta en s'approchant. (Il portait des bottes noires par-dessus son pantalon et d'épais gants de caoutchouc qui lui montaient jusqu'aux coudes.) Vous m'avez beaucoup manqué.

— C'est réciproque, dit Joanna en lui rendant son sourire. Je suis ravie de retravailler avec vous.

— Moi de même. (Gupta souleva deux grosses chaussures de sécurité contenant encore des pieds.) Ce n'est pas un boulot marrant. Pas marrant du tout. Mais j'ai l'impression qu'on avance. C'est peut-être la paire. Les chaussettes sont identiques, regardez.

Joanna se pencha et observa les talons de chaussures.

— L'un des talons est bien plus usé que l'autre.

Gupta réexamina la chaussure, essayant de trouver une explication pour l'épaisseur différente du talon.

— C'était peut-être un boiteux ou quelqu'un dont l'une des jambes était déformée.

Joanna regarda encore et montra les lacets.

— Ça ne m'explique pas pourquoi les deux chaussures ne sont pas lacées pareil.

Gupta regarda les lacets. L'un des deux avait un double nœud. Il soupira bruyamment.

— J'ai dû prendre un coup de soleil.

— Il n'est pas aisé de travailler sur un chantier parsemé de débris humains, fit Joanna. C'est bien plus facile lorsqu'on est à l'intérieur et qu'on peut examiner chaque pièce à loisir.

Gupta contempla le lieu du crime et les fanions qui flottaient au vent léger.

— Je n'aurais jamais cru voir ça en Amérique, dit-il tristement. Je n'arrive toujours pas à y croire.

— Oklahoma City ne vous rappelle rien ? demanda Hurley.

Gupta gardait les yeux fixés sur les fanions.

— Mais ça arrive ici, dans ma propre ville.

— Qui est la première ville au monde pour les attentats à la bombe, fit Hurley.

— Quoi ! s'exclamèrent en chœur Joanna et Gupta.

— Mais oui, poursuivit Hurley. On a plus de boulot ici qu'à Beyrouth et Belfast réunis. Nos équipes spécialisées répondent à plus de mille appels par an.

Joanna fut abasourdie. Cela voulait dire presque trois alertes à la bombe par jour.

— Comment cela se fait-il ?

— Parce que Los Angeles est insaisissable. Toutes les nationalités sont représentées ici, et chaque petit pays a ses propres marottes, ses raisons particulières de détester telle ou telle autre nation. Et c'est également nous qui avons la plus large collection de cinglés en tout genre. On ne s'est donc jamais posé la question de savoir *si* ce genre d'explosion aurait lieu, mais *quand* il aurait lieu.

— On a la réponse, dit Joanna avec amertume.

— Et il y a encore une autre raison pour que Los Angeles soit la première ville au monde pour les attentats à la bombe, prévint Hurley. C'est notre doux climat.

— Quel rapport y a-t-il entre le climat et la fabrication de bombes ? demanda Jake.

— Avant de passer à l'action, les poseurs de bombes aiment bien faire des essais. Notre climat et nos larges espaces s'y prêtent à merveille.

— En tout cas, ce petit exercice s'est mal terminé, dit Jake.

— En effet. (Gupta fit signe à un de ses assistants de prendre les chaussures avec les pieds arrachés, puis revint à Joanna.) Comme vous le voyez, on s'est servi de fanions pour indiquer où on a trouvé les différents débris humains. Pour l'instant on en a découvert dix-huit et il reste plein de décombres à explorer.

— Puis-je donner un ou deux conseils ? proposa Joanna.

— Et comment, dit Gupta, tout oreilles.

— Connaissez-vous l'emplacement de la cuisine ?

Gupta hésita.

— Pas trop.

— Le lieutenant Hurley va vous le montrer. Je souhaiterais que vous déterminiez le centre exact de cette cuisine et que vous en fassiez votre point de référence. Il faudrait mesurer précisément la distance entre ce point et chaque fanion. Et ça nous aiderait beaucoup si vous pouviez dresser un plan donnant la position exacte de chaque fanion par rapport au centre.

— Est-ce que j'attends pour le faire d'avoir fouillé tous les décombres et répertorié tous les restes humains ?

— Non, dit Joanna sans hésiter. Faites-le tout de suite, s'il vous plaît. Et au fur et à mesure que vous reportez chaque fanion sur le plan, mettez le bout de corps dans une boîte en plastique que vous rangerez dans un conteneur réfrigéré. Ensuite...

— Une seconde ! intervint brutalement Hurley. On ne touche à rien avant d'en avoir reçu l'autorisation d'en haut. Tout doit rester en place.

— Ce n'est pas une bonne idée, dit Joanna.

— On ne touche à rien, répéta Hurley d'un ton catégorique. J'ai reçu l'ordre de conserver en l'état les lieux du crime, et c'est ce que j'ai l'intention de faire.

Joanna serra les mâchoires.

— D'accord, mais passez quand même un coup de fil à vos supérieurs et dites-leur que nous avons des restes humains en train de pourrir au soleil. Et rappelez-leur que plus longtemps ils resteront exposés, plus grandes seront les chances qu'ils soient infestés de vers et d'asticots qui détruiront les rares indices que nous avons.

Hurley la dévisagea, essayant de conserver son calme. Il savait bien qu'elle avait raison, mais il ne supportait pas ses manières hautaines. Il sentait qu'elle n'allait pas tarder à se révéler une emmerdeuse de première. Il se tourna lentement vers Gupta.

— Suivez-moi. Je vais vous montrer où se trouve le centre de la cuisine.

Jake les regarda s'éloigner. Il avait perçu la tension latente entre Hurley et Joanna.

— Hurley n'a apparemment pas l'habitude de travailler avec des femmes, remarqua-t-il.

— Elles sont pourtant nombreuses dans la police de Los Angeles.

— Pas dans la section des attentats à la bombe. Il n'y en a pas.

Joanna réfléchit un instant.

— Et ça tient à quoi ?

Jake haussa les épaules.

— Probablement parce qu'elles sont moins folles que les hommes et qu'elles tiennent à leurs doigts.

Joanna revit les doigts manquants de Hurley, se disant qu'il devait y repenser chaque fois qu'il arrivait dans un endroit où se trouvait une bombe. Elle se demanda ce qui pouvait pousser un homme à accepter un métier aussi dangereux. Etait-ce le signe d'un courage exceptionnel ? Ou le goût du risque ? Ou un instinct de mort ? En tout cas, il y avait toute une liste de postulants pour les six unités antibombes de la police de Los Angeles.

— Hurley est un type bien, dit Jake, l'interrompant dans ses pensées. Il va nous être indispensable pour mener à bien cette affaire.

Joanna regarda Hurley en train de descendre au fond d'un cratère creusé dans la dalle de béton sur laquelle la maison avait été bâtie.

— J'ai été plutôt agressive tout à l'heure, c'est ça ?

— Ouais.

Elle traversa les décombres, réalisant que ce n'était pas seulement Hurley qui l'avait mise sur les nerfs.

C'était un ensemble, y compris la pression que Simon Murdock avait mise sur elle.

Joanna monta sur la dalle et capta le regard de Hurley.

— Lieutenant, j'aurais pu dire les choses moins brutalement tout à l'heure.

— Ce n'est pas grave, répondit-il tranquillement. Vous avez défendu votre point de vue, et à juste titre.

Joanna revint sur ses pas et enjamba un fanion jaune. Là se trouvait un bout de chair brun foncé de la taille d'un citron. Probablement un morceau de foie ou de rate, se dit-elle. Elle revint sur le trottoir.

— Je me suis excusée.

— Bon, dit Jake. Maintenant, dis-moi ce qui te tracasse.

— Plein de choses, répondit-elle évasivement, les yeux sur deux flics en uniforme qui passaient et un troisième en civil qu'elle ne reconnut pas.

— Où est Farelli, ton coéquipier ?

Jake soupira et finit par déclarer :

— Il s'est fait flinguer !

— Quoi ! s'exclama-t-elle. Quand ça ?

— Le mois dernier, répondit Jake. On faisait une planque et un trou-du-cul a surgi de nulle part avec un semi-automatique. Farelli s'est pris une bastos dans la jambe. Il a perdu beaucoup de sang, mais maintenant ça va. Il revient la semaine prochaine.

— Tu aurais pu m'appeler, dit Joanna avec colère. (Elle aimait beaucoup Farelli.) Tu pouvais me passer un coup de fil.

— Je sais, je sais. Mais j'étais débordé. Entre aller voir Lou et rassurer sa femme et ses gosses, sans compter le reste...

Il ne finit pas sa phrase.

— Tu pouvais quand même m'appeler.

— Je te l'ai dit, j'ai eu plein de soucis.

Joanna lui jeta un regard appuyé, s'étonnant toujours qu'il puisse être aussi généreux et attentionné par moments, et si insensible et inattentif aux sentiments d'autrui à d'autres. Il avait des absences par intervalles. C'était de plus en plus marqué et désagréable.

Un assistant du médecin légiste les appela.

— Je viens de trouver un doigt !

— J'espère que c'est un pouce, dit Joanna en retournant dans les décombres.

Son talon se prit dans une planche fendue et elle trébucha. Elle se rattrapa au bras de Jake.

— Pas de mal ? s'inquiéta-t-il.

— Je n'ai rien, dit-elle en s'en voulant d'être venue en talons hauts sur les lieux d'une explosion.

Elle tâta son talon pour s'assurer qu'il n'était pas cassé, puis repoussa la planche. Elle vit en dessous un petit bout de peau collé à un fragment de matériau orange et brillant.

Jake se pencha pour l'examiner de plus près.

— Qu'est-ce que c'est que ce truc-là ?

— De la peau humaine collée à quelque chose.

— Tu crois que c'est corporel ?

— Non, fit Joanna, ça ressemble plutôt à du plastique ou à de la céramique.

Jake sortit un fanion blanc de sa poche et le planta à côté de cette chose bizarre.

— Un fanion blanc indique que c'est une partie de corps non identifiée.

Ils rejoignirent Hurley, Gupta et son assistant en limite ouest de la propriété.

— C'est un orteil, était en train de dire Gupta. Le deuxième ou troisième.

— Ça ne sert à rien, grommela Hurley. Un plein seau d'orteils ou rien, c'est pareil.

— On sera peut-être mieux éclairés une fois qu'on aura répertorié tous les restes humains, commenta Gupta. On sera peut-être moins dans le flou.

Joanna secoua la tête.

— Je souhaite que vous ayez raison, mais il va nous falloir des mois pour trier tout ça.

— On n'a pas des mois devant nous, reprit Hurley. Il faut que ce soit élucidé d'ici quelques semaines.

— On n'y arrivera pas en quelques semaines, répondit Joanna. C'est carrément impossible.

— Eh bien faites l'impossible ! dit Hurley en tournant les talons.

Joanna regarda Jake.

— Il ne dit pas ça sérieusement, j'espère.

— Oh que si ! Hurley est persuadé qu'on ne dispose pas de plus d'un mois avant que ça arrive.

— Avant qu'il arrive quoi ?

Jake fit un geste vers l'amas de décombres.

— Quelqu'un faisait joujou avec un bon paquet de plastic ici hier au soir. Il n'en faut pas autant pour faire sauter une maison de brique. Avec une telle quantité d'explosif, on peut dire sans risque d'erreur que ces mecs projetaient de faire sauter un gros truc.

— Par exemple ?

— C'est ce qu'il faut savoir. Et avant que ces enfoirés passent à l'acte.

Joanna eut un regard étonné.

— Tous les terroristes n'ont pas été tués dans l'explosion ?

— On ne pense pas. Vers 22 h 40 hier soir un homme qui habite un peu plus loin surveillait son chat devant chez lui quand il a vu passer une voiture tous phares éteints. Or la rue est sombre. On y voit à peine sans les phares. Vingt secondes après le passage de cette voiture, la bombe a explosé.

— Suspect, admit Joanna. Mais pas vraiment probant.

— Ce n'est pas tout, poursuivit Jake. A 20 heures hier soir une femme qui vit juste en face de la baraque qui a sauté a vu une voiture se ranger le long du trottoir. Il en est sorti un homme qui est entré dans la maison. Cette femme est infirmière et fait partie de l'équipe de nuit à l'hôpital le plus proche. Lorsqu'elle est partie à 22 h 30, la voiture était encore là.

— Et alors ?

— Elle n'y est plus. Entre 22 h 30 et 22 h 40 quelqu'un est parti avec.

— Ce qui veut dire que certains sont encore dans la nature, dit calmement Joanna.

— Ça ne fait pas un pli, acquiesça doucement Jake en contemplant une fois de plus la zone dévastée et les fanions qui marquaient l'emplacement de restes humains. Ce que nous voyons là n'est qu'un aperçu de ce qui nous attend.

4

Vendredi 12 mars, 12 h 04

Eva Reineke avait l'air d'une touriste. Elle portait un jean délavé, un sweat-shirt foncé et une casquette de base-ball des New York Yankees munie d'une fausse queue-de-cheval. Un appareil photo pendait à son cou. Elle était noyée dans la foule des touristes, pressée derrière les barrières qui isolaient le lieu de l'explosion. Derrière eux un vendeur ambulant écoulait ses hot-dogs et ses boissons fraîches.

Eva porta l'appareil à ses yeux et balaya la scène à travers le viseur. Flics et médecins légistes ratissaient les décombres. Des chiens spécialement entraînés flairaient les maisons effondrées, à la recherche de corps ensevelis. Une ambulance était postée tout près au cas où on aurait retrouvé un survivant.

Eva ramena la visée de l'appareil vers le centre de la zone pour estimer le rayon de l'effet mortel de l'explosion. Au moins trente mètres. Cela avec toutes les bombes au même endroit. Si les hommes chargés d'explosifs avaient été correctement répartis, le rayon d'efficacité mortel aurait facilement doublé. Ce qui était plus que suffisant en regard de la cible qu'elle voulait atteindre. Dommage qu'elle ait dû renoncer à son plan d'origine. Mais elle n'en était pas trop affectée. Elle en avait un de rechange tout aussi bon. Si ce n'est meilleur.

Une grosse bonne femme, un hot-dog à la main,

joua des coudes pour atteindre le ruban jaune. Elle se retrouva à côté d'Eva et contempla les dégâts.

— Sacré bon Dieu ! dit la bonne femme en mordant dans son hot-dog. Regardez-moi ce qu'a fait un enfant de salaud.

— Terrible, dit calmement Eva.

— J'ai entendu dire qu'il y a vingt morts.

— C'est terrible, répéta Eva.

— C'est sûrement un enfoiré d'étranger qui a fait le coup.

— Probablement, approuva Eva.

Elle avait envisagé de mettre des indices dans la maison pour laisser croire à la culpabilité d'un groupe d'étrangers fanatiques, mais elle n'avait pas eu le temps de s'en occuper. Et elle ne voulait surtout pas commettre d'erreur. De faux indices pouvaient provoquer un effet boomerang, notamment si le groupe faussement accusé les retrouvait.

Un chien policier se mit à aboyer vivement.

La foule devint silencieuse et regarda. Le chien s'acharnait à gratter un monticule de briques. Les sauveteurs se précipitèrent avec des pics et des tronçonneuses. Ils dégagèrent rapidement le corps d'un adolescent vêtu d'un maillot en jersey du club de foot de l'université de Los Angeles.

— Et de vingt et un, dit la grosse d'un air sombre.

— J'espère qu'ils vont alpaguer ces enfoirés, murmura un homme derrière eux.

— Ça ne va pas faire un pli, dit la femme. J'ai entendu à la radio qu'ils ont un témoin oculaire.

Eva se raidit. Elle remonta vivement l'appareil devant ses yeux afin de cacher son changement d'expression. Elle se rapprocha de la grosse pour ne pas perdre un mot.

La nouvelle qu'il y avait un témoin se répandit dans la foule et alimenta les conversations.

— Vous avez entendu ?

— Oui, un témoin a tout vu.

— A quelle distance se trouvait-il ?

— J'en sais rien, mais il a vu ce qui s'est passé.

Eva s'éclaircit la gorge et se rapprocha encore de la femme.

— A-t-il fait des révélations à la police ?

— Je ne crois pas, raconta la bonne femme. Il est au Memorial en piteux état. Mais s'il survit, la police aura un témoin direct.

— Espérons qu'il va s'en sortir, dit doucement Eva.

— Pour sûr, approuva la femme en finissant son hot-dog.

— Votre hot-dog a l'air bon. Où l'avez-vous acheté ?

La femme leva le pouce vers l'arrière.

— Y a un marchand juste derrière. Et dites-lui de doubler la dose de moutarde. Elle est excellente.

Eva traversa la foule, rabattant la visière de sa casquette de base-ball pour masquer la plus grande partie de son visage. Elle dépassa le marchand ambulant, puis deux voitures de police vides. La tête toujours baissée, elle ouvrit son appareil photo et fit semblant de vérifier la pellicule. *Un témoin oculaire ! Un putain de témoin oculaire ! Qui était-ce, où se trouvait-il et qu'avait-il vu ?* Un frisson de peur la parcourut, mais elle se ressaisit pour mieux réfléchir. Le témoin ne pouvait pas avoir été à la fois très près et vivant. De plus il faisait noir, la rue était faiblement éclairée et ils n'avaient pas allumé les phares. Mais apparemment il avait vu quelque chose.

Eva s'arrêta, referma son appareil photo et se pencha pour relacer sa chaussure. Du coin de l'œil elle s'assura qu'elle n'était pas suivie. Le trottoir était vide, mais un flic s'approchait d'une des voitures, suivi de son coéquipier. Eva les regarda monter en voiture, puis entreprit de refaire le nœud de sa seconde chaussure, tout en continuant à les observer de biais. La voiture ne bougea pas. Les flics s'étaient simplement mis à l'ombre, conclut-elle.

Eva partit en flânant, comme quelqu'un qui a tout son temps. La rue partait en courbe en s'élargissant, la foule et les voitures de police ne furent plus visibles. Devant elle Eva apercevait le carrefour au bout du boulevard. Elle arriva à une galerie marchande et attendit qu'un camion la masque pour s'y engouffrer. Après un regard par-dessus son épaule, elle entra chez un disquaire par la porte du fond.

Au rayon *Rock & Roll* elle s'arrêta pour parcourir les nouveaux titres de CD. Elle y resta une bonne minute tout en surveillant la porte du fond toutes les dix secondes. Une fois certaine de ne pas avoir été suivie, elle quitta le magasin par l'entrée principale et se dirigea vers une cabine téléphonique. Elle composa son numéro sur les touches à fréquences vocales.

— Ouais ? répondit Rudy.

— Il y a un problème.

— J'ai entendu ça.

— Résous-le, dit-elle avant de raccrocher.

5

Vendredi 12 mars, 20 h 40

— Monsieur du Maurier a été retenu mais ne va pas tarder, annonça le maître d'hôtel à Joanna. Préférez-vous l'attendre au bar ou dans la salle ?

— Dans la salle, s'il vous plaît.

— Elle le suivit à travers le restaurant chic. Tout était blanc, à part le lustre de cristal étincelant, qui répandait une lumière agréablement tamisée. Les tables étaient largement espacées, donnant aux clients une impression de discrétion. Le long de la salle le personnel se tenait en silence, attentif aux désirs des dîneurs.

Dès que Joanna se fut assise, le sommelier arriva et ouvrit une bouteille de Dom Pérignon 1983. Il attendit que Joanna y goûte et l'accepte. Puis il mit la bouteille dans un seau à glace et disparut.

Joanna dégusta son champagne et observa la clientèle du « Château ». Les convives avaient l'air plus européens qu'américains, distingués, en tenue sombre habillée. Ils ne faisaient pas nouveaux riches, mais gens de vieille fortune avec tout ce que cela signifie. Des gens habitués à l'argent, se répéta-t-elle, à beaucoup d'argent.

Elle se remémora son enfance dans la baie de San Francisco et la vie heureuse qu'elle y avait eue. Ils habitaient de grandes maisons et roulaient en voitures de luxe, faisaient partie des clubs les plus chic et passaient leurs vacances à Aspen et à Maui. C'était une existence que beaucoup de gens ne connaissaient qu'en rêve. Puis son père était mort dans un accident d'avion, laissant derrière lui une montagne de dettes. Brutalement, leur monde s'était écroulé et il lui avait fallu se battre pour survivre. Pour finir ses études au collège et obtenir ses diplômes, elle avait dû emprunter, et emprunter encore pour faire ses études de médecine. Puis continuer à emprunter pour que sa sœur Kate fasse elle aussi des études. Belles demeures, voitures de luxe, clubs chic... tout avait disparu en un clin d'œil. Joanna avait connu la belle vie, mais aussi les difficultés de l'existence.

Elle revint au décor du restaurant. Tout ici était élégant, de bon goût et sentait la richesse. C'était le genre d'endroit et de gens qu'elle aimait. Et que représentait tout à fait Paul du Maurier, à son avis.

Elle avait rencontré Paul trois mois plus tôt, dans un cocktail à Bel Air. Il avait attiré son attention au milieu de l'assistance, et elle s'était demandé qui il était et s'il était marié. Leurs regards s'étaient croisés et il était allé droit vers elle en disant : « Je n'avais guère envie de venir, mais maintenant je ne le regrette pas. » C'était un banquier d'affaires qui partageait son temps entre Santa Barbara et Los Angeles. Il était élégant, charmant, brillant. Et il tombait à pic. Elle venait tout juste de rompre avec Jake Sinclair pour la énième fois, se jurant de ne jamais retourner avec lui tout en sachant qu'elle finirait par le faire. C'était comme une mauvaise habitude dont elle n'arrivait pas à se débarrasser. Mais voilà que Paul avait fait irruption et elle s'était emballée, oubliant Jake. Elle devait toutefois reconnaître qu'elle pensait encore à lui par moments. Et cela lui avait fait tout drôle de le revoir sur les lieux du crime. Mais elle avait chassé cette émotion. Jake n'était plus l'homme le plus important de sa vie.

Dieu ! Depuis quand avait-elle une liaison avec Jake ? Ça faisait plus de dix ans et leur relation n'avait pas évolué d'un iota. Et elle s'était accrochée comme une idiote, espérant toujours l'amener à changer. Tout n'était pas négatif en lui. Il savait être amusant et sexy en diable. Mais s'il avait été l'homme idéal elle aurait pu se marier avec lui et avoir maintenant des enfants. Il était temps de changer de cap, se dit-elle, de rompre avec le passé et de passer à autre chose.

Les convives de la table voisine tournèrent la tête vers l'entrée. Joanna suivit leur regard et vit Paul du Maurier accueilli par le maître d'hôtel. Lorsqu'il traversa la salle, une douzaine de paires d'yeux le suivirent. Il attirait le regard. Ce grand gaillard débonnaire ne passait décidément pas inaperçu. Il était beau, les traits ciselés, un menton volontaire et des cheveux bouclés d'un blond grisonnant. Sa démarche était majestueuse, celle de quelqu'un qui est sûr de lui.

Il lui saisit la main et la baisa.

— Tu es resplendissante dans cette robe. Je ne me rappelle pas l'avoir déjà vue.

Joanna sourit. Sa robe noire était neuve, tout comme ses chaussures noires et sa pochette. La seule chose ancienne était le collier de perles du Japon qu'elle portait.

Paul recula le buste pour permettre au serveur de lui servir une coupe de Dom Pérignon. Il porta un toast à Joanna.

— A nous deux !

— A nous deux ! dit à son tour Joanna avant de déguster son champagne tout en observant la tenue de Paul.

Il portait un costume bleu sombre Armani sur une chemise bleu pâle et une cravate d'un rouge sobre. Il semblait sortir tout droit d'une gravure de mode dans *Gentlemen's Quarterly.*

— Excuse mon retard, dit Paul en lui pressant doucement la main. J'espère ne pas t'avoir fait attendre trop longtemps.

— Je viens juste d'arriver. Il y a eu un problème à ta réunion ?

Paul poussa un profond soupir.

— Les Japonais n'ont pas l'air de se rendre compte que la roue a tourné et que leur pays est plongé dans le rouge.

— A ce point-là ?

— Pis qu'on ne croit, dit gravement Paul. Pour commencer, leurs banques détiennent pour mille milliards de dollars de créances douteuses, principalement en prêts sur de mauvaises opérations immobilières.

Joanna fronça les sourcils.

— Mille milliards.

— Mille milliards, avec un grand M, poursuivit Paul. Et pour couronner le tout, certains de leurs trusts géants et de leurs agents de change sont au bord de la faillite et sont maintenus à bout de bras par le gouvernement japonais, et ça ne pourra évidemment pas durer éternellement. Et, comme si cela ne suffisait pas, leurs marchés asiatiques se rétrécissent, et le yen est en chute libre. Mélange le tout et ça donne une économie qui part à la dérive comme un bateau sans gouvernail.

Joanna demanda d'un air sérieux :

— Est-ce qu'ils vont chavirer ?

Paul eut un grand sourire.

— Tu te fais du souci pour eux ?

Joanna haussa les épaules.

— Pas vraiment. Ils s'en moquaient complètement quand l'Amérique était dans une situation difficile. Je me souviens avoir entendu un de leurs ministres déclarer qu'il fallait que l'Amérique fasse le ménage chez elle. Je leur retourne le compliment.

Le sourire de Paul s'élargit encore.

— Tu parles comme un banquier.

— C'est bien ?

— A mes yeux, c'est parfait.

Tous les deux rirent. Paul approcha la main de Joanna de ses lèvres et y posa un baiser.

— Ne te soucie pas des Japonais. Ils vont bien finir par accomplir les réformes qui s'imposent. Mais en attendant, les capitaux étrangers n'y seront pas investis.

— Tu es sûr qu'ils vont faire ces réformes ?

— Ils n'auront pas le choix, répondit Paul d'une voix sans appel. Absolument pas le choix.

— Tu veux dire qu'on va les leur imposer ?

— Je veux dire qu'on va leur faire une offre qu'ils ne seront pas en état de refuser.

— On croirait une réplique du *Parrain*.

Paul eut un petit sourire.

— Ça se pratique aussi dans la banque.

Son changement de ton et de visage fit comprendre à Joanna que la pression internationale s'appliquait déjà et que la réforme du système bancaire japonais ne saurait tarder. Et Paul du Maurier était bien placé pour le savoir. Il était l'un des dirigeants d'une banque d'affaires de Los Angeles qui investissait dans le monde entier. Elle avait des filiales à New York, Londres, Paris, Singapour et Tokyo.

— Assez parlé d'affaires, dit Paul en faisant un geste pour être resservi en champagne. Parlons de notre petit voyage à Montréal. As-tu préparé tes bagages ?

Joanna eut un sourire navré.

— Je ne vais pas pouvoir venir. J'en suis désolée.

Paul plissa les yeux.

— Et pourquoi ?

— Tu es au courant de l'explosion d'une bombe dans Hollywood Ouest hier au soir ? demanda-t-elle. Eh bien, je suis le médecin légiste désigné pour cette affaire.

— Ils ne peuvent pas prendre quelqu'un d'autre ?

Joanna secoua la tête.

— C'est moi qu'ils veulent.

— La barbe ! grommela Paul. J'avais tout organisé. Cela aurait été sublime. (Il tambourina sur la table du bout des doigts, le regard fixé sur Joanna.) Es-tu bien sûre de ne pas pouvoir te défiler ?

— Fais-moi confiance, j'ai essayé. Mais ce n'est que partie remise.

— Sais-tu combien de temps va te retenir cette opération ? C'est une affaire de semaines ?

— Il y en a pour plusieurs mois, dit Joanna en repensant aux restes humains trouvés sur le lieu de l'explosion.

On en avait finalement découvert trente-six, et les plus gros étaient une omoplate et deux pieds arrachés. Le plastic en explosant avait littéralement volatilisé les victimes, ne laissant que des fragments de tissus humains. Impossible d'identifier formellement qui que ce soit à partir de ça. Il fallait qu'elle dispose d'autres éléments. Vêtements, bijoux, ou quelque chose qui permette de distinguer un individu précis.

— Ma fille Sacha va être très déçue, dit Paul en interrompant ses pensées. Elle se faisait une joie de te rencontrer.

— Moi aussi. Dis-lui bien qu'on se verra bientôt.

Paul poussa un gros soupir.

— Je vais appeler la mère de Sacha demain matin pour la prévenir du changement.

— Tu dis ça comme si c'était une corvée.

— Parler à mon ex-épouse est toujours une corvée. Qui devient franchement impossible quand je dois lui demander un service.

— Mais elle va bien comprendre si tu lui expliques...

Paul l'arrêta d'un geste dédaigneux.

— On voit bien que tu ne connais pas Catherine.

Le serveur s'approcha pour remplir leurs verres. Paul le regardait, le visage impassible. Mais il bouillait intérieurement au souvenir de leur pénible divorce cinq ans auparavant. Catherine ne voulait pas s'en tenir à leur contrat de mariage, bien qu'il soit avantageux pour elle. Et lorsque la cour lui avait donné tort, elle avait réclamé la garde complète de l'enfant, en alléguant que Paul était d'un caractère emporté et qu'il terrorisait la petite. Pure affabulation. Si Sacha commettait une bêtise, il élevait la voix pour la faire obéir. C'était la discipliner, pas la brutaliser. Mais les avocats de Catherine avaient fait croire qu'il passait son temps à crier après la gamine. La honte (Paul se hérissait intérieurement), la honte quand le juge lui avait enjoint de se surveiller quand il rendrait visite à sa fille à Montréal ! Et Catherine, qui aimait soi-disant si tendrement sa petite, n'avait rien eu de plus pressé que de louer les services d'une nurse pour pouvoir voyager et fréquenter les salons mondains de Montréal. La salope ! Rien que de penser à lui parler le faisait frémir.

Joanna remarqua l'air absent de Paul et devina qu'il pensait à sa fille.

— Quel âge a Sacha ?

— Douze ans.

— C'est une jeune fille.

— Absolument. De plus en plus belle.

— Quelle barbe ! jura Joanna à mi-voix. Quand je pense que je devrais être demain avec toi dans l'avion pour Montréal.

— Oui, tu devrais, fit Paul en buvant une gorgée de champagne, sa pensée revenant à son ex-épouse. Catherine était médecin psychologue lorsqu'il l'avait connue. Elle avait une importante clientèle qui interférait constamment avec sa vie familiale. Par moments elle accordait plus d'importance à ses patients qu'à son mari et à sa fille. La juge qui avait statué sur la garde de l'enfant n'avait pas voulu en tenir compte. Hors débat, avait-elle déclaré.

Joanna observait le visage de Paul.

— Tu es ailleurs.

— Je me disais que nous sommes trop souvent la proie des événements, mentit-il.

— Eh oui ! fit Joanna d'un ton résigné. Cela aurait été une telle joie de partir ensemble.

— Nous le ferons. Dans six semaines il y a un congrès de banquiers aux Bermudes. Je n'y consacrerai pas beaucoup de temps et l'île est superbe. Qu'est-ce que tu en penses ?

— Un rêve ! ronronna Joanna.

— Parfait ! Je m'occupe de tout. (Paul pointa un doigt taquin vers elle.) Et cette fois-ci aucune excuse ne sera acceptée. Débrouille-toi pour être libre la troisième semaine d'avril.

Joanna sortit son agenda de sa pochette et le feuilleta. Son sourire se figea.

— Oh, non !

— Ne me dis pas que tu n'es pas libre.

Elle eut un soupir de découragement.

— Je dois recevoir la médaille de la Liberté des mains du Président le 19 avril.

Paul leva les sourcils.

— Du président des Etats-Unis ?

Joanna fit signe que oui.

— Raconte-moi pourquoi tu vas recevoir cette médaille, dit Paul, intéressé. Donne-moi tous les détails.

Joanna raconta l'expédition scientifique dans les eaux de l'Alaska où un iceberg toxique tuait les gens et détruisait la vie marine.

— On a réussi à localiser l'iceberg, identifier la toxine et finalement la détruire. Tous les scientifiques qui ont participé à cette action reçoivent la médaille.

— Quelle était la toxine ?

— D'origine biologique, répondit évasivement Joanna. Mais ce n'est plus un problème.

— Je pense que tu minimises l'importance de cette mission scientifique, dit Paul. On ne donne pas comme ça la médaille de la Liberté, dont dispose le Président. Je le sais parfaitement.

— Nous avons fait un travail dangereux, reconnut Joanna en se rappelant tous ceux qui avaient péri dans ces eaux glacées. J'ai eu de la chance de m'en tirer.

— Je croyais que la médaille n'était remise qu'à Washington.

— En principe. Mais le Président vient inaugurer un nouvel institut de recherches. Et comme les trois scientifiques qui vont recevoir cette médaille appartiennent à des universités de l'Ouest, il a décidé de la remettre à Los Angeles.

— Pourrais-je y assister ?

— Bien sûr, dit Joanna avec plaisir. Mais ton congrès de banquiers aux Bermudes ?

— Tu es bien plus importante à mes yeux, dit Paul avec un regard pétillant. Mille fois plus.

— Quelle poisse ! Je regrette profondément de ne pas partir demain avec toi à Montréal.

— Mais tu n'y peux rien, répondit Paul en se penchant vers elle et en lui effleurant les doigts de ses lèvres. Au moins profitons bien de cette nuit.

Samedi 13 mars, 6 h 48

Depuis le balcon de la suite du palace Beverly Wilshire, Joanna contemplait l'apparition de l'aube. Le ciel était sombre et nuageux, conforme à son humeur. Elle avait passé la nuit à faire l'amour avec Paul du Maurier dans un endroit luxueux. Mais le moment de se séparer était venu et il allait falloir retourner dans l'univers des bombes, des terroristes et des chairs humaines en décomposition. Autant dire tomber du paradis en enfer.

Une brise frisquette se leva et Joanna se pelotonna dans son peignoir en tissu-éponge, se demandant ce qui se serait passé s'il n'y avait pas eu cette bombe. Ils auraient pris leur petit déjeuner sans se presser puis se seraient habillés avant de prendre une voiture de remise pour se rendre à l'aéroport et embarquer pour Montréal. Là elle aurait rencontré Sacha et appris à mieux connaître Paul. Un projet idéal.

Elle eut envie d'appeler Simon Murdock pour lui annoncer qu'elle se retirait de l'affaire. Que quelqu'un d'autre s'attelle à ce casse-tête chinois ! Mais elle savait au fond d'elle-même qu'elle ne le ferait pas. Une fois qu'elle avait commencé quelque chose, elle ne reculait jamais. La ténacité était un trait de la famille Blalock. Son père et sa sœur étaient comme ça, et elle aussi. C'était dans leurs gènes et ça les aidait à réussir. Mais cela pouvait aussi être une malédiction. Comme dans ce cas.

Joanna entendit la douche s'arrêter derrière elle. L'instant d'après Paul apparaissait dans le salon et allumait la télévision. Le journaliste parlait d'un crachin matinal qui provoquait des ralentissements sur toutes les voies rapides. Quelle importance ? se dit Joanna. Elle s'en serait parfaitement fichue, assise à l'arrière d'une limousine à écouter du Mozart tout en grignotant des fraises accompagnées d'un agréable blanc de blanc. Le présentateur parlait maintenant de l'explosion d'Hollywood Ouest.

— Joanna, appela Paul. Ça peut t'intéresser.

Pas vraiment, songea Joanna, mais elle vint quand même s'asseoir à côté de Paul sur le vaste et moelleux canapé.

— Ils ne vont rien révéler de nouveau.

— Sait-on jamais, dit Paul, les yeux rivés sur l'écran.

— Rien en tout cas qui pourrait renseigner les terroristes restants, dit tranquillement Joanna.

Paul lui lança un regard surpris.

— Ils ont dit dans les journaux que tous les terroristes étaient morts dans l'explosion.

Joanna fit un geste vague, n'ayant pas envie d'entrer dans les détails.

— Il peut y en avoir encore un ou deux qui traînent.

— Es-tu en danger ?

— Pas du tout, dit Joanna, sensible à son inquiétude. Je vais travailler uniquement dans mon laboratoire au Memorial.

La télé montrait en direct une vue aérienne du lieu de l'explosion. D'énormes projecteurs illuminaient la scène et les gens qui y travaillaient. Joanna distinguait plusieurs agents de l'ATF à leur veste particulière. Ils se dirigeaient apparemment vers un camion.

— Il y a du nouveau, rapporta le pilote d'hélicoptère de Channel 4. Ils ont dû tomber sur quelque chose d'important.

— Une idée de ce que c'est ? demanda le présentateur depuis le studio.

— Je ne peux rien affirmer, répondit le pilote.

Joanna regarda partir le camion à toute allure, suivi de plusieurs voitures de police. Elle vit aussi d'autres individus s'éloigner en courant du lieu de l'explosion dans la courbe de la rue.

— Ils évacuent la zone, dit-elle calmement.

— Pourquoi ? fit Paul.

— Ils ont dû tomber sur quelque chose de dangereux.

— Une autre bombe ?

— Ça se pourrait, dit Joanna en se demandant si les terroristes n'avaient pas laissé derrière eux un engin piégé.

Le reporter en hélicoptère s'écria :

— On fait évacuer la zone. Nous avons reçu l'ordre de partir immédiatement.

— Eh bien, tirez-vous ! s'écria le présentateur avec nervosité.

La télévision montrait maintenant de loin le pâté de maisons dévasté. Les projecteurs restaient allumés et créaient une luminosité irréelle dans l'aube à peine naissante.

Paul alluma une cigarette en réfléchissant.

— Ne m'as-tu pas dit que tu avais enquêté hier sur le lieu de l'explosion ?

— Oui.

— Et ne viens-tu pas de prétendre que tu ne courais aucun danger ?

— Il y a toujours un risque, expliqua Joanna, tout en continuant à se demander ce qui avait fait fuir les agents de l'ATF.

Cela ne pouvait être qu'une bombe ou en tout cas un explosif. Et qui se trouvait certainement déjà là la veille et l'avant-veille. Elle frissonna à l'idée qu'elle, Jake et Hurley avaient dû se trouver tout près de l'engin. Sans doute suffisamment près pour se retrouver au ciel.

Paul tendit le bras et lui caressa gentiment la nuque.

— Promets-moi d'être prudente.

— C'est promis.

— Je ne supporterais pas de te perdre, dit doucement Paul.

— Je n'ai pas l'intention de partir tout de suite, répliqua Joanna en le serrant dans ses bras.

Mais sa pensée restait fixée sur l'engin qui avait provoqué la fuite des agents dans toutes les directions et l'idée d'en avoir été si proche.

6

Lundi 15 mars, 14 h 10

Joanna et Lori McKay étaient au fond du laboratoire de médecine légale, devant une carte géante du lieu de l'explosion. Un gros rond rouge indiquait d'où était partie la déflagration. On avait dessiné tout autour vingt-huit carrés répertoriés. Chaque carré représentait un reste humain.

Lori mesura la distance entre le foyer de l'explosion et le carré le plus éloigné. Treize mètres. La déflagration avait arraché et projeté un morceau de bras à cette distance. Elle se demanda si l'homme avait souffert à l'instant où il s'était désintégré.

— Bon, on peut déjà affirmer qu'il y a eu au moins deux victimes à partir de deux chaussures contenant deux pieds d'origine probablement différente. Mais j'ai idée qu'il y a eu trois, peut-être même quatre victimes dans cette maison.

— Sur quelles bases ? demanda Joanna.

— Un premier examen des restes humains et de leur répartition sur le terrain.

Joanna opina. Son regard s'arrêta sur le centre de l'explosion. Elle imagina les victimes rassemblées autour de la table de la cuisine sur laquelle la bombe était posée. Puis une détonation subite réduisant tout le monde en cendres. Elle imaginait encore les débris humains projetés en l'air avant d'atterrir selon une répartition logique, en fonction de la puissance de la déflagration, dont Joanna avait défini le matin même les principes. Pour un médecin légiste, toutes les bombes déclenchent une gigantesque onde de choc centrifuge et vers le haut. Si les victimes se pressaient autour de la bombe, comme Joanna et Lori en étaient persuadées, la direction dans laquelle un corps avait été projeté par le souffle de l'explosion était fonction de son emplacement de départ.

Joanna recula.

— A mon avis il y a eu quatre victimes. Encore va-t-il falloir le prouver.

— Les tests ADN sur les fragments de chair devraient nous y aider, fit Lori. Cela établira de façon certaine quoi appartenait à qui.

— Sans aucun doute, reconnut Joanna. Mais ça prendra des semaines avant qu'on ait les résultats. En attendant, ce ne serait pas mal de faire analyser les échantillons de sang en fonction des vingt-trois antigènes. Cela servira de contre-épreuve au cas où les tests ADN laisseraient des zones d'ombre.

Lori prit un crayon et une feuille de rapport et commença à y jeter des notes.

— Comment voulez-vous procéder pour l'examen des fragments ? On le fait ensemble ?

— Non, répondit Joanna sans hésiter. Chacune de son côté. Et dans deux pièces différentes. Notez bien tout ce que vous découvrez dans les moindres détails, aussi insignifiants qu'ils paraissent. S'il faut faire une supposition, faites-la. S'il faut prendre des risques, prenez-les. Mais creusez chaque indice à fond. Puis on comparera nos notes.

Lori eut un faible sourire.

— Je suis sûre que vous allez découvrir bien plus de choses que moi.

— C'est bien possible. Mais vous pouvez voir quelque chose qui me sera passé inaperçu. Et ce sera peut-être un élément essentiel.

Chaud devant ! se dit Lori en se demandant si elle atteindrait jamais le niveau de Joanna Blalock. Joanna avait l'esprit si rapide et si pointu, et elle était capable de tirer tellement de choses de trois fois rien. Elle avait l'art de détecter l'indice le plus minime qui allait se révéler capital. Les talents de Joanna brillaient particulièrement sur les lieux des crimes. On aurait dit qu'elle disposait d'un sixième sens pour reconstituer les événements. Et c'est bien pourquoi on la réclamait dans les cas les plus difficiles. Lori soupira, souhaitant avoir ne serait-ce que la moitié des qualités professionnelles et de la réputation de Joanna.

— Y a-t-il une consigne particulière ?

— On recherche avant tout des éléments distinctifs. Essayez de trouver des bouts de vêtements, ceintures ou boucles qu'auraient portés les terroristes. Notez bien les couleurs de peau, les cicatrices et les tatouages. Recherchez tous les bouts de métal comme les bagues ou des pièces de montres.

Lori leva les yeux.

— Qu'est-ce que ça pourra nous apprendre ?

— Si c'est un morceau d'alliance, il y aura peut-être une inscription gravée dessus. Vous vous rappelez James Robert Butler ?

Lori hocha la tête, se remémorant le squelette qu'on avait trouvé dans les collines de Santa Monica, mis au jour par les eaux torrentielles. On avait retrouvé avec lui une alliance sur laquelle étaient gravées sur la face interne les lettres *J. R.* C'est grâce à cela qu'on avait découvert l'identité de l'homme.

— Il y a aussi parfois des inscriptions au dos des montres, c'est ça ?

— Sait-on jamais.

Lori nota rapidement. Puis elle tapota pensivement la table du bout de son crayon.

— Est-ce qu'on recherche plus particulièrement quelque chose ?

— Ce sera en fonction des premiers résultats. On va commencer par une étude globale des tissus suivie d'un examen au microscope. On orientera nos recherches à partir de là.

— Que diable pourrait nous apprendre de nouveau une étude au microscope ? Tout ce que ça peut faire apparaître, ce sont les marques de l'explosion sur les chairs.

— Et beaucoup plus avec un peu de chance.

— C'est-à-dire ?

— Supposons que l'un des échantillons soit un fragment de foie, dit Joanna en réfléchissant tout haut. Et qu'au microscope on s'aperçoive qu'il est infesté de larves de *Schistosoma hematobium*. On en tirerait quoi ?

Lori hésita.

— Je sais qu'on trouve cette larve en Afrique. Mais il ne semble pas que les peaux que nous avons trouvées soient de type négroïde.

— Le *Schistosoma hematobium* est également présent en Afrique du Nord, par exemple en Egypte ou en Algérie. Il est également endémique en Irak, Iran, Syrie et au Yémen.

— Vous pensez qu'on pourrait avoir affaire à des islamistes ?

Joanna haussa les épaules.

— Aussi bien qu'à d'autres.

Les deux femmes s'approchèrent d'un grand tableau noir où étaient inscrits les résultats des deux affaires en cours. Premièrement, l'explosion à Hollywood Ouest. Deuxièmement, la main arrachée découverte dans un ravin isolé au nord de Los Angeles. Sous ce dernier il y avait les sous-titres (A) IRM et (B) Fédération de boxe.

— Revoyons un instant cette main, dit Joanna en jetant un coup d'œil à sa montre.

Lori râla intérieurement.

— On se croirait dans un atelier de récupération.

— C'est tout à fait ça.

Joanna regarda attentivement le tableau, prit un morceau de craie et ajouta un sous-titre : (C) Recherche d'ADN.

— Que nous apportera la fiche ADN de cette main ? demanda Lori.

— En Californie, les boxeurs sont systématiquement soumis avant chaque combat à une prise de sang et à une analyse d'urine pour vérifier qu'ils ne sont pas séropositifs ou dopés. Il se peut qu'on ait conservé quelques échantillons dans un coin. Si c'est le cas, on pourra comparer leur ADN avec celui de la main.

— Mais on ne congèle que le sérum, pas le sang complet, fit remarquer Lori. On ne peut pas déterminer l'ADN à partir de sérum ou d'urine.

— Sauf si on trouve des globules blancs dans les prélèvements.

Lori fut agacée à l'idée qu'elle aurait dû y penser. On peut trouver des globules blancs dans le sérum et l'urine. Il suffit de les passer à la centrifugeuse pour les récupérer.

Joanna restait concentrée sur le tableau noir, cherchant ce qu'elle avait bien pu oublier. A propos des durillons sur la main. On les avait déjà envoyés en analyse pour déterminer de quelle substance ils étaient imprégnés. Si c'était du ciment, on pourrait en déduire que la victime travaillait dans le bâtiment. Si les callosités venaient d'un travail de jardinage, elles pouvaient être incrustées de compost ou d'un engrais quelconque. Mais ce n'était pas les analyses chimiques qu'on avait oubliées. C'était quoi, alors ? Elle l'avait sur le bout de la langue, mais ça ne sortait pas. Elle reprit la craie et ajouta un sous-titre : (D), suivi d'un grand point d'interrogation.

Le regard de Lori se posa sur le bracelet que Joanna portait au poignet.

— Quel magnifique bracelet, commenta-t-elle.

— C'est un cadeau, fit Joanna en revoyant Paul du Maurier.

Son avion d'Air Canada se trouvait maintenant au-dessus du Middle West, à quelques heures seulement de Montréal. Elle regarda le bracelet. Une babiole, avait dit Paul. C'était de l'or à dix-huit carats incrusté de petits diamants sur les bords. Joanna reporta son attention sur le tableau noir.

— Est-ce que l'IRM de la main a donné quelque chose ?

— Ouais, mais on ne sait pas quoi en conclure.

Lori se dirigea vers une pile de radios et les afficha sur le négatoscope.

— Il y a un truc bizarre dans les chairs.

Joanna examina minutieusement les clichés. Dans la chair de la paume, il y avait comme des échardes.

— C'est métallique ?

Lori haussa les épaules.

— Les radiologues ne savent pas trop mais ils ne pensent pas. Cette matière n'était pas opaque sur les radios classiques.

Joanna aperçut un fragment triangulaire à la base du pouce. C'était le plus gros morceau, large de plus de quatre millimètres. Elle l'entoura au crayon rouge.

— Je voudrais qu'on récupère ce fragment et qu'on l'analyse. J'aimerais savoir ce que c'est.

Lori prit un petit bloc et y reporta les instructions.

— A propos, j'ai des ennuis avec la Fédération de boxe. Ils prétendent que leurs fichiers sont confidentiels.

— Qu'est-ce que c'est que cette idiotie ? fit Joanna en colère.

— Ils disent que leurs fichiers contiennent des informations médicales, des renseignements sur le dopage et des choses de ce genre. Il paraît qu'il faut une autorisation spéciale pour les consulter.

— Leur avez-vous dit qu'il s'agit d'une enquête criminelle ?

— Je ne suis pas sûre d'avoir employé ces termes-là.

— Eh bien vous les rappelez et vous employez ces termes précis, en ajoutant que vous représentez le bureau du coroner. S'ils refusent encore de coopérer, vous leur dites que nous obtiendrons un mandat de perquisition et que nous saisirons tous leurs dossiers. Et si nécessaire un mandat supplétif pour l'ensemble de la Fédération de boxe afin qu'ils nous aident à trier les dossiers.

— C'est possible ?

— Ça ne fait pas un pli.

On frappa à la porte. Les deux femmes se retournèrent pour découvrir Jake Sinclair faisant son entrée. Il avait sous les bras deux boîtes en plastique.

— D'autres restes humains, dit-il en posant les boîtes sur le plan de travail.

— C'est quoi ? demanda Joanna.

— La pièce n° 29 est un bout de crâne avec des cheveux d'un côté et de la cervelle collée sur l'autre.

— Quelle est la couleur des cheveux ?

— Noire.

— Crépus ?

Jack secoua la tête.

— Raides et assez fins. Ça peut provenir d'un Américain ou d'un Méditerranéen.

— Ou d'un Mexicain, suggéra Joanna. A quoi ressemble son cuir chevelu ?

— Foncé.

— Début de calvitie ?

— Pas du tout. Epais. Pas de cheveux gris.

— Brillants ?

— Oui, ceux d'un jeune. Et légèrement parfumés.

Joanna cacha un sourire. Jake avait un odorat incroyable. Il était capable de détecter et de reconnaître des odeurs auxquelles les autres restaient insensibles.

— On les fera analyser et comparer aux lotions qu'on trouve chez les coiffeurs mexicains ou moyen-orientaux.

Lori écoutait bouche bée. Joanna et Jake Sinclair avaient tiré tant de choses de si peu. Ils se renvoyaient la balle, comme si chacun devinait la pensée de l'autre. Ils avaient déjà déduit de tout ça que l'un des terroristes était jeune, sans doute moins de trente-cinq ans, avait la peau mate et était très probablement d'origine latino-américaine ou méditerranéenne. L'analyse de sa lotion capillaire pourrait réduire le champ des nationalités possibles.

— Qu'y a-t-il dans la seconde boîte ? demanda Joanna.

— Ce n'est pas évident, dit Jake en ouvrant le couvercle. On dirait un bout de pied en plastique.

— Une prothèse ?

— Non. Plus que ça.

Joanna enfila une paire de gants en latex et souleva l'objet. Il était de couleur crème et ressemblait à un talon et à une voûte plantaire. Le matériau était de la céramique ou du plastique.

— Bizarre, fit Joanna, perplexe. C'est peut-être un bout de mannequin.

— Qu'est-ce qu'ils auraient bien pu foutre d'un mannequin ?

Joanna haussa les épaules, puis examina à la loupe les bords du talon.

— Il y a des traces de sang et de chair sur la surface interne. Ce qui indique que quelqu'un portait ça.

— C'est peut-être une sorte de prothèse, proposa Jake.

Joanna étudia la largeur et la texture du talon.

— C'est trop épais.

— Ça ne pourrait pas être un bout de chaussure en plastique ? demanda Lori.

— C'est plausible, approuva Joanna. Bien pensé.

— Comment s'en assurer ? demanda Lori.

— Les ingénieurs en biologie pourront peut-être nous le dire.

Joanna remit le talon en plastique dans la boîte qu'elle tendit à Lori.

— Commençons par rechercher des empreintes et par collecter le sang et la chair pour examen. Ensuite j'aimerais que vous le portiez au service de bio-engineering pour voir s'ils peuvent identifier le matériau et déterminer sa provenance.

— Je le fais tout de suite, dit Lori. Et après je tâche de régler le problème de la Fédération de boxe.

Jake regarda la jeune pathologiste glisser un sac à dos sur son épaule et se précipiter hors du laboratoire. Elle avait rassemblé ses cheveux auburn en une queue-de-cheval, ce qui la rajeunissait encore. On aurait dit une étudiante. Il se retourna vers Joanna.

— Tu as un problème avec la Fédération de boxe ?

— Ils font la mauvaise tête.

Joanna lui parla de la main arrachée et des indices qui lui faisaient penser qu'elle appartenait à un boxeur.

— La taille des os métacarpiens semble indiquer qu'il pesait entre cinquante-cinq et soixante kilos.

— Peut-être moins, dit aussitôt Jake.

— Pourquoi ?

— Parce que certains boxeurs ont de grosses mains, plus qu'on ne croirait. J'ai rencontré un jour un poids welter qui avait de plus grosses mains que moi. Il m'a raconté qu'elles étaient devenues comme ça à partir de son adolescence.

Joanna médita sur les mécanismes qui pourraient expliquer les grosses mains des boxeurs. Elle savait que les os des garçons continuaient de grandir jusqu'à dix-huit ans. Peut-être que les traumatismes répétés subis par les mains de boxeurs au cours de leur adolescence stimulaient la croissance des os. Elle nota mentalement de vérifier cela auprès d'un représentant de la Fédération de boxe.

— Autrement dit, il pourrait s'agir d'un poids plume, dit Jake.

— Tu es amateur de boxe ?

— Depuis très longtemps, dit-il en s'asseyant lourdement.

Il alluma une cigarette grecque sans filtre et aspira profondément la fumée.

— Je croyais que tu avais arrêté.

— Je vais le faire.

Joanna l'observa rapidement. Il avait fichtrement belle allure, avec ses pommettes hautes et ses yeux bleu-gris. Ses cheveux châtains coiffés en arrière parsemés de gris ajoutaient encore à son charme. Mais des rides creusaient son visage et il avait l'air crevé.

— J'ai été réveillé par un coup de téléphone de Dan Hurley, dit Jake. Ils ont eu des problèmes sur les lieux de l'explosion.

— J'ai vu ça à la télé ce matin, confirma Joanna. Quelle était la cause de tout ce remue-ménage ?

— Une fuite de gaz dans une canalisation souterraine. Elle avait apparemment été courbée et fermée par la déflagration mais elle s'est débouchée lorsque quelqu'un s'est mis à remuer les décombres.

— Ne viens pas me dire qu'on avait oublié de couper le gaz.

— Bien sûr que non. Mais cette canalisation en contenait encore pas mal.

Joanna frissonna.

— Ça représentait un danger pour ceux qui travaillaient sur le site ?

— Ça pouvait très bien exploser.

Jake se souvint qu'il était sur le point d'allumer une cigarette quand Hurley l'avait arrêté. Il se demanda si le gaz fuyait à ce moment-là et ce qui se serait passé s'il avait allumé sa cigarette.

— Est-ce que les fédéraux ont une idée sur qui est à l'origine de la bombe ?

— Pas la moindre. D'après leurs renseignements, ça ne vient pas d'un groupe terroriste ou paramilitaire. Ils pensent que c'est le fait d'un de ces groupuscules éphémères composés de cinq ou six individus, dont on n'a jamais entendu parler et dont on ne sait rien.

— Ça devient de plus en plus grave.

— Et comment ! (Jake s'arracha à son siège et écrasa son mégot.) Il faut que j'y aille. (Il lança un regard à Joanna en partant. Un demi-sourire lui vint aux lèvres.) Tu as l'air heureuse.

— Parce que je le suis.

— Ça te va bien, dit-il d'une voix voilée. Tu es superbe.

— Merci, dit Joanna, et elle se sentit rougir.

Elle se retourna vivement vers le tableau noir et se demanda pour la millième fois si elle pourrait jamais éliminer Jake de sa vie.

7

Mercredi 17 mars, 20 h 40

La lumière multicolore qui se déversait à travers les vitraux donnait à la chapelle de l'hôpital une solennité que ni Eva ni Rudy ne ressentaient. Ils étaient assis au premier rang, regards fixés sur la chaire vide.

— Qu'est-ce qu'on attend ? demanda Rudy.

— Moins le quart, répondit Eva. On arrive à la fin des heures de visite, expliqua-t-elle. Il y aura encore du monde dans les couloirs et les ascenseurs. On ne fera pas attention à nous.

— Ouais, je vois, dit Rudy en lui jetant un regard de côté. Et si le vieux a de la visite ?

— Eh bien, on attendra que son visiteur parte. (Eva lui tendit une casquette blanche en plastique et des grosses lunettes.) Mets ça.

Elle portait une chemise et un pantalon blancs, l'uniforme du personnel de nettoyage au Memorial Hospital. Les casquettes n'étaient pas obligatoires, mais Eva trouvait que cela complétait leur déguisement. Une casquette cache les cheveux et modifie l'allure. L'idée de faire porter des lunettes à Rudy lui était venue d'un article publié par un chef paramilitaire sur Internet. Si les lunettes étaient assez épaisses, écrivait-il, on ne remarquait plus qu'elles et on ne se rappellerait rien d'autre concernant celui qui les portait. Les lunettes de Rudy étaient en plastique transparent, mais étaient suffisamment épaisses pour donner l'impression de verres grossissants.

— Encore combien de temps ? dit-il d'un ton impatient.

— Cinq minutes.

— C'est peut-être le moment de nous offrir une prière.

Eva fit signe que oui et inclina la tête.

— Seigneur, guide-nous dans notre mission et conduis-nous au succès. Garde-nous sains et saufs pendant que nous détruisons Tes ennemis en Ton nom. Merci pour...

Rudy lui donna un coup de coude et lui fit un signe de tête en direction du fond de la chapelle. Une femme âgée remontait lentement l'allée centrale. Elle s'assit à leur hauteur de l'autre côté et s'abîma dans la contemplation des vitraux en égrenant son chapelet.

— ... pour Ton aide et Ta miséricorde. Amen ! termina en vitesse Eva.

— Amen, répéta solennellement Rudy.

Du coin de l'œil Rudy observait la femme. Elle avait le teint foncé, et il l'entendait prier dans une langue qu'il ne comprenait pas. Elle s'agenouilla, pleurant en sanglots nettement perceptibles. Sa voix monta dans les aigus et commença à porter sur les nerfs de Rudy. Il aurait voulu la voir aller chialer ailleurs.

Il leva les yeux vers les magnifiques vitraux. Un archange tout blanc le contemplait. Leurs regards se croisèrent et se fixèrent. Rudy se sentit inondé de force. Il était béni.

Eva se leva, dos tourné à la femme.

— Garde la tête baissée, lui souffla-t-elle.

Ils quittèrent la chapelle et se dirigèrent vers une batterie d'ascenseurs. Le couloir était désert à l'exception d'une jeune femme trimballant dans une poussette un enfant endormi. Le comptoir d'accueil était vide.

— Je croyais que tu avais dit qu'il y aurait du monde dans les couloirs, s'inquiéta Rudy.

— Il y en aura dans le service, répondit Eva en appuyant sur le bouton.

— Qu'est-ce qui te fait croire ça ?

— C'est notre camarade du Memorial qui me l'a dit.

Rudy se méfiait de leur correspondant au Memorial Hospital. Le type à toujours rester dans l'ombre sans jamais se salir les mains ni participer aux meurtres. Et si ce fameux correspondant se faisait alpaguer, Rudy était convaincu qu'il balancerait les autres pour s'en tirer. Mais Eva répondait de lui.

— On se fait la malle par la porte de secours, c'est bien ça ? demanda Rudy, anticipant.

— Exact.

Eva s'inspecta dans la paroi de miroirs près des ascenseurs. Ainsi vêtus de blanc et avec leur casquette, ils avaient l'air de personnel de salle jusqu'au moindre détail. Leurs badges aussi avaient l'air authentiques. Et le chef d'Internet avait raison à propos des lunettes épaisses. Rudy avait tout du crétin moyen. Eva rentra une mèche de cheveux sous sa casquette comme la porte de l'ascenseur s'ouvrait.

Dedans se trouvait une adolescente en fauteuil roulant et sous perfusion. Un homme grand et massif en vêtements de travail se tenait près d'elle, une main sur son épaule. Il y avait dans l'ascenseur une odeur suave et écœurante de désodorisant pas frais. Eva remarqua au sol humide qu'on venait de passer la serpillière. Elle crut sentir une odeur sous-jacente de vomi.

— Vous travaillez tard, hein ! fit l'homme.

— Ouais, dit Eva en détournant le visage. Mais on a presque fini.

Rudy regardait la fille en fauteuil roulant. C'était une mignonne gosse, pensait-il, quatorze ou quinze ans à tout casser. Puis il remarqua l'exanthème sur ses bras, rouges et couverts de pustules et de croûtes. Elle en avait même aux pieds et aux jambes. Et elle était en train de gratter ses plaies au cou. Rudy se plaqua contre la paroi, s'écartant le plus possible de la fillette. Il espéra que le truc qu'elle avait ne se répandait pas dans l'air.

L'ascenseur s'arrêta brusquement et la porte s'ouvrit. Eva et Rudy sortirent sur le palier du sixième et se dirigèrent directement vers le cagibi du matériel d'entretien au bout du couloir. Armés d'un seau monté sur roulettes et de deux balais serpillières, ils revinrent vers la chambre 602.

Il y avait peu de monde : un vieil homme qui aidait une vieille femme à marcher, un jeune qui se baladait avec sa potence à perfusion. Eva et Rudy s'écartèrent pour laisser passer un infirmier pressé qui poussait un électrocardiographe.

— Parfait, murmura Rudy.

— Pas tant que ça, fit Eva en pointant son balai. Il y a une chaise devant la porte de la chambre 602.

— Et alors ?

— Jette un coup d'œil au bureau des infirmières.

Rudy essora son balai et regarda par-dessus son épaule. Un flic et une infirmière y bavardaient gaiement.

— La merde ! grommela-t-il. Qu'est-ce qu'on fait ?

Eva évalua la situation, pesant leurs chances de se faire prendre. Qu'est-ce qui se passerait si le flic se pointait ? réfléchit-elle. Et alors ? On pouvait le tuer vite et sans bruit. Du pied elle vérifia la présence du Beretta équipé d'un silencieux collé contre sa jambe.

— Alors ? fit Rudy, les yeux fixés sur le policier.

Il prenait un café, tout en continuant à plaisanter avec l'infirmière.

— Allons-y.

Ils entrèrent rapidement dans la chambre, laissant la porte ouverte. Un vieillard était dans le lit, les yeux bandés. Sur la table roulante près de lui il y avait une glace à la vanille à moitié mangée. En s'approchant Rudy heurta la table, la poussant contre le lit.

— C'est vous, lieutenant Sinclair ? dit le vieux d'une voix forte.

— Ouais, marmonna Rudy.

— Je suis content de vous revoir. Je me suis rappelé quelque chose. Deux des hommes que j'ai vus entrer dans la maison parlaient espagnol. Je suis sûr qu'ils étaient mexicains. Et l'un des deux avait une moustache et une barbiche. C'est curieux comme les souvenirs reviennent, vous ne trouvez pas ?

— Ouais. Très curieux.

Rudy plaqua une main sur la bouche du vieil homme et attrapa l'oreiller. L'homme tenta de se dégager, mais Rudy le clouait au matelas de tout son poids. Il appliqua l'oreiller sur le visage du vieillard.

Eva surveillait la porte et le couloir. Le flic était toujours dans le bureau des infirmières. Il s'était écarté du comptoir et avait la tête rejetée en arrière pour boire son café. La récréation se terminait. Elle regarda vers Rudy et le vieil homme.

— Magne-toi !

— Ce vieux con ne veut pas mourir.

Le vieillard était plus résistant qu'il n'aurait pensé. Il s'accrochait aux bras de Rudy, le griffant jusqu'au sang. Celui-ci augmenta sa pression sur l'oreiller.

L'homme battait des pieds et gémissait sourdement sous l'oreiller. Tout d'un coup il se raidit et eut un hoquet, puis un autre. Enfin il ne bougea plus.

Rudy retira l'oreiller et observa le visage de l'homme. Du crachat et des vomissures bordaient ses narines et ses lèvres, mais Rudy ne vit aucune bulle. Plus de respiration. Il tâta la carotide. Rien. Il replaça l'oreiller sous la tête du mort et dit :

— Tirons-nous.

Ils retournèrent dans le couloir en passant leurs serpillières. Du coin de l'œil ils virent le flic s'approcher.

Rudy se pencha pour prendre le pistolet contre sa chaussette.

— Du calme, dit tranquillement Eva. Balayons jusqu'au bout du couloir, peinardement.

— Je crois qu'il nous a vus sortir de la chambre.

— S'il vient nous questionner, tue-le. (Eva fit semblant de sourire, comme si Rudy venait de sortir une vanne.) Tu tires dans la tête.

Ils s'éloignèrent lentement de la chambre 602 en

passant leurs serpillières, sans jamais lever les yeux mais en gardant le flic en ligne de mire.

Celui-ci avait les mains sur les hanches et les regardait.

— Qu'est-ce qu'il va faire ? demanda Rudy dans un souffle.

— S'asseoir, je pense.

Le flic s'installa sur sa chaise et étira ses jambes.

— Brave petit, dit Eva en poussant le seau le long du couloir vers la sortie de secours.

8

Jeudi 18 mars, 7 h 30

Joanna fixait des yeux le téléphone qui sonnait, sûre que c'était pour une mauvaise nouvelle. C'était toujours le cas tôt le matin. Il était 7 h 30, et Joanna en était tout juste à sa deuxième tasse de café. Elle recula et saisit le téléphone.

— Oui ?

— Bonjour, dit Paul. J'espère que je ne t'ai pas réveillée.

— Je suis levée, dit gentiment Joanna.

— Et tu en es à ta deuxième tasse de café.

— Parfaitement exact. (Joanna regarda la pendule.) Pas d'ennuis ?

— Tout va bien à Montréal. Sauf que Sacha est déçue que tu ne sois pas là.

— Dis-lui qu'on va se voir très vite, je le lui promets.

— Je vais essayer, mais je ne suis pas sûr qu'elle le croira. Sa mère se sert de cette histoire pour dire que Sacha ne peut pas compter sur moi et sur ce que je raconte.

Joanna percevait une certaine amertume dans la voix de Paul.

— Seigneur ! Ton ex-femme a l'air gratinée.

— C'est le moins qu'on puisse dire. (Paul alluma une cigarette et souffla la fumée dans le combiné.) Et pour tout arranger, je devais dîner avec Sacha ce soir, mais il faut que je file à New York pour un rendez-vous important.

Joanna se demanda ce que pouvait ressentir une enfant unique tiraillée entre des parents divorcés qui se chamaillaient. Cela devait la perturber sérieusement.

— Je suis sûre que Sacha va comprendre que ton travail...

— Les enfants ne veulent rien comprendre au travail, l'interrompit Paul, à partir du moment où ça les prive de leur père.

— Ton rendez-vous est-il si important ?

— Il est primordial, dit Paul d'une voix très sérieuse. On veut lancer une OPA sur une banque d'affaires de New York, et on rencontre des problèmes.

— Eh bien, résous tes problèmes en vitesse et retourne à Montréal. Et rapporte une surprise à Sacha.

Paul poussa un profond soupir.

— Ce n'est pas si simple. Je vais avoir toute une série de rendez-vous à New York. J'en ai sans doute pour une semaine, si ce n'est plus. J'ai bien peur de devoir annuler nos dîners pour ce week-end.

— Nous sommes la proie des événements, murmura Joanna.

— Quoi ?

— Rien.

— Quand je reviendrai à Los Angeles, on se paiera un dîner de fête. Qu'est-ce que tu en dis ?

— Super, fit Joanna sur un ton qu'elle voulait enthousiaste.

— Tu me manques, dit Paul avec chaleur. Tu me manques beaucoup.

— Tu me...

Joanna entendit une série de déclics, puis le retour de la voix de Paul.

— J'ai un appel urgent sur l'autre ligne. Je peux te rappeler plus tard ?

— Bien sûr.

— Prends soin de toi.

Joanna fixa un instant le téléphone des yeux avant de raccrocher. Elle se demandait si elle venait d'avoir un aperçu de l'avenir. Jusqu'ici leurs rencontres avaient été soigneusement préparées. Dans une ambiance de lune de miel, de champagne et de roses. Mais leurs activités professionnelles venaient interférer. Elle ne pouvait pas aller à Montréal, empêtrée qu'elle était dans l'explosion d'une bombe à Hollywood Ouest, et Paul ne pouvait pas rentrer à Los Angeles à cause d'une OPA sur une banque de New York. Et en plus son ex-femme et sa fille entraient dans la danse. Doux Jésus ! râla-t-elle. Pourquoi la vie était-elle toujours si compliquée ?

La sonnerie du téléphone la fit sursauter. Elle sourit. C'était Paul. Elle en était sûre. Il voulait sans doute lui redire encore combien elle lui manquait. Peut-être même que son rendez-vous à New York était annulé et qu'il était déjà sur le chemin du retour.

Elle décrocha.

— J'écoute.

— On a une tuile, dit Jake Sinclair.

— Laquelle ?

— Notre seul témoin de l'explosion a été retrouvé mort ce matin dans son lit au Memorial.

Joanna changea rapidement de registre.

— Par suite de mauvais traitements ?

— On n'en sait trop rien. Tu ferais mieux de venir voir.

Joanna se fraya un chemin au milieu des médecins et des infirmières attroupés au sixième étage devant le bureau des infirmières. Elle se glissa sous la bande jaune et prit le couloir désert. La plupart des portes étaient fermées, mais quelques-unes étaient entrebâillées, derrière lesquelles se cachaient des regards curieux. Le policier de garde devant la chambre 602 la reconnut et esquissa un salut.

En entrant dans la chambre, Joanna fut prise à la gorge par l'odeur de vomi. Elle regarda le sol et le lit, sans trouver la source de cette odeur. Elle nota que le mobilier n'était pas dérangé et que les draps n'étaient pas froissés. Rien d'anormal. S'il y avait eu lutte, il n'y en avait aucune trace.

Jake vint vers elle.

— Ce n'est pas clair.

— Pourquoi dis-tu ça ?

— Voici un homme mort, et il y a sur l'oreiller une tache de sang inexplicable.

— S'est-il coupé en se rasant ?

— Apparemment pas.

— Ou peut-être a-t-il saigné du nez ?

— C'est possible, mais il n'a pas de sang séché au bord des narines.

— Ou il a pu le cracher en toussant, dit encore Joanna. Les gens victimes d'explosions peuvent faire des hémorragies pulmonaires.

— Ça ne veut peut-être rien dire, intervint Simon Murdock qui marchait de long en large devant la baie vitrée, soucieux. (Il baignait dans la lumière matinale qui embellissait ses traits.) Le bon diagnostic est probablement celui du médecin de garde.

— C'est-à-dire ? demanda Joanna.

— Régurgitation et aspiration avec obstruction brutale des voies respiratoires.

Joanna approuva, ayant trouvé l'origine de la mauvaise odeur.

— Et en toussant violemment pour se dégager les poumons il a très bien pu se rompre un petit vaisseau sanguin.

— Ce qui expliquerait tout, s'empressa d'ajouter Murdock.

— Ouais, fit Jake sans conviction en soulevant la tête du cadavre pour examiner sa nuque.

— Ecoutez-moi, lieutenant, dit Murdock d'une voix acerbe. Je sais bien que vous êtes là pour enquêter, mais tout ça paraît assez évident, et je ne vois pas la raison...

— Rien n'est évident là-dedans, l'interrompit Jake. Un homme qui a survécu à une explosion est en voie de guérison et subitement il décède sans qu'on sache pourquoi. Or c'est justement notre seul témoin oculaire.

— Mais le diagnostic de régurgitation et d'aspiration ne peut être mis en doute, d'accord ?

— Je serai d'accord quand l'autopsie aura établi que ses poumons sont pleins de vomissures, déclara Jake sans chercher à cacher son aversion pour le médecin directeur de l'école de médecine. Et que j'aurai la preuve que le sang sur l'oreiller est bien celui du mort.

Murdock soutint un instant son regard, avant de détourner les yeux et de recommencer à faire les cent pas.

Joanna ressentait la sourde antipathie et la tension qui montaient entre les deux hommes. Chaque fois qu'ils se rencontraient, il leur fallait faire un effort pour rester polis. Et elle comprenait pourquoi. C'était toujours à l'occasion d'une enquête criminelle au Memorial Hospital. Et c'était le rôle de Murdock de protéger la réputation de son établissement à tout prix. Rien n'était plus catastrophique pour l'image d'un centre hospitalier qu'un délit crapuleux, et le Memorial en avait eu plus que sa part. Drogue, affaire de mœurs, et même crime. Comme partout ailleurs dans la société, considéra sombrement Joanna. Et chaque année apportait son nouveau scandale et une nouvelle menace pour la réputation du Memorial. Aux yeux de Murdock, Jake Sinclair n'était pas un simple détective, il était un adversaire qui pouvait causer de gros préjudices à son établissement.

Ce dont Jake se fichait éperdument. Tout ce qu'il voyait, c'est qu'un crime avait été commis et que les coupables devaient être punis. Joanna se demandait si on se trouvait bien en présence d'un crime. Rien ne l'indiquait pour l'instant mais Jake, là encore, avait un sixième sens dans ce domaine. Son intuition le trompait rarement.

Joanna l'observa relever drap et couverture pour découvrir le corps. Il avait sacrément fière allure, avec ses yeux gris-bleu dont le regard vous perçait jusqu'au fond de l'âme. Ça vous rendait toute chose, mais vous n'aviez plus envie qu'il arrête. Quel dommage qu'il soit aussi solitaire et incapable de vivre longtemps avec quelqu'un ! Il avait un tempérament de célibataire. Elle soupira et se demanda quel serait le meilleur moment pour lui annoncer sa relation avec Paul du Maurier. Elle se demandait comment il allait réagir. Probablement se contenter de disparaître et de retourner à sa solitude.

— Tu veux venir voir ? demanda Jake.

Joanna s'approcha du lit et examina le corps nu. Elle commença par les pieds et remonta. Ses orteils étaient jaunes et déformés à cause d'une mycose chronique. La musculature de ses jambes était remarquablement développée pour un sujet de plus de soixante-dix ans, semblait-il. Il avait dû faire du jogging ou de la marche à pied. Ses organes génitaux étaient ratatinés et à peine visibles sous la touffe de poils gris. Il avait une cicatrice très propre d'appendicectomie et quelques gros grains de beauté sur la poitrine. Plus elle s'approchait de la tête, plus elle était incommodée par l'odeur de vomi.

Le regard de Joanna se porta sur les bras de l'homme. On y retrouvait une bonne musculature, mais pas aussi développée que celle des jambes. Il avait des marques d'intraveineuses sur un avant-bras, mais il n'y avait pas de saignement. Elle examina minutieusement les doigts du mort. Elle sortit une loupe de la poche de sa blouse blanche et s'attarda sur les ongles et le bout des doigts.

— Il y a eu lutte, dit-elle.

Jake se précipita.

— Tu as trouvé des peaux sous les ongles ?

Joanna hocha la tête.

— Et du sang. Sous l'index et le médium de la main droite.

— Bon sang de merde ! dit Jake d'une voix tendue. J'en étais sûr !

Murdock s'approcha du lit, essayant de comprendre.

— Quoi ? Qu'y a-t-il ?

— Nous sommes en présence d'un crime, voilà ! dit Jake.

Murdock avala sa salive.

— Qu'est-ce qui vous le prouve ?

Joanna informa le médecin-chef de la découverte de bouts de peau et de sang sous les ongles du cadavre. C'était la preuve évidente que l'homme avait défendu sa vie en griffant le visage et les bras de son assaillant. L'ongle manucuré de son index était également cassé, signe supplémentaire.

— On va analyser le sang trouvé sous ses ongles et le comparer au sang sur l'oreiller et au sien propre, ce qui permettra d'affirmer clairement que l'homme a été agressé. Et à partir de la peau on établira l'empreinte ADN. Si on arrive à coincer le meurtrier, l'empreinte ADN nous permettra de le confondre.

— Alors vous n'avez pas le moindre doute ? dit nerveusement Murdock.

— Pas le moindre. (Joanna renifla près de la tête du lit.) Pourquoi l'odeur de vomi est-elle si forte par ici ?

— Je l'ai également remarqué, et l'origine est derrière sa tête ou son cou. (Jake se baissa pour regarder sous le lit.) Ou par terre.

Joanna souleva la tête du cadavre et examina l'occiput et le cou. Ils étaient propres et pourtant l'odeur se renforçait. Elle jeta un coup d'œil à l'oreiller, le retourna et découvrit le vomi séché.

— On n'a pas touché au lit depuis qu'on a découvert sa mort ce matin ?

— Le flic de garde a exigé qu'on ne touche à rien, affirma Jake. Pourquoi ?

Joanna montra le vomi séché sous l'oreiller.

— Ces salauds l'ont étouffé, dit Jake, les mâchoires serrées. Et le pauvre type avait les yeux bandés. Il ne les a même pas vus venir.

Joanna regarda vers le couloir.

— Tu m'as bien dit que la porte était gardée ?

— Vingt-quatre heures sur vingt-quatre.

— Comment les tueurs ont-ils fait pour s'introduire ?

Jake réfléchit, se demandant si l'assassin ne pouvait pas être un médecin ou une infirmière. Ou encore un technicien.

— Gorman ! Venez voir une seconde.

Le grand flic large d'épaules se précipita.

— Mon lieutenant ?

— Avez-vous vu quelqu'un entrer dans la chambre depuis la dernière fois que vous avez vu le patient, vers 20 heures ?

— Non, mon lieutenant.

— Je veux dire n'importe qui : médecins, infirmières, aides-soignants, techniciens.

— Pas un chat.

Jake se frotta le menton, sachant bien que le tueur avait réussi à tromper la vigilance du gardien. Il se demanda si le flic n'avait pas piqué un petit roupillon.

— Avez-vous quitté votre poste pour une raison quelconque ?

— Non, mon lieutenant.

— Même pas pour pisser ?

Le flic opina.

— Deux fois. Mais en utilisant les chiottes de la chambre. Et en laissant la porte ouverte.

— Vous ne vous êtes pas éloigné ? Juste pour vous dégourdir les jambes ?

Le flic réfléchit.

— Je suis allé prendre un café au bureau des infirmières vers 20 h 30. Mais je suis resté dans le couloir et je n'ai pas quitté la porte des yeux.

— D'après vous, vous étiez à quelle distance de la porte ?

— Douze à quinze mètres.

— Et vous n'avez vu personne dans le couloir ?

— Personne, dit le flic, qui soudain cligna des yeux en se souvenant. En dehors de l'équipe de nettoyage.

Jake plissa les paupières.

— Vous êtes sûr que c'était bien l'équipe de nettoyage ?

— Ouais. Il me semble... Ils étaient en blanc et

portaient des badges d'identification. En tout cas je peux jurer qu'ils ne sont pas entrés dans la chambre.

Non, mon pote, eut envie de dire Jake. Tu étais à quinze mètres, et l'un des balayeurs a très bien pu se glisser dans la chambre pendant que tu te servais un café.

— Il était entre 20 h 30 et 21 heures, c'est ça ?

— Affirmatif.

Jake prit son carnet et nota de vérifier auprès de l'administration de l'hôpital si une équipe de nettoyage était programmée au sixième à cette heure-là. Et si c'était le cas, il voulait les voir. Ils pouvaient avoir remarqué quelque chose.

— A quoi ressemblaient-ils ?

Le flic hésita, essayant de réfléchir.

— Deux Blancs. Jeunes, pas loin de la trentaine. L'un des deux avait une barbiche.

— Bien, dit Jake. Merci de votre aide.

Joanna regarda le policier partir avant de s'adresser à Jake.

— Tu penses que ce sont les balayeurs qui ont fait le coup ?

— Ça se pourrait. Des uniformes blancs et de faux badges, ce n'est pas difficile à trouver.

Murdock secoua la tête, écœuré.

— Ils sont tranquillement entrés pour tuer le patient et repartis de la même façon.

— Ce n'est pas tout à fait aussi simple, dit Jake tout en pensant à ce qui avait pu traverser la tête du vieil homme pendant qu'on l'étouffait. (Il avait dû croire à un cauchemar.) Si ce sont les balayeurs, ils ont bénéficié de complicités dans la maison.

— Vous ne pouvez pas affirmer une chose pareille, réagit Murdock.

— Oh que si ! Ils savaient comment était l'uniforme et quel badge porter. Ils savaient où était le cagibi de rangement. Et surtout, ils savaient dans quelle chambre était le témoin. N'oubliez pas que son nom n'était même pas répertorié. Il a bien fallu que quelqu'un communique ces détails aux tueurs. Quelqu'un connaissant bien le Memorial Hospital.

— Ça reste une supposition, fit Murdock. Il n'existe aucune preuve qu'un membre du personnel soit impliqué. Ce ne sont que des présomptions.

— C'est à voir, dit Jake en détestant Murdock de plus en plus. (Il referma son calepin.) Je vais dans le bureau des infirmières, histoire de vérifier ce que le policier pouvait apercevoir de là. Il y a peut-être un angle mort.

Jake sortit le premier et passa devant le flic de garde à la porte. Il s'arrêta un instant pour voir comment s'ouvrait la porte de secours au bout du couloir. Un grand Noir en uniforme blanc et portant un badge d'identification en sortit et vint vers eux en jurant à mi-voix. Il poussait un seau sur roulettes et portait deux serpillières sur l'épaule.

— Qu'est-ce qui ne va pas ? lui demanda Jake.

— Je vais vous le dire, fit l'homme de service d'une voix rauque. Les extras qu'on loue maintenant ne valent pas un clou. Ils gueulent pour la paye, mais ce sont des branleurs. Rien que des branleurs. Ça laisse les serpillières et le seau sur le palier de secours au lieu de les ranger dans le cagibi.

Jake plissa les yeux.

— Où est le cagibi ?

Le Noir montra le couloir.

— A mi-distance entre ici et le bureau des infirmières. Le comble, c'est que c'était leur chemin pour aller aux ascenseurs.

Jake et Joanna suivirent son regard. Dans leur esprit ils se représentèrent tous les deux l'équipe de nettoyage passant leurs serpillières de plus en plus loin de la chambre et du flic dans le bureau des infirmières. Ils hochèrent la tête en se regardant et dirent d'une seule voix.

— Affaire interne.

— Quoi ? fit Murdock.

Il contempla Jake prendre une serpillière et le seau des mains du préposé et faire la démonstration. Il ne comprenait toujours pas.

Jake attendit que le Noir soit trop éloigné pour l'entendre avant de dire :

— Quelqu'un du Memorial est impliqué dans ce meurtre.

Murdock avala sa salive.

— Etes-vous en train de me dire que le tueur est un membre du personnel ?

— Je dis que quelqu'un d'ici est complice. Et en Californie, c'est assimilable à un meurtre.

9

Vendredi 19 mars, 11 h 28

— Comment te sens-tu ? demanda Jake.

— En forme, répondit le sergent Lou Farelli.

— Je te trouve les traits tirés.

— C'est le résultat d'un mois passé à regarder la télé, affalé sur un canapé.

Jake regarda Farelli d'un air pensif, en se demandant s'il n'avait pas repris son service un peu trop tôt. Il était pâlichon et traînait la patte. Mais les médecins l'avaient déclaré en bonne santé et remis de ses blessures. Jake revoyait le sang gicler de la jambe de Farelli et se répandre sur le trottoir.

— Si tu te sens fatigué, n'hésite pas à le dire.

Farelli protégea ses yeux des rayons d'un soleil éclatant et balaya du regard les tas de décombres là où il y avait eu des maisons.

— Ça dépasse l'imagination.

— Ça frappe encore plus quand on est sur place, hein !

— C'était tout un quartier. Et l'instant d'après, plus rien.

— Et vingt-deux disparus, ajouta Jake.

Farelli contempla les fanions éparpillés sur le lieu de l'explosion, qui flottaient dans la brise.

— Tu penses que le toubib va arriver à reconstituer les corps ?

Jake secoua la tête.

— Dieu seul en serait capable.

— Ouais, fit Farelli. Mais il ne fait pas partie de l'équipe.

Un engin de chantier se mit à rugir. Une tractopelle commença à dégager les décombres qui recouvraient une cheminée écroulée. Un agent de l'ATF guidait par signes le conducteur, le faisant avancer un peu plus, et encore un peu plus. Un manteau de cheminée en pierre se fendit en deux, déclenchant un nuage de poussière et de débris. L'agent leva soudain les bras en les écartant, et le pelleteur s'arrêta. Un assistant du médecin légiste apparut, grimpa sur le tas de briques et prit une paire de pinces. Jake et Farelli étaient sur la pointe des pieds pour essayer de voir quelque chose, sans y parvenir.

Quelques instants plus tard un agent passa en se hâtant, portant une petite boîte en plastique avec l'étiquette « produit toxique ». Dan Hurley était derrière lui. Il aperçut les deux enquêteurs de la Criminelle et vint vers eux.

— Heureux de vous revoir, dit-il à Farelli tout en remarquant sa pâleur.

Toute la police savait que Farelli avait failli saigner à mort. Un ami d'Hurley lui avait dit qu'il avait perdu un litre de sang sur ce satané trottoir.

— Kellerman raconte que vous devez être un meilleur flic depuis que vous avez de son sang dans les veines.

Farelli hocha la tête en souriant. Bo Kellerman faisait partie de la Mondaine et avait fait don à Farelli d'une unité de son sang, de facteur rhésus AB négatif, assez difficile à trouver.

— Remerciez-le encore de ma part.

La tractopelle reprit vie avec encore plus de bruit. Elle s'écarta de la cheminée écroulée. Un nouveau nuage de poussière s'éleva avant de retomber peu à peu. L'engin s'éloigna encore, et le vacarme devint moins assourdissant.

— On continue à trouver des choses, apparemment, dit Jake.

— Cette fois on a trouvé un reste humain réellement conséquent, répondit Hurley. Ça ressemble à un coude avec un bon bout de bras.

Farelli haussa les épaules.

— Ce n'est pas à partir de ça qu'on pourra l'identifier.

Hurley eut un mince sourire.

— Et il semble aussi qu'il y ait un tatouage sur ce bras.

— De quelle sorte ? demanda Jake, soudain intéressé.

— Difficile à dire, répondit Hurley en se frottant le menton de sa main infirme. Ça ressemble à une espèce de fleur.

— C'est un beau tatouage ou un truc bon marché ?

— Il m'a paru plutôt soigné, dit pensivement Hurley. Le dessin et les couleurs sont clairs et nets.

Jake hocha la tête. Les meilleurs tatouages offraient une piste, surtout si le dessin était très original. Certains tatouages étaient si particuliers et compliqués qu'ils ne pouvaient être l'œuvre que de quelques artistes. Jake nota de penser à l'examiner minutieusement plus tard.

— Est-ce que les fédéraux ont des éléments nouveaux ?

— Pas la queue d'un. Le groupe ne s'est pas manifesté.

— Pas même des appels de cinglés ?

— La police de Los Angeles en a reçu un hier soir, dit Hurley d'un ton méprisant. Un mec complètement barjo. Il a déclaré s'être servi comme explosif d'un TNT spécial fabriqué par Ponce Pilate.

— Il apparaît de plus en plus probable qu'il s'agit d'une erreur de manipulation, alors.

— Je veux bien le croire, dit Hurley d'un ton peu convaincu. Mais écoutez-moi. Ce n'étaient pas des amateurs, et leur bombe n'était pas de leur fabrication. C'était du plastic d'un type spécial.

Il sortit de sa poche le rapport du laboratoire et le tendit à Jake.

Jake tint la feuille de façon que Farelli puisse lire

avec lui. Cela venait du laboratoire d'explosifs de Rockville, dans le Maryland. Le plastic utilisé était un mélange de RDX et de PETN, deux matières hautement explosives. Le pourcentage de RDX par rapport au PETN était inhabituel.

— Le RDX et le PETN étaient pratiquement sans impuretés, expliqua Hurley. Ce qui nous indique que le plastic n'était pas de fabrication artisanale. Ils avaient subi de sévères contrôles de qualité.

— Comment se le sont-ils procuré ?

— Ils ont dû le voler dans un dépôt militaire ou l'acheter sous le manteau. Ce n'est pas ça qui manque. Mais ce sont les proportions de RDX et de PETN qui sont les plus révélatrices. Le mélange a été réalisé selon des normes précises qui leur garantissaient le meilleur rendement. C'est un travail de spécialiste. Un travail de pro.

— S'ils étaient si costauds, comment ont-ils pu se le faire sauter à la gueule ? fit Farelli.

— Ça peut arriver.

Hurley repensa à la bombe artisanale qui lui avait arraché deux doigts. Il avait pris ses précautions, toutes les précautions, et elle avait quand même explosé. Il se souviendrait toujours du jet de fumée juste avant le bruit de la détonation. Il en avait encore des cauchemars, mais moins souvent qu'avant. Il revint à la réalité.

— On m'a dit qu'on avait perdu notre témoin.

— Ouais, dit Jake avec amertume.

— Il est mort des suites de ses blessures ?

Jake secoua la tête.

— Ils lui ont fait la peau. Il semble qu'ils ont étouffé le pauvre type.

— Merde ! marmonna Hurley.

— C'était notre seul témoin.

— Et du coup on est sûr qu'ils vont faire sauter je ne sais quel bordel comme ils en ont toujours eu l'intention.

— Pourquoi ?

— Parce que la plupart des poseurs de bombes se seraient taillés en vitesse pour aller se planquer aux cinq cents diables, expliqua Hurley. On ne reste pas là quand on est sous le coup de vingt-deux inculpations pour meurtre. Et pourtant, ils restent dans les parages afin de garder la situation en main et de poursuivre leur action. Je parie qu'ils ont une cible précise pour un jour précis. Et ils sont bien décidés à éliminer tout ce qui pourrait leur barrer la route.

Jake se passa la main dans les cheveux, essayant de suivre le raisonnement d'Hurley.

— Mais ils courent d'autant plus le risque de se faire pincer.

— Ils s'en foutent. Les fanatiques ne s'intéressent qu'à leur mission.

Le téléphone mobile dans la poche de vareuse d'Hurley sonna. Il répondit rapidement, puis le coupa.

— Faut que j'y aille. On fera le point plus tard.

Farelli le regarda se sauver.

— Probablement une autre alerte à la bombe.

— Hurley m'a raconté que la brigade de Los Angeles reçoit plus de mille appels par an. Ça ramène Belfast au rang de cour de récréation.

— Cette ville est en train de devenir un vrai cloaque, grogna Farelli. Et en prime on a des terroristes sur le dos.

— Sans rien savoir d'eux.

Farelli remonta un pantalon un peu flottant. Bien qu'il soit resté un mois sans bouger, il avait perdu cinq kilos depuis la fusillade.

— Est-ce que le témoin t'a dit quelque chose avant d'être refroidi ?

— Pas grand-chose. Il avait encore un violent mal de crâne sous l'effet du choc.

— Il n'a rien vu ?

— Une paire de mecs entrer dans la maison, mais il ne pouvait pas se rappeler à quoi ils ressemblaient. Et il n'avait aucun souvenir de l'explosion. Il promenait son berger allemand, et le chien s'est arrêté pour pisser. Ensuite il ne se rappelle plus de rien.

Farelli réfléchit.

— Il sortait son chien combien de fois par jour ?

— Deux fois. Matin et soir.

— Où habitait-il ?

Jake pointa le doigt dans une direction.

— De l'autre côté du pâté de maisons.

— Il vivait seul ?

— Avec sa femme, mais elle voit très mal et ne l'accompagnait jamais. Selon les voisins, elle a l'habitude de s'asseoir sur la balancelle du porche et d'attendre qu'il ramène le chien.

— Elle n'y voit rien, hein ?

— Elle a la cataracte.

Le visage de Farelli s'éclaira et il sourit.

— Est-ce que par hasard il ne racontait pas à sa femme ce qu'il avait vu au retour de ses promenades ?

Jake se frappa le front.

— Je suis le dernier des cons.

— Allons lui rendre visite.

Ils suivirent la rue sinueuse et dépassèrent la zone entièrement détruite, puis les maisons sérieusement endommagées, aux vitres soufflées et aux rideaux fendus par l'explosion. Les arbres n'avaient pas été épargnés. Branches et feuillages jonchaient les allées et les pelouses.

Jake lança un regard vers Farelli, heureux d'avoir retrouvé son coéquipier. Farelli était particulièrement doué pour suivre une piste et interroger les gens. Il savait les dénicher et en tirer un maximum de renseignements. Les gens étaient tout contents de l'aider. Jake pensa que cela venait de son allure. Il était court et trapu, avec une grosse barbe et le sourire facile. Bien des gens trouvaient qu'il avait l'air d'un serveur de restaurant italien. Mais c'était un dur à cuire et en cas de bagarre on était content de l'avoir avec soi.

— Je suppose que tous les morceaux de corps sont remis au laboratoire du toubib au Memorial, dit Farelli en rompant le silence.

— Ouais.

Le sergent approuva.

— Ce qui explique que tu n'aies pas voulu examiner le bras sur place.

— Je ne comprends pas.

— Il te fallait un prétexte pour aller voir Joanna Blalock.

Jake haussa les épaules.

— Je n'ai pas besoin de prétexte.

— Mais si, répliqua Farelli. Vous vous êtes encore séparés et tu ne sais pas comment t'y prendre pour recoller les morceaux.

Jake poussa un profond soupir, reconnaissant que Farelli disait vrai. Plus sa séparation d'avec Joanna se prolongeait, plus il pensait à elle. Surtout le soir, seul et plongé dans le silence.

— Qui vivra verra.

— Elle est différente des autres, Jake. On en trouve une comme ça sur un million. Elle est jolie, intelligente et sexy en diable. Et toi tu te crois tout permis.

Jake se contenta de hausser une nouvelle fois les épaules.

— Tu veux un conseil ?

— Vas-y.

— Arrête de baiser à droite et à gauche. Sinon un beau jour Joanna Blalock sera partie quand tu arriveras.

— Qu'est-ce qui te permet de dire ça ?

— D'avoir été blessé et d'avoir failli perdre tout mon sang, répondit Farelli. On se met à réfléchir aux choses importantes de la vie.

Jake s'arrêta devant une maison de plain-pied aux rideaux blancs. Il y avait un porche d'entrée équipé d'une balancelle vide.

— Nous y sommes.

— On s'y prend comment ?

— J'attaque en premier.

Ils montèrent les marches et sonnèrent. Une femme rondelette, la soixantaine, aux cheveux châtain gris, leur ouvrit la porte. Les deux détectives montrèrent leurs plaques et se présentèrent à la sœur de la veuve. Elle les introduisit dans un petit salon.

En fond sonore Jake entendit une musique douce. C'était la voix de Frank Sinatra chantant *I'll Be Seeing You*.

— Claire, dit la femme sans élever la voix, ces deux messieurs sont de la police. Ils voudraient te poser quelques questions. Tu veux bien ?

Claire Stonehauser hocha lentement la tête et désigna un canapé recouvert d'un cuir usé.

— Asseyez-vous.

Les deux détectives s'assirent en face d'elle et l'observèrent brièvement. C'était une petite femme frêle aux cheveux blancs coupés court et soigneusement coiffés. Son fauteuil à bascule grinçait sur le parquet tandis qu'elle se balançait doucement.

— Toutes nos condoléances, madame, commença Jake.

— Nous avons été mariés presque cinquante-huit ans, dit-elle dans un murmure.

Jake se pencha pour mieux l'entendre. La musique de fond semblait avoir augmenté de volume.

— Est-ce que la musique vous dérange ? leur demanda Mme Stonehauser.

Jake secoua la tête.

— Pas du tout.

— Je tiens beaucoup à cette chanson, dit-elle. C'est ce qu'on jouait le soir où j'ai rencontré mon mari. (Elle se rejeta en arrière avec un maigre sourire.) Un vrai conte de fées. Ça vous intéresse ?

— Bien sûr, dit Jake.

En fait, ça n'intéressait guère Jake, mais il savait que les témoins parlent plus et ont de plus vifs souvenirs quand ils sont détendus.

— Mon mari était en dernière année à West Point et mon frère Philippe et lui partageaient la même chambre. Philippe m'a fait rencontrer Art, et nous sommes allés ensemble au bal de la promotion. Il y avait l'orchestre de Tommy Dorsey, dont Frank Sinatra était la vedette. Art et moi sommes tombés amoureux quand Sinatra s'est mis à chanter *I'll Be Seeing You*. Huit mois plus tard Art et Philippe partaient en Europe combattre les nazis. Je suis restée quatre ans sans voir Art, mais j'écoutais tous les jours le disque de cette chanson. Et chaque fois que j'entendais *I'll Be Seeing You,* je revoyais le visage d'Art et j'avais l'impression de le toucher et d'entendre sa voix. C'est comme ça que je le retrouvais, et c'est la même chose aujourd'hui. C'est pourquoi je tiens tant à cette chanson.

— Vous vous êtes mariés à la fin de la guerre ? demanda Jake.

Mme Stonehauser confirma.

— Un mois après son retour.

— Et Phil aurait dû être le garçon d'honneur, ajouta tristement la sœur.

La veuve continua de hocher la tête.

— Notre frère Philippe a été tué à la bataille de Bastogne. Il est mort dans les bras d'Art. (Elle prit un kleenex et ravala ses larmes.) A notre mariage nous n'avons pas eu de garçon d'honneur, la place de Philippe est restée vide.

Farelli restait impassible, le regard perdu, mais il avait la gorge serrée.

Mme Stonehauser se força à respirer un grand coup.

— Alors, dites-moi, lieutenant, en quoi puis-je vous aider ?

— Je voudrais vous poser quelques questions, madame, dit Jake en sortant son calepin. Votre mari m'a dit qu'il sortait habituellement son chien deux fois par jour.

— Et parfois plus, répondit-elle. Chaque fois que Ralphie en avait envie, Art le sortait.

Le berger allemand leva des yeux tristes en entendant son nom. Il observa Jake un instant avant de reposer sa tête contre une paire de pantoufles brunes, fourrées sous un fauteuil capitonné inoccupé.

— Est-ce qu'il vous a parlé de la maison qui a explosé ?

— Il pensait qu'elle pouvait servir à un trafic de drogue.

Jake fronça les sourcils.

— Pourquoi ?

— A cause du genre des locataires, jeunes, pas très aimables, circulant plutôt la nuit. Et les stores toujours tirés, à toute heure.

— Il a assisté à un trafic de drogue ?

— Non. Mais ils étaient bien nombreux dans cette petite maison. Peut-être six ou sept, des Blancs et des Mexicains, et visiblement pas la crème.

— Qu'est-ce qui lui faisait dire ça ?

— Leur façon de s'habiller, et un ou deux étaient tatoués.

Jake se pencha vers elle.

— Est-ce que c'étaient des tatouages particuliers ?

— Mon mari n'a rien dit là-dessus.

Jake prit note en repensant au morceau de bras qu'on venait de découvrir sur les lieux de l'explosion.

— Est-ce qu'il a dit quelque chose à propos des tatoués ?

— Seulement qu'ils étaient mexicains.

— En se fondant sur quoi ?

— Sur leur espagnol.

Jake soupira. En fait ces hommes pouvaient venir de n'importe quel coin d'Amérique du Sud ou centrale.

— Mais il n'était pas sûr qu'ils soient mexicains.

— Bien sûr que si, affirma la veuve. Mon mari était un linguiste, lieutenant. Il parlait couramment cinq langues, dont l'espagnol. D'après lui, les Mexicains ont un espagnol particulier... qu'il était capable de reconnaître. Il pensait que les deux hommes venaient du nord du Mexique.

— Il ne pouvait pas savoir de quelle ville, par hasard ? dit Jake, à moitié par plaisanterie.

— Il pensait qu'ils étaient de la région de Monterrey, déclara-t-elle sans hésiter.

— Il pouvait atteindre une telle précision ? reprit Jake, pas très convaincu.

Mme Stonehauser eut un léger sourire.

— Si je vous enferme avec deux Américains, l'un de New York et l'autre d'Atlanta, pourrez-vous les reconnaître ?

— Vous avez raison.

Jake prit note de l'information, regrettant d'autant plus la mort du vieil homme. Art Stonehauser aurait été un témoin capital une fois rétabli.

— Est-ce que ces gens-là possédaient une voiture ?

— Mon mari ne m'en a rien dit.

Jake se rejeta en arrière et se plongea dans son calepin, dont il se mit à feuilleter les pages. C'était le signal pour Farelli.

— Juste encore une ou deux questions, madame, dit le sergent. Votre mari faisait état de six ou sept personnes qui fréquentaient cette maison. Exact ?

— Exact.

— Et que deux d'entre eux étaient des Blancs, poursuivit-il. Avaient-ils quelque chose de particulier ?

La veuve réfléchit intensément. Ses lèvres remuaient comme si elle avait des mots sur le bout de la langue.

Jake sourit. Farelli n'avait rien perdu de son astuce. Bien sûr que le vieil homme avait porté une attention particulière aux Blancs. Stonehauser appartenait à une génération hostile au mélange des races, et quand il en voyait un exemple, il fusillait les Blancs du regard.

— Maintenant que j'y pense, reprit Mme Stonehauser, je me rappelle qu'un après-midi, au retour de sa promenade, on s'était mis devant la télé et un de ces gars au crâne rasé était apparu à l'écran. Vous savez, ceux qu'on appelle des skin... euh... Skinmachinchose.

— Skinheads ? fit Farelli.

— Oui. Skinheads. Le gars à la télé avait le crâne entièrement rasé et des poils au menton. Mon mari a dit qu'il ressemblait à l'un des types.

Jake se pencha en avant, les yeux plissés.

— Les poils en question, c'était une courte barbe ? Genre barbiche ?

— C'est ça.

Jake se demanda si l'homme dont elle parlait

n'était pas le même que le balayeur qui avait tué son mari. Ça devait être lui. Le skinhead avait dû remarquer que le vieil homme l'observait. En apprenant qu'il y avait un témoin qui promenait son chien, ils avaient tout de suite su qui c'était et qu'il fallait le supprimer. Pas question de prendre un risque.

Jake fut sur le point de poser une nouvelle question, mais la dame avait tourné le visage vers le tourne-disque. La chanson repartait. Mme Stonehauser se mit à fredonner doucement.

Jake se leva et lui tendit sa carte.

— Si autre chose vous revient, appelez-nous, s'il vous plaît.

Elle hocha la tête d'un air absent, de retour en esprit à un bal de promotion à West Point soixante ans en arrière. Elle dansait avec un jeune et beau capitaine, le plus beau garçon qu'elle ait jamais rencontré. Son nom était Art Stonehauser.

Elle n'entendit pas les détectives lui dire au revoir.

10

Lundi 22 mars, 14 h 08

Maxie Birnbaum donnait à Joanna et à Lori McKay une leçon de boxe dans le laboratoire de médecine légale.

Il se ramassa sur lui-même et exécuta un cercle gracieux dans le sens inverse des aiguilles d'une montre, fixant du regard un adversaire imaginaire.

— Il faut rester baissé et se tenir à distance des coups de l'adversaire.

— Et l'obliger à venir sur vous, enchaîna Lori.

— Bravo, mignonne. S'il vient sur vous, il n'est pas dangereux.

Joanna lui sourit, le trouvant de plus en plus sympathique. C'était un ancien boxeur, de soixante-dix ans, aux épaules larges et au corps ferme. Il semblait encore capable de riposter à une attaque.

— Vous boxiez dans quelle catégorie ?

— Poids welter.

— Ça marchait bien ?

Les yeux de Maxie pétillèrent.

— J'ai été sixième au classement mondial.

— Vous avez combattu pour le titre ?

— Une fois, contre Sugar Ray Robinson, dit Maxie en se redressant. (Il portait un vieux costume sombre, brillant d'usure par endroits mais propre et bien repassé.) Il m'a battu en dix rounds, mais il a eu du mal.

— Donc vous avez fait longtemps ce métier.

— Plus que ça.

— Et vous travaillez à la Fédération de boxe.

— Comme consultant, fit Maxie d'un air détaché. Autrement dit, j'y travaille à temps partiel.

— Aux archives, précisa Lori.

— Aux archives, ricana Maxie. La première fois que j'ai entendu ce mot, j'ai cru que ça se mettait en salade.

Joanna lui adressa un large sourire.

— Je pense que vous êtes l'homme qu'il nous faut.

— Je pense pouvoir vous mettre sur la voie.

Maxie sortit de sa poche une feuille soigneusement pliée.

— Si j'ai bien compris, vous recherchez un boxeur qui pesait entre cinquante-cinq et soixante kilos.

— Peut-être un peu moins.

Joanna lui expliqua qu'ils avaient déduit le poids approximatif du boxeur à partir de la taille de ses os des mains et qu'un ami lui avait appris que les boxeurs ont souvent de plus fortes mains que les autres à taille égale.

— Votre ami a raison, confirma Maxie. Les boxeurs ont de grosses mains, peut-être à force de frapper. Mais ça ne change pas grand-chose, je vais vous dire pourquoi. Les légers, poids plume, poids mouche, poids coq, passent d'une catégorie à l'autre. Ils en changent au prix d'une séance de sauna et en sautant quelques repas. Alors pour n'oublier personne j'ai pris tous ceux qui ont pesé entre cinquante et soixante kilos. A condition qu'ils aient été engagés dans un combat au cours des dix dernières années et qu'ils aient maintenant raccroché les gants.

— Ça doit remplir un cahier.

— Facilement. Mais j'ai pu vous réduire la liste. D'abord, il faut savoir que tous ces légers sont pour la plupart des étrangers. Comme vous cherchez un Mexicain, j'ai rayé les Coréens, Japonais, Thaïs, Philippins, et *tutti quanti*. (Maxie hocha la tête, visiblement content de lui.) Qu'est-ce que vous en dites ?

— Chapeau, dit Lori. Vous auriez été un bon détective.

Maxie y réfléchit un instant avant de secouer la tête en signe de dénégation.

— Toujours est-il que je suis arrivé à une liste de vingt-deux boxeurs mexicains qui correspondent à vos critères. Et j'ai remonté les pistes.

— Comment vous y êtes-vous pris ? demanda Joanna. Est-ce que la Fédération de boxe conserve les dossiers des anciens boxeurs ?

— Ils n'en ont rien à cirer, dit amèrement Maxie. (Son visage se durcit un instant, puis il revint à sa feuille et à la question de Joanna.) Je me suis renseigné. Certains anciens restent dans le circuit comme entraîneurs ou soigneurs ou des trucs comme ça. Et ils gardent le contact avec leurs potes d'une façon ou d'une autre ou se revoient aux combats. Les gars de même catégorie se serrent les coudes, comme d'anciens compagnons d'armes. En demandant à droite et à gauche on obtient pas mal de renseignements. Bref, voici ce que j'ai trouvé : sur les vingt-deux boxeurs mexicains au départ, deux sont morts, six vivent en Arizona ou au Texas, et quatre ont disparu. Il en reste dix, et un seul à s'être fait tatouer *Love* et *Hate* sur les doigts. C'est José Hernandez.

Ça paraît trop facile, pensa Joanna. Ce n'est pas possible.

— Et vous savez où on peut trouver ce monsieur Hernandez ?

— Son copain dit qu'il s'est volatilisé depuis trois semaines. Il pense qu'il est retourné mourir au Mexique.

Joanna hocha la tête : ça collait. La main datait de trois semaines environ.

— Pourquoi retourner mourir au Mexique ? Il n'était pas vieux.

— Pas vieux, mais avec un sale cancer. Il était au bout du rouleau.

Joanna demanda aussitôt :

— Avez-vous son adresse ou son numéro de téléphone ?

— Pas encore. Mais je m'en occupe.

— C'est de première importance.

Maxie replia soigneusement sa feuille et la remit dans sa poche de veste.

— Ça pourrait être le gars à la morgue ?

— Ça pourrait, répliqua Joanna. (Elles avaient raconté à Maxie Birnbaum qu'ils avaient au Memorial un cadavre défiguré. Elles n'avaient pas parlé du détail de la main arrachée.) Je préfère qu'on ne dise pas pour l'instant que ça pourrait être le corps de José Hernandez. Il faut d'abord qu'on en soit tout à fait sûr.

— Bouche cousue, dit Maxie en joignant le geste à la parole. Laissez-moi fouiner un peu pour voir si je ne peux pas trouver ce que vous cherchez.

— Vous nous aidez beaucoup.

Joanna regarda partir le boxeur. Il était tout guilleret, vieil homme à nouveau utile, de retour dans la vie active.

— On semble avoir de la chance, dit doucement Lori.

— Je l'espère, fit Joanna tout en répondant au geste de la main de Maxie sur le seuil. Voulez-vous m'être agréable ?

— Bien sûr.

— Renseignez-vous pour savoir quand aura lieu la prochaine grande rencontre de boxe à Los Angeles et prenez-moi un billet pour Maxie Birnbaum au premier rang. Mettez ça sur nos menus frais.

— Avec plaisir, fit Lori avec un large sourire. On pourrait même lui louer une voiture avec chauffeur pour s'y rendre.

— Faites-le.

Le regard de Joanna revint sur le tableau noir où elles avaient dressé la liste des points concernant l'enquête. Le mystère de la main arrachée était en passe d'être élucidé. Mais il lui fallait des preuves tangibles. Et donc vérifier les empreintes génétiques. Elle espérait que José Hernandez avait des enfants, ce qui lui permettrait de comparer leur code génétique et celui de leur mère avec celui de la main. Cela serait une preuve tangible. Le comment et le pourquoi de l'assassinat de José étaient du ressort de la police judiciaire de Los Angeles.

Joanna alla au tableau et encercla la sous-section ADN dans la catégorie Main. Cela allait éliminer l'un des deux cas, se dit-elle, et il ne resterait plus que la bombe et ses victimes. Et une fois cette affaire réglée, elle pourrait enfin démarrer une nouvelle vie avec Paul du Maurier. Son regard se posa sur le bracelet en or qu'il lui avait donné, puis sur sa bague, dont elle était sûre qu'elle allait bientôt s'agrémenter d'un diamant.

On frappa à la porte. Un jeune technicien entra et se précipita vers Lori.

— Un fax vient d'arriver pour vous, dit-il en lui tendant une feuille de papier.

Lori la lut et la relut.

— La vache ! murmura-t-elle.

— Qu'est-ce qui se passe ? lui demanda Joanna.

— Vous vous souvenez de ce fragment orange, de forme triangulaire, que j'ai extrait de la main arrachée et envoyé au labo ? dit-elle en relisant le rapport pour la troisième fois. C'est du plastique.

— Et alors ?

— Il est bourré de C-4. La main a été arrachée par une charge de plastic.

11

Mercredi 24 mars, 0 h 15

Rudy Payte s'aspergea le visage pour éliminer la crème à raser restante, puis s'observa dans la glace. Sans barbiche il était méconnaissable, comme Eva l'avait prévu. Le menton semblait bien plus proéminent, les lèvres serrées et l'air sérieux. Il paraissait beaucoup, beaucoup plus vieux. Rudy se sourit à lui-même, ravi de sa nouvelle allure. Il s'essuya consciencieusement le haut du visage et posa sa perruque aux cheveux châtains lissés en arrière qui lui couvrait le haut des oreilles. Il s'étudia encore dans le miroir. Il se trouvait belle allure.

Il s'enroula une serviette autour de la taille et passa dans la chambre du motel, encore dégouttant de l'eau de sa douche.

— Eh bien, qu'en penses-tu ?

Eva leva les yeux de la bible qu'elle lisait.

— Ta perruque est de travers.

— J'arrangerai ça plus tard, dit Rudy en prenant une cigarette.

— Non, tout de suite, fit sèchement Eva. Et prends-en l'habitude. Une perruque de travers se remarque au premier coup d'œil.

Rudy retourna dans la salle de bains et ne tarda pas à revenir.

— Et comme ça ?

Eva jeta un coup d'œil et approuva.

— Bien !

— Et si maintenant tu me disais ce que je dois faire ?

— Dans une minute. Je finis juste ce passage.

Eva ruminait sur l'histoire de David et Bethsabée. Tous les deux étaient adultères, réfléchissait-elle, et pourtant ni l'un ni l'autre n'avaient été punis par Dieu. Il les avait même apparemment bénis. Après tout, leur fils, Salomon, était devenu le plus sage et le meilleur roi d'Israël. Il aurait dû les punir, décida-t-elle. Surtout David, qui avait envoyé Urie, le mari de Bethsabée, se faire tuer à la guerre pour pouvoir se marier avec elle.

Et cette fois c'était la même chose, Dieu n'avait pas puni les agents fédéraux qui avaient tué son frère Samuel. Les diables gouvernementaux avaient envahi le territoire familial établi en pleine nature sauvage et avaient exigé le paiement de taxes et le libre accès aux routes qui traversaient leur propriété. Et comme la famille refusait, les agents avaient ouvert le feu et tué des hommes et des femmes innocents qui ne faisaient que défendre leurs droits et leurs terres. Puis un incendie s'était déclaré et les enfants avaient également péri, comme à Waco. Et les agents avaient continué à tirer sans relâche. Elle revoyait le corps de Samuel criblé de balles, le visage à peine reconnaissable.

Eva serra les mâchoires. Elle vengerait la mort de son frère et de tous les autres. Elle allait faire payer les agents fédéraux à un point qu'ils n'imaginaient même pas. Oh ! Ils allaient le lui payer très cher.

Elle ramena son attention sur la bible et relut le passage où David envoyait Urie se faire tuer.

Rudy était assis sur le bord du lit près d'Eva et l'observait du coin de l'œil. Elle était bien foutue, un beau corps et de longues jambes fines. Il s'attarda sur les cuisses. Elle était en petite culotte rose en dentelle que son maillot de footballeur recouvrait à peine. Rudy se pencha en avant pour mieux se rincer l'œil. Il aperçut la soie qui recouvrait le mont de Vénus et se sentit bander.

Eva referma la bible en un bruit étouffé.

— Je n'arrive pas à comprendre.

— Comprendre quoi ? demanda Rudy en s'efforçant de masquer de ses mains le renflement de sa serviette de bain.

— Pourquoi Dieu a laissé faire David.

— Laissé faire quoi ?

— Je t'expliquerai plus tard.

Elle se leva et s'approcha de la fenêtre. Elle écarta les rideaux et contempla la circulation sur Sunset Boulevard. Dans le lointain, elle pouvait voir malgré la brume les gratte-ciel du centre de Los Angeles. Le patio devant leur chambre était désert, si ce n'est un homme qui nettoyait la piscine. Elle vérifia encore, puis referma les rideaux et alluma la télévision en mettant suffisamment de son pour rendre leurs voix inaudibles à travers les minces cloisons qui les séparaient des chambres voisines.

Elle revint s'asseoir sur le lit près de Rudy et lui murmura à l'oreille :

— Ecoute-moi bien et fais exactement ce que je vais te dire. Tu pars dans une demi-heure et tu roules jusqu'à Las Vegas. Ne te presse pas. Ne dépasse pas le cent. A 6 heures pile tu te pointes à l'entrée principale du Golden Nugget et tu attends. Un homme coiffé d'un stetson et fumant un cigare viendra vers toi et te demandera si tu fais partie des Justes. Tu répondras : « Nous sommes très peu. » Tu le suivras et vous ferez l'échange. (Elle prit sous l'oreiller une épaisse enveloppe kraft.) Tu lui donneras ça et il te donnera le plastic.

— Combien de plastic ?

— Quatre pains.

— Ce sera suffisant ?

— Plus qu'il n'en faut, l'assura Eva. Souviens-toi que l'explosion se fera cette fois en vase clos.

Rudy réfléchit un instant, pas très chaud pour un trajet de cinq heures jusqu'à Las Vegas. Sans compter le retour.

— Pourquoi n'y vais-je pas en avion ?

— C'est trop risqué, dit Eva en baissant encore la voix. Le plastic se trouverait dans tes bagages et ils les vérifieront en les faisant passer au détecteur de métaux.

— Mais le plastic, ce n'est pas du métal, répliqua Rudy. L'alarme ne se déclenchera pas et ils n'ouvriront pas le bagage.

— Imagine qu'elle se déclenche pour je ne sais quelle raison, dit Eva d'un ton péremptoire. Ou que des chiens policiers reniflent dans tout l'aéroport. Qu'est-ce qui se passera ?

— Je n'avais pas pensé à ça, admit Rudy.

Ce n'est pas une flèche, pensa Eva, mais il a d'autres cordes à son arc.

— Fais simplement ce que je t'ai dit et tout ira bien.

— Où dois-je planquer le plastic ?

— Sous la banquette arrière.

Rudy se frotta le menton, là où s'était trouvée sa barbiche.

— Et si un flic m'arrête ?

— Pourquoi ça ?

— Il suffit qu'un connard n'ait pas fait le plein de contredanses ou qu'un de mes feux arrière ne marche pas.

— Laisse-le te coller une contredanse.

— Et s'il veut fouiller la voiture ?

— Zigouille-le.

Eva s'allongea et tendit la main vers la bible. Elle avait les jambes pliées et son maillot remontait jusqu'à son nombril. Rudy était subjugué par ses cuisses lisses légèrement écartées et son ventre plat. Il se sentit de nouveau bander.

— Qu'y a-t-il ? demanda Eva en levant le nez de la bible.

— Rien, fit Rudy en se précipitant dans la salle de bains.

12

Vendredi 26 mars, 13 h 10

— Voici l'état d'origine.

Lori McKay fit glisser la diapo devant le projecteur, et l'image d'un bras arraché apparut sur l'écran. Le tatouage était partiellement recouvert de terre et de saletés.

— Et voici le même après nettoyage.

Jake se pencha pour mieux voir. La peau était ratatinée, déchirée et parfois arrachée. Le tatouage semblait représenter des pétales de fleurs. En arrière-plan on distinguait mal des lettres, un *M* et un *O* et peut-être un *T*.

— Ensuite on a détaché la peau et on l'a collée à plat sur un support adhésif, continua Lori avant de passer à la diapo suivante. Notre service photo l'a retouchée pour restaurer en partie les couleurs originales.

Jake détourna aussitôt les yeux.

— Avez-vous une photo non retouchée du tatouage nettoyé ?

— Evidemment, fit Lori, laissant entendre qu'il faudrait être idiot pour ne pas l'avoir fait. Mais celle-ci fait ressortir les détails.

— Montrez-nous plutôt celle qui n'est pas retouchée, ordonna Jake d'un ton sec en continuant d'éviter de regarder l'écran.

— Pourquoi ne pas regarder d'abord...

— Sacré bon Dieu ! gronda Jake. Je ne veux pas

de la version Walt Disney. Je veux voir le tatouage tel que tout le monde a pu le voir.

Lori dévisagea le policier. Elle détestait ses manières autoritaires et brutales et aurait voulu le voir aux cinq cents diables.

Joanna se cala dans son fauteuil, surprise de ces prises de bec à répétition entre Lori et lui. Cela venait peut-être de la différence de génération, ou de la nature rebelle de Lori. En tout cas, ça ne collait pas entre eux.

— Lori, excusez le lieutenant et changez la diapo, s'il vous plaît.

Lori retira la photo, laissant l'écran vide. Elle jura *in petto* en recherchant celle qui n'était pas retouchée.

Joanna se pencha vers Jake et lui glissa dans l'oreille :

— Lori apprécie qu'on soit aimable avec elle.

— Compris, dit-il, tout en s'efforçant de chasser l'image des pétales rouge vif.

C'était idiot d'avoir laissé les photographes retoucher la photo du tatouage. Une petite touche par-ci, une petite touche par-là, et au bout du compte le gars qui le portait n'aurait pas été foutu de reconnaître son propre tatouage.

La diapo suivante apparut sur l'écran. Jake l'examina attentivement. Le tatouage représentait la corolle rose d'une fleur et quelques pétales de deux autres. C'était bien dessiné, mais plutôt mal coloré. C'était un tatouage bon marché.

— On dirait une rose, remarqua Farelli.

— Ouais, approuva Jake. On peut voir des cercles concentriques de pétales.

— La plupart des fleurs sont comme ça, fit observer Lori. Ça ne prouve pas qu'il s'agit d'une rose.

Jake ne releva pas.

— Pouvez-vous améliorer la mise au point ? J'aimerais voir à quoi ressemble la tige.

Lori ajusta lentement la lentille, donnant le maximum de piqué. Elle vit ce que cherchait Jake. Il y avait des épines sur la tige.

— C'est une rose, reconnut-elle.

Jake concentrait maintenant son attention sur les lettres derrière les pétales. On distinguait nettement un *M* et un *O*, puis un espace suivi d'un *T* à demi effacé, suivi à son tour de fragments de lettres rendus indéchiffrables à cause de la poussière qui s'y était incrustée. Par endroits la peau était râpée jusqu'au derme.

— Ça va, dit-il. Passons maintenant à la photo retouchée.

Lori pressa un bouton et l'image apparut sur l'écran. Les pétales étaient maintenant bien visibles et rouge vif. Les lettres en dessous formaient le mot *MONTANA*.

— Qu'est-ce qui leur fait croire que c'est « Montana » ?

— Ils ont des techniques photo qui leur ont permis de déchiffrer « Mont ». Ils ont supposé que ça voulait dire Montana.

Jake compta les lettres du tatouage, y compris les simples traces.

— J'ai l'impression qu'il y a plus de sept lettres.

Lori haussa les épaules.

— Je l'ai dit, ce n'est qu'une supposition.

Jake essayait de réfléchir, sûr que ce n'était pas Montana. Et savoir ce qui était écrit avait autant d'importance que l'identification du thème floral. Le mot désignait en principe quelque chose ou quelqu'un de bien aimé. *Mère*. Le prénom d'une petite amie. Une organisation ou un corps auquel appartenait la personne, par exemple les *Marines*.

— Sur quoi a-t-on collé le tatouage ? Un support transparent ?

— Ça a la consistance d'un mastic blanc. On ne voit pas à travers.

— Peut-on le coller sur une surface transparente ?

— Je n'en sais rien. Je le demanderai à la responsable technique.

Jake se leva.

— Allons-y.

Lori respira profondément, se demandant s'il arrivait à Jake Sinclair de dire « s'il vous plaît ».

— Elle est peut-être occupée.

— Dans ce cas, qu'elle se libère.

— Je ne suis pas à vos ordres ! dit Lori en colère. Ni maintenant ni jamais. Si vous avez besoin de quelque chose, demandez-le et je verrai ce que je peux faire.

— C'est tout vu, dit Jake en la fixant dans les yeux. On a une poignée de terroristes, lesquels ont provoqué une explosion qui a tué vingt-deux personnes. Et si on ne découvre pas qui, comment et pourquoi de toute urgence, une autre bombe va péter, qui fera sans doute encore plus de victimes. Alors je n'ai pas de temps pour les ronds de jambe, mais seulement pour traquer ces terroristes. Par conséquent arrêtons de faire les clowns et travaillons sérieusement. Ceci étant clair, où est cette responsable technique ?

Lori soutint son regard, mais juste un instant. Il était si perçant et glacial qu'elle eut peur.

— Ne vous inquiétez pas sur ma manière de travailler. Je connais mon boulot. J'aimerais simplement qu'on me parle poliment.

— Vous n'avez toujours pas compris, hein ! fit Jake sans ménagement. On est là à perdre notre temps pendant que les terroristes préparent leur prochain attentat. Simplement parce que vous êtes vexée.

— Vous ne voulez pas voir...

Jake leva les mains, paumes ouvertes.

— Oh ! Je vois parfaitement. Et j'ai très bien vu la scène de l'explosion le lendemain matin. J'ai clairement vu émerger des décombres un pompier avec un enfant dans les bras. J'ai d'abord cru que c'était une poupée, de la façon dont les petits bras pendaient. J'aurais juré que c'était une poupée. Mais quand j'ai vu les yeux j'ai reconnu un bébé mort. Alors, mademoiselle, je peux vous affirmer que je vois très bien. Trop bien parfois. Maintenant allons trouver cette responsable.

Lori avala sa salive, prise de court par l'émotion

qui transparaissait dans la voix du lieutenant. Comme des millions de gens elle avait vu les images du pompier avec l'enfant mort dans ses bras.

— La technicienne se trouve dans le premier labo.

Farelli les regarda partir tous les deux, puis se retourna vers Joanna. Il étira lentement la jambe pour soulager sa cuisse encore douloureuse des suites de sa blessure.

— Votre Dr McKay a grand besoin de prendre de la bouteille.

— Je sais bien. Mais elle est brillante et motivée, et elle deviendra un excellent médecin légiste.

— C'est peut-être parce qu'elle fait très jeune qu'elle est si susceptible, remarqua pensivement Farelli. Elle a peur qu'on ne la prenne pas au sérieux, si vous voyez ce que je veux dire.

— C'est peut-être ça, admit Joanna. Mais Jake est assez cassant par moments. Ce n'est pas précisément un modèle de tact.

Farelli frotta sa barbe drue et noire, bien qu'elle n'ait pas plus de quatre jours.

— Je le trouve plus aimable depuis la fusillade.

Joanna lui jeta un regard surpris.

— C'est vous qui avez été blessé, pas lui.

— On l'a été tous les deux, dit Farelli d'une voix neutre.

— Quoi ?

— Il n'en a pas parlé, hein ?

— Non, reconnut doucement Joanna.

— Il n'a pas voulu vous inquiéter. Vous le connaissez.

— Ça, oui.

Farelli marcha en cercle pour mieux faire circuler le sang dans sa jambe. Il se frotta la cuisse en se demandant pourquoi la douleur était si tenace.

— Vous avez toujours mal à la jambe ?

— Ça commence à aller mieux, mentit Farelli.

— Racontez-moi cette fusillade.

Farelli haussa les épaules, pas très chaud pour en parler. Il revoyait son sang s'écouler sur le trottoir.

— On était en planque quand un pick-up est venu

se garer devant nous en stationnement interdit. C'était une fille qui était au volant. Je me suis avancé pour lui dire de dégager. Et alors un type s'est dressé sur la plate-forme avec un AK-47.

— Mon Dieu ! frissonna Joanna.

Un AK-47 pouvait tirer cent coups par seconde et, à bout portant, couper un homme en deux.

— Je me suis effondré et Jake a fait feu, continua Farelli. Avant d'être atteint Jake a balancé un ou deux pruneaux. Il en a collé un en plein dans le front du mec et lui a éclaté la tête.

— Très bien, dit Joanna avec conviction. Où Jake a-t-il été blessé ?

— A l'épaule. Quinze centimètres plus bas et il y passait. Toujours est-il que le mec raccourci est tombé de la camionnette et que sa copine s'est tirée. On la recherche encore.

Joanna frémit.

— Vous avez eu drôlement de la veine.

— C'est rien de le dire. On a compté trente impacts sur la voiture et le double de douilles par terre. Comment on a pu passer entre les balles reste un mystère. On aurait dû mourir dix fois.

— Vous êtes passés sur le billard ?

— Tous les deux. Je suis resté plus d'une semaine à l'hosto, Jake un peu moins. Il n'a pas eu de grosse artère touchée, comme dans mon cas.

— Vous étiez au Memorial ?

— Non, à la Pitié.

Joanna poussa un grand soupir.

— Jake aurait quand même pu me faire signe, dit-elle plus pour elle-même que pour Farelli.

— Je crois qu'il a essayé, mais vous étiez partie pour San Francisco.

Joanna se rappela le vendredi qui avait précédé la Saint-Valentin. Paul et elle avaient subitement décidé de passer le week-end à San Francisco. Elle remarqua le visage fermé de Farelli.

— Vous avez cru mourir, hein ?

— L'un comme l'autre, fit Farelli. Nous étions tous les deux allongés dans l'ambulance, couverts de sang, avec chacun une perfusion dans le bras. J'ai vraiment cru que mon heure était arrivée. J'ai même chargé Jake d'un message pour Angela si je passais l'arme à gauche. Et lui m'a donné un message pour vous.

— C'était quoi ?

Farelli hésita.

— Vous le lui demanderez.

La porte s'ouvrit brusquement. Jake et Lori réapparurent, continuant leur dispute.

— Vous êtes insupportable ! s'écria Lori d'une voix aiguë. Absolument insupportable.

— Vous parlez trop et vous n'écoutez pas assez, déclara Jake.

Lori stoppa net et fit volte-face, rouge de rage.

— Arrêterez-vous, à la fin ? siffla-t-elle.

— Quel est le problème ? demanda Joanna.

— Le lieutenant Sinclair veut maintenant m'expliquer comment on monte un tatouage, s'écria Lori. Il veut qu'on le fasse sur une surface concave, pas à plat.

— Et pourquoi, d'après vous ?

Lori réfléchit, sourcils froncés.

— Je ne sais pas trop.

— Considérez l'emplacement anatomique du tatouage, lui suggéra Joanna.

Les yeux de Lori s'illuminèrent.

— Le haut du bras. Et en le mettant sur une surface concave on le verra sous son aspect naturel.

— L'idée de Jake n'est donc pas complètement idiote, finalement.

Lori approuva sans hésitation et regarda Jake.

— Excellente suggestion, je vous en remercie, dit-elle, lui coupant l'herbe sous le pied.

— Y a pas de quoi, fit Jake. Voyons donc ce que ça donne en projection.

Joanna regarda Lori pendant qu'elle montait le projecteur pour visionner le tatouage maintenant fixé sur une surface transparente. Il faudrait qu'elle lui fasse des remarques sur son caractère, sans se faire trop d'illusions.

— Allons-y, dit Lori.

Tous les trois se penchèrent pour étudier le tatouage. Maintenant on distinguait bien les lettres *MONT*. Le reste semblait presque effacé et était flou.

— Il faut éteindre, dit Jake.

La pièce fut plongée dans le noir.

Lori refit le point et les autres lettres devinrent plus nettes. Sous le tatouage on pouvait lire *MONTERREY.*

— Chapeau ! dit Lori, impressionnée. Comment saviez-vous que par ce procédé on ferait apparaître les lettres ?

— Les tatouages peuvent être profonds, expliqua Jake. Ce qui fait que, même si la peau est râpée, les lettres peuvent être encore faiblement gravées dans la couche interne. Mais on ne peut les voir qu'en plein contre-jour.

— Vous pensez qu'il est de Monterey, en Californie ? dit Lori.

— De Monterrey, au Mexique. Avec deux *r*.

Jake leur raconta sa conversation avec la veuve du témoin oculaire. En précisant bien que Stonehauser pensait que l'un des Mexicains était de Monterrey à cause de son accent en espagnol.

— D'après Mme Stonehauser, le groupe terroriste comprenait deux Nord-Américains, qui s'en sont tirés tous les deux, et quatre ou cinq Mexicains.

— Quatre Mexicains, corrigea Joanna.

— Tu en es absolument sûre ?

— Pratiquement. Et je vais vous montrer pourquoi.

Ils quittèrent le laboratoire et la suivirent dans un large couloir. Ils arrivèrent devant une grande porte métallique à la poignée en bec de cane. Joanna introduisit une clé pour ouvrir. Ils entrèrent et ressentirent aussitôt l'air froid.

— On s'est servi de cette chambre froide pour stocker provisoirement les restes des victimes de l'explosion, expliqua Joanna. Une fois toutes les victimes identifiées et emmenées, on a reconstitué ici le lieu de l'explosion en modèle réduit.

C'était une pièce carrée de huit mètres sur huit, vide. Le sol était carrelé. Derrière les murs en Inox on pouvait accéder au système de réfrigération. Au milieu de la pièce était fixé un mât aux rayures rouges et blanches avec un panneau sur lequel on lisait CENTRE DE L'EXPLOSION. Il était entouré de pupitres en bois sur lesquels était fixée la photo du fragment de corps retrouvé à cet endroit. Cela rappela à Jake le lieu de l'explosion avec ses fanions flottant au vent.

— A partir des morceaux de corps, on peut affirmer qu'il y avait au moins deux personnes dans la maison, dit Joanna en rompant le silence. En faisant les analyses de sang, on a distingué quatre groupes distincts. C'est comme ça qu'on a conclu qu'ils étaient quatre.

— Et par le code génétique ? demanda Jake.

— Nous n'aurons les résultats que dans huit jours, répondit Joanna. Mais je pense que ça ne fera que confirmer ce que nous savons.

— C'est pas ça qui va nous permettre de les identifier, dit Jake amèrement.

— Enfin, on sait que l'un d'eux était très malade, dit Joanna en se dirigeant vers le pupitre posé immédiatement à l'ouest du centre de l'explosion. On a trouvé ici un bout de torse avec du tissu de foie collé. Il était truffé de nodules d'adénocarcinome.

Jake plissa les yeux.

— Ce qui veut dire ?

— Qu'il n'avait sans doute pas plus de six mois à vivre.

Farelli émit un grognement involontaire en découvrant ce nouvel élément.

— Le type a pu se dire : « Qu'est-ce que j'en ai à foutre ? Je suis condamné. Autant faire sauter quelque chose. »

— Possible, fit Jake, perdu au milieu de cette myriade d'indices sans rapport les uns avec les autres. (Rien ne collait. Rien du tout. Il baissa le regard sur le pupitre à côté duquel il se trouvait. La photo montrait la cheville en plastique trouvée parmi les décombres.) Et cette prothèse ou je ne sais quoi ?

— Je l'ai envoyée à notre service de biomécanique, dit Joanna en fouillant dans sa poche à la recherche d'un petit répertoire téléphonique. Je les appelle tout de suite pour savoir ce qu'ils ont pu en tirer.

Elle alla vers un téléphone mural et composa un numéro. Pendant qu'elle attendait, elle se décontracta les muscles en s'étirant les bras et le cou. Elle recommença, faisant craquer délicatement ses vertèbres.

Jake la contemplait, la trouvant de plus en plus belle. Elle ne vieillissait pas d'un iota. Son corps restait parfaitement ferme et elle ne prenait pas de ventre. Son corsage épousait ses formes, mettant en valeur sa poitrine et sa taille étroite.

Jake eut du mal à la quitter des yeux. La semaine prochaine, se jura-t-il, je l'appelle et je l'emmène dîner quelque part. Par exemple à leur restaurant grec préféré à Long Beach, pour y boire du vin, faire la fête et repartir de zéro. Et cette fois-ci peut-être que ça marchera.

Joanna revint vers eux en secouant la tête.

— C'est de plus en plus dingue.

— Qu'y a-t-il ? demanda Jake, revenant sur terre.

— La cheville en plastique est un morceau de prothèse, répondit Joanna. L'un des terroristes avait une jambe artificielle.

— Ils en sont bien sûrs ? fit Jake, tout en se demandant dans combien d'endroits on fabriquait ou vendait des jambes artificielles rien qu'à Los Angeles.

— Sans le moindre doute. Et ils ont trouvé la marque d'origine sous la tache de sang. Elle a été fabriquée au Memorial Hospital.

— C'est bon, dit Jake en se frottant les mains. On sait que c'est une jambe artificielle qui vient d'ici. Ça limite sérieusement la recherche.

— Pas tant que ça. Le service de prothèses du Memorial est le plus gros et le meilleur de Californie, et ils ont des demandes de partout. Ils ont dû fabriquer des milliers de jambes artificielles.

Jake se mit à arpenter la pièce, les mains jointes dans le dos.

— Donc l'un de nos gus avait une jambe artificielle ? Peut-on dire s'il était mexicain ou pas ?

Joanna alla au pupitre vérifier les notes sous la photo de la cheville en plastique.

— On a recherché le groupe sanguin du sang collé à la cheville et on l'a comparé à celui du cuir chevelu mat aux poils noirs. Résultat identique. Même sang, même gars. C'était un Mexicain.

Jake hocha la tête et continua.

— Ça nous fait donc un Mexicain avec une jambe artificielle. Pourra-t-on déduire d'après le type de prothèse comment il a perdu une jambe ?

— Pas vraiment, répondit Joanna après avoir réfléchi. La même prothèse peut être aussi bien la conséquence d'un accident que d'une malformation congénitale.

— Il avait peut-être déjà perdu sa jambe dans une explosion, suggéra Lori.

Jake s'immobilisa et la regarda.

— C'est une idée, fit-il d'un air approbateur. Mais non. Les poseurs de bombes perdent une main ou des doigts, pas la jambe.

— Il lui manquait peut-être aussi une main, argua Lori.

— C'est bien possible, dit Jake en recommençant à faire les cent pas, l'esprit concentré sur la prothèse et les informations qu'il pouvait en tirer. (Il lui fallait trouver un expert en membres artificiels. Se tournant vers Joanna, il lui demanda :) La jambe en plastique a été fabriquée sur place ?

Joanna acquiesça.

— Par notre service prothésiste.

— Allons voir s'ils peuvent nous éclairer.

13

Vendredi 26 mars, 14 h 20

Joanna et Jake sortirent sous un jour gris et couvert et traversèrent Wilshire Boulevard. Au carrefour suivant, ils s'engagèrent dans une petite rue et passèrent devant une agence de la Bank of America. Ils durent s'arrêter à la hauteur du guichet-autos pour laisser sortir une voiture avant de poursuivre leur chemin.

— Pourquoi le service prothésiste est-il séparé du reste de l'hôpital ? demanda Jake.

— A cause de son importance. Ce n'est pas seulement un service prothésiste, c'est tout un institut de rééducation. Ça occuperait plusieurs étages du Memorial.

Ils arrivèrent devant un immeuble récent de deux étages, à la façade en marbre. Un perron et de larges rampes menaient à des portes fermées en verre fumé. Il ralentit le pas pour lire les lettres gravées dans la pierre au-dessus de l'entrée : INSTITUT DE RÉÉDUCATION JOHN EDGAR WALES.

— C'est là ?

— Non. Mais c'est ici que va s'installer le nouvel institut de rééducation. On doit l'inaugurer le mois prochain.

— Qui est John Edgar Wales ? fit Jake en se demandant combien de millions avait coûté le nouvel immeuble et pourquoi ils se payaient le luxe d'une façade en marbre quand de la brique aurait très bien pu faire l'affaire.

— Un pilote de bombardier dont l'appareil a été descendu au-dessus d'Hanoi et qui a perdu un bras pendant qu'il était prisonnier.

— C'est donc un héros du Viêtnam, c'est ça ?

— Pas plus que bien d'autres.

— Alors qu'est-ce qu'il a de plus que tout le monde ?

— Son frère, Josiah Wales, est le directeur de l'institut.

— Et ce frère ?

— Est un personnage marquant.

Ils parvinrent devant un vieil immeuble d'un étage avec une façade peinte en vert, toute craquelée et cloquée. Les marches du perron étaient hautes, il n'y avait pas de rampe d'accès et l'entrée était étroite. Un panneau indiquait : RAMPE D'ACCÈS POUR HANDICAPÉS À L'ARRIÈRE DU BÂTIMENT.

— Cet endroit est sinistre, fit Joanna. Particulièrement pour des enfants.

Ils pénétrèrent dans un vaste hall rempli de patients debout ou assis. C'était en majorité des Nord-Américains ou des Latino-Américains, auxquels s'ajoutaient quelques Orientaux, tous amputés. Hors de vue, un bébé pleurait.

Il suivit Joanna dans une vaste salle de soins au sol recouvert de linoléum et grouillante de monde. Certains essayaient prudemment une jambe artificielle neuve, d'autres fixaient un bras artificiel aussi vrai que nature à leur moignon. Cela allait d'enfants en bas âge à des vieillards voûtés. Personne ne souriait.

Au fond de la pièce un homme corpulent en blouse blanche fit un signe de bienvenue à Joanna et leva un doigt pour indiquer qu'il allait venir dans un instant. Il parlait à une femme avec un bambin dans les bras.

— C'est lui, Josiah Wales, dit doucement Joanna.

— Putain, siffla Jake, c'est un colosse.

— Et il a une volonté de fer.

Jake observa la mère et l'enfant près de Wales,

cherchant sans succès une malformation ou un membre manquant. Son regard se porta sur le directeur de l'institut et sur sa longue blouse blanche. Un petit drapeau américain était cousu sur la manche.

— Un patriote militant, on dirait.

— Il se lève en chantant l'hymne national, dit Joanna en durcissant le ton. Et en veillant à ce que tout le monde l'entende.

Jake perçut l'hostilité dans sa voix.

— Vous n'avez pas l'air trop copains.

— Nous avons quelques divergences.

— A propos de quoi ?

— Les fusils d'assaut et les revolvers.

— Quoi ?

Joanna fixa Wales du regard au souvenir de leur violente dispute quelques années auparavant.

— A une certaine époque les universitaires du Memorial, moi comprise, ont signé une pétition pour interdire la vente des fusils d'assaut et des revolvers. On devait l'envoyer au Congrès et à l'assemblée de notre Etat, à Sacramento. Ça paraît raisonnable et d'intérêt général, tu ne trouves pas ?

— Si, jusque-là.

— Les revolvers sont utilisés dans tous les hold-up. Quant aux fusils d'assaut, ce n'est fait que pour tuer et rien d'autre.

— Mais Wales n'était pas chaud, c'est ça ?

— C'est le moins qu'on puisse dire, répondit Joanna en se souvenant des paroles menaçantes que Wales avait proférées contre elle et contre tous ceux qui n'étaient pas d'accord avec lui. Il a tenu tête à tous les enseignants, discourant sur notre droit constitutionnel au port d'armes et à la légitime défense. Il m'a fixée droit dans les yeux et il m'a dit — je te répète mot pour mot — que tous ceux qui étaient en faveur de la pétition étaient des ennemis de la Constitution et cherchaient à détruire l'Amérique.

— Tu plaisantes.

Joanna secoua la tête.

— Et le plus grave c'est qu'il le pensait.

— Est-ce que la pétition a été envoyée ?

— Penses-tu ! fit Joanna d'un air écœuré. Murdock s'est pointé et l'a fait jeter au panier. Wales appartient à une très riche famille qui, avec ses amis, donne beaucoup d'argent pour le Memorial. Ils contribuent au financement du nouvel institut à parité avec le gouvernement fédéral.

— J'ai l'impression que Wales s'est payé sa place à la faculté par le biais du Memorial.

— Non, non, corrigea aussitôt Joanna. Il est très compétent. Je te le garantis.

— Il y a autre chose que je te garantis à son propos, dit Jake d'une voix tendue.

— C'est quoi ?

— Qu'il ne s'est jamais fait tirer dessus avec un Kalachnikov.

Jake regardait toujours Wales, qui tapotait maintenant l'épaule de la femme au bambin. Le docteur s'éloigna, permettant à Jake de voir parfaitement la mère et l'enfant. Le gamin avait une jambe artificielle. Jake avala avec difficulté sa salive et fixa le sol.

Inconsciemment Joanna serra le devant de sa blouse blanche à l'approche de Wales. Elle fit un effort pour soutenir son regard.

— Alors, Joanna, dit froidement Wales, qu'est-ce qui vous amène dans nos modestes locaux ?

— Nous avons besoin de votre aide, dit-elle sans s'embarrasser de politesses. Je vous présente le lieutenant Sinclair, de la police criminelle de Los Angeles.

Les deux hommes se toisèrent un instant puis se firent un signe de tête.

— Que puis-je pour vous ? demanda Wales, le visage fermé.

Joanna sortit de sa poche le morceau de cheville en plastique et le tendit à Wales.

— Quelles indications pouvez-vous nous donner sur ce fragment de pied artificiel ?

Wales examina soigneusement l'objet avant de le lui rendre.

— C'est effectivement un morceau de cheville, et

le *M* entouré d'un cercle indique que c'est nous qui l'avons fabriquée.

— Y a-t-il moyen de savoir à qui elle appartenait ?

— Non, fit aussitôt Wales. Il nous faudrait un numéro de série. Et il est marqué plus haut sur la prothèse. Pas sur la cheville.

Jake nota mentalement d'envoyer une équipe sur les lieux de l'explosion et de passer les décombres au peigne fin, à la recherche d'un bout de plastique portant un numéro.

— C'est un tampon ou autre chose ?

— Il est gravé, comme la marque de fabrique. Il se voit à l'œil nu.

— A quel nombre en êtes-vous ?

— Dans les vingt mille, dit Wales en lui jetant un regard de côté. Et pourquoi ces questions ?

— On a trouvé ce fragment de cheville sur les lieux de l'explosion à Hollywood Ouest, lui dit Joanna.

Wales réfléchit un instant.

— Et vous pensez que cette prothèse appartenait à l'une des victimes ou à l'un des terroristes ?

— C'est ce qu'on essaye de déterminer, mentit Jake.

— Eh bien, je ne peux pas vous en dire plus, conclut Wales en regardant sa montre. On a tous du boulot et je vais...

— Nous allons vous demander encore un peu de temps, l'interrompit Jake.

— J'ai vraiment beaucoup de travail, insista Wales en maîtrisant sa voix.

— J'en suis conscient, dit Jake en sortant son calepin dont il feuilleta les pages jusqu'à ce qu'il trouve celle qu'il cherchait.

Il releva la tête et plongea son regard dans celui de Wales, qui cherchait à le dominer. Il mesurait bien un mètre quatre-vingt-quinze, avait de larges épaules, une tête massive et des lèvres minces à peine fendues. Il devait facilement foutre les chocottes aux gens.

— On croit que le type à la jambe artificielle était

mexicain ou d'origine mexicaine. Est-ce que ça permet de resserrer la recherche ?

— Ah ! fit Wales avec un rire forcé. La Californie possède plus de trente millions d'habitants, dont un tiers sont des Mexicains. Ce qui nous fait dix millions de gens, lieutenant. Etes-vous satisfait ?

— Pas vraiment, reconnut Jake.

— Et je ne tiens pas compte des deux millions de sans-papiers, ajouta Wales d'un ton réprobateur. Nos frontières sont une vraie passoire, et le gouvernement fédéral ne fait rien.

— Hum ! fit Jake, s'imaginant Wales au sommet d'une colline, armé jusqu'aux dents et tirant sur tout ce qui bouge. (Il chassa cette vision.) Avez-vous des fiches informatisées de tous vos patients ?

— Evidemment.

— La race des patients apparaît-elle ?

— Non, répliqua Wales tout en regardant de nouveau sa montre. Elles n'indiquent que l'âge, le sexe, le diagnostic et le type d'appareil.

— Y a-t-il d'autres informations médicales ? demanda Joanna. Comme des traits particuliers, par exemple cicatrices ou tatouages.

Wales secoua sa tête massive.

— Nous ne sommes pas une clinique d'examens. Ici on ne s'occupe que de rééducation.

— Si bien, pensa Jake à haute voix, que la seule façon de savoir qui est mexicain est de parcourir toutes vos fiches et de sortir tous les noms à consonance mexicaine.

— Exact, dit Wales.

— Eh bien c'est ce qu'on va faire !

— Holà ! fit Wales en levant une main qui semblait capable de tenir une pastèque. Vous ne pouvez pas consulter nos fiches médicales. Elles sont strictement confidentielles.

— Ce n'est pas un problème, répliqua Jake sans se démonter. J'aurai un mandat de perquisition d'ici une heure.

— Et moi un avocat pour suspendre son exécution

jusqu'à ce qu'un juge mette les choses au clair, répliqua Wales.

— Très bien, fit Jake, imperturbable. Je vais faire mettre sous scellés tous les bureaux et accès à ce bâtiment avec un flic devant chaque porte pour m'assurer qu'aucun dossier ne s'échappe indûment. Et ça durera comme ça jusqu'à ce qu'un juge mette tout au clair.

Wales serra les mâchoires. Une veine gonfla sur son front.

— Ou alors, poursuivit Jake, vous pourriez nous libérer une pièce et laisser une équipe de détectives parcourir vos dossiers informatisés et dresser la liste de tous les patients qui portent un nom mexicain et ont une jambe artificielle. Il faudra qu'un de vos médecins soit avec nous pour nous guider dans le jargon médical.

Wales jeta un long regard à Jake, se demandant s'il parviendrait à l'intimider et si un coup de fil au cabinet du maire servirait à quelque chose. Pas vraiment, fut sa réponse aux deux questions.

— Je veux le moins de désordre possible.

— Personne ne s'apercevra de notre présence.

— C'est Timothy Bremmer qui va vous aider, dit Wales, dont la veine du front se dégonflait doucement. C'est lui qui a mis au point nos logiciels.

— Il est médecin ? demanda aussitôt Joanna.

— Excellent médecin. Et une pointure en biomécanique.

Wales leur tourna le dos et partit à grandes enjambées. Il fallut quelques secondes à Jake et à Joanna pour se rendre compte qu'ils étaient supposés le suivre.

Joanna se rapprocha de Jake tout en marchant.

— C'est un personnage, hein !

Wales leur fit traverser la clinique et les mena dans un vaste atelier. Des techniciens en blouses vert pâle assis à leur poste de travail vérifiaient et réparaient des prothèses de toutes sortes. Il y avait des mains, des avant-bras et des bras artificiels, mais aussi des pieds, des jambes plus ou moins entières. Certaines mains étaient articulées et les doigts se serraient sans bruit.

En passant devant une vitre en Plexiglas Jake jeta un coup d'œil. Un robot équipé de prothèses de jambes piétinait sur place pour tester la résistance et la fiabilité du plastique. Jake avait l'impression d'être dans un monde de science-fiction.

Ils franchirent une batterie de doubles portes et pénétrèrent dans une grande pièce équipée d'une grosse machine émettant un chuintement feutré. Près de là, un homme en blouse blanche penché sur une console réglait avec soin des cadrans. Le chuintement augmenta brièvement avant de s'évanouir presque entièrement.

— Tim, appela Wales, puis-je vous parler un instant ?

— Bien sûr, dit l'homme en s'approchant. Vous savez, ce nouveau stratifié donne d'excellents résultats. Chaque fois que je double le nombre de lamelles je multiplie par trois la résistance de la prothèse. Fabuleux. (Il hocha la tête, visiblement satisfait de ce résultat. Puis il surprit le regard incertain de ses visiteurs.) Nos prothèses sont réalisées en plastique stratifié, expliqua-t-il. Plus il y a de couches, plus l'appareil est solide.

— Mais est-ce que ça n'en augmente pas le poids ? demanda Joanna.

— Pas lorsque les lamelles sont très fines. Mais c'est une bonne question. Le poids est un élément important pour ceux qui utilisent leur prothèse à longueur d'année.

Wales jeta un regard agacé à sa montre.

— Docteur Timothy Bremmer, je vous présente le docteur Joanna Blalock et le lieutenant de police Sinclair.

Bremmer inclina légèrement la tête.

— Je suis ravi, docteur Blalock. J'ai entendu dire beaucoup de bien de vos travaux en médecine légale.

— Merci, fit Joanna tout en se disant qu'elle avait déjà aperçu Bremmer au Memorial, mais sans pouvoir dire où.

Bremmer se tourna vers Jake Sinclair et lui serra la main.

— Puis-je vous aider en quoi que ce soit ?

— On a besoin de vous pour parcourir une liste. (Jake lui fit un bref résumé des particularités du morceau de cheville en plastique trouvé dans les décombres.) Il faut qu'on utilise vos fiches informatisées pour dresser la liste de tous les Américains de souche mexicaine qui ont reçu des prothèses de jambe.

Bremmer se frotta le menton. Il était svelte, moins grand que Joanna, avec un large front et des cheveux blonds tout raides. Son visage d'adolescent était parfaitement lisse.

— Rien qu'à partir des noms de famille ?

— Rien d'autre.

— C'est un sacré boulot, remarqua pensivement Bremmer.

— Quelle est l'importance de la liste ? demanda Jake.

L'autre haussa les épaules.

— Dans les huit mille noms. Au moins.

— C'est beaucoup trop, grommela Jake en sourdine. Existe-t-il un moyen de raccourcir la liste ?

Bremmer observa la machine, dont le bruit s'intensifiait. Il s'abîma un moment dans ses réflexions, puis revint à ses interlocuteurs.

— Avez-vous le bout de cheville avec vous ?

— Le voici, dit Joanna en le lui tendant.

Bremmer l'examina à fond en le plaçant devant la lumière.

— Avez-vous noté combien de lamelles entrent dans cette prothèse ?

Joanna secoua la tête.

— C'est très important ?

— Ça peut l'être, dit Bremmer en passant le doigt le long du bord déchiqueté. Quand je suis entré ici il y a six ans, on a installé cette machine pour fabriquer nos prothèses. Elle utilise un nouveau procédé. Nos fabrications récentes possèdent plus de lamelles.

— Supposons que cette cheville ait été usinée par

votre nouvelle machine, ça représente combien de patients ?

— Disons quatre mille.

— C'est déjà mieux.

— Ça reste encore un sacré paquet, le prévint Bremmer. Dresser la liste n'est pas le plus difficile. Retrouver la trace de quatre mille patients va prendre des mois, quand on y arrivera.

— Ils n'ont pas de visites de contrôle systématiques ? demanda Joanna.

— Si, en général. Mais certains, comme les Mexicains en situation irrégulière, disparaissent. Ils doivent retourner au Mexique.

Jake poussa un gros soupir. Un pas en avant, deux pas en arrière, se dit-il.

— On apprécierait que vous puissiez nous dire si cette cheville provient ou non de la nouvelle machine.

— C'est facile, dit Bremmer en ramenant le morceau dans la lumière. Vous aurez la réponse demain.

Jake observa la surface brillante, notant pour la première fois sa couleur neutre.

— Toutes les prothèses sont de la même couleur crème ?

— En principe, encore qu'un jour un patient l'a voulue pourpre.

Bremmer et Jake échangèrent un bref sourire.

Le bruit de tour de la machine s'intensifia, puis elle décrocha et le bruit s'estompa.

— Cette prothèse est presque finie. Il n'y a plus qu'à la rembourrer et à fixer les attaches à la main.

Quelque chose tracassait Joanna, quelque chose d'évident qui lui échappait. Qu'était-ce ? Sur le pupitre un voyant rouge clignota avant de passer au vert.

— Et on vérifie que les mesures finales correspondent bien à celles programmées sur ordinateur, poursuivait Bremmer. Car chaque prothèse est faite sur mesure.

— L'exactitude des mesures est un élément essentiel, dit Wales d'un ton doctoral. Une erreur de quelques millimètres ici ou là peut affecter le fonctionnement de la prothèse.

Le visage de Joanna s'éclaira. Ces mesures ne pouvaient être prises que par quelqu'un d'expérimenté. Lequel examinait forcément les patients avant de faire réaliser la prothèse.

— Et qui prend les mesures ?

— C'est moi, dit Bremmer d'un ton neutre. Je prends les dimensions du moignon et de l'autre jambe, et je les rentre dans l'ordinateur. Lequel dessine le résultat et, si tout est conforme, transmet l'ordre de fabrication avec les spécifications exactes à nos machines. Tout est entièrement automatisé.

— Et vous suivez chaque patient ?

— Oui.

— Faites-vous des photos des patients avec leur nouvelle prothèse ?

— Ça ne servirait à rien, dit Bremmer en secouant la tête. Les photos n'apportent rien. On enregistre en vidéo. Ce qui nous permet de voir le membre artificiel en action et de vérifier la qualité de son fonctionnement.

— Comment sont vêtus les hommes qui ont une jambe artificielle lorsqu'on les filme ?

— Ils sont en slip de bain ou en short.

— Donc vous voyez bien leurs bras.

— J'imagine, fit Bremmer, curieux de savoir pourquoi elle s'intéressait tellement aux bras d'un patient équipé d'une jambe artificielle. (Car évidemment dans ce cas la caméra est dirigée vers la partie inférieure.)

— Autrement dit, on peut avoir plusieurs plans de bras ?

— C'est exact.

— Où stocke-t-on les bandes ?

— Dans notre nouvel immeuble.

— Et vous avez une salle de projection ? interrogea Jake.

Bremmer fit oui en souriant.

— Lieutenant, notre nouvel institut est l'un des plus modernes. Pas seulement en Amérique, mais dans le monde entier, dit-il avec emphase. Notre salle de projection possède quatre écrans qui nous permettent de visionner simultanément le patient sous quatre angles différents.

— Pas mal, dit Jake, anticipant d'excellentes images du bras tatoué.

— Mieux que ça, répliqua Bremmer. Ce nouvel institut fera l'envie de l'ensemble du monde médical. (Il regarda Josiah Wales.) Pour une fois le gouvernement fédéral a bien fait les choses.

— Largement aidé par ma famille, fit remarquer Wales.

— C'est tout à fait vrai, reconnut Bremmer. Avec, pour résultat final, une pure merveille à laquelle tout le monde veut être associé. Les dignitaires font déjà la queue pour assister à l'inauguration du 19 avril. Députés, sénateurs, le gouverneur. Et même le Président.

Jake tiqua, surpris qu'un nouvel institut puisse faire déplacer les hommes d'Etat.

— Qu'est-ce qui les attire ?

— Les voix, grogna Wales. Ils calculent qu'entre les anciens du Viêtnam et les infirmes ça représente bien deux millions de votes.

— C'est quand même un grand honneur que nous fait le Président en venant ici, dit Joanna en pensant à la médaille de la Liberté qu'il allait lui remettre. (Elle avait décidé qu'elle ne ferait pas un grand discours à la cérémonie, se contentant de remercier le Président et de demander qu'on n'oublie pas ceux qui avaient péri sur le *Global Explorer II*.) Un honneur exceptionnel, répéta-t-elle.

Wales haussa les épaules.

— Je n'ai pas voté pour lui.

— Moi non plus, renchérit Bremmer.

Moi si, eut envie de dire Jake, mais il retint sa langue.

— Peut-on entamer les recherches dès demain matin ?

— Sans problème, dit Bremmer. Que votre équipe

arrive à 8 heures. Il vaudrait mieux qu'ils sachent se servir d'un ordinateur.

— C'est le cas, dit Jake avec un mince sourire. Vous pouvez y compter.

— 8 heures pile, alors.

Joanna et Jake sortirent sous un léger crachin. Le ciel s'assombrissait et devenait de plus en plus menaçant.

— L'idée de penser à la vidéo était géniale, dit Jake. Comment cela t'est-il venu ?

— Par hasard, reconnut Joanna. En fait, je pensais à des photos, qu'on prend couramment pour montrer que la prothèse est parfaitement adaptée.

— Oui, mais ça nous a permis d'en arriver à la vidéo.

— Sans doute.

— Et si par chance l'une de ces vidéos montre un Mexicain avec une rose tatouée sur le bras... C'est dans la poche.

— On n'en est pas là.

— Ça reste envisageable. Il y avait quatre terroristes dans cette baraque. On a donc une chance sur quatre que le terroriste tatoué ait eu une jambe artificielle.

— Ce n'est pas ça le plus difficile. Le plus difficile, c'est de tomber sur une vidéo d'un unijambiste dont on voit une rose tatouée sur le bras. Il va peut-être falloir visionner huit mille vidéos pour dénicher ce tatouage.

— Tu es en train de me dire qu'on a une chance sur huit mille de le trouver ?

— A peu près. A moins d'un formidable coup de bol.

— Et merde ! grommela Jake.

Ils hâtèrent le pas sous la pluie qui redoublait.

14

Lundi 29 mars, 10 h 40

— Regardez ça, dit Lori en écartant sa chaise.

Joanna se pencha pour examiner la lamelle sous le microscope. On y voyait des grappes de cellules osseuses malignes.

— C'est visiblement un sarcome ostéogénique. Et alors ?

— Ce prélèvement osseux provient d'une jambe arrachée par l'explosion, dit Lori tout en mâchonnant son chewing-gum. Ce qui prouve que deux des terroristes avaient des problèmes de santé.

Joanna réexamina la lamelle. Le diagnostic était indubitable. Les cellules osseuses étaient irrégulières et bizarres, caractéristiques d'une maladie profonde.

— Croyez-vous que le type souffrait de sa tumeur osseuse ?

Lori haussa les épaules.

— Comment le savoir à partir d'une lamelle ?

— Mais on le saurait à partir d'une radio.

— J'ai des radios et des photos des plus gros morceaux, mais ça ne permet pas de savoir s'il y avait des symptômes apparents.

— Regardons.

Elles s'approchèrent de la photothèque située au fond du labo. Joanna examina à la loupe les agrandissements photographiques du spécimen. Il se révéla être un fragment de cuisse dont le fémur était brisé à angle vif. Les tissus autour de l'os étaient brûlés et déchirés. Elle passa ensuite aux clichés radio. On y voyait une tumeur de la grosseur d'une pièce de vingt-cinq cents attaquant le fémur.

— Il avait mal, dit Joanna en pointant le doigt sur la partie détruite du fémur. La tumeur le rongeait depuis la moelle jusque dans la chair. Il souffrait beaucoup.

— Nous nous retrouvons avec deux terroristes atteints de cancer, et qui le savaient probablement, dit Lori. Ils se destinaient à des attentats suicides. Je ne vois pas d'autre explication.

— Possible, dit Joanna d'un ton peu convaincu. Mais pourquoi se suicider quand on sait qu'on n'a plus que quelques mois à vivre ?

— Peut-être que la douleur était devenue intolérable, suggéra Lori. Vous comprenez, ils se sont tués pour arrêter de souffrir.

— On ne prend pas du plastic pour se suicider.

Joanna reporta son attention sur les radios, se demandant quel était le point commun entre les deux terroristes. Il fallait bien qu'il y en ait un, mais elle n'arrivait pas à le saisir. Même leurs maladies étaient différentes. Le premier souffrait d'un adénome métastatique au foie, le second d'une saleté de sarcome ostéogénique. On ne voyait pas de dénominateur commun.

Joanna plissa subitement les yeux. Elle se tourna vers Lori.

— Avez-vous le groupe sanguin des deux fragments qui se sont avérés malades ?

Lori ouvrit un registre et le parcourut.

— On n'a pas pu le déterminer pour le foie. Il était en partie grillé.

Joanna poussa un profond soupir.

— Quelle barbe !

— Pourquoi est-il si important d'avoir leur groupe sanguin ?

— Parce qu'on affirme qu'il y avait deux individus malades alors que c'est peut-être le même, expliqua Joanna. Il arrive que le même patient soit atteint de plusieurs maladies. C'est assez rare, mais ça arrive.

Et si nous nous trouvons avec un seul cancéreux, cela ne nous mène pas à grand-chose.

— Bon, il ne faut pas compter sur le type sanguin.

— Mais les empreintes génétiques, par contre... Prévenez-moi dès que vous aurez les résultats.

— Vous êtes cependant bien consciente que nous avons presque certainement affaire à deux individus avec deux cancers différents.

— Je sais, dit Joanna. Mais prouvons-le pour éviter toute fausse piste.

— Drôle de boulot, fit remarquer Lori en tournant les pages de son bloc-notes. Je vous parle de la main arrachée ?

— Seulement si les nouvelles sont positives.

— Non. L'ami Maxie Birnbaum n'arrive pas à retrouver José Hernandez. Personne ne sait où il est passé. Mais Maxie prétend connaître l'ami d'un ami de José qui saurait peut-être quelque chose.

— Autrement dit, il patauge.

— Ouais, mais il continue à s'accrocher.

— Comme nous tous.

— On en sait un peu plus sur le plastic incrusté dans la paume, poursuivit Lori. Il était composé de deux matières explosives, avec des noms à n'en plus finir. Aucune trace d'origine, bien sûr.

— Bien sûr, dit Joanna avec amertume.

Quelques années auparavant le Congrès avait voulu faire passer une loi qui aurait obligé tous les fabricants d'explosifs à incorporer une substance traçable dans leurs produits. Cela aurait permis aux enquêteurs de retrouver l'origine de tous les explosifs fabriqués en Amérique. Le puissant lobby des armes s'était débrouillé pour que la proposition soit rejetée.

— Le labo externe dit que la combinaison des matières utilisées dans ce plastic n'est pas habituelle, et ils envoient un échantillon au labo de l'armée de l'air pour examen poussé.

— Quand aura-t-on les résultats ?

— Ils le font passer en top priorité, on devrait donc les avoir d'ici quelques jours.

— Bien.

Lori referma son carnet.

— Bon, revenons maintenant aux mille autres questions à voir.

— Si vous avez un instant, dit Joanna, il faut qu'on parle de quelque chose.

— Mais oui, fit Lori, une sueur froide lui coulant le long du dos.

L'expression « il faut qu'on parle » présageait toujours de mauvaises nouvelles.

— Il y a un problème ? demanda-t-elle.

— Votre caractère, dit carrément Joanna. Ça va vous attirer des ennuis, particulièrement dans vos relations avec des gens comme Jake Sinclair. Il ne le supportera pas.

— Je sais bien, affirma tranquillement Lori. J'essaye de garder mon sang-froid, mais ce satané Sinclair me pousse à bout.

— Vous croyez qu'il le fait exprès ?

Lori haussa les épaules.

— Parfois on le dirait. Dieu ! Ce qu'il peut être rude et grossier ! Il n'accorde aucune attention aux sentiments des autres.

— Ça c'est Jake, reconnut Joanna. Mais ne le prenez pas pour vous.

— Alors comment réagir ?

— En professionnelle, lança Joanna. Jake est un dur à cuire qui enquête sur des meurtres. Il ne cherche pas à lier des amitiés. Tout ce qu'il veut, c'est qu'on réponde à ses questions parce que ça l'aide à résoudre les crimes dont il s'occupe. Et ce n'est pas le genre sympa, poli et plein de tact.

— Vous voulez donc que je m'accommode de son manque de savoir-vivre ?

— Oui, si vous voulez profiter de son expérience. Vous en apprendrez autant avec lui qu'avec moi. Peut-être même plus, en matière criminelle.

Lori hocha lentement la tête.

— Il est fort. Il faut le reconnaître.

— Sans aucun doute.

— Donc vous me conseillez de mettre la pédale douce.

— C'est le mieux.

— Je peux quand même l'envoyer sur les roses de temps en temps ?

— J'imagine que oui. (Joanna sourit.) Mais choisissez soigneusement le moment.

Lori commença à partir, puis se retourna.

— Je vous demanderais bien conseil sur autre chose.

— Sur quoi ?

— Les journalistes. Ils ont déniché mon téléphone perso, et maintenant ça sonne sans arrêt. Ils veulent tout savoir sur la bombe, les victimes, les restes humains...

— Qu'est-ce que vous leur racontez ?

— Rien du tout. Je raccroche. Mais ils recommencent, y compris au milieu de la nuit.

— Je vous conseille de décrocher votre téléphone quand vous vous couchez et de dormir avec votre bipeur.

— Ils finiront probablement par me biper. A vous aussi, ça vous arrive ?

— Sans arrêt, répliqua Joanna. Hier j'ai reçu un coup de fil d'un journal de la presse tabloïd qui me proposait deux cent cinquante mille dollars pour une interview. Et encore autant pour avoir des photos de restes humains.

— Seigneur ! Les médias feraient n'importe quoi pour avoir des informations.

— Ils réagissent à la demande du public. Les journaux et les télés en font leurs gros titres jour et nuit. Il ne faut pas oublier que les gens ont peur, surtout depuis qu'une bombe a explosé dans un quartier résidentiel. Chacun veut savoir le pourquoi et le comment et si on est sur le point d'appréhender les coupables. Ce sont les principales questions que se pose la presse.

— Les réponses sont faciles.

— Oh ?

Lori jeta son sac à dos sur son épaule.

— Les voici : nous ne savons ni qui ni pourquoi et nous sommes très, très loin d'avoir la solution.

15

Mercredi 31 mars, 11 heures

La télé montrait Simon Murdock au Memorial Hospital en train de monter sur le podium pour donner une conférence de presse. Il avait l'air sombre, visage fermé et lèvres serrées.

— Il n'a pas l'air joyeux, commenta Farelli.

Jake fixait l'écran des yeux et trouvait que Murdock, dans son costume sombre à fines rayures, ressemblait à un croque-mort.

— Il doit être dans ses petits souliers.

— Je croyais qu'on le disait très rusé.

— Il fait partie de ces gens capables d'être cons et rusés à la fois.

Assis devant un bar, les deux détectives prenaient leur café avec des croissants. Il était déjà 11 heures du matin et les clients commençaient à arriver pour le déjeuner. Dehors, le temps était humide et brumeux, le soleil perçait à peine.

— Pourquoi donne-t-il une conférence de presse ? demanda Farelli.

— Ça me dépasse, dit Jake d'un ton distrait.

Il attrapa une serviette en papier et commença à écrire des chiffres. 5 × 10 = 60.

— Cinq fois dix, ça fait cinquante, dit Farelli en regardant par-dessus l'épaule de Jake.

— J'arrondis, fit Jake en continuant à faire ses calculs. J'ai quatre hommes dans la salle de projection de l'institut de rééducation. Il y a quatre écrans dans la pièce, donc chaque homme aura une vue différente de la vidéo. Chacune dure cinq minutes. Donc, pour voir dix vidéos, ça prend cinq fois dix, c'est-à-dire cinquante minutes. D'accord ?

— D'accord, fit Farelli. Mais tu as marqué soixante.

— Je compte dix minutes de battement par heure pour charger le magnétoscope, faire la mise au point et le reste. Ce qui ramène le temps réel de projection à cinquante minutes par heure. Autrement dit on peut en pratique visionner dix vidéos par heure. Soit quatre-vingts par jour, ou cinq cents par semaine. (Il refit ses calculs et poussa un gros soupir.) Ce qui signifie qu'il va falloir plus de deux mois pour voir toutes les vidéos.

— Et d'ici là les poseurs de bombes auront accompli leur forfait et se seront évanouis dans la nature.

— Ça ne fait pas un pli.

Les détectives reportèrent leur attention sur la télé.

— Il est évident, était en train de déclarer Murdock, qu'il y a des éléments que je ne peux pas aborder pour l'instant. Cela posé, je suis prêt à répondre à vos questions.

Une journaliste à mèches blondes se leva aussitôt.

— Le seul témoin oculaire de l'explosion est mort subitement et d'une manière inattendue au Memorial, dit-elle en nasillant. Certains disent qu'il a été assassiné. Vrai ou faux ?

— Le patient est mort d'un blocage des voies respiratoires, répliqua Murdock. Un ou deux détails ont attiré notre attention, et on cherche à les éclaircir.

— Vous déclarez donc qu'il n'y a pas de preuve d'acte de malfaisance ? insista la journaliste.

— J'ai déjà répondu, esquiva Murdock. Question suivante.

Un présentateur de télévision locale, récemment ravalé au rang de simple reporter, se leva.

— Est-il vrai que la veuve de ce témoin oculaire a porté plainte pour homicide contre votre hôpital ?

Murdock avala sa salive, sa pomme d'Adam tressautant visiblement.

— Pas de commentaire.

— Et qu'elle réclame dix millions de dollars ? poursuivit le reporter.

— Pas de commentaire.

Farelli émit un petit sifflement.

— C'est un paquet de pognon.

— La vie d'une personne doit être préservée, dit Jake.

Une journaliste noire en tailleur élégant leva la main. Elle se présenta comme étant du magazine *Time*.

— Le témoin oculaire a-t-il fourni une description de certains terroristes avant de mourir ?

— Pas de commentaire, répéta Murdock.

— On nous a dit de deux sources différentes qu'il l'avait fait, continua-t-elle. On a parlé de terroristes nord-américains et mexicains. Et d'autres détails marquants ont également été fournis. Nous croyons cette information réelle, et nous allons la publier. Si vous voulez démentir, c'est le moment.

Murdock tira sur son col de chemise dans un silence embarrassé.

Jake se pencha en avant.

— Dis quelque chose, espèce de connard, le pressa-t-il sans élever la voix.

— C'est une question qu'il faut poser à la police, finit par dire Murdock.

— L'une de nos sources est en relation avec la police, insista la journaliste.

Baratin, se dit Jake. L'histoire venait sans doute de Claire Stonehauser ou de sa sœur, ou des deux. C'est de ce côté-là qu'un journaliste ayant du flair aura pointé son nez.

Farelli prit un air soucieux.

— Tu crois qu'il y a eu une fuite ?

— Ça m'étonnerait.

— Mais cette journaliste d'un grand magazine dit qu'elle tient son information des flics.

— Elle a dit que sa source était « en relation » avec la police, corrigea Jake. La journaliste tient son histoire de la veuve ou de sa sœur. Et comme la veuve a parlé avec deux flics de la Criminelle, ça revient à dire que la source a échangé des informations avec la police. On peut appeler ça une relation.

— Affranchis-moi, dit Farelli, haïssant qu'on joue sur les termes. Est-ce que les mots ont un sens ?

— Pas à la télé.

Murdock continuait à tourner autour du pot, essayant d'esquiver les questions trop directes.

La journaliste du *Time* l'accula dans ses retranchements.

— L'un des terroristes avait-il une barbiche ou le crâne rasé ?

— Oh merde ! grogna Jake pour lui-même.

— Je ne sais pas du tout, déclara Murdock.

— Que savez-vous exactement ? enchaîna la journaliste à brûle-pourpoint.

Murdock fixa la femme du regard, luttant désespérément pour conserver son sang-froid.

— Je sais très précisément qu'il y a au Memorial un laboratoire de médecine légale rempli de restes humains à la suite de cette explosion. Et qu'il y a dans ce laboratoire une excellente spécialiste qui va rassembler les morceaux et qui pourra nous dire très exactement qui étaient ces terroristes.

— Et cela pourrait nous mener jusqu'aux meurtriers du témoin ?

— Ça pourrait en effet nous...

Murdock se tut subitement, mais trop tard.

Farelli se frappa le front de la paume de sa main.

— Merde ! Qu'est-ce qu'il est con !

La journaliste eut un léger sourire.

— Combien de restes humains avez-vous ? Et où en êtes-vous ?

Murdock se racla la gorge.

— Le sujet est clos.

D'autres journalistes se levèrent et l'assaillirent de questions. Le vacarme était tel qu'on ne les distinguait plus. Murdock leva les bras pour essayer de les calmer. Leurs cris redoublèrent.

— Qu'en penses-tu ? demanda Farelli.

— Je pense que tous ceux qui savent quelque

chose sur ces terroristes vont se tailler. Les Mexicains vont franchir la frontière. Les autres vont soigneusement se planquer.

Farelli hocha la tête.

— Je veux bien parier que celui qui a une barbichette est en ce moment même en train de la raser.

— Tu as raison. Et il va laisser pousser ses cheveux.

— Et tu crois que les poseurs de bombes vont se tenir à carreau ?

— Y a pas mèche, dit Jake sans hésiter. Ils vont rester dans le coin jusqu'à ce qu'ils soient parvenus à leurs fins.

— Ils ne vont pas apprécier les révélations de Murdock, dit Farelli. Pas du tout !

— Et ils savent comment s'introduire dans le Memorial, dit Jake avec découragement. Ils l'ont déjà fait.

— J'étais en train d'y penser. (Farelli finit d'avaler son croissant et descendit de son tabouret.) Il faut qu'on mette un flic devant la porte de la chambre froide où on garde les restes humains.

— N'en mets pas un, mais deux, fit Jake. Place le second devant la porte du bureau de Joanna, vingt-quatre heures sur vingt-quatre.

16

Jeudi 1er avril, 14 h 15

Maxie Birnbaum les précéda dans l'escalier de l'immeuble d'habitation de trois étages. Joanna et Lori étaient dans son dos, s'essoufflant à le suivre. Au deuxième, elles s'arrêtèrent sur le palier pour reprendre leur respiration.

— Le règlement municipal n'oblige-t-il pas à avoir un ascenseur dans ces immeubles ? ronchonna Lori.

— Pas dans la partie est de Los Angeles, répondit Maxie. Et si les propriétaires pensaient pouvoir ne pas mettre non plus d'escaliers, ils s'en dispenseraient.

L'escalier était étroit et mal éclairé. La peinture grisâtre des murs était craquelée et se décollait, laissant apparaître le plâtre armé avec du grillage. Il y avait des taches d'humidité partout.

— Vous êtes bien sûr que José Hernandez habite ici ? demanda Joanna.

— C'est ce que m'a dit un de mes amis, répondit Maxie. Il habite un appartement avec sa femme et sa belle-mère.

— Leur avez-vous téléphoné pour vérifier ?

— J'ai appelé, mais la ligne est coupée.

— Extra ! marmonna Joanna en s'accrochant à la rambarde pour s'aider à monter.

Maxie caracolait en tête, grimpant les marches deux par deux. Ils arrivèrent dans le corridor du troisième. On entendait du bruit derrière les portes closes. Une télé qui marchait trop fort, des gosses qui piaillaient et pleurnichaient, des disputes en espagnol. Ça sentait la nourriture épicée.

Maxie frappa à une porte, recula d'un pas et attendit. Un verrou tourna, puis un second. Enfin la porte s'entrebâilla doucement, maintenue par la chaîne.

Une Mexicaine entre deux âges, au visage marqué, glissa un œil.

— *¿ Qué ?*

— On voudrait parler à José Hernandez, dit Maxie sur un ton officiel.

— Il n'est pas là, dit la femme en les regardant avec méfiance. Vous venez pour des factures ?

— Non, dit aussitôt Joanna. Nous sommes du Memorial Hospital.

— Ah ! fit la femme en hochant la tête. C'est à propos de son cancer ?

— Est-ce qu'on peut entrer un instant ? demanda Joanna. C'est très important.

La femme retira la chaîne et ouvrit largement la porte en s'effaçant. Le petit séjour était dépourvu de meubles. Ni sièges, ni canapé, ni lampes. La lumière arrivait par la fenêtre fermée, dont un carreau était cassé. Contre le mur étaient entassés de grands cartons d'emballage.

— Vous êtes sa belle-mère ? demanda Joanna.

— *Si,* fit la femme. Pourquoi n'a-t-il pas donné de ses nouvelles ?

— On pense qu'il a eu un grave accident, dit doucement Joanna.

— Il est mort ?

— C'est ce qu'on pense.

La femme resta de marbre. Elle fit un signe de croix et murmura une prière en espagnol.

— On savait bien qu'il allait mourir. D'un cancer.

— Qu'est-ce qu'il vous a dit de sa maladie ? glissa Joanna.

— Qu'il avait un vilain cancer des intestins et qu'il s'était généralisé.

— Son traitement médical faisait-il de l'effet ?

La femme secoua la tête.

— On lui a retiré sa tumeur au Memorial Hospital mais il n'a pas été mieux pour autant. Alors ils lui ont injecté des médicaments dans les veines, sans résultat non plus. Il se sentait simplement plus fatigué. Il ne pouvait plus travailler comme jardinier.

Joanna fit un signe de tête à Lori, se souvenant toutes les deux des callosités sur la main arrachée.

— Est-ce qu'il s'intéressait toujours à la boxe ?

— Seulement à la télé.

— A quand remonte son dernier combat ?

— A plus de cinq ans. (La femme fixa Joanna en plissant de plus en plus ses yeux noirs.) Quel est le rapport avec sa maladie ?

— L'accident a été terrible, dit Joanna. On cherche à identifier la personne avec précision.

— Son visage...

La voix resta en l'air.

— Pulvérisé, dit sincèrement Joanna.

La femme se signa de nouveau.

— Dieu le lui rendra !

— Etait-il tatoué ? fit doucement Lori.

La femme hocha la tête.

— Sur ses doigts il avait fait mettre *LOVE* et *HATE*. Il avait essayé de les effacer, mais il en avait gardé des traces. (Elle eut un sourire timide.) Ma fille était contente qu'il fasse effacer ces tatouages. Il l'a fait pour elle.

— Ils s'entendaient bien ?

— Ils se connaissaient depuis qu'ils étaient petits. Et elle a souffert de le voir malade.

— Où est-elle ? fit Lori.

— Elle est repartie à Guadalajara.

— Si on veut la joindre, comment... ?

— Une seconde, intervint Joanna, trouvant que quelque chose clochait. (Voilà une femme très affectée par la maladie et l'absence de son mari qui retourne s'installer au Mexique sans lui.) Elle n'a pas hésité à laisser José ?

— C'est José qui l'a voulu, je crois. On devait emporter les cinq mille dollars pour arranger notre maison au Mexique. Il disait qu'il nous rejoindrait plus tard.

— Pour mourir chez lui, conclut Joanna.

— C'était probablement son idée. (La femme porta le poids de son corps d'un pied sur l'autre pour décompresser un peu.) Il était tellement fier de lui apporter l'argent. C'est tout ce qu'il possédait.

— Ses économies, hein ? demanda Maxie.

— Oh, non, señor. Nous n'avons plus d'économies. Il y a longtemps qu'elles se sont envolées. Cet argent était celui que José avait obtenu pour poser comme modèle le mois dernier.

— Modèle pour quoi ? réagit aussitôt Joanna.

— Une présentation de vêtements de chasse.

Ça ne rime à rien, pensa Joanna. Un homme de plus en plus atteint par un cancer généralisé n'est un bon modèle que pour la mort.

— Qui lui a refilé ce boulot ?

— Deux gringos fêlés, dit la femme tout à trac, avant de réaliser la teneur involontaire de ses propos. Sans vouloir vous offenser, *señora*.

— Y a pas de mal, dit Joanna, absorbée par la tenue de chasseur que José était supposé présenter et se demandant si c'était précisément ce qu'il faisait sur le terrain accidenté où il avait sauté.

— A-t-il décrit les deux gringos ?

— Il a simplement dit que c'étaient deux jeunes Américains.

— Est-ce qu'il n'y en avait pas un avec une courte barbe ou une barbiche ?

La femme haussa les épaules.

— José ne m'a pas parlé de ça.

— Voulez-vous bien poser la question à sa femme quand vous la verrez ?

— Bien sûr, dit l'autre avant de pousser un gros soupir. Qu'est-ce que je dois dire à ma fille à propos de son mari ?

— La vérité, conseilla Joanna. Le cadavre est presque certainement celui de son mari. On en sera complètement sûr dans quelques semaines.

La femme ouvrit son sac et en tira une petite carte écrite à la main.

— Je vous donne mon adresse et mon numéro de téléphone à Guadalajara. Veuillez nous avertir lorsque vous saurez.

— Merci de nous avoir reçus, *señora*.

A l'extérieur le soleil se couchait et le froid commençait à tomber. C'était l'heure de pointe et la circulation était si bruyante que Maxie devait presque crier pour se faire entendre.

— Ça peut coûter combien, d'après vous, de ramener les restes de José au Mexique ?

— Assez cher, répondit Joanna. Il faut un cercueil plombé et ça doit coûter au moins deux mille dollars.

— Je vais tâcher de lancer une souscription, dit pensivement Maxie. Un homme doit pouvoir se faire enterrer chez lui, près de ceux qui l'ont aimé.

Joanna regarda Maxie s'éloigner. Un homme de petite taille, aux larges épaules, une brute au cœur tendre.

— Il me rappelle le milieu d'où venaient mes parents.

— Un monde disparu, dit à elle-même Lori en dépliant un papier de chewing-gum. Dites-moi, ce siège au premier rang et cette location de limousine pour conduire Maxie à la rencontre de boxe vont bien nous coûter cinq cents dollars. On pourrait mettre cette somme dans sa corbeille.

— Je crois que cela ferait bien plus plaisir à Maxie que d'aller voir un match.

— Moi aussi, dit Lori en ouvrant la portière de la voiture. Mais en réalité on ne sera jamais sûres à cent pour cent que cette main a appartenu à José Hernandez.

— Je pense que si. N'oubliez pas que José s'est fait enlever sa tumeur cancéreuse au Memorial Hospital. Ils doivent bien avoir un échantillon de ses tissus conservé en pathologie. Il va nous suffire de comparer le code génétique avec celui de la main arrachée. Si ça correspond, c'est bien notre homme.

— Et ça nous fera alors trois Mexicains, atteints

de cancer et pulvérisés au C-4, dit Lori, déconcertée. Deux là où a explosé la bombe et le troisième dans la nature dans le nord du comté de Los Angeles. Ça nous mène où ?

— Il y a un lien entre eux.

— Lequel ?

— Je ne sais pas trop. Mais il y a un rapport entre ces affaires. J'en mettrais ma main au feu.

17

Vendredi 2 avril, 20 h 50

Jean-Claude Fonteneau courait en formant des cercles dans le salon de Joanna. Le bambin écartait les bras pour faire l'avion. Il bourdonnait aussi fort que possible en frôlant sa mère.

— C'est le portrait craché de son père, dit Joanna.

Kate Blalock Fonteneau approuva.

— Il a même ses manières. La démarche et le sourire.

— Ça, c'est Blalock, affirma Joanna, regardant son neveu trébucher sur la moquette et se relever pour recommencer aussitôt.

Ce garçonnet de deux ans était déjà beau, avec ses cheveux blond sable, ses pommettes hautes et ses yeux noirs pleins de malice. Du pur Blalock, se dit Joanna en se demandant à quoi ressembleraient ses enfants et si les gènes des Blalock prédomineraient.

Elle lança un regard à Kate, tentée de lui parler de Paul du Maurier, mais décida d'attendre. Avec un peu de chance, Paul serait de retour à Los Angeles la semaine prochaine et ils pourraient dîner ensemble. Ce serait le moment de...

— Qu'est-ce qu'il y a ? fit Kate en interrompant les pensées de Joanna.

Celle-ci haussa les épaules.

— Rien.

— Allons donc ! la pressa Kate. Je vois bien que

tu es songeuse. Ça provoque de petites rides de chaque côté de ton nez.

Joanna sourit.

— Je crois que j'ai trouvé chaussure à mon pied.

— Tu rigoles !

— En fin de compte, dit doucement Joanna.

— Et il s'appelle ?

— Paul du Maurier.

Kate se rapprocha de sa sœur sur le sofa.

— Raconte. Je veux tous les détails.

— Il est grand et superbe et riche comme Crésus, dit rêveusement Joanna. C'est un banquier d'affaires et il m'aime à la folie.

Kate serra Joanna dans ses bras.

— Je suis tellement heureuse pour toi, sœurette. Et tu l'as mérité plus que toute autre. Je sais que tu n'as pas eu la vie facile depuis des années, à veiller sur la famille.

— Ce n'était pas si ardu, répondit modestement Joanna.

— Oh ! Que si ! dit fermement Kate. A la mort de papa tu as dû te coltiner le désastre financier qu'il a laissé derrière lui. Et t'occuper de maman et de moi, et tu as été parfaite. Tu n'étais encore qu'une jeune étudiante, mais tu as assuré sans le moindre faux pas. Je n'en revenais pas.

— J'ai fait plein de faux pas, murmura Joanna pour elle-même.

— Ce n'est pas vrai. Quand maman a été malade tu as toujours veillé à ce qu'on s'occupe bien d'elle. Tout en payant mes études et en me donnant de quoi vivre jusqu'à ce que je sois en état de gagner ma vie comme archéologue. Tu t'es sacrifiée pour les autres, tout le monde le sait.

— Ça m'a fait plaisir, dit Joanna, revoyant le visage de ses parents décédés.

Son père était mort depuis plus de vingt ans et sa mère depuis presque dix ans.

— Seigneur ! Tu as dû accumuler les dettes, poursuivit Kate. As-tu pu tout rembourser ?

— J'ai fini il y a quatre ans. Et depuis il n'y a pas

un seul papier dans le monde entier disant qu'un Blalock doit quelque chose à qui que ce soit.

— Tu es libre maintenant, Joanna. Tu peux prendre ton envol.

Joanna eut un grand sourire.

— Je peux prendre mon envol.

On sonna à la porte, en insistant.

Joanna regarda sa montre. Il était presque 21 heures. Elle se leva du sofa avec effort, se demandant qui ça pouvait être. Peut-être le livreur de pizzas, se dit-elle. Ils ne livraient jamais aussi rapidement.

Elle franchit d'un pas rapide le séjour et regarda à travers le mouchard. Jake Sinclair se tenait sous le crachin, col relevé.

Joanna pesta et ouvrit la porte.

— Jake, il ne faut pas venir sans prévenir.

— J'ai essayé, mais ta ligne était occupée.

Joanna secoua la tête.

— Sûrement pas. Personne n'a téléphoné depuis plus d'une heure !

— Alors on a dû mal raccrocher.

— J'espère que ta visite est purement professionnelle.

— Evidemment.

Joanna l'observa, doutant de sa bonne foi.

— Et c'est suffisamment important pour que tu viennes à cette heure-ci, hein ?

— Si tu tiens à ce qu'on en discute sur ton paillasson, c'est comme tu voudras, fit Jake d'un ton agacé.

Il sortit une enveloppe de sa poche.

Joanna poussa un profond soupir et lui livra le passage.

— Entre.

— Jake ! dit Kate en sautant sur ses pieds et en courant l'embrasser. Tu m'as manqué.

Il l'embrassa à son tour, puis la maintint à bout de bras pour mieux l'examiner.

— Tu as l'air en pleine forme, mon petit.

— Forcément mieux que la dernière fois que tu m'as vue, j'imagine.

— Ce n'était pas la joie, dit-il, se rappelant qu'elle avait été à deux doigts de mourir cinq ans auparavant.

Kate avait attrapé un virus de type Ebola pendant des fouilles au Guatemala. Personne, Joanna comprise, n'avait cru qu'elle allait s'en tirer. Mais un traitement expérimental à base de plasma avait retourné la situation et Kate avait recouvré la santé. Il s'en était fallu d'un cheveu.

Jake se sentit tiré par le bas du pantalon. Il baissa les yeux et vit un garçonnet qui lui souriait. Il souleva le bambin dans ses bras.

— Comment t'appelles-tu ?

— Jean-Claude, dit l'enfant sans hésiter.

— Bonsoir, Jean-Claude. Moi c'est Jake.

Le gamin jeta un regard à sa mère, pas très sûr d'avoir compris.

— Il s'appelle Jake, redit Kate.

— Jacques, répéta Jean-Claude, qui se pencha pour embrasser Jake sur la joue.

— Merci, dit Jake en reposant l'enfant.

Kate adressa à Jake un regard admiratif.

— Tu lui plais bien. C'est comme ça avec tous les gosses ?

— Sans doute.

— Et avec les chiots, ajouta Joanna. Il adore les gosses et les chiots.

— Pourquoi les enfants et les chiots ? insista Kate.

— Parce qu'ils donnent leur amour sans arrière-pensées ni conditions.

Joanna se sentit rougir, consciente que le trait la visait.

— Je savais bien que je n'aurais pas dû te laisser entrer, dit-elle à demi sérieuse.

Jake alla au bar et remit le combiné du téléphone en place.

— Au cas où quelqu'un chercherait à te joindre.

— C'est encore une bêtise de Jean-Claude, fit Kate en le menaçant d'un doigt. Ne recommence jamais sans la permission de tante Joanna. C'est compris ?

Jean-Claude alla vers Joanna en ouvrant grand les bras.

— C'est sa façon de demander pardon, dit Kate.

Joanna s'agenouilla et caressa les cheveux du garçonnet.

— Veux-tu regarder la télévision ?

Jean-Claude fit signe que oui et regarda si sa mère approuvait.

— D'accord, mais ne la mets pas trop fort.

Kate observa son fils décamper, puis se tourna vers Jake.

— C'est une mauvaise habitude qu'il a. Quand son père arrive à la maison, il commence par décrocher le téléphone pour parler et jouer tranquillement avec son fils. Du coup, décrocher le téléphone est associé dans son esprit au bonheur.

Jake eut un mince sourire.

— Dans le mien aussi.

— Bon, je sais que vous devez discuter boulot, et je vais...

— Non, non, l'arrêta Jake. L'avis d'une archéologue pourrait bien nous être utile.

Kate se frotta les mains de joie.

— Il s'agit d'un meurtre.

— Certainement.

— Je sors des bières du frigo, dit-elle en se dirigeant vers le bar.

Joanna se rapprocha de Jake, incapable de masquer son intérêt.

— Il y a du nouveau ?

Il hocha la tête.

— On a trouvé du neuf dans du vieux.

— Quel vieux ?

— La main arrachée.

— Et qu'y a-t-il de nouveau ?

— Attends une minute.

Jake parcourut du regard le séjour meublé de sièges de style classique français recouverts de soie bleu roi. Les bûches rougeoyantes crépitaient dans la cheminée. Son regard s'attarda sur la peau d'ours devant le feu, sur laquelle Joanna et lui avaient passé tant de soirées intimes. Il se demanda pour la millième fois s'ils arriveraient un jour à s'entendre. Il fit le vœu de mieux s'y prendre la prochaine fois.

Kate revint vers eux avec trois bouteilles de bière et des chopes givrées. Ils s'assirent autour de la table basse, Jake dans un fauteuil à dossier droit, Joanna et Kate sur le sofa. Ils versèrent leurs bières doucement pour éviter un excès de mousse.

Jake avala une grande gorgée de cette bière glacée et délicieuse.

— Tu es au courant de cette explosion dans l'ouest d'Hollywood ? demanda-t-il à Kate.

— Comme tout le monde.

— Mais il y a des choses que tout le monde ne sait pas.

Jake lui fournit des détails sur le plastic utilisé et la personnalité des terroristes impliqués.

— ... et deux terroristes sur quatre étaient atteints d'un cancer.

Kate regarda Joanna.

— Un cancer ? Qu'est-ce que ça peut vouloir dire ?

Joanna haussa les épaules.

— Ce n'est pas à moi qu'il faut le demander.

— Toujours est-il, poursuivit Jake, que le plastic qui a servi pour l'explosion d'Hollywood Ouest n'est pas courant. Il consiste en un mélange inhabituel de RDX et de PETN, ses deux principaux composants. Tellement inhabituel que les gens du laboratoire estiment que c'est une fabrication spéciale.

— Et alors ? fit Joanna, pour qui ce n'était rien de nouveau.

— Or le même plastic a servi pour un autre crime récent.

— Lequel ? dit cette fois Joanna, tout oreilles.

— Pour l'explosion d'où provient la main arrachée que tu gardes au frais. Le morceau de plastique de cette main comprenait le même mélange de plastic qu'on a trouvé sur le site de l'explosion dans l'ouest d'Hollywood.

— Seigneur ! siffla Joanna entre ses dents. Je

savais qu'il y avait un lien entre les deux. J'en étais sûre !

— Comment ça ? fit Jake.

— Laisse-moi expliquer à Kate.

Joanna raconta l'histoire de la main arrachée retrouvée dans une zone boisée déserte et des fragments de plastique. Puis elle décrivit en détail sa visite chez José Hernandez.

— ... Cette main appartenait presque certainement à José Hernandez. Lequel avait lui aussi un cancer généralisé.

Jake émit un grognement. L'affaire n'en devenait que plus ténébreuse.

— Pourquoi les victimes sont-elles des Mexicains atteints d'un cancer ?

Joanna haussa une fois de plus les épaules.

— Je n'affirme rien, mais j'ai l'impression que le jour où on pourra répondre à cette question, on aura la clé de l'affaire.

Jake hocha la tête. C'était bien la question clé, mais il n'avait pas la moindre idée de la réponse. Il finit sa bière et alluma une cigarette grecque avant de s'adresser à Kate.

— Oublie un instant tout ce qu'on t'a raconté. Pour te concentrer sur la main arrachée. Que penserais-tu si tu tombais sur une main arrachée au cours d'une fouille archéologique ?

Kate réfléchit en balançant la tête comme pour considérer le pour et le contre des différentes hypothèses.

— Rappelez-vous que je ne trouverais que des ossements. Il n'y aurait pas de chairs.

— Exact. Rien qu'à partir des os, comment déterminerais-tu qui était le type ?

— On a trouvé des anneaux ou des bijoux ?

— Non, que des os.

— Eh bien, on reconnaîtra un enfant d'un adulte à la taille de ses os et au fait que les épiphyses seront soudées ou non. Et dans le cas d'un adulte on pourra déduire approximativement son âge à l'examen des modifications dégénératives des articulations. Si on constate d'anciennes fractures, on conclura qu'il s'agissait d'un guerrier ou d'un athlète. (Kate envisagea autre chose mais secoua la tête.) Bien sûr, le lieu de la découverte est important. Si la main comportant d'anciennes fractures venait d'un palais, on pencherait pour un garde ou un officier de haut rang.

— Mais si c'est au milieu des bois ?

— Sans rien d'autre ?

— Que la main.

Kate secoua encore la tête.

— Les éventualités sont beaucoup trop nombreuses.

Jake essaya de trouver un autre angle d'attaque.

— Pourrais-tu déterminer comment le type a perdu sa main ?

— Peut-être, dit Kate en repensant aux ossements de jambes découverts au Guatemala. Si la coupure est franche, ça veut dire que l'amputation a été faite avec une épée ou une hache. Et ça pourrait vouloir dire que la main appartenait à un guerrier ou à un soldat. Hypothèses moins probables, une intervention chirurgicale ou une punition.

— Les gros os de la main sont déchiquetés et brisés.

— Ce qui signifie donc qu'elle a été broyée ou arrachée.

— Par le plastic, dit Jake, retombant dans une impasse.

— Mais où est le reste du corps ? demanda Kate.

Jake eut un geste vague.

— Réduit en miettes, je suppose.

— Un instant, intervint Kate. Vous avez trouvé plein de morceaux de corps sur le site d'Hollywood, des bouts de vêtements, des chaussures. Et là rien qu'une main. Ce n'est pas logique.

Jake sourit.

— En effet, ce n'est pas logique.

— Il doit y avoir autre chose, d'après toi ? dit Joanna.

— Forcément. Il doit y avoir autre chose sur place.

— Mais on m'a dit qu'on avait passé le terrain au peigne fin.

— Sans le moindre résultat, grommela Jake. Ils ont fait chou blanc. Pas un fragment de tissu, pas le moindre fragment humain.

— On tourne en rond, constata Joanna.

Kate sirotait sa bière, léchant machinalement la mousse sur ses lèvres.

— Avez-vous creusé ?

Jake réfléchit un instant.

— Pour quoi faire ?

— Pourquoi pas ? demanda Kate. Quand on trouve un morceau de squelette tout seul dans la campagne, on commence par retourner le sol à la recherche du reste. Et en général on trouve quelque chose.

— Mais pourquoi y aurait-il...

Jake s'arrêta net au milieu de sa phrase et frappa son poing contre sa paume.

— Sacré nom de Dieu ! Ils l'ont fait sauter et ils ont enterré ce qu'il en restait.

— D'ailleurs cette main a des marques de morsures, se souvint Joanna. Je parie qu'un coyote ou un autre charognard l'a déterrée.

— A vos pelles, conclut Kate.

Jake se leva et se mit à arpenter la pièce tout en marmonnant.

— On n'a pas suivi la bonne piste, on s'est mordu la queue. On a travaillé uniquement sur l'hypothèse que l'explosion d'Hollywood était un accident de manipulation, une mise à feu involontaire. Je n'en suis plus si sûr. Ce n'est pas par accident que le gars trouvé dans les taillis a explosé, je peux vous l'assurer. Quelqu'un l'a fait sauter avec le même plastic dont on s'est servi pour faire sauter les quatre Mexicains dans cette maison d'Hollywood.

Joanna regarda Jake avec surprise.

— Est-ce que ça veut dire que ces quatre Mexicains n'étaient pas des terroristes ?

— Je n'affirme rien.

Joanna plissa tout à coup les yeux.

— Je ne t'ai pas dit quel était le dernier métier de José Hernandez.

— Je croyais qu'il était près de mourir d'un cancer.

— C'est vrai, poursuivit Joanna. C'est ce qui rend l'histoire encore plus louche. D'après sa belle-mère, deux jeunes Américains lui ont offert un job pour présenter des vêtements de chasse.

— Arrête ton char.

— Je te répète ce qu'elle m'a dit.

Jake s'arrêta net et se retourna.

— Est-ce que l'un des deux portait une barbiche ?

— La belle-mère n'a pas su me répondre. Elle ne les a pas vus. Par contre elle a vu les cinq mille dollars que José a touchés à titre d'avance. Sa femme s'en est servie pour arranger leur maison au Mexique.

Le visage de Jake se durcit.

— Ils ont payé ces Mexicains pour se servir d'eux. Cette histoire de mannequin c'est de la rigolade. Ils avaient autre chose en tête.

— C'est-à-dire ?

Jake haussa les épaules.

— Comment deviner ?

— Et pourquoi choisir des hommes atteints d'un cancer ? continua Joanna. Et pourquoi lui donner cinq mille dollars rien que pour le réduire en cendres avec une charge de plastic ?

— Je n'en sais fichtre rien, dit Jake en se grattant la tête. On en saura peut-être plus quand on aura retrouvé le reste de José Hernandez.

— Et tu vas t'y prendre comment ?

— Avec des chiens. Et ça me ramène au but de ma visite. Il va me falloir un morceau de cette main pour donner aux chiens une odeur à pister. Et j'en ai besoin demain matin à la première heure.

Joanna hésita.

— Moi j'aurais pris des chiens dressés à flairer le plastic. Ce qui reste de José Hernandez doit en être truffé.

Jake approuva de la tête.

— L'idée est bonne. Mais je veux quand même qu'ils sentent cette main.

— Tu passes à quelle heure demain matin ?

— 8 heures, ça te va ?

— C'est tôt. Mais ce sera prêt.

— Bon ! dit Jake en regardant sa montre. Il faut que j'y aille.

Il fit au revoir à Kate, heureux de l'avoir revue, et plus heureux encore de voir que tout avait l'air d'aller bien pour elle.

— Tu es resplendissante, mon petit. Souhaite bonne nuit à Jean-Claude de ma part.

— Quand on sera installés, j'espère que tu viendras dîner. Comme au bon vieux temps.

— Quand tu veux, dit Jake en se dirigeant vers la porte.

Joanna le rejoignit et lui prit le bras.

— Je t'accompagne jusqu'à ta voiture.

Dehors le crachin avait cessé, mais l'air était saturé d'humidité. La lune était voilée.

— Tu voulais t'excuser pour m'avoir aussi mal reçu ? fit Jake.

Joanna sourit devant un ton aussi direct.

— Non, ce n'est pas à ça que je pensais.

Elle prit une profonde inspiration en essayant de trouver la meilleure façon de lui parler de Paul du Maurier. Jake avait joué un grand rôle dans sa vie, c'était pratiquement sa seule famille en dehors de Kate. Et elle n'avait aucune envie de le blesser.

— Jake, j'ai quelque chose à te dire.

— Je t'écoute.

Seigneur ! gémit intérieurement Joanna, comment m'y prendre ?

— Alors ? reprit Jake.

— Jake ! appela Kate depuis l'entrée, Jean-Claude veut absolument te dire bonsoir.

Le garçonnet se précipita dans ses bras.

— Bonne nuit, Jacques.

— Bonne nuit, Jean-Claude, dit Jake en lui tapotant le dos et en le remettant à sa mère.

Arrivé à la porte Jean-Claude lui fit un dernier au revoir des deux mains.

Jake prit Joanna par le bras et se dirigea vers sa voiture.

— Ce gosse est merveilleux.

— C'est un vrai Blalock, sourit Joanna. Des pieds à la tête.

— Alors, qu'est-ce que tu voulais me dire ?

Le sourire de Joanna s'évanouit tandis qu'elle luttait pour trouver les mots justes. Et puis zut ! On verrait ça la prochaine fois.

— C'est assez long à raconter. Je t'en reparlerai demain.

18

Samedi 3 avril, 10 h 30

— J'ai donné au lieutenant Sinclair un bout de la main arrachée, dit Lori en refermant la porte du congélateur dans la chambre froide.

— Est-elle putride, comme je le craignais ?

— Pis ! fit Lori en fronçant le nez. Ça pue, même congelé. Ça m'étonnerait que les chiens en tirent grand-chose.

— Ne croyez pas ça. Non seulement ces chiens-là ont un flair remarquable, mais de plus ils savent incroyablement distinguer les odeurs.

— Mais ces épouvantables relents de charogne ne vont pas les dérouter ?

— Pas vraiment. Ils sont dressés pour détecter le plastic, et on les récompense chaque fois qu'ils en trouvent. Je ne sais comment, mais ils sont capables de tomber pile sur le plastic au milieu des autres odeurs.

— Mais en admettant qu'on déterre aujourd'hui d'autres parties du corps, les chairs vont être tellement putréfiées qu'on ne pourra rien en tirer.

— Ce n'est pas tant ce qui nous intéresse. D'autres éléments pourraient nous fournir des indices sur l'identité des terroristes et sur ce qu'ils ont l'intention de faire sauter.

Lori tiqua, n'arrivant pas à suivre le raisonnement de Joanna.

— Quoi, par exemple ?

— Un bout de papier dans une poche avec un numéro de téléphone.

Elles quittèrent la chambre froide et passèrent devant le garde posté à la porte. Un autre policier était de faction devant celle du labo de médecine légale. Il examina scrupuleusement du regard les deux jeunes femmes, puis reprit la position militaire de repos à la parade.

— Où va-t-on ? dit amèrement Lori.

— Que voulez-vous dire ?

— Quand on en arrive à mettre des policiers pour garder des labos dans des hôpitaux... reprit-elle à mi-voix en passant devant le second policier. Leur seule présence colle la trouille au personnel technique.

— La police est justement là pour les protéger.

— C'est bien ce qui les effraie. Chaque fois qu'une porte s'ouvre, tout le monde fait un bond. Ils sont vraiment à cran. Vous devriez peut-être leur parler pour tenter de calmer le jeu.

Joanna hocha la tête.

— Je vais le faire juste après le déjeuner.

Elles arrivèrent aux ascenseurs. Joanna appuya sur le bouton « montée », tout en réfléchissant à ce qu'elle allait bien pouvoir dire à ses techniciens pour apaiser leurs craintes. Elle ne trouvait rien. Il était normal qu'ils soient sur les nerfs, comme tout le monde dans l'hôpital. Chacun savait maintenant que le témoin oculaire de l'explosion, hospitalisé au Memorial, avait été assassiné dans son lit par des terroristes. Malgré la présence d'un policier devant sa porte.

— Vous n'avez jamais eu envie de fuir cette maison de fous ? demanda Lori.

— Ça m'est arrivé, reconnut Joanna.

La porte de l'ascenseur s'ouvrit. Joanna et Lori s'effacèrent pour laisser passer une belle jeune femme vêtue d'un blazer bleu et d'un corsage de soie blanche. Ses cheveux châtain-blond étaient rassemblés en chignon. Elle portait un gros diamant à l'annulaire.

Elles échangèrent un regard et un vague sourire.

— Vous êtes dans le service de pathologie, la prévint Joanna. C'est ce que vous cherchez ?

— Oui, répondit la femme, observant brièvement le visage de Joanna et son nom sur le badge. Je cherche le bureau du directeur.

— A gauche, à mi-couloir.

— Merci, dit Eva Reineke en s'éloignant.

19

Lundi 5 avril, 21 h 52

Les deux policiers de garde aux laboratoires de médecine légale portaient le même nom : Michael Murphy. Deux gars bien bâtis, aux larges épaules, cheveux châtain-roux et yeux verts. Ils n'avaient aucun lien de parenté mais on aurait pu les prendre pour deux frères et on les confondait souvent. Leurs collègues avaient surnommé l'un le grand Murph et l'autre le petit Murph à cause d'une différence de taille de dix centimètres.

— Hé ! fit le grand Murph à son coéquipier en faction devant la chambre froide. Faut que j'aille pisser un coup.

— Emporte ton pique-nique, lui lança le petit Murph.

Les toilettes les plus proches au niveau B étaient au fond du couloir, à l'autre extrémité des bâtiments. Certains labos disposaient de toilettes, mais ils étaient tous fermés à clé la nuit et seuls quelques membres du personnel médical pouvaient y avoir accès. Le petit Murph relut sa liste fixée à la planchette : Dr Joanna Blalock, Dr Lori McKay, Marcy Wetterman, Cathy Grimes et Mary Chen. Chaque nom était accompagné d'une photo.

— Il y a encore du monde dans ton labo ? demanda le petit Murph.

— Deux personnes. Si elles partent avant que je

revienne, vérifie bien qu'elles auront verrouillé la porte.

— Sans faute.

Le petit Murph s'adossa à la porte métallique dont il sentait la fraîcheur et écouta les pas de son coéquipier résonner et s'évanouir dans le couloir. Le niveau B se trouvait au sous-sol, sans porte ni fenêtre donnant sur l'extérieur. On se sentait enfermé, comme à l'intérieur d'une forteresse. Le petit Murph bâilla bruyamment en regardant la pendule. Il était 21 h 55. Dans deux heures il pourrait rentrer chez lui retrouver sa femme et son bébé, une petite fille qu'il appelait Rayon de Soleil parce qu'à la lumière ses cheveux devenaient d'un blond doré. Il les embrasserait toutes les deux avant de s'écrouler dans son lit et de ne se réveiller que pour revenir au Memorial à midi et reprendre sa garde contre cette saloperie de terroristes. Il ne les voyait pas poser une bombe dans un hôpital. Mais enfin il ne les aurait jamais crus capables d'en poser une dans un quartier d'habitations.

Le petit Murph eut l'impression d'entendre une porte s'ouvrir et scruta le couloir. Il ne remarqua rien, mais le fond du couloir était plongé dans l'obscurité. Il alluma sa torche et s'avança avec précaution, fouillant le passage du regard sans plus de résultat.

Il dégagea la lanière de son pistolet, toujours aux aguets. Mais en dehors de sa propre respiration, on n'entendait pas un bruit. Puis il entendit se fermer une porte de placard et le rire d'une femme dans le laboratoire médico-légal. Il éteignit sa lampe et revint se mettre en faction devant la chambre froide.

Il resserra la lanière de son étui à pistolet, se demandant si des terroristes pourraient être assez barges pour tenter quelque chose à l'intérieur d'un hôpital truffé de policiers. Ce n'était pas impossible. Le petit Murphy hocha la tête en repensant au témoin qu'ils avaient assassiné alors qu'un flic gardait la porte. Ces salopards s'étaient fait passer pour l'équipe de nettoyage. Ils n'avaient qu'à essayer de recommencer et ils en auraient pour leur pognon. Son regard revint à la planchette. Aucune équipe de nettoyage ni d'entretien ni qui que ce soit n'était programmé au niveau B après 20 heures.

Il entendit de nouveau un rire de femme provenant du laboratoire. Il se demanda ce qu'il pouvait y avoir de si drôle à trier des morceaux de barbaque et à essayer de les recoller. Il ne ferait ça pour rien au monde. Le petit Murph avait horreur du sang et des corps mutilés le mettaient dans tous ses états pendant des jours, allant même jusqu'à lui provoquer des cauchemars. Et ça ne s'arrangeait pas en vieillissant. C'est d'ailleurs pourquoi il avait décidé de suivre des cours du soir pour obtenir une capacité en droit. Encore trois ans et il décrocherait son diplôme. Et alors ils iraient s'installer le long de la côte, quelque part où Rayon de Soleil pourrait avoir des animaux de compagnie et un grand jardin, un endroit moins pollué et où les écoles ne seraient pas des repaires de drogués. Trois ans à attendre, se répéta-t-il.

L'horloge sonna 22 heures avec un déclic au passage des aiguilles. Du bout du couloir lui parvint un autre cliquetis, plus fort et venant vers lui. Il fit volte-face, tous ses sens aiguisés, essayant de discerner l'origine du bruit. Il aperçut une femme qui s'avançait vers lui, faisant claquer ses hauts talons sur le lino.

Il libéra la lanière de son pistolet.

— Oh ! Monsieur le policier ! Dieu soit béni ! s'exclama Eva Reineke. J'ai bien cru que j'allais rester enfermée ici.

— Qu'y a-t-il ? demanda Murphy en observant cette femme élégante.

Elle était vêtue d'une jupe en lainage gris, d'un corsage de soie blanche et d'un blazer bleu. Elle portait un gros diamant à l'annulaire.

— J'étais au service des urgences à attendre mon mari et j'ai pris l'ascenseur pour descendre. Et je n'arrive plus à retrouver le hall d'entrée.

— C'est parce que vous êtes au niveau B, répondit le petit Murphy tout en remarquant qu'elle était jeune, la trentaine tout au plus, et fort jolie. Il faut remonter au rez-de-chaussée.

Eva eut un triste soupir.

— Vous seriez gentil de me montrer où se trouvent les ascenseurs.

— Je ne peux pas quitter mon poste, madame. Mais je peux vous indiquer où ils se trouvent.

Quelle merde, pensa Eva. Elle aurait mieux fait de lui tirer une balle dans la tête quand il lui tournait le dos.

— Merci, dit-elle d'un ton chaleureux tout en avançant subrepticement la main vers son Beretta sous son blazer.

La porte du laboratoire s'ouvrit brusquement. Une technicienne entre deux âges, de type asiatique, sortit la tête et interpella le petit Murph.

— On n'arrive pas à dévisser un couvercle en plastique. Pouvez-vous nous donner un coup de main ?

— Bien sûr, fit le petit Murph, qui dit à Eva : Restez là, madame. Je reviens tout de suite vous indiquer le chemin.

— C'est très gentil, répondit Eva.

Le petit Murph rejoignit la technicienne. Il gardait la tête baissée, essayant d'éviter la vue du sang, des entrailles ou des lambeaux de chair. Contre la paroi, d'énormes centrifugeuses bourdonnaient, et des paniers de tubes à essais étaient mécaniquement agités dans un bain-marie. Le petit Murph ne leva pas les yeux même quand une minuterie se déclencha au fond de la salle.

— Voilà, dit la technicienne en lui tendant un bocal avec un couvercle de plastique vissé. Faites très attention. Il contient du matériau radioactif.

Le couvercle était fortement bloqué. Le petit Murph dut s'y reprendre à deux fois pour le desserrer.

— C'est tout ?

— C'est bon, dit la technicienne. Merci.

Le petit Murph ressortit, le regard toujours baissé.

Il referma avec soin la porte derrière lui et respira profondément une fois dehors.

Il regarda le couloir en direction de la porte de la morgue. La femme n'y était plus. La poisse ! murmura-t-il. Elle devait se balader à la recherche des ascenseurs. De loin, il entendit une porte de cabine s'ouvrir et se refermer. Il hocha la tête. Elle avait trouvé.

Il revint devant le seuil de la chambre froide. C'est alors qu'il remarqua au bas de la porte un petit amas bizarre d'une sorte de mastic, comme s'il y avait une fuite provenant de la pièce. Il s'agenouilla pour regarder de plus près.

Le plastic explosa en un intense éclair jaune. Le petit Murph vit l'éclat lumineux monter vers lui et, pendant une fraction de seconde, cela lui rappela les cheveux blonds de sa fille caressés par le soleil.

20

Mardi 6 avril, 0 h 20

Le policier souleva pour Joanna le ruban qui délimitait les lieux du crime. Elle se glissa dessous et suivit à grands pas le couloir du niveau B, se demandant si le laboratoire de médecine légale était entièrement détruit. Elle repensait à la bombe d'Hollywood Ouest qui avait rasé toute une rangée de maisons. Son laboratoire était sûrement parti en fumée, se dit-elle avec désespoir, ainsi que dix ans de travail.

En arrivant aux ascenseurs elle vit Jake et Farelli en compagnie de Dan Hurley et de deux agents de l'identité judiciaire, tous les quatre derrière un second ruban jaune. Dans les cabines ouvertes des ascenseurs des techniciens relevaient des empreintes.

— Bienvenue à la toute dernière séance, dit Jake sans plaisanter.

— Que s'est-il passé ?

— Une bombe a explosé et un flic a été tué, poursuivit Jake tout en pensant à la jeune veuve. (On ne l'avait pas encore prévenue parce que le peu qui restait de Michael Murphy ne permettait pas de l'identifier formellement.) Rien que ça.

— Pourquoi reste-t-on là ?

— Le temps de s'assurer qu'il n'y a pas de seconde bombe, précisa Hurley.

Joanna lui jeta un regard interrogateur.

— Pourquoi y aurait-il une seconde bombe ?

— Comme attrape-nigaud, expliqua Hurley. Afin de pouvoir tuer plus de flics.

— Les enfants de salauds, marmonna Farelli. Comment sont-ils faits ?

— Comme tout le monde, dit Hurley sans marquer d'émotion. Le poseur de bombe type est un Blanc de classe moyenne entre vingt et quarante ans. Et chacun de ces connards croit dur comme fer dans une cause ou une autre. Le plus affolant, c'est qu'ils sont tous convaincus que Dieu est avec eux.

— Et tous ces innocents qu'ils font sauter ! dit amèrement Joanna.

Hurley haussa les épaules.

— Ils s'en foutent complètement.

Le groupe se retourna à l'arrivée d'un agent de l'ATF. Sa veste bleue était couverte de poussière noire et d'une espèce de poudre blanche. Il leur fit signe.

— Vous pouvez y aller. Mais faites attention aux fils électriques qui pendent.

Hurley ouvrit la marche dans le couloir désert. L'atmosphère était imprégnée de grains de poussière et de débris dans l'air immobile. Ils regardaient avec attention le plafond et les murs pour éviter tout objet qui pourrait pendouiller ou ressortir des parois. Ils passèrent dans un autre couloir, et les dégâts devinrent plus évidents. Les murs étaient sérieusement fissurés, le plafond soulevé. L'éclairage était hors d'usage et on avait installé des projecteurs à la place.

En s'approchant du laboratoire principal, Joanna retint son souffle en espérant qu'une partie de ses installations avait échappé au désastre. Il n'y avait plus de plafond au-dessus d'elle, et elle apercevait les tuyaux et les fils. Une odeur de fils électriques en train de se consumer empuantissait l'atmosphère.

Joanna s'arrêta et regarda à l'intérieur du labo. La porte n'était plus retenue que par un gond, son panneau de verre envolé, le sol était jonché de verre cassé et d'instruments sens dessus dessous, mais les grosses centrifugeuses étaient intactes et tournaient toujours. Et les placards étaient restés fermés, gardant leur contenu à l'abri.

— Y avait-il certaines de mes techniciennes présentes au moment de l'explosion ? demanda Joanna.

— Deux, répondit Hurley. Elles ont été sérieusement chahutées. L'une a peut-être un bras cassé.

— Où sont-elles ?

— Aux urgences.

Ils marchèrent sur les décombres pour arriver là où se trouvait auparavant la chambre froide. Le mur avait été entièrement soufflé, sans même laisser trace de la porte blindée. Une partie du mur opposé était encore debout, mais criblé de trous et de fissures. Ici et là des éclats de bois ou de métal étaient fichés dedans comme dans une cible à fléchettes.

— Un instant, dit Jake en examinant une partie du mur criblée de trous. Il y a là quelque chose qui brille.

Avec son canif il dégagea du plâtre, avec précaution, le morceau métallique brillant. Qui se révéla être du métal doré plié. Jake déchiffra les lettres *LOS A* et le nombre 214 et il comprit immédiatement.

— C'est l'écusson de Murphy, dit-il tristement.

— Seigneur ! réagit Farelli, qui se dit qu'ils auraient du mal à trouver quelque chose de Murphy à mettre dans un cercueil.

Ils pénétrèrent dans ce qui avait été la chambre froide. Elle était méconnaissable. Une partie du mur du fond tenait encore, mais là où était le congélateur il ne restait qu'un trou béant. La force de l'explosion avait fait sauter le plafond, dont il ne restait que les coins.

Joanna essaya de se frayer un chemin au milieu des décombres, s'enfonçant jusqu'aux chevilles dans les éclats de bois et le verre cassé. Tout était haché menu. Son regard revint sur le congélateur et les murs effondrés qui l'entouraient. L'avant-veille, Lori et elle avaient travaillé là tard dans la soirée, à pas plus d'un mètre cinquante du congélateur. Si la bombe avait éclaté à ce moment-là, elles seraient toutes les deux au royaume des cieux.

— Est-ce que tous nos échantillons étaient stockés ici ? intervint Jake.

— Sans exception.

— Peut-on récupérer quelque chose ?

Joanna remua du bout du pied les débris qui l'entouraient et ne vit qu'un tube à essai brisé.

— Ça m'étonnerait.

— Mais vous avez déjà fait les principaux examens, espéra Hurley. Non ?

Joanna haussa les épaules.

— Je n'en sais rien.

Jake sortit son calepin et le feuilleta.

— Tu as les examens au microscope, les résultats des groupes sanguins, et l'identification par l'ADN est en cours. Que reste-t-il à faire ?

— Pour l'instant, rien. (Joanna marcha par inadvertance sur un bout de verre et l'entendit craquer.) Mais au fur et à mesure que nous aurons de nouveaux indices et ferons de nouvelles découvertes, on voudra procéder à plein d'autres examens. Sauf qu'à présent nous n'avons plus les tissus pour les faire.

— Je vais demander à mes hommes de tout passer au crible, déclara Hurley. Ils vont peut-être retrouver quelques échantillons.

— Dieu vous entende, dit Joanna.

Elle fit lentement le tour de la pièce, cherchant des yeux quelque chose à sauver, n'importe quoi encore intact. Mais tout était en miettes. Elle aperçut une photo glacée. Déchirée comme le reste. A l'emplacement du congélateur Joanna s'arrêta pour regarder à travers le large trou dans le mur. Elle ne vit que des fils électriques et des tuyaux qui pendaient. Elle repensa à la violence de l'explosion et à ce qui serait advenu d'elle si les terroristes s'étaient pointés deux soirs plus tôt. Elle regarda Jake.

— Par quel miracle ces terroristes ont-ils pénétré jusqu'ici alors que deux policiers gardaient les portes ?

— On ne sait pas. L'un des deux policiers est allé

aux toilettes. Il est resté absent dix minutes tout au plus. Il revenait et se trouvait près des cages d'ascenseurs au moment de l'explosion.

— Il est sain et sauf ?

— Il a subi un choc et il a un tympan percé, répondit Jake, mécontent qu'il ne se soit pas servi d'un des W. -C. privés des labos au lieu d'aller au fin fond du couloir. (Il aurait facilement gagné cinq minutes.) Il va s'en tirer.

Joanna continua son tour, passant devant les murs latéraux qui étaient garnis d'étagères et de placards. Le mur était enfoncé et percé au milieu. Elle poussa du pied les morceaux de plâtre, de verre brisé et de métal tordu. Elle aperçut quelque chose qui ressemblait à un tube à essai recouvert de poussière. Elle le retourna du bout du pied. C'était un doigt et un bout de main. Joanna se baissa pour le ramasser et essuya la poussière avec un kleenex. Elle put alors lire la lettre *E* tatouée dessus. C'était la main de José Hernandez. Joanna fit un pas en arrière et scruta tout autour. A sa gauche elle distingua une chaussure de chantier et un bout de cuir chevelu, deux éléments qui provenaient de l'explosion à Hollywood.

Elle revint vers le congélateur et examina sa structure. Le mur latéral le plus près d'elle avait disparu. L'autre était salement déformé mais complet. Elle comprit pourquoi les spécimens avaient atterri là où ils étaient. Ils avaient été chassés du congélateur du côté de moindre résistance, là où ils n'étaient pas arrêtés par un mur.

Joanna ramassa une petite baguette dont elle entoura le bout avec un kleenex. Elle l'enfonça ensuite dans la chaussure pour marquer l'endroit.

— Qu'as-tu trouvé ? lui lança Jake.

— La main de José Hernandez.

— Dans quel état est-elle ?

— Suffisamment bon pour que tes chiens puissent encore la flairer, si nécessaire.

Jake regarda sa montre. Il était 2 heures du matin. Ils allaient passer une nuit blanche. Dès l'aube il emporterait la main, la ferait flairer une nouvelle fois par les chiens pour voir si cette odeur les mènerait jusqu'aux restes de José Hernandez. La première tentative n'avait rien donné.

Joanna rejoignit les policiers.

— J'ai également trouvé une chaussure de travail et un bout de cuir chevelu. Je pense que l'un comme l'autre proviennent de l'explosion d'Hollywood.

— Ça nous fait trois spécimens sur trente retrouvés du premier coup, dit Hurley. Ce n'est pas si mal.

— C'est encourageant. (Joanna montra du doigt la zone qu'elle venait de fouiller.) Dites à vos hommes de concentrer leurs recherches le long de ce mur. Et celui derrière le congélateur. C'est là qu'ils risquent le plus d'en dénicher.

— Et qu'est-ce qu'on fait de ce qu'on trouve ? demanda Hurley.

— Mettez-le au frais, répondit Joanna. Mais sans le congeler.

Un agent en uniforme apparut à l'entrée de la chambre froide et fit un signe à Farelli.

Comme celui-ci se retournait, un fil électrique qui pendait se mit à crépiter et envoya une gerbe d'étincelles. Puis il redevint inerte. Farelli leva les yeux vers le trou noir qui avait été le plafond.

— Y a-t-il des matières inflammables là-dedans ? Gaz naturel ? Fioul ?

— Rien de tout ça, le rassura Joanna. Tout fonctionne à l'électricité.

— Ah bon ! dit Farelli, pensant aux solvants et aux liquides de nettoyage qu'on trouve dans la plupart des labos.

Il rejoignit le policier, en contournant largement le fil qui pendait. Ils échangèrent quelques paroles, puis Farelli revint.

— L'une des deux techniciennes vient de sortir des urgences. Ils l'ont mise dans le bureau du toubib.

— Et l'autre ? dit aussitôt Joanna.

— Elle est toujours là-bas. Elle a une fracture au bras. Ils font venir un spécialiste pour la réduire.

Joanna soupira, se jugeant partiellement responsable de ce qui était arrivé à son équipe. Elle n'aurait jamais dû leur permettre de travailler le soir dans une situation aussi dangereuse. Désormais tout le monde, elle comprise, devrait avoir quitté le labo avant 18 heures.

Ils suivirent le policier dans le couloir jusqu'au laboratoire médico-légal. Quelqu'un avait déblayé un passage au milieu du verre cassé qui jonchait le sol. Plafond et murs étaient largement fissurés mais n'avaient pas bougé. Joanna regarda l'équipement lourd contre le mur latéral. Les appareils de centrifugation et de chromatographie gazeuse étaient en place sans dégâts visibles. Coup de bol, se dit-elle, sacré coup de bol. Son labo serait remis en état de marche d'ici quelques jours si les ingénieurs en bâtiment donnaient leur feu vert.

Ils pénétrèrent dans le laboratoire du fond, qui semblait intact. Simplement, le squelette s'était décroché de sa potence et gisait au sol.

Mary Chen, la technicienne en chef, était assise derrière un petit bureau, le regard dans le vide. Elle avait un gros bleu au front et de profondes écorchures aux bras et aux mains. Le devant de sa tunique de labo était taché de sang.

Joanna vint s'asseoir près d'elle et lui pressa doucement l'épaule.

— Ça va ?

— Ça va, dit Mary d'une voix monocorde.

C'était une petite bonne femme entre deux âges aux cheveux déjà gris et aux traits délicats des Asiatiques.

— La pauvre Cathy a le bras cassé.

— On m'a dit ça, répondit doucement Joanna. Dès qu'on aura terminé je vais aller aux urgences vérifier si elle s'en sort.

Un faible sourire effleura les lèvres de Mary.

— Bien.

— Etes-vous prête à répondre aux policiers ?

Son sourire s'évanouit, mais elle fit signe que oui.

— Je ne pense pas leur être utile à grand-chose.

— Racontez-leur simplement ce que vous savez.

Jake tira une chaise vers lui et observa brièvement

la femme. Son visage était calme et n'exprimait rien, mais elle gardait les poings serrés.

— Juste quelques petites questions, commença-t-il d'une voix tranquille. Où étiez-vous au moment de l'explosion ?

— Dans le premier labo. On était en train de mettre de l'eau saline avec une pipette dans des tubes à essai pour effectuer des tests. Tout à coup il y a eu un grand bruit et tout le labo s'est mis à trembler. Je me suis retrouvée par terre, couverte de verre brisé. Nous étions plongées dans le noir, et j'entendais Cathy gémir. Puis la lumière est revenue et j'ai vu qu'elle se tenait le poignet. (Elle avala sa salive.) Elle avait une fracture ouverte.

Jake hocha la tête, satisfait du sens de l'observation de la technicienne.

— Est-ce que l'une de vous a quitté le labo pour une raison ou une autre entre 18 heures et le moment de l'explosion ?

Mary prit le temps de réfléchir.

— Nous sommes allées dîner à la cafèt' vers 19 heures.

— Et vous êtes revenues ?

— Sur le coup de 20 heures.

— Avez-vous vu les deux policiers dans le couloir en partant et au retour ?

— Ils étaient là tous les deux, se rappela Mary. Le plus grand gardait notre porte, le plus petit celle de la chambre froide.

— Et vous n'êtes pas ressorties du labo ?

— Ni l'une ni l'autre.

Jake se rejeta en arrière sur sa chaise, conscient que cela ne menait à rien. Elles avaient des toilettes dans leur laboratoire, elles ne seraient donc pas sorties pour ça. Et pendant qu'elles étaient à l'intérieur, la porte avait dû rester fermée et verrouillée.

— La porte est restée fermée tout le temps ?

Mary haussa les épaules.

— On n'avait aucune raison de l'ouvrir.

— Avez-vous...

Mary leva un doigt.

— Maintenant que j'y pense, j'ai ouvert une fois la porte.

— Pour quoi faire ?

— On n'arrivait pas à dévisser le couvercle d'un bocal et j'ai demandé au policier un coup de main.

— Il l'a fait ?

Mary hocha la tête.

— Il est entré dans le labo et a réussi à ouvrir le bocal au deuxième essai.

— Et c'était quand ?

— Deux minutes avant l'explosion.

C'est le moment où la bombe a été mise en place, se dit Jake. Le grand Murph était parti pisser à l'autre bout du bâtiment, et le petit Murph était à l'intérieur du labo en train de dévisser un bocal. Le couloir est resté sans surveillance pendant une bonne minute. Ce qui suffisait largement à un pro pour placer une bombe et s'évanouir dans la nature.

— A part le policier, avez-vous remarqué quelqu'un dans le couloir ?

— Rien qu'une femme.

Jake tendit l'oreille.

— Quelle femme ?

— Une visiteuse, j'imagine. Je crois qu'elle s'était perdue, parce que le policier lui a dit quelque chose comme « Je vous montre le chemin dès que je reviens ».

Farelli sortit son calepin en même temps que Jake disait :

— Vous pouvez nous la décrire ?

— Elle était jeune, entre vingt-cinq et trente ans, très bien habillée. Avec un blazer bleu.

— Avez-vous bien vu son visage ?

— Pas vraiment.

— De quoi avait-elle l'air ?

— C'était une Nord-Américaine de peau très blanche, les cheveux blonds et tirés en arrière. (Mary chercha à se rappeler d'autres détails, mais sans y parvenir.) C'est tout. Je ne l'ai vue que de profil et juste une seconde.

Joanna leva la main.

— Je pense l'avoir vue.
— Quand ça ? fit Jake.
— Hier après-midi, répliqua Joanna. Elle sortait de l'ascenseur.
Pour tout repérer, se dit Jake.
— Tu peux nous donner des détails ?
— Pas vraiment, dit Joanna, se concentrant sur ses souvenirs. Je ne l'ai vue qu'un instant. Mais je la reconnaîtrais si je la revoyais.
Jake revint à Mary.
— Quels étaient ses traits ?
Mary eut un geste d'impuissance.
— Petit ou grand nez ? la guida-t-il. Dents en avant ou menton en galoche ? Rien de particulier ?
— Rien d'exceptionnel.
— A vous entendre, c'est une Anglo-Saxonne, réfléchit Jake tout haut.
— Sûr et certain.
— Rien d'autre à ajouter ?
— Je ne vois pas.
Farelli referma son calepin.
— Si demain vous vous en sentez capable, voudriez-vous bien rencontrer notre dessinateur et l'aider à dresser un portrait-robot ?
— J'essaierai, dit-elle.
Soudain ses pupilles se rétrécirent.
— Vous croyez que c'est elle ?
— C'est possible, fit Jake sans marquer de ton.
Mary soupira doucement.
— Qu'est-ce qui arrive à l'Amérique ? Avons-nous perdu tout sens civique ?
C'est à croire, eut envie de dire Jake. Notre pays est devenu un repaire de cinglés, de meurtriers et de violeurs qui se foutent de tout et de rien. En cet instant une terroriste très élégante est probablement en train de boire une bière et de se détendre, contente de ce qu'elle a fait et prête à recommencer.
— Puis-je m'en aller ? demanda Mary en se levant avec effort. Ma famille va s'inquiéter.
Jake hocha la tête.
— Vous avez un moyen de locomotion ?

— Ma voiture est au parking.

Jake fit signe à un agent.

— Escortez-la jusqu'à sa voiture.

— Voulez-vous que je rencontre votre dessinateur ici ? demanda Mary.

— Ce sera mieux au commissariat.

— C'est vous qui m'appelez ?

— Oui.

Jake les regarda partir et attendit que la porte soit refermée.

— Putain de Dieu ! Une femme ! Une femme !

— Et un homme, ajouta Farelli. N'oublie pas le tondu à barbiche.

— Il s'agit donc d'un couple. Peut-être marié.

Hurley secoua la tête.

— Ça m'étonnerait. Les terroristes évitent d'impliquer leurs proches. Ça complique tout.

Très juste, se dit Jake avec amertume. Ces salauds ne veulent pas être affectés par la mort de ceux qui militent avec eux. Ils ne veulent pas être stressés pendant qu'ils font exploser des bombes et tuent des innocents. Comme le petit Murph. Un brave flic, simplement de faction et mort à cause de ça. Bien sûr, l'administration allait lui octroyer des funérailles officielles auxquelles assisterait la moitié des effectifs. Et chacun essaierait de marquer sa solidarité au moment où le drapeau posé sur le cercueil serait replié et remis à sa veuve et à sa gosse, trop jeune pour comprendre ce qui leur arrivait.

Jake souffla un grand coup et revint au présent.

— On devrait bien avoir une chance d'obtenir un portrait approchant de cette terroriste.

— Encore faut-il qu'entre ce que cette technicienne a vu et ce qu'elle va raconter il n'y ait pas trop d'écart, fit remarquer Hurley.

Jake lui jeta un regard en biais.

— Et pourquoi y en aurait-il un ?

— Les victimes d'attentats sont en général profondément choquées et se souviennent mal. Elles ont tendance à combler leurs trous de mémoire par leur imagination.

— Je l'ai trouvée plutôt calme, intervint Farelli.

— Extérieurement, oui, admit Hurley. Mais dans sa tête tout doit se mélanger.

— Vous ne connaissez pas Mary Chen, fit Joanna.

— Mais j'ai l'habitude des victimes d'attentats à la bombe.

— Apprenez qui elle est, insista Joanna, et ensuite vous me direz si elle est solide ou pas. Mary est née dans un petit village au sud de Shanghai sous le règne de Mao et de ses gardes rouges. Lorsqu'elle était petite, sa famille a réussi à se procurer un vieux ferry à vapeur. Le village entier, deux cents personnes, s'y est entassé et ils ont mis le cap sur Hong Kong. Ils n'avaient pratiquement aucune chance de réussir. Il leur fallait suivre une côte rocheuse sur des centaines de milles tout en échappant aux vedettes chinoises. Et quel était le rôle de Mary, dans tout ça ?

Tout le monde resta muet, captivé par ce récit.

— Elle était la vigie, reprit Joanna. A cause de son excellente vision, on lui avait demandé d'être la vigie. Elle avait bien voulu. Et elle restait vissée sur une chaise à la proue du navire pour guetter. Elle leur servait de radar.

Farelli pensa à son grand-père qui avait traversé l'Atlantique dans les cales d'un navire. Une partie de plaisir en comparaison de ce qu'on lui racontait.

— Les vedettes de patrouille les rattrapèrent et faillirent les faire chavirer, tuant au passage la moitié des passagers. Mary resta à la proue et les guida vers un banc de brouillard où ils réussirent à semer leurs poursuivants. Une semaine plus tard ils rejoignaient tant bien que mal Hong Kong. Mary Chen n'avait que dix ans à l'époque.

Jake adressa à Hurley un demi-sourire.

— Croyez-vous encore qu'une explosion dans un couloir a pu lui déranger les méninges ?

— Vous avez gagné, concéda Hurley, éberlué. Elle a vécu ça, hein ?

— Et pis encore.

— Je parie que nous allons obtenir un portrait assez précis, fit Jake d'un ton optimiste.

— Mais seulement de profil, rappela Hurley.

— Ce sera mieux que rien, dit Jake, même s'il regrettait de ne pouvoir disposer d'un portrait de face de la terroriste.

— Est-ce qu'en s'enfuyant elle a pu laisser des empreintes dans l'ascenseur ? demanda Farelli.

— A mon avis elle a plutôt pris l'escalier, dit Hurley. La minuterie de la bombe n'était réglée que sur quelques minutes.

Farelli hocha la tête.

— Vous avez sans doute raison. Il ne faut surtout pas se trouver dans un ascenseur au moment d'une explosion.

Jake nota dans sa tête de faire rechercher des empreintes sur les rampes d'escalier. Ainsi que sur les poignées de portes de la cage d'escalier tant au niveau B qu'au rez-de-chaussée. Et les gens qui se trouvaient au rez-de-chaussée au moment de l'explosion seraient interrogés. Quelqu'un avait peut-être remarqué une jeune blonde portant un blazer bleu. Quelqu'un avait peut-être remarqué son visage.

— Ils prennent de plus en plus de risques. Cet attentat en comportait un maximum.

— Ils ne réfléchissent pas en termes de risques, fit remarquer Hurley. Ils ne pensent qu'à leur cible. Tout le reste est secondaire.

— Justement, dit Jake en s'approchant du squelette gisant au sol, qu'il releva et raccrocha à sa potence, ce sont des gens visiblement intelligents. Ils auraient sans doute pu atteindre cette cible depuis longtemps. Et voilà qu'ils ont pris les plus gros risques pour faire sauter un laboratoire de pathologie étroitement gardé. Pourquoi ? Pourquoi n'ont-ils pas tout simplement attaqué leur cible et foutu le camp ?

— Je vous l'ai déjà dit, répondit Hurley, ils doivent attendre une date précise. Et pas très lointaine.

Jack se gratta le menton.

— Qu'est-ce qu'il y a comme date importante en avril ? Un événement de premier plan ?

— Les Rameaux ? Pâques ? réfléchit Farelli.

— La date limite de paiement des impôts. L'impôt sur le revenu doit être payé le 15 avril.

— Non, dit Hurley en devenant tout pâle, le 19, le jour des Martyrs.

Le groupe se regarda en silence.

Hurley reprit rapidement son sang-froid et poursuivit :

— Les premiers coups de feu de la guerre d'Indépendance ont été tirés à Lexington et à Concord le 19 avril. Souvenez-vous, la soi-disant fusillade est connue du monde entier. Eh bien, nos terroristes d'aujourd'hui se considèrent comme de grands patriotes et accomplissent leurs actes les plus sanglants le 19 avril.

Jake approuva lentement.

— Ce qui a été le cas pour l'attentat à la bombe d'Oklahoma City contre un bâtiment public.

Hurley renchérit :

— Et la tuerie chez les davidiens près de Waco.

— Qu'est-ce qu'ils pourraient bien trouver de comparable à Los Angeles ? fit Jake. (Il ajouta après réflexion :) Rien ne peut dépasser l'attentat d'Oklahoma City.

— N'en mettez pas votre tête à couper, dit sombrement Hurley.

21

Mardi 6 avril, 7 h 15

Joanna n'arrêtait pas de se retourner dans son lit, essayant d'échapper au cauchemar. Elle se voyait dans le laboratoire de la morgue, tirant désespérément sur une porte cadenassée. Une bombe de plastic était posée sur le plan de travail et sa minuterie égrenait les secondes. Joanna se jeta contre la porte de toutes ses forces. Celle-ci ne bougea pas d'un pouce. A travers la vitre elle voyait un policier en conversation avec une femme élégante. Joanna cogna à la porte et cria à pleins poumons... mais ils ne firent pas attention à elle et s'éloignèrent. *Mon Dieu ! Oh mon Dieu !* Elle saisit frénétiquement un tabouret métallique et le lança contre la partie vitrée, qui se brisa. Les secondes défilaient, de plus en plus sonores. Cinq secondes. Quatre secondes. Joanna plongea sur la bombe. *Mon Dieu ! Mon Dieu !* Deux secondes. Elle tenait maintenant la bombe, prête à la lancer. Une sec...

Joanna s'éveilla en sursaut, serrant dans sa main son téléphone. Il lui fallut du temps pour réaliser qu'elle était dans son lit. Elle respira profondément et regarda son réveil posé sur la table de chevet. Il était 7 h 15. Elle se laissa retomber sur l'oreiller et s'efforça de reprendre ses esprits. Seigneur ! se dit-elle. Elle sentait sa chemise de nuit trempée de sueur. Tout avait l'air si vrai, notamment la bombe et sa minuterie, et la terroriste au blazer bleu. Joanna regarda de nouveau son réveil. Son tic-tac avait dû déclencher son imagination subliminale et provoquer son cauchemar. Elle décida d'aller s'acheter un nouveau réveil, digital et silencieux.

La sonnerie du téléphone la fit sursauter. Mauvaise nouvelle, pensa-t-elle aussitôt. Elle décrocha à la troisième sonnerie.

Elle se racla la gorge pour éliminer toute trace de sommeil et porta l'écouteur à son oreille.

— Allô ?

— Joanna ?

— Salut, dit-elle, reconnaissant la voix de Paul. Comment ça va ?

— Couci-couça, répondit-il en allumant une cigarette et en toussant dans le téléphone. Les négociations traînent en longueur et on n'avance pas. On a interrompu les discussions jusqu'à lundi.

— Ce n'est pas très réjouissant, dit Joanna en se redressant sur son lit.

— Et pour tout arranger l'un de nos concurrents a lancé une OPA sur la banque que nous essayons d'acheter. Et nous n'allons peut-être pas pouvoir dépasser leur offre.

— C'est la merde, on dirait.

— De plus en plus. Attends une seconde, s'il te plaît.

Joanna l'entendit lancer des ordres. Et, en fond sonore, une porte claqua.

— Excuse-moi, dit Paul en reprenant le téléphone. Toujours est-il que c'est bien plus long que je n'aurais cru.

— C'est-à-dire ?

— Il y en a pour des semaines.

— Ce sera notre plus longue séparation.

— A moins qu'on y trouve remède.

Joanna sourit et se pelotonna sous sa couverture.

— Quelle est ton idée ?

— Que tu viennes passer le week-end à New York.

— J'aimerais bien.

— Alors fais-le, dit Paul sur un ton enjôleur.

— Ce n'est pas possible. L'affaire de la bombe sur

laquelle je bosse se complique de minute en minute. Tu ne peux pas imaginer à quoi on est confrontés.

— Je te parle de venir vendredi et de repartir dimanche, dit-il d'une voix plus autoritaire. Tu ne vas pas prétendre que tu ne peux pas prendre deux jours.

— On travaille tous d'arrache-pied. On dort très peu parce qu'on sait que c'est une question de jours avant que...

Elle s'interrompit avant de donner une information qu'elle ne voulait pas divulguer.

— Avant quoi ?

— Je ne peux pas t'en parler.

Paul tira sur sa cigarette.

— Et si tu venais dimanche et repartais lundi ? Tu ne serais absente qu'une journée.

— Je ne peux pas me le permettre.

— Peux pas ou veux pas ?

— Les deux.

Il y eut un silence pesant.

Joanna entendit Paul allumer une autre cigarette.

— J'ai besoin de toi maintenant, finit-il par dire.

Elle hésita, désireuse d'aller à New York tout en sachant que c'était impossible. Le 19 avril était trop proche.

— Pourquoi toi tu ne viens pas à Los Angeles ? Tu n'as pas de réunion d'ici lundi.

— Bien sûr que si, dit vivement Paul. On va mettre au point notre stratégie tout ce week-end. Alors pourquoi ne mets-tu pas ta charmante personne dans l'avion pour New York ?

— Je ne peux pas.

— Alors quand j'ai vraiment besoin de toi, tu ne peux pas, à ce que je vois.

Joanna respira un grand coup, essayant de garder son calme.

— En ce moment précis, c'est une question de priorité.

— Pour toi ou pour moi ?

— Ecoute, dit Joanna en haussant le ton, quand tu m'as raconté que tu étais obligé d'annuler un dîner avec ta fille et de foncer à New York pour affaires pressantes, je l'ai compris. C'était ta première priorité. Ça ne signifiait pas pour autant que tu n'aimes pas ta fille. Mais simplement qu'à ce moment précis ce rendez-vous était plus important qu'un dîner avec elle. J'aimerais que tu comprennes que ça peut m'arriver à moi aussi.

— Tu mélanges la chèvre et le chou, répliqua Paul.

— Pas du tout. Je te dis simplement que mes priorités ont autant d'importance pour moi que les tiennes en ce qui te concerne.

Il y eut un déclic dans le téléphone.

— On m'appelle sur l'autre ligne, dit Paul rapidement. Ne quitte pas.

Joanna s'assit dans son lit, furieuse de se trouver en pareille situation. C'était comme si Paul la mettait en demeure de choisir entre son boulot et lui. Et elle sentait une pointe autoritaire dans sa voix, ce qui était nouveau. Il avait l'air d'exiger qu'elle le mette, lui et ses impératifs, avant sa propre carrière. C'étaient ses priorités à lui qui devaient d'abord être prises en compte.

Paul revint au bout du fil.

— Tu as changé d'avis ?

— Je ne peux pas venir, malheureusement. Pas maintenant.

Paul respira bruyamment.

— Il va falloir qu'on mette ça au clair.

— Il me semble que c'est ce qu'on vient de faire.

Il y eut un autre silence pesant, qui se prolongea.

— Je crois qu'il vaut mieux que nous nous séparions quelque temps, déclara Paul.

— Un bon bout de temps, répliqua Joanna en raccrochant.

Elle se recoucha et contempla le plafond, se demandant si elle y arriverait un jour. Ou faudrait-il toujours choisir entre sa carrière et ses amis, et même le mariage ? Quelle vacherie ! Une image de Paul lui revint à l'esprit. Il lui caressait le cou et lui disait à quel point il tenait à elle.

Joanna tira les couvertures sur elle comme jaillissaient ses larmes.

22

Mardi 6 avril, 13 h 15

Jake monta quatre à quatre les marches de l'institut de rééducation John Edgar Wales. Lou Farelli l'attendait devant l'entrée.

— Tu en as combien ? demanda Jake.

— J'ai trois vidéos d'amputés avec des tatouages rouges sur le bras.

— Avec quelque chose d'écrit en dessous ?

— Pour deux d'entre eux, c'est sûr. Pour le troisième c'est moins net.

Ils franchirent les portes aux vitres fumées qui s'écartèrent automatiquement et pénétrèrent dans un hall luxueux. Le sol était en marbre, le dôme du plafond recouvert de peintures murales représentant des médecins et des infirmières penchés sur des patients. Au centre de la salle déserte un comptoir d'accueil surélevé en acajou. Il rappelait à Jake un perchoir de juge.

— Ils n'ont pas mégoté, hein !

Farelli haussa les épaules.

— Avec le gouvernement fédéral c'est toujours comme ça. Ce n'est pas leur pognon.

Jake leva les yeux vers les fresques.

— On se croirait dans un musée.

— Ça fera mieux quand ils auront fini d'aménager.

— C'est pour quand ?

— Dans quelques semaines, dit Farelli en

appuyant sur le bouton de l'ascenseur. Pour l'inauguration officielle.

Ils montèrent au premier et suivirent un large couloir vide. Les murs étaient recouverts de toile de ramie couleur citron, le sol de linoléum brun foncé. Le système d'air conditionné se déclencha et commença à faire circuler l'air.

— C'est un endroit à filer la chair de poule, ajouta Farelli. Notamment la nuit, on se croirait dans une forteresse.

— Combien d'équipes travaillent sur les bandes vidéo ?

— Trois. Et qui font les trois-huit.

Jake fit un rapide calcul de tête.

— Mais ils ne peuvent pas avoir déjà tout vu.

— Ils ont bien avancé.

Farelli expliqua comment Dan Hurley les avait aidés à affiner leur recherche. Tout individu de plus de cinquante ans ou de moins de quinze ans était éliminé d'office. Parce qu'ils n'avaient pas le profil de terroristes, et d'ailleurs ne correspondaient pas à la description faite par la veuve Stonehauser.

— Il ne restait plus que huit cents cas. Et nos gars en ont déjà vu plus de six cents. Il n'en manque donc plus que deux cents.

— Avec notre manque de bol notre client sera le huit centième, fit Jake.

— A tous les coups.

Ils entrèrent dans une salle plongée dans la pénombre. La projection se faisait sur quatre écrans séparés. Jake s'adossa au mur pour visionner le film. Un cul-de-jatte essayait de marcher avec des jambes artificielles en s'aidant de cannes. Il n'avait pas de tatouage sur le bras.

— Ça ne peut pas être lui, annonça une voix dans l'obscurité.

On coupa le projecteur et on ralluma. L'air était épais et sentait la cendre froide. Quatre policiers étaient assis autour d'une table encombrée d'emballages à pizza vides et de cendriers débordants.

— C'est le numéro 16 de la liste, dit Del Harriman,

vingt ans de Criminelle. (Il s'y connaissait mieux en films et projecteurs que les soi-disant spécialistes et s'était tapé deux changements d'équipe à la suite.) Quand on aura fini ce boulot, il va me falloir au moins une semaine pour récupérer.

— Tu l'auras, dit Jake, qui aimait le visage de faucon de ce policier. (Proche de la retraite, Del Harriman comptait ouvrir une boutique de matériel télé quelque part en Arizona.) Dis-moi, qu'est-ce que tu penses de leur installation ?

— C'est le top, répondit le policier. C'est du matériel Sony qui peut tout faire, sauf aller pisser à ta place.

— Regardons les tatouages.

Harriman manipula la télécommande. La lumière s'éteignit et une nouvelle bande passa sur l'écran.

Tous les regards se concentrèrent sur un jeune Mexicain qui marchait avec une jambe artificielle et boitait fortement. Son bras droit était orné d'un dessin rouge à peine visible.

Harriman gela l'image et pressa d'autres touches de télécommande pour grossir l'image et lui donner plus de netteté. C'était bien une fleur qui était tatouée, mais pas une rose. Plutôt un tournesol orangé. Avec une longue tige faisant des boucles, et rien d'écrit.

— Ce n'est pas lui, dit Jake en regardant l'écran de droite qui le montrait de profil. Au suivant.

Harriman tapa un autre code. L'écran se vida un instant, puis il y eut des lignes en zigzag suivies d'une autre vidéo. Il s'agissait encore d'un Mexicain, mais nettement plus vieux que l'autre. La quarantaine bien sonnée, paria Jake, voyant les rides à la base du cou.

Ce second patient semblait plus à l'aise avec sa prothèse et boitait à peine. On voyait de profil des roses rouges sur le bras droit. Et il y avait quelque chose d'écrit en dessous.

— Arrête l'image ! intervint Jake.

L'image fixe fut lentement grossie. Jake crut

déchiffrer la première lettre. Un *M.* Le mot entier devint net petit à petit. *MACHO.*

— Et merde ! grommela Jake. Passe au suivant.

Le troisième malade paraissait plus jeune que les deux autres. Une bonne vingtaine d'années, avec une moustache soignée et des cheveux noirs bien lissés. Ils attirèrent le regard de Jake, lui rappelant le morceau de cuir chevelu trouvé sur les lieux de l'explosion. Ils étaient gominés.

Jake observa le bras tatoué d'une rose rose. Il y avait quelque chose d'écrit en dessous, mais qui devenait flou comme l'homme trébuchait et se rattrapait. Son bras bougeait encore à la dernière image.

— Peux-tu revenir en arrière ? dit Jake.

Harriman appuya sur une touche et les images défilèrent à l'envers. Il arrêta le film exactement à l'endroit qui précédait le faux pas du patient. Il fit défiler les images au ralenti. Le tatouage apparut, mais le bras était tourné, et on ne pouvait voir que la fin du mot. On distinguait *EY.*

— Ça pourrait être la fin de *Monterrey,* suggéra Farelli.

— Ça peut être ce qu'on veut, dit Jake en se tournant vers Harriman. Peut-on mieux voir les premières lettres ?

— Pas avec cet équipement. Ça ne joue que sur deux images, et il tournait le bras en l'éloignant de la caméra.

— Est-ce que les images peuvent être fragmentées et restructurées pour faire apparaître les lettres ?

— C'est peut-être possible, dit Harriman d'un ton pensif. Il faut que j'en parle à mes copains du FBI. (Il s'étira le dos et le cou, faisant craquer ses vertèbres.) Bon Dieu ! J'espère qu'on tient le bon. Si je continue ces visionnages, je vais perdre la vue.

— Je veux qu'on regarde de près les deux cents qui restent, déclara fermement Jake. Sans aucune exception.

Les policiers autour de la table manifestèrent leur

désapprobation. L'un d'eux alluma une cigarette et se mit à tousser.

— Mais si on lit bien *Monterrey* sur le tatouage de ce mec ? demanda Harriman.

— Ce sera peut-être notre homme. Mais souviens-toi, rien n'interdit que le même tatouage soit porté par plusieurs. (Jake repensa à la qualité de celui gravé sur le bras arraché. Il était médiocre, sans doute réalisé par un tatoueur de l'autre côté de la frontière, capable d'en faire une douzaine par jour.) As-tu des renseignements sur ce type ?

Harriman pressa un autre bouton. L'écran devint vide, puis un carton en noir et blanc apparut :

RAMÓN GONZALEZ
CAS 8422
NÉ LE 5/4/70
DIAGNOSTIC : SARCOME OSTÉOGÉNIQUE

Jake sortit son calepin et prit soigneusement note.

— Qu'est-ce que c'est qu'un sarcome ostéogénique ?

— Je n'en sais rien. Mais ça ne doit pas être marrant.

Ils sortirent de la salle de visionnage et reprirent l'ascenseur. Dehors le temps était gris et lourd, l'air immobile et chaud. Farelli passa un doigt dans son col de chemise en regardant le bandeau lumineux de la Bank of America. Il annonçait 14 h 40 et une température de 28 degrés.

— Il faut laisser se reposer un peu les gars là-haut, dit Farelli. Sinon ils vont devenir dingues.

— Pas possible, fit Jake. C'est la course contre la montre.

— Hurley est persuadé que c'est pour le 19, hein ?

— Absolument. (Jake leva à son tour les yeux vers le bandeau lumineux de la banque, qui maintenant affichait la date : 6 avril.) Ça nous laisse juste treize jours.

— Ce n'est pas assez, dit sincèrement Farelli. Il va

nous falloir beaucoup plus de temps pour mettre la main sur ces enfoirés.

— Il faut qu'on y arrive avant qu'ils fassent exploser leur bombe parce que ensuite ils disparaîtront définitivement de la circulation.

Farelli lui jeta un regard surpris.

— Tu veux dire qu'ils s'évanouiront dans la nature ?

— C'est ce qui se passe le plus souvent. Les plus malins ne sont pas retrouvés. Ils n'utilisent jamais de carte de crédit ni ne donnent leur numéro de sécurité sociale, comme ça ils ne laissent pas de traces. Ils ne font pas de chèques, n'ont pas de compte en banque. Et quand ils veulent vraiment disparaître, ils vont s'installer dans un coin perdu et personne n'entend plus parler d'eux.

Farelli réfléchit, à moitié convaincu.

— Enfin l'Unabomber — Ted Je-ne-sais-comment — a fait tout ce que tu dis et on l'a quand même rattrapé.

— On ne l'a pas exactement *rattrapé*. Le FBI l'a poursuivi pendant des années, sans avoir jamais vraiment de piste, jusqu'à ce que son frère le donne. Si le frère ne l'avait pas balancé, cet enfoiré de dingue continuerait encore aujourd'hui d'envoyer des bombes par la poste. (Jake s'essuya le front du revers de la main.) Et je pourrais te citer mille autres exemples.

— Merde alors ! fit Farelli d'un air dégoûté. D'après toi, on leur met la main dessus maintenant ou jamais.

— C'est bien ça.

Jake sentit que quelque chose n'allait pas en entrant dans le bureau de Joanna. Elle regardait dans le vague, l'esprit ailleurs. Sur son bureau le cendrier était rempli de mégots, le dernier encore allumé.

— Ça n'a pas l'air d'aller, dit Jake, se souvenant de la dernière fois où il avait vu Joanna fumer. (Kate était à l'article de la mort à cause d'un virus proche de l'Ebola.) Qu'est-ce qui te tracasse ?

Joanna prit un kleenex et se tamponna les yeux.

— Un homme.

— Qui ça ?

— Quelqu'un que j'admirais et qui se révèle pas si bien que ça.

— Je peux t'aider ?

— Oui. En ne me demandant pas ce qui s'est passé.

Joanna écrasa sa cigarette en repensant à sa dernière conversation téléphonique avec Paul. Il l'avait rappelée dix minutes après son coup de fil. Elle avait cru que c'était pour faire amende honorable. Mais ce n'était pas ça. C'était pour rompre proprement, avait-il expliqué. Ça n'aurait servi à rien de laisser traîner les choses sans prendre de décision. Il valait mieux que chacun reprenne sa liberté. Et il avait simplement dit adieu.

— Jake, je voudrais te poser une question de principe.

Jake s'adossa à un des meubles.

— Je t'écoute.

— Quelqu'un que tu adores a besoin de toi, mais tu es retenu par une tâche de première importance. Tu ne peux pas la rejoindre.

— Et alors ?

— Ça te fait quoi ?

— Je me dis que j'aurais intérêt à me débrouiller sans elle.

— Sans remords ?

Jake eut un haussement d'épaules.

— Non. Pourquoi en aurais-je ?

Joanna hocha la tête. Elle s'attendait à cette réponse. C'était Jake tout craché. Il ne confondait pas les priorités.

Jake observa brièvement le visage de Joanna. Elle avait les traits tirés, les yeux rouges et gonflés. Mais ça n'affectait pas sa beauté. Elle était de celles que les années n'atteignent pas. Elle serait toujours ainsi.

— Ça va aller ?

— Non, dit sincèrement Joanna. Mais je vais faire avec.

— Si tu as besoin de quoi que ce soit, je suis là.

— Merci, Jake.

Il haussa de nouveau les épaules.

— Je n'ai rien fait.

— Mais si.

L'estomac de Joanna se manifesta bruyamment, à deux reprises.

— Je n'ai pas déjeuné, dit Joanna en cherchant dans ses tiroirs, d'où elle sortit une barre chocolatée dont elle retira l'emballage. Tu en veux ?

— Non, merci, répondit Jake, heureux de la voir moins triste. (Il mit la main sur son paquet de cigarettes puis se ravisa.) Si tu as une minute, je voudrais te poser une question sur un terme médical.

— Vas-y, fit Joanna en se léchant les doigts.

Jake sortit son calepin.

— Qu'est-ce que c'est qu'un sarcome ostéogénique ?

— Une forme rare de cancer des os. Pourquoi ?

— Parce que je viens de visionner une cassette sur un Mexicain avec une prothèse de jambe et une rose rose tatouée sur le bras.

— Et le mot *Monterrey* gravé en dessous ?

— On n'en est pas tout à fait sûr. Mais le diagnostic était : sarcome ostéogénique.

Joanna plissa les paupières tandis que les éléments du puzzle se mettaient en place.

— L'un des os trouvés à Hollywood Ouest était atteint d'un sarcome ostéogénique.

Jake hocha lentement la tête.

— Et cet os-là pourrait bien appartenir au gars à la rose tatouée.

— On va s'en assurer.

Jake la suivit au fond du laboratoire. Le sol avait été nettoyé. Les plâtriers rebouchaient les crevasses des murs et les menuisiers mettaient des serrures de sécurité aux placards et aux tiroirs. Dans un coin Mary Chen vérifiait une ultracentrifugeuse. Jake lui fit un signe de la main.

— Qu'a donné le dessin ? lui demanda-t-elle.

— Très bien, répondit-il. Ça va bien nous aider.

— Mais ce n'est qu'un profil, remarqua Joanna.

— L'un des flics postés dans le hall pense l'avoir vue. On pourrait bien arriver à avoir un portrait de face. Si c'est le cas, je te demanderai de le regarder et de me dire si ça correspond à la femme que vous avez vue sortir de l'ascenseur.

Ils allèrent vers Lori McKay, affairée devant un ordinateur. Elle avait une sucette à la cerise dans la bouche.

— Avez-vous enregistré dans l'ordinateur les codes génétiques des restes trouvés sur le site d'Hollywood ? lui demanda Joanna.

— Evidemment, bredouilla Lori en tournant la sucette dans sa bouche. J'ai entré ces données hier.

— Je voudrais voir le code génétique des tissus atteints de sarcome ostéogénique. Et savoir si on le retrouve ailleurs.

Lori tapa sur son clavier. Puis elle se rejeta en arrière sur son siège et attendit. Quelques secondes après s'affichait un code génétique. Avec une liste indiquant : CUIR CHEVELU. OS (SARCOME). TATOUAGE.

— Le tatouage et le cuir chevelu appartiennent au type atteint d'un sarcome ostéogénique.

— Sûre et certaine ? demanda Jake.

— J'ai une chance sur cinq milliards de me tromper.

— Bon ! Bon ! fit-il en se frottant les mains. Je crois bien qu'on a trouvé notre homme.

23

Mardi 6 avril, 16 h 40

La réceptionniste parla brièvement au téléphone, puis regarda Joanna et Jake.

— Le Dr Wales est en réunion.

— On va l'attendre, dit Jake.

— Ça risque de durer. (La réceptionniste jeta un regard à la pendule. Elle indiquait 16 h 40.) Et on part à 17 heures pile.

— Pas ce soir, répliqua Jake. Tout le monde reste ici jusqu'à ce que j'en décide autrement. A commencer par les docteurs Wales et Bremmer et tous ceux qui sont en contact avec les patients ou traitent leurs dossiers.

— Mais... mais il y en a qui sont déjà partis.

— Au besoin j'enverrai une voiture de police les chercher. (Jake se pencha vers elle, les poings sur le bureau.) Vous pourriez peut-être en avertir le Dr Wales.

La réceptionniste reprit le téléphone, évitant de regarder Jake. Elle attendit la réponse en espérant ne pas être retardée. Un bel interne l'avait invitée à dîner et c'était sa première sortie avec un homme depuis six mois. Il fallait qu'elle passe chez le coiffeur et elle avait aussi plein d'autres choses à faire.

— Lieutenant, pensez-vous que je serai libre à 18 heures ?

— C'est important ?

— Très important. (Elle colla son oreille au téléphone et écouta attentivement.) Le Dr Wales vient tout de suite.

Jake prit le bras de Joanna pour contourner le comptoir.

— Lieutenant, reprit la réceptionniste, est-ce que je...

— Ça ira, lui lança Jake.

Ils pénétrèrent dans un vaste service de soins où ils ne virent que deux patients, qui essayaient de marcher avec des jambes artificielles en se servant de barres parallèles pour se soutenir. Ils transpiraient abondamment, luttant à chaque pas. Un thérapeute noir placé entre eux les guidait.

— C'est bien, c'est bien, les encourageait-il. Vous êtes des champions.

Jake sentait le regard des patients posé sur lui. Manifestement ils enviaient ses jambes.

Joanna entra la première dans un grand atelier. Appareils et outils étaient soigneusement rangés sur les tables de travail désertes. Tous les techniciens étaient déjà partis, leurs tuniques vertes pendues à des patères fixées au mur. Au fond de la salle Jake découvrit Josiah Wales juché sur une chaise haute. L'une des jambes de son pantalon était roulée, découvrant un moignon juste au-dessous du genou. Timothy Bremmer était assis sur un tabouret métallique et mesurait le diamètre du moignon.

Jake ralentit le pas et glissa à Joanna :

— On devrait peut-être revenir un peu plus tard.

— Mais non. Ils travaillent sur sa jambe, pas sur sa gorge.

En s'approchant, Jake observa le moignon de Wales. Charnu et rougeâtre, on aurait dit une chaussette boursouflée.

— Merci de prendre le temps de nous recevoir.

— J'espère que ce n'est pas pour rien, ronchonna Wales.

— On pense connaître le type dont on a retrouvé un bout de prothèse sur le site de l'explosion. (Jake parlait d'une voix égale, essayant de cacher son antipathie pour Wales.) On a besoin de consulter son dossier médical.

— Comment s'appelle-t-il ?

— Gonzalez.

Wales haussa les épaules.

— On a des dizaines de dossiers au nom de Gonzalez.

— Son prénom est Ramón, et il a une rose tatouée sur le bras, dit Jake en guettant une réaction sur le visage de Wales. Et le mot *Monterrey* gravé dessous.

Wales eut un nouveau haussement d'épaules. Bremmer releva la tête.

— Alors c'est pour ça que vous vouliez examiner toutes les vidéos ?

— Exact, confirma Jake. Une rose rouge tatouée, ça ne vous dit rien ?

— Pas *a priori,* dit Bremmer qui reporta son attention sur le moignon de Wales.

Celui-ci se recala sur son siège.

— Accordez-nous cinq minutes, et on va vous sortir le dossier de ce patient.

Jake s'adossa à une table de travail et regarda le mur. Des mains et des pieds semblaient jaillir du plâtre, hallucinants de réalité dans la pénombre. Il lui fallut quelques instants pour réaliser qu'il s'agissait de pieds et de mains artificiels accrochés à des chevilles.

Wales suivit le regard de Jake.

— Ce sont des prothèses recyclées.

— Combien de temps durent les neuves, normalement ?

— Ça dépend de l'activité du porteur. La mienne a tenu six ans avant de se fendre. Ça a commencé par une petite fissure à la cheville, et puis ça s'est étendu.

— C'est ce qui arrive avec les anciens modèles, expliqua Bremmer en manipulant un compas pour prendre d'autres mesures. Ils n'avaient pas la résistance des nouveaux.

— J'ai horreur de changer de prothèse, se plaignit Wales. Elles ne sont jamais bien adaptées, même lorsque les mesures sont très bien prises. Il faut casser cette saloperie pour la rendre confortable. Et ça prend un certain temps.

— Pourquoi est-ce que vous ne faites pas réparer l'ancienne ? demanda Joanna.

— On a bien essayé, une demi-douzaine de fois ces derniers mois, approuva Wales. Mais ça n'a pas tenu.

— La prochaine tiendra, elle, l'assura Bremmer en reportant ses mesures sur une feuille de soins. Les laminés dureront au moins le double de temps.

— Débrouillez-vous pour que ce soit prêt pour l'inauguration. Je veux que ce soit ma prothèse qui soit mise au point et portée la première dans ce nouvel immeuble.

— Pas de problème. Vous allez être à la fois le premier directeur et le premier patient de l'institut John Edgar Wales.

Wales fit jouer l'articulation de son moignon en observant l'espace vide qui le prolongeait.

— Vous savez que j'ai toujours des sensations au pied que je n'ai plus.

Jake lui lança un regard surpris.

— On appelle ça le syndrome du membre fantôme, lieutenant. Les gens qui ont perdu un membre en ressentent encore la présence. On pense que les nerfs du moignon envoient au cerveau des informations que celui-ci interprète de travers.

— C'est douloureux ?

— Le plus pénible c'est de baisser les yeux et de constater que votre pied n'est toujours pas là, dit Wales, le regard perdu. On l'avait oublié, même si ça fait quarante ans qu'on est amputé.

Wales s'agita encore une fois sur sa chaise et son visage se durcit.

— Mais un que je n'oublierai jamais, lieutenant, c'est l'enfant de salaud qui m'a fait perdre la jambe. (Il cracha de colère.) Il conduisait en état d'ivresse quand il a heurté ma bicyclette et m'a broyé la jambe. Ça lui a coûté un an de prison et à moi un pied. Saloperie d'ivrogne...

Wales ne termina pas sa phrase.

Jake jeta un nouveau regard au moignon rougeâtre en se disant qu'il aurait ressenti la même chose si un ivrogne l'avait privé de sa jambe. Faisant de lui un infirme pour le reste de sa vie.

— Bon, n'en parlons plus, soupira Wales en reprenant sa vieille prothèse. Rappelez-moi le nom de ce patient.

— Ramón Gonzalez.

Ils se rendirent dans un bureau aux murs de verre, encombré de dossiers, de journaux et de livres. Derrière le bureau était collée une grande photo en noir et blanc. On y voyait un pilote de chasse descendre de son appareil. Avec une dédicace : « A mon jeune frère. Baisers, John Edgar. »

Bremmer s'installa devant l'ordinateur et tapa sur le clavier. L'instant d'après deux noms s'inscrivirent sur l'écran.

— Nous avons deux patients qui répondent au nom de Ramón Gonzalez, dit-il en continuant de taper. Le premier est décédé en 1996. Le second vit toujours.

— Ce doit être lui.

Bremmer affina sa recherche et se rejeta en arrière tandis que les autres se penchaient. L'historique médical apparut sur l'écran.

RAMÓN GONZALEZ
2801 ESCONDIDO STREET — APT. 26
LOS ANGELES, CA 90038
ÂGE — 28
RACE — ESPAGNOLE
NÉ À COLIMA, MEXIQUE
DIAGNOSTIC : SARCOME OSTÉOGÉNIQUE
— FÉMUR GAUCHE
AMPUTATION CHIRURGICALE À MEXICO, 1998
RÉAPPARITION D'UNE TUMEUR, 1999
PROTHÈSE — 2 MARS 1999

— Je me demande pourquoi on l'a amputé, réfléchit Joanna à haute voix.

— Parce que l'os était trop atteint, expliqua Bremmer en tapant de nouveau sur son clavier à la recherche de renseignements complémentaires. (Sans succès.)

Joanna secoua la tête.

— On n'ampute plus de nos jours pour un sarcome ostéogénique. On découpe la tumeur et on consolide avec du titane.

— Peut-être bien, dit Bremmer en réfléchissant, qu'on a pensé que ça lui donnait une meilleure chance de guérir.

Joanna secoua de nouveau la tête.

— Il y a un fort taux de récurrence en cas d'amputation, même si on l'accompagne d'un traitement aux rayons X. C'est pourquoi on a changé de mode opératoire. Ses chirurgiens auraient dû le savoir.

Wales demanda d'un air sarcastique :

— Qu'est-ce que vous croyez trouver dans un hôpital mexicain ?

— On peut y trouver d'excellents médecins.

— Eh bien apparemment Ramón n'est pas tombé sur ceux-là, hein !

— Sans doute pas.

Ils ont dû faire de leur mieux, pensa Joanna. Le Mexique n'était pas assez riche pour se doter d'un bon système de santé. Les riches venaient se faire soigner aux Etats-Unis et les autres devaient se contenter de soins de moindre qualité. Les pauvres vivent toujours en enfer.

— Avez-vous congelé un fragment du sarcome ?

— Pas à ma connaissance, dit Wales. Pourquoi ?

— Parce que l'un des bouts d'os trouvés sur le site d'Hollywood présente un sarcome ostéogénique. Si son code génétique correspondait à celui de la jambe de Ramón, on serait sûr qu'il se trouvait là lorsque la maison a sauté.

— Autrement dit vous n'êtes toujours par certains que Ramón a été tué par l'explosion, remarqua Bremmer.

— Pas à cent pour cent. Il reste une petite chance qu'un autre Mexicain soit atteint d'un sarcome ostéogénique et ait une rose tatouée sur le bras.

— Mais vous avez également découvert un bout de prothèse, pensa Bremmer à voix haute.

— Qui appartenait ou non à Ramón Gonzalez, répliqua Joanna. La preuve par neuf, c'est le test ADN.

— Bon, dit Wales, ce n'est pas la peine d'espérer obtenir ce sarcome ostéogénique d'un hôpital mexicain. Il y a sûrement longtemps qu'ils se sont débarrassés de cette jambe.

— Ça reste à voir, reprit Joanna. Je voudrais consulter le dossier médical complet. J'ai besoin de toutes vos informations sur Ramón Gonzalez.

Wales hésita.

— Vous ne trouverez pas grand-chose. On ne monte pas des dossiers exhaustifs sur nos patients.

Joanna montra du doigt l'écran d'ordinateur.

— Il indique qu'il y a eu récurrence de son sarcome en 1999. D'où vous est venue cette information ?

Wales leva les bras.

— C'est lui qui a dû nous le dire.

— Dans ce cas-là, vous l'aurez renvoyé au Memorial pour qu'on vérifie le diagnostic. On aura fait des radios. Il aura été consulter un cancérologue. Et il n'est pas impossible que le cancérologue ait demandé qu'on lui envoie de l'hôpital mexicain où on a pratiqué l'amputation un prélèvement du sarcome ostéogénique de Ramón Gonzalez.

Wales ricana.

— C'est tout un roman.

— On le verra bien à l'examen du dossier, d'accord ?

Wales prit lentement le téléphone.

— A cette heure-ci les documentalistes sont peut-être déjà partis.

Jake esquissa un sourire.

— Ce n'est pas grave. Je les enverrai chercher.

Les pupilles de Wales se rétrécirent. Son antipathie pour Jake était visible. Il fut sur le point d'ouvrir la bouche, puis se ravisa. Il attrapa le téléphone et tourna le dos à l'assistance.

Jake jeta un regard admiratif à Joanna, appréciant son attitude face à cet arrogant médecin. Et plus impressionné encore par sa compétence. Jake aurait cru que toutes les informations sur Ramón Gonzalez étaient stockées dans l'ordinateur. Joanna savait que non. Elle savait bien qu'il devait y avoir un dossier plus complet quelque part. Lequel pourrait leur apporter des tas d'indications importantes. Comme par exemple son lieu de travail et son métier et si cela l'amenait à manipuler des explosifs, etc. Et tout ça dans un dossier dont Jake aurait ignoré l'existence. A l'extérieur il connaissait son affaire. Dans un hôpital il lui fallait une Joanna Blalock.

Wales reposa le combiné.

— On vous sort tout de suite le dossier. Mais vous êtes conscients que vous ne pouvez pas l'emporter ?

— Mais on peut le photocopier, répliqua Joanna. Il nous en faut deux exemplaires.

— Est-ce un ordre ? fit Wales d'un ton sec.

— C'est une requête, dit calmement Joanna. Mais au besoin on peut obtenir une autorisation du juge.

Wales marmonna quelque chose d'inintelligible, mais dont le dernier mot ressemblait à « salope ».

Jake lança un regard glacial au médecin.

— Voulez-vous répéter ce que vous venez de dire ?

Wales soutint son regard, mais pas longtemps. Il détourna les yeux.

— Ça ne devait pas être très important, murmura Jake en sortant son calepin pour feuilleter les pages et retrouver ses notes sur son premier entretien avec les médecins prothésistes.

Il baissa le regard vers Bremmer.

— C'est vous qui avez toutes les mesures des prothèses, si je comprends bien.

— A peu près.

— Et vous voyez tous les patients qu'on envoie ici pour se faire appareiller ?

— Parfaitement.

— Et chacun de ces patients passe d'abord par l'accueil ?

Bremmer hocha la tête.

— Ils s'y font enregistrer.
— Et ensuite ils voient le thérapeute ?
— C'est ça.
— Est-ce que vous les voyez chaque fois qu'ils viennent ?
— Pas moi. Mais le thérapeute, oui.
— Combien sont-ils ?
— Quatre.
— Comment s'appellent-ils ?

Une femme boulotte, entre deux âges, apparut à la porte et se racla ostensiblement la gorge.

— Voici le dossier que vous avez demandé, docteur Wales.

Ce dernier désigna Joanna.

— Donnez-le à cette dame.

Joanna posa le dossier sur l'ordinateur et le feuilleta rapidement. Le dossier de Ramón Gonzalez était plutôt mince, douze pages en tout. Les informations qu'il contenait correspondaient à celles entrées en mémoire. On avait amputé Gonzalez à cause de son sarcome ostéogénique à la jambe, et la maladie s'était à nouveau développée l'année suivante. Il avait été appareillé par le Dr Timothy Bremmer.

Joanna regarda Jake.

— Gonzalez était régulièrement suivi dans cette clinique. Sa dernière visite remonte à six semaines.
— Par qui était-il suivi ?
— Ce n'est pas indiqué.
— Sûrement par l'un des thérapeutes, indiqua Bremmer.
— Est-ce que le patient est toujours vu par le même thérapeute ? demanda Joanna.
— Toujours.

Joanna reporta son attention sur le dossier. Gonzalez avait été vu par un cancérologue du Memorial. Son cancer avait développé des métastases pulmonaires. Le cancérologue avait prescrit une biopsie pour confirmer le diagnostic. Gonzalez avait refusé, allergique à tout nouveau traitement. On lui avait dit que son espérance de vie était de moins d'un an.

Joanna revint à la première page et lut le curriculum vitae de Ramón Gonzalez. Il était âgé de vingt-huit ans, jardinier à temps partiel, marié, son épouse s'appelait Maria. Il habitait... (Joanna releva les yeux.) Savez-vous s'il avait des enfants ?

— Si c'était le cas, ce serait indiqué sur cette première page, répondit Bremmer.

— Je ne vois rien.

La femme boulotte intervint.

— Ce n'est pas une question que nous posons. La première page est essentiellement destinée à la facturation.

C'est ça, pensa amèrement Jake. Pas besoin de répertorier les enfants. Ils ne seraient pas en mesure de payer la facture.

— Pourquoi tiens-tu à savoir si Ramón Gonzalez avait des enfants ?

— Parce que par eux on pourrait savoir si le sarcome ostéogénique découvert sur les lieux de l'explosion était bien celui de leur père, répondit Joanna.

Jake lui jeta un regard surpris.

— Explique-moi ça.

— On ferait l'équivalent d'un test de paternité. Si on a le code génétique des parents et des enfants, on peut déterminer avec certitude qui était le père. Il suffirait donc de faire l'analyse de l'ADN de la mère et des enfants et de les comparer à celle du sarcome ostéogénique. Si ça colle, Gonzalez est bien notre homme. En toute certitude.

Jake prit note et la marqua d'un gros astérisque.

— Espérons qu'il avait des gosses.

Joanna redonna le dossier à la femme.

— On a besoin de deux copies.

La femme interrogea du regard Wales, qui après une brève hésitation acquiesça.

Joanna la regarda partir, concentrant sa pensée sur ce qui pouvait prouver la présence de Ramón Gonzalez au moment de l'explosion. Le sarcome ostéogénique et le bout de prothèse lui appartenaient probablement, tout comme la rose tatouée. Mais le mot gravé sous le tatouage n'était pas forcément

Monterrey. Malgré les nombreux indices, ils n'avaient pas de preuve absolue.

Joanna poussa un profond soupir et se tourna vers Bremmer.

— Est-ce que l'examen de la prothèse qu'on vous a donnée a abouti à quelque chose ?

— Simplement qu'elle a été fabriquée ici il n'y a pas plus de trois ans.

— Pour quelle raison ?

— On a changé notre fabrication il y a trois ans. Pour un acrylique plus résistant. (Il se frotta pensivement le menton.) Vous pourriez peut-être en envoyer un échantillon à Bio-engineering pour voir s'ils découvrent quelque chose de particulier.

— On n'a plus rien, dit Joanna. Ce qui restait a été détruit quand on a fait sauter mon laboratoire.

Bremmer secoua la tête.

— Comment peut-on être assez sauvage pour placer une bombe dans un hôpital ?

— Les mêmes sont capables de faire sauter un immeuble fédéral à Oklahoma City.

— Mais ici c'est un hôpital rempli de malades. Ce n'est pas la même chose.

— Mais si, dit Jake d'une voix rauque. Un meurtre prémédité est toujours un meurtre prémédité, quels que soient l'endroit et la cible.

— Bien sûr, se défendit Bremmer. Je voulais simplement dire qu'un hôpital est plus un sanctuaire.

— Pas aux yeux des terroristes. Ils s'en foutent complètement. (Il prit Joanna par le bras et l'emmena.) Allons chercher les photocopies.

Ils traversèrent l'atelier. Ils entendaient Wales et Bremmer chuchoter dans leur dos. Jake ralentit et tendit l'oreille, essayant d'entendre. Mais il ne capta rien.

— Je me demande de quoi ils discutent.

— De toute façon, c'est Bremmer qui déguste, dit Joanna.

Ils entendirent Wales émettre un juron.

— Ça ne va pas très fort entre eux, on dirait.

— Je ne vois pas qui pourrait bien s'entendre avec Wales.

— Ça, c'est vrai.

Ils arrivèrent dans un vaste service clinique. Il ne restait plus qu'un seul patient qui d'ailleurs regagnait la porte en claudiquant lourdement sur sa jambe artificielle.

— *Muy bien, Miguel,* lui cria un thérapeute noir. *Hasta la vista.*

— *Buenas noches,* lui répliqua le Mexicain.

Joanna stoppa net.

— Qu'y a-t-il ? demanda Jake.

— Le thérapeute parle espagnol.

— Et alors ?

— Voyons si c'est lui qui s'occupe de tous les patients espagnols.

Elle alla vers lui, suivie de Jake. Le nom écrit sur sa blouse était LUCAS.

— Comment allez-vous, Lucas ?

— Bien, merci. (Lucas était un solide gaillard avec une moustache, un menton carré et des mains comme des battoirs.) Un peu fatigué malgré tout.

— Je suis le Dr Blalock, et voici le lieutenant Sinclair de la police de Los Angeles. Auriez-vous le temps de répondre à quelques questions ?

— Bien sûr, répondit aimablement Lucas.

S'ils l'intimidaient, il n'en montrait rien.

— Vous parlez bien l'espagnol ?

— Je me débrouille.

— Suffisamment pour bavarder avec les patients espagnols ?

— Oh oui ! dit Lucas sans hésitation. Ils sont plus à l'aise quand ils peuvent parler leur langue maternelle. Ça les aide à s'exprimer.

— Du coup c'est vous qui vous occupez des malades espagnols.

— Le plus souvent.

— Connaissez-vous Ramón Gonzalez ?

— Ouais, fit Lucas, qui fronça soudain les sourcils. Mais ça fait bien six semaines que je ne l'ai pas vu. Comment va-t-il ?

— On essaye de le retrouver, mentit Joanna. Vous souvenez-vous s'il avait un tatouage ?

— Il en avait un gros sur le bras, dit Lucas sans hésiter, plissant les yeux pour essayer de le visualiser. Ce devait être des roses rouges.

— Avec quelque chose d'écrit ?

Lucas hocha la tête.

— Le mot *Monterrey*. Sa ville natale. Il en parlait tout le temps.

Joanna et Jake échangèrent un regard entendu.

Lucas essaya de saisir le sens de leur mimique sans y parvenir.

— J'espère que Ramón va bien. Je sais que sa nouvelle rechute de cancer le tracassait.

Jake se rapprocha du thérapeute.

— Il vous parlait beaucoup de sa maladie ?

Lucas hocha la tête.

— L'idée de laisser derrière lui une jeune épouse sans ressources le tourmentait vraiment. Mais il m'avait dit qu'il avait trouvé un moyen de la mettre à l'abri du besoin.

— Et comment ça ?

— Il allait faire fortune. Ses mots exacts étaient : « Elle aura assez d'argent pour le reste de sa vie. »

— Et d'où devait venir l'argent ?

Lucas haussa les épaules.

— Ça, il ne l'a pas dit.

— C'était sérieux, d'après vous ?

Lucas hocha encore la tête.

— Un homme ne ment pas sur un sujet pareil.

24

Mardi 6 avril, 18 h 30

Joanna entra dans son appartement et se précipita vers son répondeur. Un seul message. Une nouvelle banque lui proposait une carte de crédit. Elle alluma l'ordinateur pour voir si elle avait reçu un e-mail. Rien.

Elle balança ses chaussures, se souvenant qu'il était 21 h 30 à New York et que Paul était peut-être encore en réunion. Elle hésita à l'appeler. Et puis non, décida-t-elle très vite.

— Longue journée, hein ! dit Kate en entrant dans le bureau.

— Trop longue, répondit Joanna en se laissant tomber sur un sofa placé derrière son bureau. Pas d'appels ?

— Pas pendant que j'étais là. (Kate observa le visage de sa sœur, empreint d'une tristesse contre laquelle elle savait qu'elle ne pouvait rien.) Je ne pense pas qu'il appellera.

— Moi non plus, dit doucement Joanna.

— Jean-Claude a absolument voulu des hot-dogs au chili pour dîner. Ça te dit ?

— Je n'ai pas très faim.

— Ne rien manger n'est pas la solution.

— Je sais bien. Je mangerai tout à l'heure.

Jean-Claude fit irruption dans le bureau, chevauchant un manche à balai. Il portait des bottes de cow-boy et un revolver-jouet dans un étui.

— Salut, Jean-Claude ! fit Joanna en lui tendant les bras. Tu me donnes un baiser ?

Le bambin posa avec précaution son balai dans un coin, puis revint vers Joanna et l'embrassa sur les deux joues.

— Jean-Claude croit que toute l'Amérique est remplie de cow-boys, et il veut également en être un, dit Kate.

Joanna embrassa son neveu sur le bout du nez, frappée une fois encore de sa ressemblance avec son propre père. Même visage. Mêmes yeux. Un Blalock tout craché.

— Tu feras un sacré cow-boy.

Jean-Claude la gratifia d'un sourire épanoui.

— Très bien, mon petit shérif, dit Kate en poussant son fils vers la porte et en lui tapotant amicalement le derrière, va regarder la télé jusqu'à ce que je t'appelle pour le dîner.

Jean-Claude eut un regard de regret pour le balai.

— Il faut laisser ton cheval se reposer pour la nuit, insista Kate.

Jean-Claude était presque devant la porte quand il se retourna et fit au revoir à Joanna en lui envoyant un baiser. Puis il partit en galopant.

Joanna fondit en larmes dès que la porte fut fermée. Kate se précipita et la prit dans ses bras.

— Je ne peux pas m'empêcher de penser à lui, sanglota Joanna.

Kate la serra contre elle.

— Le temps refermera la blessure.

— Je sais. Mais je ne peux pas oublier les merveilleux moments que nous avons passés ensemble.

— Tu n'as pas pensé à le rappeler ?

— Dix mille fois. Je suis même allée jusqu'à composer son numéro à New York plusieurs fois, mais j'ai raccroché avant qu'il ne réponde. (Joanna prit un kleenex et se moucha.) Tout est fini. Au fond de moi j'en suis certaine.

— Il te faut peut-être retenter ta chance, suggéra Kate. Peut-être que son attitude tranchante et glaciale n'était due qu'au fait qu'il se trouvait dans une situation très difficile.

— C'est là qu'on voit les gens sous leur vrai jour, répondit Joanna. C'est quand ça va mal que les masques tombent.

— Il n'y a plus d'espoir ?

— Plus aucun depuis son second coup de fil. Sa voix était si froide et déterminée. Ça avait l'air d'une conversation professionnelle, comme s'il refusait une affaire.

— A t'entendre, c'est un fieffé salaud.

— C'est comme ça qu'il s'est révélé. Je regrette bien de ne pas m'en être aperçue plus tôt.

— Donc c'est définitivement réglé ?

— Complètement.

— Alors ne gaspille pas tes larmes pour lui, dit Kate en lui souriant.

Joanna lui rendit son sourire. C'était ce que disait toujours leur père quand elles pleuraient pour rien.

— Voilà qui est mieux, dit Kate en faisant un clin d'œil à Joanna et en se dirigeant vers la porte. Maintenant refais-toi une beauté pendant que je vais voir où en sont mes hot-dogs de luxe.

Joanna reposa sa tête sur le sofa, se demandant si elle aurait un jour de la chance avec les hommes. Elle semblait toujours se lancer dans des relations sans issue. Les hommes qu'elle fréquentait étaient beaux, cultivés et attirants, mais leurs relations tournaient court. Elle finissait par se demander si cela ne venait pas d'elle, si ce n'était pas elle qui était inconsciemment attirée uniquement par des hommes avec qui elle ne pouvait s'entendre durablement. Ou bien c'était à cause de sa profession. C'était peut-être parce qu'elle était incapable de sacrifier sa carrière pour un homme. Et puis zut ! finit-elle par se dire, chacun a ses défauts. L'image de Paul du Maurier lui vint à l'esprit. Elle la repoussa avec effort.

Joanna revint à son ordinateur pour vérifier les messages. Toujours rien. D'un doigt elle se tapa à elle-même le message suivant :

NE GASPILLE PAS TES LARMES

Elle sourit au souvenir de la voix et du visage de son père, regrettant qu'il ne soit plus là. C'était un homme si bon, si patient, si sage. Il ne se passait pas un seul jour sans qu'elle ne pense à lui et à ce qu'il disait. Mais il y avait longtemps qu'elle n'avait pas pensé à son conseil à propos des larmes. Et la phrase ne s'arrêtait pas à ce que Kate avait dit. Qu'est-ce qu'il ajoutait toujours ? Quoi, au juste ? Cela lui revint au bout d'un instant, et son sourire s'évanouit. Elle tapa la fin de la phrase de son père.

NE GASPILLE PAS TES LARMES
TU EN AURAS BESOIN PLUS TARD

25

Jeudi 8 avril, 15 h 30

Eva et Rudy portaient la casquette de l'équipe de base-ball de Los Angeles rabattue sur les yeux. Ils se trouvaient dans une voiture en stationnement juste en face de l'immeuble qu'habitait Maria Gonzalez. Les pare-soleil de la bagnole étaient baissés de façon que les passants ne puissent voir leurs visages.

— Est-ce qu'on a bien vérifié pour tous les autres ? demanda Eva.

— Ouais, fit Rudy, les mains sous le tableau de bord tandis qu'il enclenchait un chargeur dans son pistolet semi-automatique. Les Hernandez et les Espinoza sont repartis au Mexique. Les Reyes ont disparu. D'après les voisins ils sont allés s'installer en Arizona.

— Les flics ne peuvent pas les retrouver, t'es bien d'accord ?

— A moins d'être magiciens.

— Et le cinquième mec ? demanda Eva en claquant des doigts à la recherche de son nom. Tu sais bien, celui qui parlait si bien l'anglais.

— Alvarez. Sa femme a déménagé. Personne ne sait où elle est partie, mais ceux à qui j'en ai parlé la croient toujours dans l'est de Los Angeles.

— Suis sa piste, ordonna Eva. Et quand tu la trouves, tue-la !

— Qu'est-ce qui te fait croire que les mecs ont tout raconté à leur femme ?

— Je n'en sais trop rien, mais on va faire comme si. On ne va prendre aucun risque. Pas question qu'elles parlent aux flics.

Rudy haussa les épaules et glissa son flingue dans la poche intérieure de sa veste de cuir.

— De toute façon, leurs femmes ne risquent pas d'en savoir plus qu'eux. Ils ont tous cru qu'ils allaient attaquer une banque et laisser un magot à leur famille. Elles n'en sauront pas plus.

Eva poussa un grand soupir, regrettant que Rudy ne soit pas plus futé. Ça lui éviterait de faire des conneries.

— Mais les flics ne goberont pas cette histoire. Pas avec des charges de plastic qui explosent un peu partout dans Los Angeles.

— Ouais, admit Rudy. Tu as raison.

— Les flics ne sont pas cons, lui rappela Eva. Surtout ceux que nous avons en face de nous.

— Pas au point de deviner que nous allons tuer le...

Eva lui jeta un regard de colère.

— Ferme-la ! On t'a répété cent fois de ne jamais prononcer le nom.

— Mais nous ne sommes que tous les deux.

— Et les passants qui risqueraient d'entendre par ta vitre ouverte ?

Rudy balaya du regard le trottoir pour s'assurer qu'il n'y avait personne à proximité et remonta vivement sa vitre.

Eva porta son attention sur l'immeuble de l'autre côté de la rue. Le groupe de femmes qui bavardait, assis sur les marches, se dispersait maintenant, les unes rentrant dans l'immeuble, les autres s'éloignant.

— Au boulot !

Elle le regarda sortir de voiture et marcher nonchalamment jusqu'au coin de la rue, où il attendit au feu. Plus que onze jours avant que leur cible ne soit morte et soit jugée au ciel avant d'être envoyée en enfer, comme elle le méritait bien. Lui et ses pairs avaient détruit le pays, ouvrant les frontières et laissant les immigrants arriver de partout. Et pas des Blancs, bien sûr. Mais des tas de Noirs, de café au lait et de métis qui vivaient aux crochets de l'Etat et gueulaient encore que le gouvernement n'en faisait pas assez. Et bien sûr pas d'enseignement religieux et pas d'autorisation de port d'armes pour que les honnêtes gens puissent se défendre. Mais par contre le FBI et le DEA* étaient, eux, armés jusqu'aux dents et ne se privaient pas de massacrer les braves gens, comme à Ruby Ridge, à Waco et dans trente-six autres endroits. Sans oublier la police locale, pensa-t-elle avec amertume. Ils avaient assassiné sa famille et étaient repartis comme si de rien n'était. Ils allaient le lui payer. Elle allait faire sauter leur immeuble. Couper la tête du serpent.

Elle fixa de nouveau son regard sur l'immeuble. Une voiture noire s'arrêta devant, en stationnement interdit. Il en sortit un homme et une femme. Ils lui tournaient le dos, mais elle voyait bien qu'ils n'étaient pas du quartier. Ils étaient trop bien habillés et leur bagnole était trop neuve. Elle jeta un œil en direction du passage clouté. Rudy avait traversé et se trouvait à moins de dix mètres de la voiture noire.

L'homme et la femme tournèrent la tête pour se parler et Eva les reconnut immédiatement. Bon Dieu de bon Dieu ! C'était le policier qu'elle avait vu sur le lieu de l'explosion et Joanna Blalock, le docteur qu'elle avait croisé dans le couloir quand elle était allée repérer le service de pathologie. Eva dévisagea Joanna. Elle n'avait pas la même allure qu'en blouse blanche mais il n'y avait pas d'erreur possible.

Rudy n'était plus qu'à six mètres de la voiture. *Tire-toi ! Tire-toi !* Eva se retenait pour ne pas hurler. Elle vit Rudy mettre la main à la poche et comprit ce qui allait arriver. Elle mit précipitamment le moteur en route et enclencha la première.

Rudy était à moins de deux mètres du policier

* DEA (Drug Enforcement Administration) : brigade des stupéfiants.

quand il s'arrêta et fit mine d'avoir oublié quelque chose. Il revint sur ses pas jusqu'au carrefour, retraversa et revint vers la voiture.

Le cœur d'Eva battait la chamade. Elle respira profondément pour essayer de se calmer.

— Mec ! Tu as joué comme un chef !

— J'ai joué quoi ? fit Rudy.

— Ta façon de te retourner et de revenir à la voiture.

Rudy parut surpris.

— Je suis revenu parce que j'avais oublié le silencieux de mon pistolet.

— Tu ne les as pas remarqués ?

— Qui ça ?

— Le policier qui est sorti de la voiture noire au moment où tu arrivais près de l'immeuble.

Rudy roula des yeux ronds.

— C'était un flic ?

— Le chef.

— Et qui était la femme ?

— Joanna Blalock. Le médecin légiste dont j'ai fait sauter le labo.

— Putain ! marmonna Rudy en s'essuyant le front avec sa manche. J'aurais pu les frôler.

— Ils nous collent de trop près, pensa tout haut Eva. (Elle regrettait de ne pas avoir utilisé une plus grosse charge de plastic pour le laboratoire. Elle aurait détruit non seulement toutes les preuves, mais aussi tous les témoins. Idiot, se dit-elle, se demandant pourquoi elle avait sous-estimé la quantité nécessaire.) On est à deux doigts de se faire piquer.

— Ce grand mec est leur chef, c'est ça ?

— C'est ça.

— On ferait peut-être mieux de lui régler son compte.

— Ce n'est pas lui le plus dangereux. C'est la femme.

— Pourquoi dis-tu ça ?

— Sans elle l'enquête serait au point mort, dit Eva en dégageant un chewing-gum de son emballage et en le portant à sa bouche. C'est elle qui raccorde les restes humains. C'est elle qui identifie les victimes et pointe les flics dans la bonne direction.

— Tu veux que je la tue ?

Eva réfléchit. Elle était plus facile à tuer que le flic et ce serait un bon débarras. Mais il y avait un gros risque. Il ne fallait surtout pas qu'il y ait une meute de flics à leurs trousses. Eva avait d'abord besoin d'en savoir plus. Si les flics étaient vraiment sur ses talons, il lui faudrait peut-être annuler l'attentat. Non, décida-t-elle. Pas question. Les circonstances étaient idéales. Ils ne retrouveraient jamais pareille occasion. Elle revint aux deux questions qui la préoccupaient. Que savaient exactement les flics ? Et étaient-ils sur le point de découvrir leur plan ? Seules deux personnes étaient en mesure d'y répondre. Joanna Blalock et le flic qui l'accompagnait.

— Veux-tu que j'efface cette Blalock, oui ou non ? répéta Rudy.

— Il faut d'abord que je lui tire les vers du nez.

— En t'y prenant comment ?

— On dispose de moyens, dit Eva en démarrant.

Maria Gonzalez gardait le regard fixé sur le crucifix entre ses mains.

— Mon mari est mort, alors ?

— Malheureusement oui, dit Joanna.

Maria hocha la tête.

— Je m'en doutais. J'en avais le pressentiment.

Elle se passa la main dans les cheveux et les remit en place. Elle était jeune et jolie, avec des yeux de biche et de longs cheveux noirs.

— Son cancer avait repris et s'étendait. Les médecins l'avaient prévenu qu'il était perdu.

— Il n'est pas mort de son cancer, reprit Joanna. Nous pensons qu'il a été tué par une explosion.

Maria plissa le front, ne comprenant pas.

— A l'hôpital ?

— Non, ailleurs, dit Joanna d'une manière vague. Est-ce que votre mari vous a jamais parlé d'explosifs ou de dynamite ?

Maria secoua fermement la tête.

— Jamais.

Joanna l'observa brièvement. Son visage était sans expression, ne trahissant aucune douleur. Elle tripotait nerveusement le petit crucifix.

Dans la rue un marteau piqueur commença à défoncer le trottoir. Ils furent submergés par le bruit assourdissant venant de la fenêtre à demi ouverte.

— Excusez-moi, dit Maria en se précipitant pour fermer la fenêtre.

Joanna en profita pour glisser à l'oreille de Jake :

— Elle n'a pas l'air trop effondrée par la nouvelle.

— Tu l'as remarqué, toi aussi.

Maria referma la fenêtre et le bruit baissa. Elle revint s'asseoir sur le bord du canapé.

— Il y a une fuite dans une grosse canalisation. Ça fait une semaine qu'ils creusent. Parfois on ne s'entend plus parler.

— Ça ne va plus durer longtemps, dit Joanna, le regard attiré par la montre-bracelet de la veuve. (Elle valait cher et le bracelet était en or.) Vous êtes vraiment sûre que votre mari n'a jamais parlé d'explosifs ?

— Pas à moi, en tout cas.

— Et vous ne voyez pas pourquoi il aurait pu en avoir ?

— Non, dit Maria sans hésiter. Il n'aimait pas... (Elle s'arrêta net, ouvrant de grands yeux.) Auraient-ils attaqué la banque ?

— Quelle banque ? s'exclamèrent presque en même temps Jake et Joanna.

Maria hésita, méfiante. Ramón n'était peut-être pas mort, se dit-elle soudain. Il avait peut-être été pris par la police et mis en garde à vue. Ou bien il était effectivement mort et ses copains étaient en fuite. Dans ce cas, elle recevrait la part de Ramón.

— Il... il parlait d'attaquer une banque. Mais je ne l'ai jamais pris au sérieux.

— Parlez-moi de cette banque, dit Jake, sentant qu'elle mentait.

— C'était juste histoire de causer, insista Maria.

— Je vois, dit calmement Jake en hochant la tête

comme s'il jugeait sa réponse satisfaisante. (Il la vit pousser instinctivement un soupir de soulagement.) Au fait, êtes-vous citoyenne américaine ?

— J'ai la carte verte, dit Maria, laissant transparaître son inquiétude.

Jake la dévisagea, sentant qu'elle mentait encore une fois. La carte verte était le but de tous les étrangers. Elle les autorisait à travailler et à vivre en Amérique avec tous les avantages que cela peut procurer.

— Bien, dit Jake d'un ton neutre. Cette carte vous donne de nombreux droits, y compris celui de prendre un avocat. (Il regarda Maria d'un air menaçant.) Car si vous continuez à mentir, il va vous en falloir un. Et un bon.

— Mais je n'ai rien fait, protesta Maria.

— Dissimuler des preuves dans une affaire criminelle est un crime, poursuivit Jake en voyant la peur s'installer dans les yeux de la jeune femme. On veut simplement la vérité. Vous nous donnez les éléments que nous cherchons, et on vous laisse tranquille.

Maria regarda son crucifix.

— Je n'aurai pas d'ennuis ?

— Aucun, lui assura Jake.

Il y eut un silence pesant. Le bruit du marteau piqueur cessa.

— Je ne savais pas qu'il allait vraiment le faire, dit doucement Maria. Je vous le jure.

Jake sortit son calepin.

— Il avait l'intention d'attaquer la banque à lui tout seul ?

— Non, ils étaient plusieurs.

— Qui ?

— Des gens ont pris contact avec Ramón et quelques-uns de ses amis pour attaquer une banque, continua Maria. Chacun devait recevoir cent mille dollars le jour même et encore cent mille un mois après. Si quelqu'un était pris ou tué, c'est sa famille qui recevrait l'argent.

— A condition de se taire.

— Bien sûr, dit Maria en hochant la tête.

— Votre mari a-t-il parlé des commanditaires de l'attaque de banque ?

— Il ne m'a dit que très peu de choses. On l'avait prévenu qu'on le tuerait s'il en parlait.

Joanna se souvint de sa conversation avec la belle-mère de José Hernandez et de la description qu'elle avait faite des deux personnes qui l'avaient engagé pour présenter des vêtements de chasse. La police avait essayé de contacter la veuve d'Hemandez à Guadalajara pour confirmer sa description, mais elle avait disparu sans laisser de traces.

— C'étaient des gringos ?

Maria fit signe que oui.

— Des jeunes.

— Dont une jolie femme ?

— *Sí.* Une jolie femme.

— Elle a dit son nom ?

Maria réfléchit, ayant un vague souvenir d'un nom que Ramón avait mentionné une fois. Le seul nom qui lui venait à l'esprit sur le moment était Evie ou un truc comme ça. Ou plutôt Ava ou Etta ? Elle ne savait plus. Mieux valait ne rien dire et éviter les ennuis. Si elle leur donnait un faux nom et qu'ils avaient l'impression qu'elle avait voulu leur mentir, ils lui chercheraient des histoires, surtout quand ils s'apercevraient qu'elle n'avait pas de carte verte. Non. Il valait mieux la fermer.

— Eh bien, insista Joanna. Est-ce que la femme a mentionné son nom ?

— Je ne crois pas. Mais Ramón les a entendus une fois parler de l'organisation dont ils faisaient partie. Ça ne leur allait pas du tout... Un nom de groupe religieux.

— Il nous le faut, réclama Jake.

Les lèvres de Maria remuèrent, s'arrêtèrent, recommencèrent.

— Il y avait un nombre dedans. Les dix quelque chose.

— Vous avez leur adresse ? hasarda Jake.

— Non, dit Maria, se concentrant. C'était religieux. Oui, c'était un groupe religieux, que je me suis dit. (Soudain ses yeux s'illuminèrent.) Les Justes ! Les Dix Justes ! C'était ça leur nom.

Joanna et Jake échangèrent un regard surpris, n'ayant entendu parler ni l'un ni l'autre de cette expression ou de cette organisation. Jake nota le renseignement sur une page vierge de son calepin.

— Ce sont eux qui ont révélé à votre mari le nom du groupe ?

— Non, il a entendu l'un des gringos le prononcer au téléphone.

— Où ça ?

— A leur lieu de réunion à Hollywood Ouest.

— Il vous a dit l'adresse ?

Maria secoua la tête.

— Non, il a simplement dit que c'était une maison particulière.

Ouais, pensa sombrement Jake. Une maison dans laquelle il y avait assez de plastic pour faire sauter toute la rue et tuer plus de vingt personnes.

— La banque qu'ils avaient l'intention d'attaquer se trouvait dans le coin ?

— Non, non, dit Maria sans hésiter. Ramón a dit qu'elle était tout près du Memorial Hospital.

— Une agence de la Bank of America ?

— Il ne l'a pas dit.

Jake s'adressa à Joanna.

— Y a-t-il d'autres banques par là ?

— Pas vraiment. Il y a juste un guichet de la Western Federal dans un supermarché à six rues de là.

C'est trop loin, pensa Jake. De plus, les banques installées dans les supermarchés n'ont jamais beaucoup d'argent. Ça ne pouvait être que la Bank of America devant laquelle Joanna et lui étaient passés pour aller du Memorial à l'institut de rééducation.

— Est-ce que votre mari vous a dit pourquoi ils avaient choisi une banque proche du Memorial ?

Maria lui lança un regard et réfléchit avant de secouer de nouveau la tête.

— Tout ce qu'il a dit, c'est que c'était celle-là que le gringo et son ami du Memorial voulaient attaquer.

— Quel ami du Memorial ? répliqua Jake.

Maria haussa les épaules.

— Ça, je ne sais pas. Les gringos devaient avoir un ami au Memorial.

La porte de la chambre s'ouvrit. Un beau Latino bien bâti regarda Maria. Il était torse nu, avec un petit tatouage juste au-dessus du téton.

— Quelque chose ne va pas, Maria ?

— Y a pas de problème, dit Maria. Ces gens sont venus me demander des renseignements sur Ramón.

L'homme plissa les yeux de méfiance.

— Oh ?

— Referme la porte, s'il te plaît. Je n'en ai plus que pour quelques minutes.

L'homme hésita, mais obtempéra.

— C'est un cousin, expliqua Maria.

— Ah bon ! fit Jake, souriant intérieurement en se demandant combien de temps Ramón avait porté les cornes. Vous m'avez dit que Ramón et quelques-uns de ses amis avaient été contactés pour attaquer une banque. Ça représentait combien de personnes ?

— Quatre, y compris Ramón.

Jake approuva en regardant Joanna. Cela correspondait au nombre de corps répertoriés dans la maison où avait eu lieu l'explosion. Il revint à Maria.

— Connaissez-vous le nom des autres ?

— Non.

— Ils ne sont jamais venus chez vous ?

— Pas à ma connaissance. Il ne les voyait qu'au Memorial Hospital.

— Je vois, dit machinalement Jake, alors que c'était le contraire.

Pourquoi tout partait-il du Memorial ? Pourquoi avaient-ils choisi d'attaquer une banque proche du Memorial ? Le seul dénominateur commun était le Memorial, ce qui n'avait aucun sens. Jake nota ces questions et tourna la page de son calepin.

— On se retrouve donc avec quatre personnes du Memorial qui...

Joanna l'interrompit en levant l'index et demanda à Maria :

— Qui étaient les amis de Ramón ? Des patients en traitement ?

— Oui. Dans le même service.

Joanna tendit l'oreille.

— L'institut de rééducation ?

— Non. Il m'a dit les avoir rencontrés au service de cancérologie.

— Ce qui veut dire qu'ils avaient tous un cancer ?

Maria hocha la tête.

— Et moins d'un an à vivre. (Elle respira profondément, avec effort.) Ce n'était pas des bandits. Ils ont simplement cherché un moyen de mettre leurs familles à l'abri du besoin avant de mourir.

Joanna se renversa sur son siège pour s'imprégner de la nouvelle. Elle savait maintenant pourquoi les restes humains découverts sur le lieu de l'explosion étaient des tissus malades. Elle savait également comment et pourquoi les malheureux Mexicains avaient été choisis pour participer à l'attaque de la banque. Mais que cachait cette histoire de fous ? Quel était le but véritable ?

— Combien de fois Ramón a-t-il rencontré les autres à Hollywood ? demanda Jake.

Maria haussa les épaules.

— Trois ou quatre fois, peut-être.

— Et pour y faire quoi ?

— Mettre au point l'attaque, d'après ce que Ramón m'a dit. Ils répétaient leurs positions à l'extérieur de la banque, ce qu'ils devaient faire, et à quel moment. Et ils s'entraînaient au port de leur gilet pare-balles.

Jake plissa les yeux en se rappelant l'attaque d'une agence de la Bank of America il y avait quelques années, où les deux bandits étaient armés de fusils d'assaut AK-47 et équipés de gilets pare-balles. Un tireur d'élite les avait abattus l'un et l'autre d'une balle dans la tête.

— Vous a-t-il décrit ces gilets ?

— Ramón m'a dit qu'ils étaient en plastique assez fin, brillant, de couleur orange. Assez légers.

— Quoi ? Légers ?

Maria confirma.

— C'est ce que me disait Ramón. Et faciles à mettre et à retirer.

Ça ne ressemblait pas à des gilets pare-balles, se dit Jake. En général, ils étaient lourds, encombrants et surtout pas orange vif. Ça en ferait une cible trop visible.

— Il n'a jamais rapporté le sien à la maison ?

— Non.

Joanna sortit son stylo et griffonna une note sur le calepin de Jake : « Pense à me reparler de la couleur orange. »

— D'accord, fit Jake en soulignant le mot orange.

Il revint à Maria.

— Votre mari savait-il quand ils devaient attaquer la banque ?

— Le 19 avril, répondit Maria sans hésiter. Ramón avait encerclé la date sur le calendrier.

— Montrez-le-moi, dit Jake en refermant son calepin.

Ils passèrent dans la petite cuisine, remplie d'un lourd parfum d'épices. Un grand calendrier était accroché à la porte du placard. Le 19 avril était cerclé au crayon rouge. D'autres dates étaient également marquées en rouge.

Jake pointa le doigt dessus.

— C'est quoi, ça ?

— Ce sont les dates de ses rendez-vous à Hollywood.

Jake posa le doigt sur la dernière marque. Cela correspondait au jour de l'explosion.

— Avez-vous revu votre mari depuis ?

Maria poussa un triste soupir.

— Non. C'était la dernière fois.

Jake prit une de ses cartes de visite et la glissa d'une pichenette derrière le calendrier.

— Si quelque chose d'autre vous revient, appelez-moi à ce numéro. Il nous faut des noms. Les noms des gens. C'est compris ?

Maria hocha la tête, intimidée par les yeux perçants du policier.

Jake capta son regard.

— Vous n'avez rien d'autre à nous dire ?

— Non, *señor.*

Ils revinrent dans le séjour et se dirigèrent vers la porte. A l'un des murs était accroché un grand tableau de Jésus au sourire protecteur. Il était de travers. Jake l'observa un instant et le redressa.

— Je vous ai dit tout ce que je savais, dit Maria. S'il vous plaît, ne me faites pas d'ennuis.

— Si vous nous avez dit la vérité, vous n'avez rien à craindre. (Jake balaya une dernière fois la pièce du regard, avec le sentiment confus de passer à côté de quelque chose.) Mais si vous nous avez menti, vous vous en rappellerez longtemps.

— Je ne vous ai pas menti.

Sur le pas de la porte Joanna se retourna vers Maria.

— Une dernière question. Avez-vous des enfants ?

Le visage de Maria se ferma.

— Quelle importance est-ce que ça a ?

— Votre mari a été salement mutilé par l'explosion, expliqua Joanna. Nous sommes pratiquement certains que c'était lui à cause de son tatouage et de son type de cancer. Mais pour s'en assurer définitivement on a besoin de tests ADN. Et une prise de sang sur vos enfants nous serait utile.

— Nous n'avons pas d'enfants. On s'est mariés peu de temps avant que Ramón ne perde sa jambe. Après ça il ne pouvait plus... (Elle s'arrêta net et balaya d'un geste le sujet.) Nous n'avons pas eu d'enfants.

Le soleil se couchait, barbouillant le ciel de rouge, de bleu et de gris. Les terrassiers étaient en train de charger leurs marteaux piqueurs dans leur camionnette.

— Hurley avait raison, dit Jake. Le 19 avril est bien la date choisie par les poseurs de bombes. Ils veulent commettre un attentat spectaculaire ce jour-là, et il ne s'agit sûrement pas d'une banque.

— L'attaque de la banque est peut-être destinée à faire diversion.

Jake soupesa l'idée.

— Ça se pourrait, dit-il. Mais faire diversion à quoi ?

— C'est ce que je ne sais pas.

— C'est dingue, dingue ! fit Jake en secouant la tête. Une telle quantité de plastic juste pour une banque, ce n'est pas possible. Et ces vestes en plastique qu'ils devaient porter ne les protégeaient pas plus que ma veste de sport.

— Ces vestes orange étaient bourrées d'explosifs, dit Joanna. On a découvert des éclats de plastique orange incrustés dans la main de José Hernandez et dans d'autres restes humains retrouvés sur place. On s'était demandé ce que c'était et ce qu'ils faisaient là. Maintenant on a la réponse.

— Tu en es parfaitement certaine ?

— La quantité de plastic dans la composition de ces fragments était phénoménale. Je dirai qu'ils portaient des vestes bourrées d'explosifs au moment de l'explosion. C'est pour ça qu'ils ont été réduits en bouillie.

Jake fronça les sourcils.

— Tu veux dire qu'ils étaient destinés à un commando suicide ?

— C'est bien ça.

— La bombe parfaite, dit Jake sombrement. Pas besoin de cacher la bombe ni craindre qu'un chien la renifle. Il suffit de convaincre un imbécile de se la mettre sur le dos et de l'envoyer au bon endroit.

— Et impossible de les en empêcher, ajouta tristement Joanna.

— Ne m'en parle pas, dit Jake en lui ouvrant la porte de sa voiture.

Ni l'un ni l'autre ne prêtèrent attention à la voiture qui passa lentement et dont les deux occupants avaient des casquettes de base-ball rabattues sur les yeux.

26

Vendredi 9 avril, 11 h 15

Une petite pelle mécanique télécommandée se fraya un chemin à travers la prairie et s'arrêta à l'endroit que les chiens avaient signalé, marquant la place où José Hernandez avait été enterré.

A cent mètres de là Jake, Farelli et Hurley s'abritaient derrière une plaque de métal et surveillaient un écran vidéo. La pelle creusait lentement la terre et la dégageait.

— Vous vous êtes dit que ces enfoirés pourraient avoir piégé le corps pour le cas où... ? demanda Farelli.

— Ça s'est déjà vu, répondit Hurley. Et parfois le piège est pire que la bombe d'origine. Le dernier que j'ai vu était bourré de clous, de quoi découper en morceaux tout un quartier.

Jake frissonna.

— Rien ne les arrête !

— Ils s'en foutent. Plus ils tuent et mutilent de gens, plus ils sont contents.

— Mais pourquoi ont-ils fait exploser José Hernandez ? A quoi ça a servi ?

— A mon avis, c'était une répétition. Il n'y a rien de tel qu'un essai pour voir si une bombe fonctionne bien.

— Dans les étendues sauvages du sud de la Californie.

Hurley opina du chef.

— C'est une des raisons qui font que nous sommes la capitale des attentats à la bombe. Il y a mille endroits dans l'arrondissement de Los Angeles où vous pouvez faire éclater une bombe sans qu'on y fasse attention ou qu'on s'en inquiète. Mais je reconnais que cet endroit est particulièrement bien choisi.

Ils se trouvaient dans une partie déserte du nord de l'arrondissement, au nord-est de Valencia, à bonne distance de l'autoroute A5. C'était un environnement de collines séparées par des ravins et des vallons. De grands arbres entremêlés d'épais buissons masquaient le sol aux observations aériennes.

— Ils ont raconté à ce pauvre crétin qu'il allait servir de modèle pour des équipements de chasse, pensa Jake à haute voix. Ce qui était évidemment du pipeau. Et puis ils lui ont collé une veste bourrée de plastic sur le dos et ils en ont fait de la chair à pâté. Comme ça ils ont vu comment ça marchait.

— Les braves gars ! commenta Farelli d'un ton sarcastique.

— Mais si toute leur équipe était composée d'individus destinés à l'attentat suicide, continua Jake sur sa lancée, pourquoi leur en fallait-il quatre ?

Hurley haussa les épaules.

— Je vois deux possibilités. Ou bien ils avaient quatre cibles différentes, ou bien ils devaient tous aller au même endroit et tout faire sauter.

— Et d'après vous ?

— Ils devaient se rejoindre tous au même endroit pour un attentat retentissant. A mon avis contre une installation publique. Et ils ne veulent pas qu'il en reste une seule brique debout.

— Ni un seul survivant, ajouta Jake.

— Bien entendu.

Jake regarda l'écran. La petite excavatrice était maintenant entourée de tas de terre fraîchement remuée. Jake ne quittait pas le moniteur des yeux tout en parlant.

— Avez-vous entendu parler d'un groupe du nom des Dix Justes ?

Hurley secoua la tête.

— Ça ne me dit rien à première vue. Pourquoi ?

— Parce que, d'après Maria Gonzalez, son mari lui avait raconté que les poseurs de bombes s'appelaient comme ça entre eux.

— Bon Dieu ! siffla Hurley entre ses dents. Ces enfoirés s'amusent à faire sauter des gens et à tuer les flics et ils se donnent comme nom les Dix Justes ! J'hallucine !

— Comment vérifier ? demanda Jake.

— Par la section antiterroriste du FBI. Ils ont un fichier informatisé sur tous les groupes de cinglés. Je vais commencer par là demain matin en arrivant.

— Ça me rappelle, dit Jake d'un ton amer, que j'ai eu un autre appel du FBI ce matin. Ils veulent savoir pourquoi notre enquête n'avance pas.

Hurley hocha la tête.

— C'est leur façon de nous prévenir qu'ils vont envoyer des agents supplémentaires. Ils se font remonter les bretelles par Washington. Ils veulent que l'affaire aboutisse sans traîner.

— Ils pourraient bien être tentés de nous mettre sur la touche.

Hurley secoua la tête.

— Ils ont besoin d'hommes qui connaissent le terrain. Ils vont vouloir nous garder sous la main. (Il sortit son calepin et nota rapidement « Les Dix Justes ».) Rien d'autre ?

— Encore une chose, poursuivit Jake. La veuve de Gonzalez nous a dit qu'une fois son mari les avait entendus parler de « leur ami au Memorial ».

Hurley lui jeta un regard.

— Vous pensez qu'ils ont un complice à l'intérieur ?

— Forcément. Il a bien fallu que quelqu'un les guide au Memorial et leur montre où on stockait les restes humains.

— C'est possible, mais sans plus, rétorqua Hurley. Il leur aurait suffi de demander à l'accueil où se trouvait le laboratoire de médecine légale. Et ils n'ont pas eu de mal à trouver où ça se passait exactement. On avait collé un flic devant la porte.

— Deux flics à deux portes différentes, répliqua Jake. Or les dynamiteurs ne se sont pas intéressés à la porte sur laquelle était écrit : SERVICE DE MÉDECINE LÉGALE, JOANNA BLALOCK, MÉDECIN-CHEF. Ils sont allés tout droit à celle de la chambre froide, que rien ne signalait. Quelqu'un les avait briefés. Et indiqué du même coup quel était le moment le plus favorable pour déposer la bombe.

Hurley hocha lentement la tête.

— Et ils devaient avoir une idée des dimensions de la pièce, car ils savaient combien il leur fallait de plastic pour atteindre leur cible sans faire sauter la moitié de l'hôpital.

Farelli n'en croyait pas ses oreilles.

— Vous croyez qu'un toubib est dans le coup ?

— Ça peut être n'importe qui, lui dit Jake. Un médecin, une infirmière, un technicien. Mais en tout cas, il est étroitement en cheville avec cette bande.

Hurley sortit son calepin.

— Combien de personnes travaillent au Memorial ?

— Plus de mille, fit Jake.

Hurley grommela.

— Il va falloir qu'on les rentre tous dans l'ordinateur.

— Ça va demander combien de temps ?

— Beaucoup trop.

— On y est ! leur cria un sergent du service de déminage placé au bout de la barrière de protection. Il tourna adroitement un bouton sur la boîte de télécommande.

Tous les regards se tournèrent vers le moniteur de télévision. L'excavatrice sortait du trou un grand sac de campeur. Les mâchoires d'acier entamèrent le tissu et son contenu se répandit dans l'herbe. Une caméra zooma lentement et balaya chaque débris.

— Jusque-là tout va bien, dit doucement Hurley.

Deux démineurs protégés de pied en cap s'approchèrent avec précaution de l'excavatrice. Ils avançaient à pas comptés, les yeux rivés au sol en s'approchant de la terre remuée. Ils examinèrent avec précaution le sac de camping déchiré et ce qui était égaillé par terre ainsi que le trou d'où tout cela venait. Ils enfoncèrent dans la terre des pelles à long manche. En fin de compte ils donnèrent leur feu vert.

Hurley marcha en tête pour faire le tour de la barrière et traverser le pré. L'herbe était douce et d'un vert tendre et diffusait une odeur de printemps. Le ciel était bleu, avec quelques petits nuages blancs et sans trace de pollution. Jake s'imprégna de cette magnifique journée et se demanda s'il faisait le même temps le jour où les terroristes avaient amené là José Hernandez pour le réduire en bouillie. La pauvre andouille devait s'imaginer qu'il allait se faire du blé sans se fatiguer et rentrer retrouver sa femme. Tout ce qui serait ramené chez lui maintenant serait un cercueil scellé contenant ses restes.

Une odeur putride émanait du sac de camping et des débris. Jake aperçut ce qui ressemblait à un morceau de thorax d'où saillait une côte. A côté se trouvait une boucle de ceinture avec encore un bout de pantalon attaché après.

Jake prit un bâton pour retourner la boucle. Elle portait les initiales JH. Le pantalon se révélait être un blue jean. Il y avait de petits boutons de cuivre sur la couture d'une poche.

— Il n'en reste pas grand-chose, remarqua Farelli en se bouchant le nez.

— Ouais, dit Jake d'un air sombre tout en triturant la poche du bout de son bâton.

Il réussit à en extraire un mouchoir, puis un bout de papier qui y était collé.

Hurley enfila en vitesse des gants de caoutchouc et se saisit du papier. Il était en lambeaux, et il ne put déchiffrer que quelques lettres et chiffres.

EV
2 FL

— Qu'est-ce que ça peut bien vouloir dire ? interrogea Hurley, s'adressant autant à lui-même qu'aux autres.

Jake regarda par-dessus son épaule.

— En tout cas il est clair que ce n'est pas un numéro de téléphone.

— FL signifie peut-être Floride, proposa Hurley. Mais dans ce cas-là cela devrait être précédé d'un nom de ville, pas de chiffres.

Farelli jeta un coup d'œil.

— Y aurait-il une ville de Floride dont le nom soit un chiffre ? En Caroline du Sud, par exemple, il y a un bled qui s'appelle Quatre-vingt-seize. Un cousin de ma femme y habite.

— On va vérifier, dit Hurley en glissant le morceau de papier dans un sachet de plastique. En attendant, on va fouiller la moindre parcelle de poussière à la recherche d'un autre bout de feuille. (Il contempla le trou profond, regardant les fourmis et autres insectes en prendre possession.) Il nous faut un nom, une piste.

Du bout de sa chaussure Jake remuait les débris. Il y avait un peu partout de gros fragments de poterie aux formes irrégulières. Jake les examina longuement avant d'en conclure qu'il s'agissait d'une sorte de terre cuite teintée.

— Qu'est-ce que des pots de fleurs pourraient bien faire ici ?

— Ça me dépasse, répondit Hurley. Ils lui ont peut-être mis dans les mains quelque chose en argile. Une sorte d'accessoire pour lui donner l'illusion de présenter quelque chose.

Farelli s'agenouilla pour regarder de plus près un morceau de céramique tout en longueur. Ça faisait comme un tube terminé par un pouce et un bout de doigt.

— Nom de Dieu !

— Quoi ? fit Jake.

— Ce n'est pas de la poterie, dit Farelli en leur montrant le bras de céramique, c'est un bras de mannequin.

Les policiers fouillèrent frénétiquement les débris. Ils trouvèrent un morceau de tête, une jambe au genou articulé, puis un autre bout de tête où on reconnaissait la moitié d'un nez.

— A quoi peuvent bien leur servir ces mannequins ? demanda Jake.

— Ils ont probablement voulu se faire une idée du rayon d'action de l'explosion, réfléchit Hurley, observant maintenant les arbres alentour pour voir s'ils avaient été endommagés. Pour ça on place des mannequins à des distances variées de l'explosion. Un mannequin réduit en miettes signifie qu'un homme serait tué.

Jake approuva ce raisonnement.

— Imaginez un peu le carnage si quatre bombes vivantes étaient placées judicieusement au milieu de la foule, comme dans un centre commercial ou un stade...

— J'imagine tout à fait, dit Hurley d'un air sinistre. Mais nos propres terroristes n'emploient pas ces méthodes. Ce n'est pas leur style. Ils ne sont pas comme ceux du Moyen-Orient.

— Ce qui veut dire ?

— Que leur principal objectif n'est pas de faire un carnage, expliqua Hurley. Ils s'attaquent plutôt à des palais de justice ou à des bâtiments publics.

— Comme à Oklahoma City ?

— Exactement, répondit Hurley. Alors pourquoi des mannequins ? Ça n'a pas de rapport avec la destruction d'un immeuble.

— A moins de viser à la fois le bâtiment et tous ceux qui s'y trouvent.

Hurley secoua la tête.

— En principe ils ne visent pas les gens ordinaires.

— A moins que ces gens ordinaires ne soient agents du FBI ou de l'ATF.

— Vous avez raison, admit Hurley en griffonnant sur son carnet.

Il allait recommander de mettre en alerte maximale tous les bâtiments fédéraux de l'agglomération de Los Angeles le 19 avril, notamment ceux où les fonctionnaires étaient les plus nombreux.

Farelli continuait à collectionner les bouts de mannequins. Une main, un pied, un demi-bassin avec des traces de sang. Il enfila des gants de caoutchouc et plaça ce dernier dans un sac en plastique.

— Est-ce qu'on envoie ça au labo du toubib ?

Jake fit un signe affirmatif puis reporta son attention sur le sac déchiré. A l'aide d'un bâton il en tira d'autres fragments de mannequins et un morceau de vêtement qui se révéla être un bout de T-shirt. Il continua sa fouille et sentit le bout de son bâton atteindre quelque chose de dur. Il sortit avec précaution un objet noir rectangulaire. Il s'agissait d'un portefeuille en cuir.

— Tiens ! Tiens ! Regardez-moi ça.

Farelli se haussa sur la pointe des pieds pour voir par-dessus l'épaule de Jake.

— Tu parles ! Ce qui était à l'intérieur a été soufflé.

— Arraché, corrigea Jake. On peut voir les coutures arrachées. Il y a de grandes chances que cela ait été fait à la main.

— Pour s'assurer qu'il n'y avait dedans aucun papier pouvant permettre une identification, dit Hurley avec découragement.

— On se retrouve avec un portefeuille vide et déchiré, commenta Farelli.

Jake eut un demi-sourire.

— Ce n'est peut-être pas seulement ça. Ça peut nous apporter un tas de renseignements.

Farelli réexamina le portefeuille et ne vit rien de plus.

— Je t'écoute.

— Sors ton portefeuille et laisse-le tomber par terre. (Jake fit un pas en arrière et regarda le portefeuille heurter l'herbe.) Maintenant ramasse-le et donne-le-moi.

Farelli s'exécuta.

— Tiens !

— Regarde où tu as mis le pouce et les doigts.

Farelli contempla ses doigts plusieurs secondes en

tournant et retournant le portefeuille. Soudain ses yeux s'illuminèrent.

— Des empreintes ! Le mec qui a pris le portefeuille pour le déchirer a laissé des empreintes.

— Un cuir légèrement huilé, ajouta Jake, c'est parfait pour conserver des empreintes.

— Dieu sait à quel point j'espère que vous avez raison, intervint Hurley. Mais le gars portait peut-être des gants et n'a pas laissé d'empreintes.

— Possible, concéda Jake. Mais laissez-moi vous poser une question. Que feriez-vous de ces gants, surtout s'ils sont tachés de sang, après usage ?

— Je les jetterais, répliqua Hurley.

— Après être revenu à la voiture avec ?

— Non, je... (Hurley s'arrêta net et hocha la tête.) S'il avait mis des gants, il s'en serait débarrassé sur-le-champ et les aurait enterrés.

— Où ça ?

— Dans le sac avec le reste.

Jake retourna le sac avec son bâton.

— Il n'y a pas de gants.

27

Vendredi 9 avril, 14 h 40

Jake sentit que l'ambiance n'était pas bonne dès son entrée dans le laboratoire de médecine légale. Les techniciennes chuchotaient dans un coin. Lori McKay était absorbée devant l'écran d'un ordinateur dans le bureau de Joanna. Sur le bureau était posé un bouquet de fleurs accompagné d'une carte.

— Où est Joanna ? demanda Jake.

— Elle est partie de bonne heure, dit Lori. Elle ne se sentait pas bien.

— Qu'est-ce qu'elle avait ?

— Elle a reçu un coup de fil de New York.

— Et alors ?

— Elle a écouté sans rien dire, puis a immédiatement quitté le bureau en larmes.

— Qu'est-ce qui vous fait dire que l'appel venait de New York ?

— J'ai couru derrière elle et je l'ai rattrapée sur le parking. Elle m'a tout raconté.

Jake jeta un regard au bouquet de fleurs. Sur le carton il put lire le mot *Amour*.

— Ça s'arrange entre eux ?

— Allez le lui demander.

Jake frappa d'une main hésitante à la porte de l'appartement de Joanna. Il regrettait maintenant d'être venu. Ce qu'il avait à lui demander n'était pas d'une telle importance et aurait pu attendre. Mais il avait envie de la voir et de savoir si elle s'était rabibochée avec son nouvel amant. Il frappa encore.

Ce fut Kate qui lui ouvrit la porte.

— Salut, Jake. Entre.

— Comment va-t-elle ?

— Pas trop mal, compte tenu de la tempête émotionnelle qu'elle vient de traverser.

— Je croyais que c'était fini entre eux.

— Elle aussi.

Jean-Claude fit irruption dans le séjour à cheval sur son balai. Son chapeau de cow-boy était de travers.

— Jacques !

— Salut, Jean-Claude ! dit Jake avec chaleur.

Il se pencha pour chatouiller le ventre du marmot, ce qui le fit rire. Puis Jake remit le chapeau droit.

— Maintenant tu as l'air d'un vrai cow-boy. Cours après les méchants.

Satisfait, Jean-Claude galopa jusqu'à sa chambre où la télé marchait bruyamment.

Jake s'adressa à Kate.

— Où est Joanna ?

— Dans son bureau.

Jake frappa à la porte et entra. Joanna était assise à sa table, fixant le téléphone des yeux. Sa corbeille à papiers débordait de kleenex usagés.

— On m'a dit qu'il t'avait rappelée.

Joanna hocha la tête.

— Les mauvaises nouvelles vont vite.

— Qu'est-ce que ça a donné ?

— Il m'a dit qu'il m'aimait et que s'il avait mal agi c'était à cause du stress, dit Joanna sans marquer d'émotion. Qu'il avait mené à bien sa négociation et que maintenant tout marchait comme sur des roulettes. Et qu'on pouvait repartir du bon pied.

— Et qu'as-tu répondu ?

— Que je n'étais pas une ampoule qu'on éteint et qu'on allume quand bon vous chante, poursuivit Joanna. Ça l'a foutu en boule. Il a été particulièrement déplaisant et a fait lourdement allusion au fait que j'approchais de la quarantaine et n'étais toujours pas mariée. Il m'a dit que j'avais un trop sale caractère et que ça ne m'arriverait jamais.

— Pas tant que tu fréquenteras des trous-du-cul comme lui.

Joanna eut un pâle sourire.

— Je serai plus sélective désormais.

— As-tu envie de travailler ?

— Je suis bien incapable... (Joanna s'arrêta net et dévisagea Jake, essayant de deviner sa pensée.) Tu as trouvé un indice qui te pose problème, c'est ça ? C'est pour ça que tu es là ?

— Mais non. Je suis simplement venu prendre de tes nouvelles.

— Menteur ! fit-elle avec un léger sourire.

— Bon, il y a bien un ou deux trucs, reconnut Jake.

Joanna eut un soupir résigné.

— Je t'écoute.

Jake lui raconta l'histoire du sac de camping contenant les restes de José Hernandez et des bouts de mannequins. Au fur et à mesure qu'il lui donnait des détails, il voyait Joanna hocher la tête et séparer mentalement ce qui était important et ce qui était sans intérêt. Puis elle lui posa des questions à propos des fragments de mannequins, questions auxquelles il n'avait pas pensé lui-même.

— D'où viennent ces mannequins ?

Jake haussa les épaules.

— Ils ont dû les voler.

— Ou bien les acheter, hasarda Joanna. Il va falloir vérifier partout où on vend des mannequins, notamment chez les grossistes.

— Ils ont peut-être une marque de fabrique, dit Jake en suivant son raisonnement.

— Ou de magasin, ou une marque quelconque.

Jake lui fit un clin d'œil.

— Tu tiens la forme, finalement.

Joanna poussa un profond soupir, se sentant envahie de nouveau par la tristesse.

— Je ne te serais pas utile à grand-chose, Jake.

J'aurais la tête ailleurs. Je serais incapable de rester concentrée, je passerais à côté de certaines choses et je ferais des erreurs. Crois-moi, je serais un fardeau plus qu'une aide.

— Tu as peut-être raison, fit Jake, incrédule.

Joanna Blalock à cinquante pour cent de ses capacités était plus performante que la plupart des enquêteurs tournant à plein régime au meilleur de leur forme. Il lui fallait réussir à l'en persuader.

— Veux-tu que je te montre une autre pièce à conviction qui nous pose une colle ?

— Bien sûr, dit Joanna sans enthousiasme.

Jake lui donna le morceau de papier qu'il avait trouvé dans la poche de José Hernandez.

Joanna l'examina.

EV
2 FL

— Ça ne me dit rien, conclut-elle.

— Ça ne peut pas être un numéro de téléphone, hein ?

— Non, ce n'est sûrement pas ça.

Elle essaya de se concentrer, mais son cerveau était engourdi. Sa pensée revint à Paul, aux fleurs qu'il avait envoyées et combien il avait paru attentionné dans un premier temps. Mais ensuite sa colère et l'âcreté de son caractère avaient refait surface et il s'était montré sous son jour véritable.

— Je ne sais pas, dit-elle en repoussant le papier.

Son regard tomba sur le calendrier posé sur son bureau. Elle y avait écrit une note, pour se rappeler un rendez-vous avec Kate pour un déjeuner :

KATE
LE LIERRE
14 H

Joanna reprit le papier déchiré et l'examina de nouveau. Elle se demandait si ce n'était pas une sorte de pense-bête. Si c'était le cas, le nom de la personne à rencontrer venait en premier, puis le lieu de rendez-vous. Elle plissa tout à coup les yeux.

— Dans quelle rue d'Hollywood la bombe a-t-elle éclaté ? Est-ce que ça commence par un F ?

Jake sortit son calepin et le feuilleta rapidement.

— J'y suis. C'est Fletcher Drive. 2020 Fletcher Drive.

— Ça correspondrait avec *2 FL.*

Nom de Dieu ! pensa Jake. C'était sous son nez et il ne l'avait pas vu.

— Et pour *EV* ?

— Ce doit être le début du nom de quelqu'un.

— Evelyne, Eva ou bien Eve, chercha Jake en pensant à la femme terroriste. On peut demander à Hurley de passer en revue leurs fichiers informatisés des terroristes de chez nous.

— Et nous sommes maintenant sûrs que José Hernandez faisait partie de la bande, dit Joanna. Il fréquentait la maison d'Hollywood, ou du moins devait s'y rendre.

Jake lança à Joanna un regard admiratif, certain qu'ils n'auraient jamais trouvé sans elle.

— Qu'y a-t-il ? interrogea Joanna.

— Rien, dit-il, tout en prenant conscience qu'il avait tellement besoin d'elle et qu'il l'aimait.

Il se demanda ce que sa vie serait devenue si elle s'était mariée avec sa dernière conquête. Sans intérêt, conclut-il.

Joanna prit machinalement la cigarette de Jake et en tira une bouffée.

— Ça fait mal, ça fait drôlement mal, Jake.

— Je sais, dit-il, mais t'enfermer dans ton bureau n'arrangera rien.

— J'ai besoin de rester seule pour l'instant, dit doucement Joanna. J'ai besoin d'un peu de temps pour que les choses se remettent en place.

— Pas maintenant.

Joanna le regarda fixement, le visage dur.

— Tu ne vas même pas me laisser le temps de me reprendre ?

— Ça attendra, dit Jake sans ménagement.

— Allez au diable ! éclata Joanna. Toi et ta putain d'affaire.

— Un grand nombre de gens est menacé, Joanna, dit calmement Jake. Ces mannequins pulvérisés représentent ce qui menace des hommes et des femmes. Et Dieu seul sait quel sera le nombre de victimes. Dix. Vingt. Cent. Peut-être plus.

— Et tu me crois capable d'empêcher ça ?

— Peut-être que oui.

— Je ne pense pas que ma présence puisse y changer grand-chose, dans un sens comme dans l'autre.

Jake s'approcha d'un squelette accroché à une potence dans un coin de la pièce. Il lui imprima une légère poussée et le regarda se balancer.

— En tout cas, je peux te dire une chose, Joanna. Si un immeuble rempli de gens est réduit en poussière pendant que tu restes plantée sur ton cul dans ton bureau, toute ta vie tu te demanderas si tu aurais pu l'éviter.

— Tu ne me lâcheras pas, hein ?

— N'y compte pas. (Jake relança le squelette à taille humaine.) Et je vais te dire pourquoi. J'ai toujours devant les yeux ces restes humains retrouvés à Hollywood. Je vois toujours ce pompier sortant des décombres avec un enfant mort dans les bras. Je revois tout ça, jusque dans mes rêves. Toi, ça ne te fait peut-être rien, mais moi si.

— Rien d'autre que cette affaire ne t'intéresse, dit Joanna en détournant le regard.

— Rien d'autre que la pensée qu'un groupe terroriste va tuer à nouveau si on n'intervient pas à temps.

— Ne pourrais-tu, rien qu'un instant, penser à moi et à ce que je suis en train d'endurer ? fit Joanna. (Sa lèvre inférieure se mit à trembler et elle la mordit.) C'est trop te demander ?

Jake se pencha vers Joanna et la releva de son fauteuil.

— Ecoute-moi une bonne fois pour toutes. Je tiens plus à toi qu'à n'importe qui d'autre. Et si tu ne t'en rends pas compte, tant pis pour toi. Je sais que tu souffres beaucoup, et je souhaiterais de tout cœur pouvoir y faire quelque chose. Comme t'emmener à Cancún sur une plage de sable blanc et te prendre dans mes bras et te dire que tout va s'arranger, que la douleur va s'effacer et que la vie va reprendre ses droits. J'aimerais pouvoir le faire, mais j'en suis empêché à cause d'une poignée de crétins assoiffés de sang qu'il faut que j'attrape d'abord. (Il la tint au bout de son bras tendu.) Est-ce que c'est clair ?

Joanna hocha la tête et essaya de ravaler ses larmes.

— Tu aurais fait ça pour moi ?

— Et bien plus.

Jake la serra dans ses bras.

— Fais-moi confiance. Je ne te laisserai pas tomber.

— Oh ! Jake !

Le téléphone mobile de Jake sonna dans la poche de sa veste. Il toucha le nez de Joanna du bout du doigt, puis prit son téléphone et conversa brièvement.

Joanna vit le visage de Jake se tendre. Son regard se durcir.

— Qu'y a-t-il ? demanda-t-elle.

— C'est Farelli, dit Jake en masquant le téléphone de sa main. Il est chez Maria Gonzalez.

— Et ?

— Elle a été assassinée. Après avoir été torturée.

28

Vendredi 9 avril, 16 h 02

Farelli les attendait sur le palier de l'appartement de Maria Gonzalez. L'air était étouffant et fétide.

— J'espère que vous êtes à jeun, les prévint Farelli.

— C'est moche à voir ? demanda Jake.

— Plutôt, dit Farelli en cherchant à s'éventer avec sa main. Elle s'est souillée pendant qu'ils la coupaient en morceaux.

Jake sortit de sa poche un petit pot et l'ouvrit. Joanna et lui prirent un petit peu de crème du bout des doigts et l'étalèrent sous chaque narine. C'était une crème mentholée qui effacerait le plus fort de la puanteur.

— Raconte-nous ce que tu sais, dit Jake.

Farelli prit son carnet et le feuilleta rapidement.

— Ce matin les voisins ont remarqué qu'une sale odeur filtrait de cet appartement. Ils ont appelé le propriétaire de l'immeuble, qui est finalement venu sur place à 14 h 40. C'est lui qui a découvert le corps.

— Est-ce que personne d'autre n'a pénétré dans l'appartement ?

— Non, d'après ses dires. Il a vu le cadavre et est ressorti vite fait en fermant la porte derrière lui. Puis il a appelé la police.

— Et pourquoi nous ont-ils contactés ?

— Une unité de patrouille est arrivée la première sur place. Ils ont trouvé ta carte près du corps.

Farelli les mena à l'intérieur. Le séjour était ravagé.

Canapé et fauteuils étaient sens dessus dessous, coussins éventrés. Le remplissage de coton et de mousse était éparpillé sur le sol. La table avait été basculée et les pieds cassés.

— Je me demande ce qu'ils cherchaient, fit Jake.

— En tout cas, ils y tenaient, commenta Farelli.

Ils reculèrent pour laisser un agent de l'identité judiciaire remettre la table à l'endroit et rechercher des empreintes. Un autre inspectait minutieusement un grand tableau de Jésus accroché au mur. Quelqu'un l'avait lacéré, laissant un trou béant dans la toile.

— Et personne ne s'est aperçu de rien, j'imagine.

— Si c'est le cas ils sont restés muets, répondit Farelli.

Son pied se posa sur une boule de coton et écrasa quelque chose qui se trouvait en dessous. Il poussa le coton et découvrit une montre-bracelet de femme.

— Tu crois que ça a un rapport avec les terroristes ?

— C'est possible, dit Jake, qui pressentait que c'était bien le cas sans comprendre pourquoi.

— Je vais te dire, poursuivit Farelli, il ne s'agit pas d'un banal cambriolage. Et ça n'a pas non plus été fait par un gang mexicain local. Ils sont capables de voler et de tuer, mais pas de torturer. Ce n'est pas leur style.

— Ça peut quand même être le fait d'un gang, suggéra Joanna d'une voix atone et distante. Ils croyaient peut-être qu'elle tenait cachés des objets de valeur.

Farelli observa un instant le visage de Joanna. Il avait quelque chose de nouveau, indéfinissable. Quelque chose s'était éteint.

— Comment vous sentez-vous, toubib ?

— Bien, l'assura Joanna.

— Bon ! dit Farelli, sans en croire un mot. Mais ce n'est pas le forfait d'un gang local et je vais vous dire pourquoi. On a retrouvé son sac à main vidé sur le carrelage de la cuisine. Son porte-monnaie contenait quarante dollars et des cartes de crédit. Les gars du coin n'auraient sûrement pas laissé ça.

Ni la montre-bracelet en or, se dit Joanna. Elle aurait dû demander si d'autres choses, bijoux ou argent, manquaient. C'étaient des indices importants pour déterminer si le vol était le mobile. Elle n'y avait pas pensé. Bon sang ! Réveille-toi !

Farelli remit un peu plus de crème sous ses narines. Il respira un grand coup pour se préparer.

— Vingt ans de service et on croit avoir tout vu. Et pourtant...

Joanna et Jake s'immobilisèrent sur le pas de la porte de cuisine, frappés de stupeur. Le corps dénudé de Maria Gonzalez était attaché par des bandes adhésives à une chaise à haut dossier. Elle était liée par les chevilles, les jambes, les mains, les bras, la tête et le cou. Elle ne pouvait pas bouger d'un pouce. Elle était bâillonnée. Son corps était couvert de mille coupures bordées de sang séché. Mais le plus horrible c'était son visage, lacéré, sanguinolent, tordu de terreur.

— Oh ! Mon Dieu ! murmura Joanna en se forçant à regarder.

Jake avala sa salive avec difficulté. Il n'avait jamais rien vu de pareil et espérait bien ne jamais revoir un tel spectacle. Il se demanda combien de temps elle avait mis à mourir.

Girish Gupta examinait le sol à quatre pattes derrière le corps. Il se releva, épousseta son pantalon, puis vint vers Jake et Joanna. Il portait un masque et des gants en caoutchouc.

— C'est d'une sauvagerie inouïe, dit-il en secouant gravement la tête. Quelle sorte d'individu est capable d'une chose pareille ?

Un abruti de psychopathe du genre Charlie Manson, eut envie de répondre Jake. Pourtant il ne trouvait pas les traces que laissent d'habitude les vrais fondus. Genre notes ou messages écrits au mur avec du sang. Et rien n'indiquait non plus un meurtre rituel. Jake s'approcha et aperçut une substance blanche autour de la plupart des coupures.

— C'est quoi, cette poudre ?

— Du sel, dit sombrement Gupta. Ils ont mis du sel sur les blessures pour que ce soit encore plus douloureux.

L'odeur nauséabonde des excréments humains franchissait la barrière de crème mentholée que Jake s'était mise sous les narines. Il en remit puis demanda à Joanna :

— Tu veux jeter un coup d'œil ?

— Sans doute, répliqua-t-elle, essayant de reprendre ses esprits.

Elle entendit un hélicoptère de police s'approcher. Cela lui rappelait une balade en hélico avec Paul, de San Francisco à Carmel. Et le retour par la même voie le lendemain soir, en survolant les lumières scintillantes de San Francisco, avait été si grandiose.

— Ça ne va pas ? demanda Jake.

— Si, dit-elle. J'attends simplement que cesse le bruit.

— Entre l'hélicoptère et les marteaux piqueurs, le vacarme n'a pratiquement pas cessé, se plaignit Gupta. On ne s'entend pas parler soi-même. On a voulu fermer la fenêtre, mais l'odeur est devenue insupportable.

Jake regarda Farelli.

— Que fait là l'hélicoptère ?

— Un voisin a aperçu quelqu'un sur un toit. En fait c'était un vieux qui nourrissait les pigeons.

Joanna enfila une paire de gants en latex et se força à concentrer sa pensée sur le corps de la victime. Laisse ta peine de côté, se dit-elle en espérant que son cerveau allait obéir. Elle fit lentement le tour du cadavre, particulièrement attentive aux coupures. Elles étaient petites, pas plus de trois à cinq centimètres, et profondes. Tout le corps de Maria en était couvert. Joanna se pencha sur la tête de celle-ci. Elle portait une blessure verticale à la tempe gauche et un hématome noir et bleu à la mâchoire.

Joanna regarda Farelli.

— De toute évidence, ils ont forcé la porte.

Farelli confirma :

— La chaîne a été arrachée.

Joanna ferma les yeux pour essayer de reconstituer le crime. Des images jaillirent dans sa tête. La chaîne de porte arrachée, la blessure à la tempe, le coup à la mâchoire, la montre-bracelet par terre dans le séjour. Cela formait un tout. Elle rouvrit les yeux.

— Maria Gonzalez ne connaissait pas ses agresseurs. Elle ne les avait jamais vus ni entendus.

Jake parcourut des yeux le corps de Maria, cherchant quels indices Joanna avait trouvés.

— Qu'est-ce qui te fait dire ça ?

— Voici ce qui s'est passé, dit tranquillement Joanna en déroulant le film dans sa tête. On frappe à la porte. Maria va répondre, mais il n'y a pas d'œilleton. Elle demande qui est là. Une voix inconnue lui répond. Elle entrouvre la porte prudemment, en laissant la chaîne. Le tueur lui cogne la tête avec la porte et brise la chaîne en même temps.

— Mais qu'est-ce qui prouve que ça s'est passé comme ça ? demanda Jake.

Joanna montra la blessure à la tempe de Maria.

— Cette blessure est large et verticale, alors que les autres sont étroites et courtes. C'est le résultat d'un objet contondant, comme l'angle d'une porte. Cela explique la chaîne brisée et sa blessure particulière à la tête.

— Et ça l'a assommée, conclut Farelli.

— Non, ça l'a jetée par terre, poursuivit Joanna. Elle a voulu se relever, mais il était déjà sur elle. C'est alors qu'il l'a frappée à la mâchoire et qu'elle a perdu connaissance. (Joanna montra le menton de Maria.) Vous pouvez constater l'hématome qu'elle a là.

Gupta s'approcha pour examiner de plus près la zone tuméfiée. Il n'y avait pas pris garde jusque-là, il n'avait pas compris ce que signifiait la blessure à la tempe. Il n'aurait jamais fait le lien entre ça et la chaîne brisée, jamais au grand jamais. Il se demanda si Joanna Blalock était d'une intelligence à ce point supérieure. Elle avait peut-être le don de voir dans le passé. En tout cas, la plupart des médecins légistes avaient l'air d'amateurs à côté d'elle. Gupta se pencha sur les mains et les bras de la victime, à la recherche de marques de résistance. Il n'y avait ni bleus ni écorchures.

— Elle n'a rien pu faire pour se défendre.

— Peut-être pas tout à fait. On a retrouvé sa montre sur la moquette du séjour. Elle a pu lever les bras pour se protéger et le poing du tueur a fait sauter la montre.

Médium, décida Gupta. Joanna Blalock était quelque peu médium.

Joanna porta son attention sur les seins de Maria.

— Ces coupures ont été faites avec quoi, d'après vous ?

— Une lame très fine, dit Gupta. Du genre scalpel.

Après réflexion, Joanna répondit :

— Je ne pense pas. Un scalpel aurait causé des entailles plus longues et plus larges. Je pencherais pour une lame de rasoir.

Jake plissa le regard.

— Et le tueur ne serait pas reparti avec une lame ensanglantée dans sa poche.

Joanna opina.

— Il a dû s'en débarrasser.

— Dans une poubelle ou dans le local à ordures, réfléchit Jake à haute voix. Et il n'y a pas trente-six façons de tenir une lame de rasoir.

— Entre le pouce et l'index.

— Et cette foutue lame pourrait bien porter de magnifiques empreintes. (Jake se tourna vers Farelli.) Vide toutes les poubelles, notamment dans l'entrée et près de l'ascenseur. Y a-t-il une benne à ordures derrière l'immeuble ?

— Ouais, fit Farelli. Près de la porte de service.

— Inspecte-la également.

Farelli se précipita dehors au moment où les marteaux piqueurs se remettaient en route. Joanna et Jake échangèrent un regard de connivence. Maria Gonzalez aurait pu hurler, personne ne l'aurait entendue par-dessus le bruit des marteaux.

— Qu'est-ce qu'ils voulaient exactement ? redemanda Jake. Et pourquoi lui avoir fait ça ?

— Je n'ai pas la réponse, dit Joanna en recommençant à tourner autour du corps.

Jake l'observait. Elle était maintenant totalement absorbée par l'affaire. Tant mieux, se dit-il. Cela lui faisait au moins oublier sa tristesse et son cœur brisé. Mais c'était provisoire. Sa peine referait surface. Comme toujours. Surtout la nuit, quand on est seul avec ses pensées.

— Tu veux venir voir ? dit Joanna après avoir décollé la bande adhésive qui fermait la bouche de Maria. (La lèvre inférieure était presque coupée.) Elle a eu tellement mal qu'elle s'est presque sectionné la lèvre.

Jake observa la lèvre mordue, puis le sexe de la femme. Il était également entaillé. Il détourna les yeux, écœuré.

— Tellement vicieux, dit doucement Joanna, que c'en est inimaginable.

Farelli reparut dans la cuisine avec une liasse de billets de vingt dollars.

— Hé, Jake ! Regarde ce que les gars ont trouvé dans le placard de la chambre.

— Ça représente combien ?

— Plus de deux mille, dit Farelli en feuilletant les billets de vingt. Voilà peut-être ce qu'ils cherchaient.

— Peut-être, dit Jake d'un air sceptique. Mais ça m'étonnerait. Avec ce qu'elle a subi, elle aurait même vendu sa mère.

— Et à l'idée d'être tailladée et défigurée, ajouta Joanna en frissonnant, elle aurait donné n'importe quoi pour y échapper.

— On a trouvé autre chose dans le fond du placard, dit Farelli.

— Quoi ? demanda Jake.

— Un type genre latino avec un tatouage au sein et une balle dans la tête.

— Son cousin, dit simplement Jake.

— Qui ?

— Rien, dit Jake. Fais rechercher d'éventuelles

empreintes sur les billets. Ça pourrait bien être une partie de l'argent que son mari a reçu des terroristes.

— Exact. Au fait, pas de trace de lame de rasoir pour l'instant.

— Continue de chercher.

Jake revint à Joanna.

— Ils cherchaient autre chose. Une chose pour laquelle ils étaient prêts à la tuer. Mais qu'est-ce que ça peut bien être ?

Joanna haussa les épaules.

— Une seule personne pourrait nous le dire, et elle est morte.

Jake croisa les mains dans son dos et marcha de long en large en réfléchissant tout haut.

— Elle souffre horriblement. Elle est prête à leur dire n'importe quoi. Absolument tout. Et pourtant elle ne le fait pas. Pourquoi ? Pourquoi ne leur dit-elle pas ce qu'ils veulent savoir ?

Joanna réfléchit à son tour.

— Il y a en général deux raisons pour lesquelles les gens ne répondent pas aux questions. Soit parce qu'ils ne veulent pas, soit parce qu'ils ne savent pas.

— Tu veux dire qu'elle ne savait peut-être pas de quoi ils parlaient.

— C'est possible.

Jake se remit à tourner en rond dans la cuisine en marmonnant. Il s'arrêta devant un placard pour prendre une cigarette. En mettant la main à sa poche, son regard se posa sur le placard.

— Qu'est devenu le calendrier qui se trouvait là ?

— Il est sur la table avec votre carte, lui dit Gupta.

— C'est vous qui l'y avez posé ? demanda aussitôt Jake.

Gupta fit un signe de dénégation.

— C'était là à mon arrivée. Personne n'y a touché. Ils portent des traces de sang, si bien qu'on va vérifier s'il n'y a pas d'empreintes.

— Nom de Dieu ! Nom de Dieu ! (Jake frappa son poing dans sa main.) Ces enfoirés sont venus ici.

Il se précipita vers la table pour regarder de plus près le calendrier et sa carte avec son nom et son numéro de téléphone. Il y avait bien des traces de sang mais pas d'empreintes évidentes. Le regard de Jake passa de la table au corps de Maria et à la chaise entre les deux. Il montra la chaise vide.

— L'un des terroristes a montré à Maria le calendrier avec ses marques. Le 19 avril a dû attirer leur attention, avec son cercle rouge.

Joanna approuva.

— Ils se sont imaginés qu'elle savait précisément ce qui allait se passer ce jour-là, ce qui n'était pas le cas. Et ils l'ont torturée à mort pour qu'elle leur donne une information qu'elle ignorait.

Jake confirma.

— Et ils savaient qu'on était venu. Ils voulaient qu'elle leur répète tout ce qu'elle nous avait raconté.

Farelli jeta à Jake un regard surpris.

— Comment les terroristes pouvaient-ils être si sûrs de ton passage ?

— A cause de ma carte, dit Jake d'une voix tendue.

Farelli secoua la tête.

— Hum ! Ça ne marche pas.

— Pourquoi ?

— Parce que les terroristes n'ont pu voir ta carte qu'après être entrés ici. Ils devaient savoir d'avance que vous étiez venus tous les deux. (Il se gratta l'oreille.) C'est sans doute ce qui les a poussés à venir ici, en premier lieu. Sinon qu'est-ce qu'ils auraient eu à foutre d'une jeune veuve, une étrangère en situation illégale ? Elle ne serait jamais allée trouver la police, ils pouvaient être tranquilles.

— Mais comment ont-ils pu savoir que nous avions interrogé Maria Gonzalez ? demanda Jake. On n'a eu son adresse qu'hier, par... (Son expression se figea et il se tourna vers Joanna.) Tu n'as parlé à personne de notre visite d'hier ?

— Non, dit Joanna sans hésiter.

— Ni moi non plus. Et à part Lou et Hurley, je n'en ai pas dit mot à qui que ce soit. (Jake alluma une cigarette et cracha un bout de tabac resté collé à ses lèvres.) Il y a donc eu une fuite. Quelqu'un a refilé le tuyau aux terroristes.

— Et c'est forcément quelqu'un de l'institut de rééducation. Ce sont eux qui nous ont donné l'adresse de Maria Gonzalez. Ils étaient les seuls à être au courant.

Jake compta sur ses doigts.

— Voyons voir. Il y avait les deux docteurs, Wales et Bremmer. Ainsi que Lucas, le thérapeute noir. Et puis la fille qui nous a apporté le dossier.

— Et la réceptionniste.

— Et tous ceux de l'institut à qui ils ont pu en parler. Autrement dit, il va falloir contrôler tout le personnel et tous ceux qu'ils côtoient.

Jake se tapota le menton, fixant du regard le calendrier et la note : « Ami du Memorial », en partie recouverte de sang.

— Ça pourrait être aussi leur soi-disant copain du Memorial qui leur aurait transmis l'information.

Jake saisit son téléphone mobile et appela Dan Hurley. Il le mit rapidement au courant des dernières découvertes et lui demanda de concentrer ses recherches sur les fiches du personnel attaché à l'institut de rééducation.

— *E* et *V* pourraient être les premières lettres du nom d'un des terroristes. (Jake colla son oreille au récepteur.) Oui, par exemple Evelyne ou Eva... Oui, ce peut être une femme. Je n'ai pas vu son portrait. Je vais demander à Farelli.

Il éloigna le combiné de son oreille et s'adressa à Farelli :

— As-tu vu le portrait qu'on a dessiné de la terroriste ?

— Ouais, fit Farelli en mettant la main à la poche intérieure de sa veste. On m'en a donné une épreuve comme je partais.

Jake étudia attentivement le dessin. C'était une jeune femme, tout juste la trentaine, aux lèvres minces et aux pommettes hautes. Elle était jolie, mais sans personnalité marquée ni trait particulier. Jake la catalogua comme mince, intelligente, issue de la classe moyenne. Et diablement redoutable.

— On ne connaît pas très bien son style de coiffure. La technicienne qui l'a aperçue dit qu'elle avait les cheveux tirés en arrière, dans le style Grace Kelly. Le flic posté à l'entrée qui pense l'avoir vue parle de cheveux courts.

Joanna regarda le dessin, cherchant dans sa mémoire une femme élégante sortant de l'ascenseur.

— Elle avait les cheveux tirés en arrière.

— Tu en es bien certaine ? répliqua Jake.

Joanna opina, les yeux toujours fixés sur le portrait.

— Affirmatif.

— Le dessin est-il ressemblant ?

— Assez. Mais les lèvres sont trop minces et les pommettes un tantinet trop hautes.

Jake se frotta les mains. Il lui fallait le signalement le plus précis possible. Il leur fallait un visage à rechercher.

— Peux-tu voir notre artiste quelques instants aujourd'hui même ?

— Sans problème.

Jake replia le dessin avec précaution, puis balaya la cuisine du regard pour vérifier qu'il n'avait rien oublié. Il resta une seconde les yeux fixés sur le visage torturé de Maria avant de dire à Gupta :

— Ça vous ennuierait que ce soit le Dr Blalock qui pratique l'autopsie ?

— Pas du tout, dit Gupta avec son accent anglais pointu. Mais j'aimerais y assister.

— 9 heures demain matin, ça vous va ?

— Parfaitement.

Gupta était sur le point de partir quand il se retourna vers Joanna.

— Au fait, j'ai le numéro de téléphone de mon ami de Montréal.

— Quel ami ? demanda Joanna, prise de court.

— Vous savez bien. Je vous ai parlé le mois dernier de cet ami de la section pathologie de l'université McGill à Montréal, et vous m'avez demandé son numéro de téléphone. Vous ne vous rappelez pas ?

— Oh si, dit faiblement Joanna.

Elle voulait joindre ce pathologiste pour savoir s'il

y avait des opportunités de postes de professeur en médecine légale. Elle vit mentalement Paul du Maurier lui faisant des signes en souriant. Toute sa tristesse s'abattit sur elle.

— Donnez ce numéro à ma secrétaire, s'il vous plaît.

Gupta remarqua qu'elle avait changé de visage.

— J'ai commis un impair ?

— Non, dit Joanna d'une voix qu'elle s'efforçait de maîtriser. C'est simplement qu'on étouffe ici.

Jake et Joanna prirent l'ascenseur qui descendit lentement, en grinçant et en cahotant. Un petit ventilateur remuait à peine l'air.

— J'ai été vraiment sur le coup à un moment, dit tranquillement Joanna.

— Tu as été super, dit Jake en pressant brièvement son épaule. Tu nous as énormément aidés.

— Mais je suis prête à m'écrouler.

— Tu vas tenir le coup jusqu'à la voiture ?

— Je vais essayer.

La porte de l'ascenseur s'ouvrit enfin et ils franchirent rapidement la porte de l'immeuble. Le trottoir était condamné des deux côtés par les rubans jaunes de la police. Le coin grouillait d'agents en uniforme. En face, la foule se pressait et certains avaient apporté des jumelles dans l'espoir de mieux voir. Toutes les fenêtres des appartements alentour étaient ouvertes et remplies de gens qui s'interpellaient en espagnol.

— Allons prendre un verre, dit Jake en ouvrant la portière.

— Ça ne me dit rien, dit Joanna en se baissant pour monter en voiture.

Soudain la vitre explosa. Puis ce fut le tour de la lunette arrière, avec fracas. En un éclair Jake poussa Joanna sur la banquette et s'allongea sur elle.

Il entendit la foule hurler en s'éparpillant. Les policiers hurlaient : « Couchez-vous ! Couchez-vous ! » Puis il y eut d'autres tirs. Ils semblaient venir d'en haut et d'un fusil de guerre. Peut-être depuis un toit, se dit Jake, se concentrant sur les bruits et attendant la prochaine rafale.

Tout redevint calme. Les secondes passant, le silence s'installa. Un bébé pleura un peu, puis plus rien.

Joanna restait inerte sous Jake, mais il entendait sa respiration.

— Pas de bobo ?

— Je... je ne crois pas, murmura-t-elle.

— Reste allongée et ne bouge pas.

En fond sonore, les policiers tentaient de communiquer par radio en dépit du grésillement statique. On percevait dans le lointain les sirènes de police et le bruit d'un hélicoptère. Jake envisagea de démarrer et d'essayer de décamper. Mais il lui aurait fallu regarder à travers le pare-brise et exposer une partie de sa tête. Il se tint à carreau.

— Il est là ! hurla un policier en uniforme. Sur le toit d'en face !

Cela déclencha une rafale de tirs. La police tirait au pistolet, au fusil, à la mitraillette. Le bruit était assourdissant.

L'hélicoptère revenait au-dessus d'eux, noyant le vacarme. Il faisait un tel bruit et il était si près que Jake se demanda s'il allait atterrir.

— Cessez le feu ! Cessez le feu ! ordonna une voix dans le haut-parleur de l'hélicoptère. Vous êtes en train d'arroser le vieux qui nourrissait les pigeons.

Les tirs cessèrent brusquement.

Les policiers se relevèrent lentement, arme au poing, balayant du regard tous les toits et les fenêtres ouvertes alentour.

Un jeune flic s'approcha de la vitre brisée de la voiture de Jake.

— Vous êtes blessé, lieutenant ?

— Non. On n'a rien.

— Il vaudrait sans doute mieux que vous emmeniez la dame plus loin. On va fouiller le coin maison par maison et ça va prendre un bout de temps avant que la zone soit sécurisée.

— Couvrez-nous, dit Jake.

Le jeune flic fit un signe, et une demi-douzaine de policiers braquèrent leurs armes vers les immeubles d'en face.

— Je vais me relever et tu vas te serrer contre la porte, dit Jake à Joanna.

Joanna sentit des éclats de verre dans ses bras en reculant. Ses jambes étaient maintenant à demi sorties et elle les ramena sous elle. Elle se recroquevilla sur son siège pour laisser le plus de place possible à Jake.

En une fraction de seconde il était au volant. Baissant la tête, il mit le moteur en route et écrasa la pédale. Ils démarrèrent en trombe en faisant crisser les pneus.

Joanna attendit qu'ils aient tourné au premier carrefour avant de s'asseoir. Elle respira profondément dans l'espoir de retrouver son calme. Son cœur battait dans sa poitrine.

— Dieu tout-puissant ! On n'est pas passé loin.

— A quinze centimètres près on y avait droit.

Sa voix paraissait calme, mais lui aussi tremblait intérieurement. Ils étaient debout de profil lorsque le tireur avait ouvert le feu. Le salopard visait les têtes. Il vit les bras de Joanna.

— Tu saignes aux bras.

— Je sais.

Elle retira avec précaution les éclats de verre. Elle était constellée de petites coupures qui saignaient. Sa veste de coton était abondamment tachée. Elle respira encore à grands coups pour essayer de refouler sa panique.

— Tu penses que c'étaient eux ?

— Ça ne peut être qu'eux.

— Sans doute, dit Joanna en examinant son visage dans le rétroviseur — il était intact. Mais ici c'est un quartier particulièrement pourri. Un voyou a peut-être voulu faire un coup d'éclat.

— Ce n'est sûrement pas ça. Ces gars-là peuvent tirer sur un flic ou un car de police, mais ils ne s'attaqueront jamais à toute une armée de poulets. Ils ne sont pas cons à ce point-là. Et de plus ils n'ont pas ouvert le feu avant notre arrivée. Ces balles nous étaient destinées.

Joanna approuva doucement. Elle rejeta la tête en arrière et respira encore à pleins poumons.

— Et tout ça, c'est parce qu'ils estiment qu'on approche dangereusement. On doit vraiment les inquiéter.

Jake alluma une cigarette et avala la fumée. Il regarda Joanna en pensant à quel point les balles les avaient loupés de peu.

— Il vaudrait peut-être mieux que Kate et Jean-Claude partent à l'hôtel.

Joanna fronça les sourcils.

— Tu les crois capables de recommencer ?

— Ça se pourrait. Et Kate et son gamin sont en réel danger. N'oublie pas qu'ils tuent tous ceux qu'ils trouvent en travers de leur route. Vieillards, jeunes flics, bébés au berceau. Ils s'en foutent.

— Je vais les installer dans un petit hôtel pas loin du Memorial, dit Joanna. (Elle envisagea aussi d'envoyer Kate et Jean-Claude passer le week-end à Disneyland. Elle frissonna à l'idée que les terroristes pouvaient facilement éteindre la lignée des Blalock.) Et moi, où dois-je aller ?

— Chez toi.

— Tu parles sérieusement ?

— Tout à fait.

Elle lui jeta un regard de biais.

— Mais tu ne penses pas qu'ils pourraient venir m'y attaquer ?

— J'espère bien que si, dit Jake d'une voix rauque.

— Pourquoi ça ?

— Parce que je serai dans ton séjour prêt à les accueillir.

29

Lundi 12 avril, 14 heures, Washington

A la direction du service chargé de la protection du Président, les hauts responsables étaient réunis autour d'une table ronde sur laquelle était posé un plan à grande échelle de la partie ouest de Los Angeles. Le tracé du parcours du Président était marqué en rouge.

— Donc la plus grande partie de son parcours à partir de Santa Monica se fera par la voie rapide ? demanda Jack Youngblood, le responsable de la protection rapprochée.

— C'est exact, confirma Mary Beth Curtis en suivant le tracé du bout d'une baguette de bois. (Elle parcourut rapidement du regard le quartier entre l'hôtel Loew et cette voie express. Il y avait quatre carrefours avec des feux. Les motards de l'escorte les neutraliseraient.) POTUS quittera l'hôtel à 7 h 45, dit-elle en utilisant l'abréviation utilisée par le service de protection pour désigner le président des Etats-Unis, et prendra la voie rapide en direction de l'est. Sortie à Overland, puis par les rues jusqu'à Pico Boulevard, pour être à Century City à 8 heures.

— La patrouille autoroutière a été prévenue, bien sûr.

— Bien sûr.

— Ils n'ont pas trop râlé d'être obligés de fermer la voie rapide à une heure de pointe ?

— Je ne leur ai pas demandé leur avis. C'est comme ça et pas autrement.

Youngblood sourit. Il aimait bien Mary Beth Curtis, une Noire à la fine silhouette, la quarantaine, qui avait gravi tous les échelons depuis dix ans. Affectée à l'origine au service des fraudes, elle était passée dans le service de protection de la présidence. Chaque fois que le Président partait en voyage, c'était Curtis qui mettait au point ses itinéraires en voiture, rue par rue, là où sa limousine devait tourner, les carrefours à passer. Et à quelle heure. Et prévoir aussi les itinéraires de secours en cas d'attaque de la voiture présidentielle.

Curtis pointa sa baguette sur la rue appelée « Avenue des Stars ».

— POTUS, poursuivit-elle, prendra son petit déjeuner au Century Plaza. Il entrera et sortira par la porte de service.

Youngblood frémit. A chaque fois qu'il entendait l'expression « porte de service », il repensait à Robert Kennedy traversant les cuisines de l'hôtel Ambassador à Los Angeles. Son équipe de protection avait été nulle. Sirhan Sirhan n'avait eu aucune difficulté à tirer une balle dans la tête du sénateur. Youngblood sentit ses mâchoires se crisper. Sa grande peur était que le Président soit assassiné sous sa garde. Il transpirait rien que d'y penser.

— A 9 h 15 précises, continuait Mary Beth Curtis, POTUS quittera l'hôtel et roulera de Pico au Westwood Boulevard et de là au centre médical. Il devrait arriver à l'institut John Edgar Wales à 9 h 30. L'inauguration...

— Holà ! intervint Youngblood. POTUS a décidé de ne pas assister à l'inauguration. Vous vous rappelez ?

— Eh bien il a changé d'avis, répliqua-t-elle. Maintenant il veut y assister. L'ordre est tombé de la Maison-Blanche il y a une heure.

— Miséricorde ! grommela Youngblood.

— Si vous voulez aller le voir pour l'en dissuader, on vous attend ici.

Youngblood poussa un profond soupir. Il avait horreur des imprévus et l'idée que le Président aille du côté du Memorial Hospital lui déplaisait. C'était bien trop risqué. Si on avait écouté Youngblood, on aurait annulé purement et simplement le voyage à Los Angeles. Il regarda Thomas Harrington, le chef du service chargé de la protection du Président.

— Monsieur, avec tout le respect que je vous dois, je pense que le Président commet une erreur.

— POTUS a eu connaissance du rapport de l'agent envoyé en éclaireur, dit Harrington. J'étais dans le bureau ovale quand il l'a lu. Je lui ai fait part de mes préoccupations avec beaucoup d'insistance. (Harrington fut sur le point de raconter la conversation en détail mais se ravisa.) En deux mots, le Président ne veut pas donner l'impression au public qu'un groupe d'individus violents peut modifier les projets présidentiels. Ses conseillers et lui ont pesé le pour et le contre, et ils estiment qu'on peut réduire les risques.

Pas lorsqu'il s'agit de terroristes complètement barges, se dit Youngblood.

— Sont-ils au courant, monsieur, que les poseurs de bombes ont déjà frappé deux fois ?

— Oui.

— Et savent-ils également que la prochaine date retenue pour un attentat est le 19 avril ?

— Oui.

Youngblood s'efforça de rester calme. C'était un homme bien bâti, aux larges épaules, à la mâchoire carrée et aux cheveux coupés en brosse. En général son visage était impénétrable.

— L'agent que nous avons envoyé sur place estime que le Memorial est un endroit potentiellement dangereux où le Président ne devrait pas aller. Et il a souligné de deux traits le mot « dangereux ».

— Et c'est pour cette raison que le Président ne visitera pas le service pédiatrique du Memorial comme prévu, répondit Harrington. Il se limitera à une brève halte dans le nouvel institut, qui est à deux rues de l'hôpital.

— Ça ne me plaît toujours pas, dit franchement Youngblood.

Ni à vous ni à personne du service, eut envie de dire Harrington. Mais il se contint.

— Cet institut est dans un bâtiment tout neuf et n'est pas encore occupé. Et il ne le sera qu'après le passage de POTUS. L'immeuble sera interdit quarante-huit heures avant l'arrivée du Président. Une équipe supplémentaire est actuellement en route pour Los Angeles. Leur seule mission est de protéger le bâtiment. Pendant le week-end, personne n'entre ni ne sort. J'ai bien dit : personne.

Youngblood respira à fond, se résignant à exécuter les ordres du Président.

— Il va falloir éplucher la liste des notables qui assisteront à l'inauguration.

— On est dessus.

— On leur donnera une heure précise pour arriver, poursuivit Youngblood. Tous ceux qui ne seront pas là à 8 h 30 n'entreront pas. Toutes les limousines auront l'ordre de se garer à au moins deux pâtés de maisons.

— Bien ! Bien ! fit Harrington d'un air satisfait. Bien sûr, on va installer des détecteurs de métaux par où on fera passer tout le monde. Et on aura des chiens de flair qui feront le tour de l'immeuble toutes les six heures.

Youngblood repensa au dessin de l'immeuble qu'on lui avait montré la semaine précédente. Quatre niveaux de quatre cents mètres carrés.

— Quelle sorte de chiens voulez-vous ?

— Des malinois. Ils sont capables de repérer les explosifs à cent mètres. Il m'en faudra quatre.

— Ils seront dans l'avion ce soir même, dit-il avant de s'adresser à Curtis : Je veux que le Président puisse emprunter au moins deux trajets différents au retour.

— Ce ne sera pas possible, répondit-elle. L'institut se trouve dans une impasse.

— Je vois, fit Harrington, bouillant intérieurement mais n'en laissant rien paraître. (C'était quelque chose qu'on aurait dû lui dire plus tôt.) Vérifiez à nouveau et voyez s'il n'y a pas un accès voiture ou une allée pouvant servir d'issue de secours.

— On s'en occupe, dit-elle en saisissant le téléphone. Je vais demander à notre agent déjà sur place de me faxer une photo aérienne de la rue.

— Amenez-la-moi dès que vous l'aurez reçue, ordonna Harrington en sortant. Jack, accompagnez-moi jusqu'à l'ascenseur.

Harrington s'arrêta à la fontaine et se pencha pour prendre un gobelet en carton. Il jeta un coup d'œil derrière lui, s'assurant qu'ils étaient hors de portée d'oreille, et dit à voix basse :

— A la moindre alerte, Jack, la moindre, vous m'entendez, vous m'attrapez vite fait POTUS par la peau des fesses et vous me le ramenez dare-dare à Air Force One. Compris ?

— Oui monsieur.

30

Mardi 13 avril, 13 h 25

Eva fit visiter à Rudy le vaste living de leur nouvelle maison. La pièce était vide à l'exception d'un matelas dressé contre le mur.

— Laisse les stores baissés, lui dit-elle. Et allume quelques heures le soir. Ça écartera les soupçons.

— Et si quelqu'un sonne à la porte ?

— Ne réponds pas.

Elle le précéda dans le couloir étroit. Il menait à des chambres, à des salles de bains et à un petit débarras au fond près d'une porte avec un verrou simple.

Rudy jeta un coup d'œil, et ne vit que des marches descendant dans le noir.

— C'est quoi ?

— La cave.

— Elle donne sur l'extérieur ?

Eva secoua la tête.

— Il y a un soupirail en hauteur, mais il est muni de barreaux.

Ils pénétrèrent dans une grande cuisine fraîchement repeinte et équipée d'un réfrigérateur, d'un congélateur et d'une cuisinière. Sur un plan de travail en formica étaient posés des boîtes de conserve, des sodas et des bouteilles d'eau en plastique. Et à côté des détonateurs, du fil électrique et deux pains de plastic. Rudy écarta les stores vénitiens et regarda dehors. Il aperçut un petit jardin en friche et, en face, un garage, avec entre les deux des arbres et une grande haie.

— Qui vit derrière cette forêt ?

— Un vieux couple dur d'oreille.

— Pas de chiens ?

— Un caniche nain qui aboie une fois et se sauve.

Rudy approuva, satisfait de la maison et de son environnement. Cette haie offrait une issue de secours parfaite. Des poursuivants seraient obligés de se frayer un chemin à travers la broussaille. Devenant ainsi des cibles faciles.

— L'endroit est impeccable. Comment as-tu fait pour le trouver aussi vite ?

— Un coup de chance, dit Eva.

En fait la chance n'avait rien à voir là-dedans, et cela lui avait pris du temps. Elle avait loué simultanément cette maison et celle d'Hollywood Ouest. Cette seconde adresse était une base de repli en cas de pépin, comme par exemple si Rudy était assez idiot pour se faire prendre et se mettait à table pour sauver sa peau.

Rudy se dirigea vers le matelas posé par terre près d'un placard. Il se laissa tomber dessus pour en éprouver le moelleux.

— Tu vas dormir là ?

— Ouais... fit Eva en regardant Rudy s'allonger sur le dos.

— Et si on y dormait ensemble ? fit-il avec un sourire enjôleur.

— Non. Il faut que tu gardes la porte d'entrée pendant que je garderai celle de derrière.

— La porte d'entrée n'est pas loin d'ici.

— Tu dirais quoi ? Trois, quatre secondes ?

— Tout au plus.

— C'est plus qu'il n'en faut pour que quelqu'un enfonce la porte et te fasse sauter la cervelle.

Rudy déshabillait Eva des yeux. Quelle taille fine et quel cul superbe ! Il s'imaginait la baisant jusqu'à ce qu'elle crie grâce.

— Ça ne te dit vraiment rien, tu es sûre ?

— Ce n'est pas le moment.

Eva lorgna vers le gonflement du jean à l'entrecuisse. Cela la laissa de marbre. Elle regarda ailleurs.

— Si tu venais à changer d'avis...

— Tu le saurais tout de suite.

Le téléphone cellulaire qu'Eva avait dans sa poche sonna. Elle s'en saisit immédiatement.

— Allô ?

— Y a une merde.

Eva reconnut tout de suite la voix de son contact au Memorial.

— D'où appelez-vous ?

— D'une cabine.

— Ne bougez pas.

Eva replia son téléphone et regarda Rudy.

— Je dois m'absenter un petit moment. Toi tu ne bouges pas jusqu'à mon retour.

Rudy essaya de lire quelque chose sur son visage. Il était impénétrable.

— Y a quelque chose qui cloche ?

— Pousse le verrou derrière moi et n'ouvre à personne.

Eva se coiffa d'une casquette de base-ball sur laquelle était fixée une fausse queue-de-cheval. Elle rabattit la visière sur son front et attrapa ses lunettes de soleil. Elle jugea rapidement de l'effet dans le miroir de la salle de bains avant de sortir dans le soleil printanier.

C'était un quartier résidentiel bien tranquille. Ni joggeurs ni promeneurs, rien qu'une femme en train de jardiner de l'autre côté de la rue. La femme lui fit un signe de la main, qu'Eva lui rendit distraitement tout en s'éloignant à grands pas. Il y avait forcément un os. Sinon son contact ne l'aurait jamais appelée sur son téléphone mobile durant la journée. On l'avait bien prévenu de ne jamais le faire. Jamais au grand jamais. Sauf en cas d'extrême urgence. Qu'est-ce qui était arrivé ?

Elle respira profondément et envisagea le pire. Soit que leur complot ait été découvert. Ça, c'était peu probable, décida-t-elle. Car dans ce cas son contact n'aurait pas pu l'appeler au téléphone. Il aurait déjà été arrêté. Soit que le programme d'inauguration de l'institut ait été modifié ou annulé. Ce serait une catastrophe. Leur merveilleux plan tomberait à l'eau.

Au carrefour Eva pénétra dans une petite galerie marchande. Elle entra dans une cabine téléphonique juste après un salon de coiffure et se mit à feuilleter un annuaire tout en observant la galerie et le carrefour. Une voiture pie était arrêtée au feu rouge. Elle attendit qu'elle parte pour décrocher le téléphone, mettre des pièces et composer son numéro.

— Allô ? fit le contact.

— Monsieur Juste est-il là ? dit Eva, suivant le code.

— Il est en vacances, répondit correctement le contact.

Eva inspecta une fois de plus les environs.

— Qu'est-ce qui se passe ?

— La police sait que quelqu'un de l'institut est dans le coup. Ils passent tout le personnel au peigne fin et ne cessent de l'interroger.

— Ils font ça au flan.

— Ce n'est pas tout, dit le contact d'une voix soucieuse. Ils savent que quelqu'un d'ici a fourni des informations sur Ramón Gonzalez.

Ils ont retrouvé le corps, se dit Eva, se demandant une fois de plus si Maria Gonzalez avait révélé tout ce qu'elle savait.

— Et pour tout arranger, le service de protection du Président veut également nous voir un par un.

— Ça ne veut rien dire, affirma calmement Eva. S'ils savaient véritablement quelque chose, ils procéderaient à des arrestations, pas à des entretiens.

— Mais ils vont creuser, et s'apercevoir que ma sœur faisait partie des personnes tuées par le FBI dans la ferme de l'Idaho. Et du coup, ils vont immédiatement faire le rapprochement avec moi.

Ça va prendre un certain temps, se dit Eva, et tu seras mort d'ici là.

— Alice ne mentionnait jamais son nom de jeune fille, vous le savez bien.

— Mais ils vont éplucher tous les dossiers de long en large.

— Qu'ils le fassent, dit Eva d'un ton détaché. Vous êtes tout blanc et allez le rester. Après le big bang tout accusera votre collègue, et il ne sera plus là pour se défendre.

— Mais il n'y aura pas de véritable preuve contre lui.

— Mais si. Notamment quand ils découvriront le plastic qu'on a fourré dans son garage.

— Nom de Dieu ! Vous avez fait ça ?

— Bien sûr. Pensez-vous qu'on n'aurait pas couvert vos arrières ?

— Non. Bien sûr que non, dit-il d'un air reconnaissant.

Eva perçut son soupir de soulagement. Plus que quelques jours, se dit-elle. Plus que six jours à les garder en main.

— Sinon, tout est en place ?

— Oui, répondit le contact. Mais il reste un problème. Et un gros.

— C'est quoi ?

— Joanna Blalock.

Eva entendit un grondement dans le téléphone qui disparut progressivement.

— Qu'est-ce que c'était ?

— Un avion qui décollait. Cette cabine est près de l'aéroport de Santa Monica.

— Vous me parliez de Joanna Blalock. Quel est le problème ?

— Elle en sait beaucoup trop, et elle va nous mettre directement les flics sur le dos. (Elle entendit le contact avaler sa salive.) Elle suit tous les interrogatoires avec le grand flic, mais c'est elle qui l'oriente. Je la sens à nos trousses.

— De quelle façon ?

— Elle m'a posé des questions sur Ramón Gonzalez, sur sa prothèse et sur sa fabrication, et sur qui l'a appareillé.

— Et alors ?

— Elle a beaucoup insisté sur l'appareillage de la

prothèse. Elle a passé vingt minutes dans l'atelier, m'interrogeant moi et les autres. S'il y avait eu un chien capable de détecter les explosifs avec elle, il se serait excité comme un fou. Et tout notre plan capotait.

— Mais elle n'était pas accompagnée d'un chien.

— Mais le service de protection du Président en aura, lui. Et Joanna Blalock doit les rencontrer demain après-midi. (Le contact laissa passer un autre avion.) Je vous préviens, encore un bon indice et Joanna Blalock est capable de reconstituer l'ensemble.

— Répandez du poivre de Cayenne dans la pièce, réagit Eva. Pas besoin d'en mettre beaucoup. Quelques grains par-ci par-là et ce sera suffisant.

— Cela couvrira l'odeur ?

— Provisoirement.

Eva savait que le poivre détournerait l'attention des chiens et les tromperait, mais des bêtes bien dressées repéreraient finalement le plastic.

— Quand Joanna Blalock et le service de protection doivent-ils se rencontrer ?

— Demain après-midi.

— Répandez le poivre autour des appareillages ce soir même. Et souvenez-vous qu'il en faut très peu.

— Et pour Joanna Blalock ?

— Si c'est nécessaire, je peux m'arranger pour qu'elle ne pose plus de questions ni à vous ni à personne.

— Plus facile à dire qu'à faire, la prévint le contact. Quelqu'un a tiré sur elle hier comme elle quittait l'appartement de Ramón Gonzalez. Depuis, un flic l'accompagne partout.

— Vous en êtes sûr ?

— Tout le monde vous le dira au Memorial. (Il soupira.) Ce n'était pas vous, au moins ?

— Mais non.

— En tout cas, il ne va pas être facile de l'approcher.

— J'ai compris.

— Une dernière chose.

— Quoi ?

— Ils ont votre portrait.

— Hein ! (Eva eut un coup au cœur, qui se mit à battre follement.) Qu... Quelle sorte de portrait ?

— Un dessin exécuté par un artiste de la police. Heureusement que vous aviez mis une queue-de-cheval. Pour le reste c'est très ressemblant.

— Mais vous pourriez me reconnaître ?

— Moi oui. Mais peut-être pas les autres. Pas du premier coup d'œil en tout cas. Ils vous ont dessiné des pommettes un peu trop hautes et une bouche un peu trop large.

— Ce n'est donc qu'une vague ressemblance ?

— Ouais. Mais quelqu'un vous a certainement déjà vue quelque part.

Qui ça ? se demanda Eva, cherchant dans sa tête. Elle était toujours déguisée et mettait différentes perruques quand elle allait dans un endroit nouveau, et cela aurait dû suffire... (Eva colla son oreille au téléphone.) Quelle perruque est-ce que je porte sur le dessin ?

— Vous avez vos cheveux coiffés en chignon.

Les pupilles d'Eva se rétrécirent à ce souvenir. Elle n'avait porté cette perruque que deux fois, et les deux fois c'était au Memorial Hospital. Une fois pour repérer les lieux dans le service de pathologie et une fois pour le faire sauter. Et elle se souvenait d'avoir croisé Joanna Blalock dans le couloir de la morgue.

— Y a-t-il un rapport entre Joanna Blalock et mon portrait ?

— Je n'en sais rien. Tout ce qu'on m'a dit, c'est que la personne dessinée était soupçonnée d'être responsable de l'explosion au Memorial.

Ce ne pouvait être que Joanna Blalock, se dit Eva. Personne d'autre ne m'a dévisagée. Mais comment a-t-elle pu se douter de mes desseins ? Elle avait dû rapprocher ses notes, entre ce que lui avait dit le flic dans le hall et la technicienne qui avait passé la tête dans le couloir. Mais c'était Joanna Blalock qui avait eu l'œil le plus sûr, et la seule capable de l'identifier dans une séance de tapissage.

— Joanna Blalock, répéta-t-elle pour elle-même.
— Vous croyez qu'elle est aussi à l'origine de ça ?
— Je pense qu'elle est à l'origine de tout.
— Elle pourrait tout faire capoter.
— Si on la laisse faire.
— Et encore une chose qui pourrait peut-être poser problème.
— Quoi encore ? fit Eva d'un ton irrité.
— Le bruit court que l'inauguration du nouvel institut pourrait se faire sur le perron. Ainsi que la remise des médailles.
— Quelles médailles ?
Eva écouta attentivement les détails de la remise de la médaille de la Liberté par le Président à Joanna Blalock et à ses collègues.
— Vous voulez dire qu'il se pourrait que le Président n'entre pas dans le nouveau bâtiment ?
— C'est le bruit qui court.
— Quelle tuile ! lâcha Eva.
Tous leurs plans pour assassiner le Président reposaient sur sa visite à l'intérieur du nouvel institut.
— Donc la remise des médailles fait partie de la cérémonie d'inauguration, c'est bien ça ?
— A ce qu'il paraît. Apparemment la visite du Président à Los Angeles rend le service de protection nerveux. Il veut tout grouper et réduire son séjour au minimum.
Eva essaya de réfléchir. La remise des médailles, c'était la clé. Si elle avait lieu sur le perron, le Président ne rentrerait pas à l'intérieur.
— Pouvez-vous vous faire confirmer où aura lieu la remise des médailles ?
— Je vais essayer. Mais personne ne peut le dire. Je crois que personne ne le sait.
— Moi je sais qui doit être au courant.
— Qui ?
— Je vous rappelle dès que j'ai le renseignement.
Eva raccrocha et quitta rapidement la galerie marchande. *Sacré bon Dieu !* jura-t-elle *in petto* une fois dans la rue. Les problèmes s'accumulaient. Si le Président n'entrait pas dans l'immeuble, ça devenait

franchement compliqué. Ils arriveraient probablement à le faire sauter quand même, mais à l'improviste et avec une forte probabilité de rater leur coup. Non, pensait-elle, il faut que le Président pénètre dans le bâtiment pour qu'on soit sûr de le tuer. *Ah ! Sacré nom de Dieu !* Et, pour tout arranger, voilà que son portrait circulait entre les mains de tous les flics à cent kilomètres à la ronde. Et ils allaient sûrement le diffuser dans les journaux télévisés. C'étaient les conséquences à court terme qu'elle redoutait le plus. Cela allait l'obliger à faire très attention à ses déguisements désormais. Et à ne sortir qu'en cas de nécessité absolue. A plus long terme elle s'en fichait. Elle avait déjà prévu de fuir au Costa Rica après l'assassinat et de s'y faire faire de la chirurgie esthétique. Elle changerait d'identité et disposerait de tout l'argent dont elle aurait besoin. Son père, le chef des Dix Justes, y pourvoirait.

Comme Eva montait sur le perron, Rudy lui ouvrit la porte.

— Referme tout de suite ! hurla-t-elle.

— Qu'est-ce qui ne va pas ? fit Rudy.

— Tout !

Eva revint d'un pas résolu dans la cuisine en se demandant que faire de Rudy. Quel crétin ! Quel foutu crétin ! Elle se pencha au-dessus de l'évier et s'aspergea le visage, puis s'essuya les joues avec un essuie-mains. Elle se retourna enfin vers Rudy, ayant repris le contrôle d'elle-même.

— Où étais-tu hier après-midi ?

Rudy fut immédiatement sur ses gardes.

— Je suis allé chercher des bricoles.

— C'est-à-dire ?

— Des cigarettes, des rasoirs. Des trucs comme ça.

— Et ça t'a pris deux bonnes heures, c'est ça ?

— Je me suis aussi un peu baladé en bagnole.

Eva se débarrassa de l'essuie-mains.

— Tu n'aurais pas fait un carton sur Joanna Blalock, par hasard ?

— C'est pas moi, dit aussitôt Rudy en secouant la

tête. Merde ! Sûrement pas ! Pourquoi j'aurais fait ça ?

Eva voyait à son comportement qu'il mentait. Ce crétin sans cervelle ! Il risquait de se faire prendre, et dans ce cas-là il déballerait tout pour sauver sa peau.

— Je veux que tu me dises la vérité.

— C'est pas moi, insista Rudy.

— Quel que soit le type qui a fait ça, c'est bien dommage qu'il l'ait ratée, dit-elle en essayant de s'y prendre autrement. La mort de Joanna Blalock m'aurait bien arrangée.

Rudy haussa les épaules, à deux doigts de se confesser. Mais il se retint. Il ne voulait pas risquer un job à cinq cent mille dollars. On lui en avait déjà viré cent mille dans une banque mexicaine. On lui virerait le reste une fois le Président mort. Il vivrait à l'aise pour le restant de ses jours.

— C'est un quartier rempli de gangs mexicains. C'est peut-être un des leurs qui a fait le coup.

— Peut-être.

— Je pourrais le savoir.

Elle secoua la tête.

— Ce qui est fait est fait.

— Ouais, sans doute.

Rudy s'approcha du plan de travail et ouvrit une boîte de bière. Il pensait à Maria Gonzalez et se demandait où elle avait bien pu planquer le reste de l'argent. Ils avaient déniché cinq mille dollars glissés derrière le portrait de Jésus. Il y en avait encore cinq mille quelque part, mais ils n'avaient pas réussi à les trouver. Et c'est ce qui avait poussé Rudy à y retourner le lendemain... pour mettre la main dessus. Mais ça grouillait de flics, et c'est pour ça qu'il était monté sur une terrasse d'immeuble afin d'observer la scène. Il ne savait pas trop pourquoi il avait ouvert le feu sur le flic et la femme médecin. Ça l'avait pris comme ça, une envie irrésistible et instinctive. Et il avait pris son pied.

Il se retourna et rencontra le regard méfiant d'Eva. Elle sait, se dit-il, elle sait parfaitement que je lui mens. La peur le traversa un instant. Il ne risquait pas seulement ses cinq cent mille dollars, mais aussi sa peau. La bande à Eva n'y allait pas par quatre chemins. Ils tuaient tous ceux qu'ils trouvaient en travers de leur route.

— Tu... tu es fâchée ?

Eva capta la peur dans ses yeux et se rendit compte instantanément que son visage reflétait ses sentiments. Elle sourit à Rudy, malgré sa méfiance grandissante. Mais il lui était utile. Pour le moment. Elle poussa un gros soupir.

— J'étais en train de me demander ce qu'il faut faire de Joanna Blalock.

— La tuer, répliqua Rudy. En faisant durer le plaisir.

— Je vais y réfléchir, dit-elle en quittant la cuisine.

31

Mardi 13 avril, 21 h 40

Jake vérifia toutes les fenêtres de l'appartement de Joanna, pour s'assurer qu'elles étaient bien fermées. Dans le séjour il écarta les rideaux et scruta la cour faiblement éclairée. Une pluie régulière tombait des nuages qui masquaient la lune.

Il referma soigneusement les rideaux et parla dans son talkie-walkie.

— Quoi de neuf ?

— Rien à signaler, dit le policier dont la voiture était garée près de l'entrée de l'immeuble.

— Moi non plus.

La seconde réponse émanait d'un appartement vide dans l'immeuble d'en face. Les policiers qui y étaient planqués disposaient de lunettes de vision nocturne pointées sur la porte de l'appartement de Joanna et le chemin d'accès.

— Restez en alerte, dit Jake.

Il entendit la douche s'arrêter. Il parcourut une dernière fois la salle de séjour, cherchant ce qu'il aurait bien pu négliger. La porte, les rideaux, les conduits de chauffage et de climatisation, le lustre. Tout avait été vérifié et sécurisé. Son regard accrocha la bûche qui brûlait dans l'âtre.

— Et la cheminée ?

Il eut de la friture pour toute réponse.

— Et la cheminée ? répéta-t-il.

— Hurley s'en est occupé cet après-midi, répondit

le policier posté dans la rue. Il a fait fixer dessus un treillis métallique avec un système d'alarme. Si un oiseau vient se poser dessus, il déclenche tout.

— Est-ce qu'on peut faire un trou dans le treillis ?

— Impossible. Il est en titane.

— Bien, fit Jake, et il reposa le talkie-walkie.

Joanna était dans le vestibule, en train de faire sécher ses cheveux avec une serviette.

— Ma parole ! On se croirait dans un camp retranché.

— C'en est un.

— Tu penses qu'ils ont toujours l'intention de nous tirer dessus ?

Jake secoua la tête.

— Ce sont des tireurs du dimanche. Sinon on serait déjà morts.

Il repensa au type qui avait fait feu depuis une terrasse. Les balles provenaient d'une arme semi-automatique. Si le tireur s'était servi d'un fusil à lunette, il les aurait tranquillement abattus tous les deux.

— Non. Ils ne vont pas recommencer.

— Alors comment vont-ils nous attaquer ?

— Avec une bombe.

Joanna arrêta net de s'essuyer les cheveux et dévisagea Jake.

— Tu parles sérieusement ?

— Oh que oui ! dit-il sans la moindre hésitation. Le plastic est leur spécialité. Et c'est pas difficile. Qu'ils brisent une vitre à l'arrière de la maison et lancent une bombe, et nous serons réduits en bouillie.

— Ça va agrémenter mes rêves.

— Je voulais simplement te prévenir.

Elle hocha la tête en soupirant.

— On n'est jamais à l'abri de poseurs de bombes bien décidés, hein ?

— Pas vraiment. Le mieux qu'on puisse faire est de les empêcher autant que possible de s'approcher.

— Et la plupart du temps c'est inefficace, dit Joanna en recommençant à se sécher les cheveux. Tu viens de le dire, ils peuvent briser la vitre de ma salle de bains avant que les policiers aient eu le temps de lever le petit doigt. C'est comme ça.

— A ceci près que ta fenêtre de salle de bains est protégée par des barbelés. Plus deux équipes canines qui patrouillent autour de l'immeuble. Avec chacune un rottweiller costaud auquel le plastic ne fait pas peur.

— On se croirait dans un camp de prisonniers.

— C'est un peu le cas.

— Qui aurait pensé que l'Amérique en arriverait là ?

— Bienvenue dans le Nouveau Monde ! dit Jake d'un ton amer.

Joanna sortit un grand peigne de la poche de sa sortie de bain et se coiffa. Elle observait Jake qui ajustait son pistolet dans l'étui fixé sous son aisselle. Il ne portait d'habitude jamais cette saloperie chez elle. Jamais. Mais ce soir c'était différent. Il allait probablement dormir avec.

Elle parcourut le séjour du regard. Tout était si calme en l'absence de Kate et de Jean-Claude. Elle s'attendait encore à le voir arriver chevauchant son fidèle balai. Mais elle savait qu'il n'en serait rien. Il était cloîtré avec sa mère dans un motel à bonne distance du Memorial. Et il ne comprenait pas pourquoi il était séparé de sa tante. Joanna soupira de nouveau. Comment parler de terroristes à un gamin de deux ans ?

Il y eut un bruit sourd au-dessus.

Jake porta la main à son pistolet, tout de suite sur ses gardes.

Joanna leva la tête et recula doucement. Puis elle entendit un bruit feutré de pas.

— C'est la voisine du dessus. Elle laisse sans arrêt tomber des choses.

Jake remit son arme dans son étui et se saisit du talkie-walkie. Il parla à l'équipe postée dans l'appartement d'en face.

— Rien à signaler ?

Après un grésillement la réponse arriva :

— La femme du dessus vient de rentrer.

— Décrivez-la, répliqua Jake.

— Petite, bien en chair, accompagnée d'un petit chien.

Jake jeta un regard interrogateur à Joanna, qui confirma.

— Appelez-moi chaque fois que quelqu'un entre ou sort, continua Jake dans le talkie-walkie.

— Bien reçu, répondit le policier. Mais là on n'avait aucune inquiétude. Elle a été contrôlée par les maîtres-chiens devant l'entrée.

— Je veux quand même qu'on me prévienne.

— On le fera.

Jake reposa le talkie-walkie et souffla un bon coup. Il fit doucement pivoter sa tête pour détendre sa nuque.

— Tu veux une bière ?

— Bien volontiers, dit Joanna.

Jake alla au bar et revint avec deux bouteilles bien fraîches. Il fit sauter les capsules et tendit une bière à Joanna.

— A des jours meilleurs ! proposa-t-il.

— Et qui durent longtemps ! ajouta-t-elle.

Joanna prit place sur le canapé et regarda Jake marcher de long en large. Malgré son énervement, elle continuait de réfléchir. Méthodiquement. Elle savait qu'il s'agissait de tueurs sans états d'âme, nullement gênés à l'idée de faire sauter un immeuble entier pour éliminer un obstacle à leur grand projet. Mais quel grand projet ? Quel immeuble voulaient-ils faire sauter ? A quelle institution allaient-ils s'attaquer ? Combien de personnes allaient mourir ? Et elle-même serait-elle encore là ?

Joanna ne se faisait aucune illusion. Les balles tirées au moment où elle sortait de chez Maria Gonzalez lui étaient destinées. Si elle n'avait pas plongé dans la voiture, ils lui éclataient la tête. Ils voulaient visiblement la tuer. Ils pourraient recommencer, et Jake serait ou ne serait pas là. Qu'est-ce qu'elle savait donc ? A ce point important pour eux ?

Son regard se posa sur le feu qui crépitait. Même la cheminée représentait un danger, se dit Joanna avec découragement, en se demandant si les terroristes pouvaient trouver un moyen de découper le treillis en titane. Ils n'auraient plus qu'à lâcher un pain de C-4 dans la cheminée pour réduire en fumée tous ceux qui se trouvaient dans la copropriété. Elle revoyait les victimes sorties des décombres à Hollywood Ouest. Elle avait dans les yeux l'image du pompier portant dans ses bras le cadavre d'un enfant. Une image qu'elle n'oublierait jamais. Pas plus que tous ceux qui l'avaient vue.

Joanna respira profondément, constatant que tout allait de travers pour elle depuis ce terrible événement. Tout ! Son univers personnel avait été bouleversé. Mais ça, ce n'était pas la faute de l'explosion.

Jake posa les yeux sur elle et vit son regard perdu. Il s'approcha du canapé et s'assit près d'elle.

— Ça va ?

Elle posa la tête sur son épaule.

— J'aurais dû te le dire.

— Me dire quoi ?

— Te parler de Paul du Maurier.

Jake haussa les épaules.

— C'est ton affaire.

— Tu m'en veux ?

— Plus maintenant.

Joanna esquissa un faible sourire.

— Bien sûr que si.

Jake grogna doucement.

— Si tu connais d'avance la réponse, pourquoi me poses-tu la question ?

— Autrement dit, tu es toujours fâché.

— Un peu, reconnut-il. (Il alluma une cigarette et envoya la fumée au plafond.) L'ennui avec moi c'est que je ne prends conscience de l'importance des choses qu'au moment de les perdre.

— Bienvenue au club !

Joanna lui prit sa cigarette des mains et tira une bouffée avant de la lui rendre.

— Je t'avais presque sorti de ma tête, Jake. Presque.

— Tu m'avais complètement oublié ?

— Je ne cherchais pas à t'oublier, dit-elle avec candeur. Mais à ne plus t'aimer.

Jake lui pressa doucement l'épaule.

— Je crois que le destin nous a liés l'un à l'autre pour le meilleur et pour le pire.

— Moi aussi, dit Joanna en fixant les braises, mais avec dans les yeux l'image de Paul du Maurier lui souriant.

— Je souffre encore, Jake. Une satanée douleur qui persiste. Il va me falloir un moment pour m'en remettre.

— Laisse faire le temps, conseilla Jake. Accepte ta souffrance et continue à vivre.

— C'est ce que tu as fait à la mort d'Hélène ?

— Ouais.

— Et ça a marché ?

— J'ai fini par te rencontrer, non ?

Au-dehors la pluie redoublait, martelant les vitres. L'orage éclata au loin, suivi du grondement du tonnerre. L'appartement trembla.

— Tu dors ici ? demanda Joanna en se levant.

— Ouais, fit Jake. Je veux rester près de la porte. Au moindre bruit suspect tu te réfugies dans ton placard et tu te recouvres avec tout ce que tu trouves. Compris ?

— Compris. (Joanna se pencha et l'embrassa sur la joue.) Merci de rester avec moi, Jake.

— C'est la moindre des choses.

— Bonne nuit, dit-elle en quittant la pièce.

Jake méditait en regardant le feu se transformer peu à peu en cendres. C'est comme la vie, pensait-il. Tout va pour le mieux, il n'y a pas un nuage à l'horizon. Et puis brutalement survient la catastrophe. On est à la merci des événements, ou du destin. Appelez ça comme vous voudrez. Il revit en pensée celle qui avait été sa femme, Hélène, et la douleur de son absence. *Bon Dieu ! J'étais complètement déboussolé. Et j'ai mis un temps fou à m'en remettre.* Joanna réagissait bien mieux que lui. Au moins elle restait efficace. Elle va très bien s'en tirer, voulut-il croire.

D'ailleurs elle avait souri plusieurs fois au cours de la soirée. La plaie commençait à se refermer.

Mais Jake ne tarda pas à être détrompé. Derrière le bruit de la pluie il put entendre Joanna pleurer en s'endormant.

32

Mercredi 14 avril, 14 h 20

Jake et Lou Farelli passèrent les barrières de béton qui cernaient l'immeuble fédéral dans la partie ouest de Los Angeles. Entre les barricades et le bâtiment, des gardes patrouillaient avec des chiens policiers.

— Tu vois un peu ce bordel ! cracha Farelli. Regarde ce qu'une poignée de terroristes arrive à nous faire faire.

— Et ce n'est rien encore, le prévint Jake. Tu vas voir le 19 avril. Tous les bâtiments fédéraux à cent kilomètres à la ronde seront transformés en bunkers.

— Et les terroristes vont quand même frapper, d'après toi ?

— C'est sûr. On ne peut pas sécuriser chaque porte et fenêtre de chaque immeuble. C'est strictement impossible. Et souviens-toi que ces terroristes savent parfaitement exploiter la moindre faille.

Il hocha la tête en repensant à l'explosion du Memorial Hospital. Il y avait deux portes gardées par deux policiers dans un couloir désert et les terroristes avaient quand même réussi à poser leur bombe et à tuer un flic par la même occasion.

— Ils vont nous faire sauter sous le nez un machin important.

— Si on ne les coince pas avant.

— Il ne nous reste que cinq jours d'ici le 19. Ça nous laisse combien de chances de leur mettre la main dessus ?

Farelli haussa les épaules.

— On peut avoir du bol.

— C'est ça. Quand les poules auront des dents !

Ils montèrent sur le trottoir. Même les boîtes aux lettres, normalement accessibles sans descendre de voiture, avaient été retirées. Toute la rue était maintenant en zone rouge. Le stationnement et l'arrêt étaient interdits. Un motard de la police surveillait la circulation. Il reconnut Jake et Farelli et esquissa un salut.

Ils pénétrèrent dans l'immeuble de vingt étages et leurs identités furent vérifiées par deux gardiens armés. Ils durent également déposer leurs plaques de police et leurs armes dans une cuvette en plastique avant de passer le portique de détecteur de métaux. Un berger allemand les regarda avec méfiance avant de détourner son attention.

Dans l'ascenseur Jake constata que la trappe de plafond était dévissée.

— Que regardes-tu ? demanda Farelli.

— Je réfléchissais, dit Jake en se mettant sur la pointe des pieds pour atteindre la trappe. (Elle se souleva sans résistance.) Tout le monde s'attend à ce que les terroristes s'insinuent quelque part et posent une bombe, d'accord ?

— D'accord.

— Mais qui dit que la bombe n'est pas déjà en place ?

— Parce que les chiens l'auraient repérée.

Jake montra la trappe.

— Et si les terroristes étaient grimpés par là et avaient fixé une bombe contre la paroi de la cage d'ascenseur. A moins d'envoyer un chien flairer à l'intérieur, ce n'est pas repérable. Et il y a sûrement mille failles de ce genre un peu partout.

— Seigneur ! siffla Farelli entre ses dents. On n'est à l'abri nulle part.

— A qui le dis-tu !

Ils ressortirent de l'ascenseur et se hâtèrent vers les bureaux de la direction du FBI. Ils durent prouver à nouveau leur identité. Puis on les conduisit au bout d'un couloir dans une vaste salle de réunion. Dan Hurley les y attendait en compagnie d'un inconnu.

— Excusez notre retard, dit Jake.

— Ce n'est rien.

Hurley se leva et les présenta à William Kitt, chef du service « Terrorisme national ».

— Prenez place, messieurs, leur dit Kitt avec courtoisie. On nous envoie par fax les dernières nouvelles.

Jake jeta un coup d'œil au fax, se demandant pourquoi on les avait convoqués d'urgence. On ne lui avait expliqué ni le pourquoi ni le comment, simplement demandé de se rendre de toute urgence au quartier général du FBI. La première feuille sortit du fax, et Kitt s'en saisit aussitôt.

Hurley ne put garder la nouvelle plus longtemps.

— Jake, on sait qui ils sont.

Jake releva les sourcils.

— Vous avez les noms ?

— Et les visages.

Le lieutenant se pencha vers Hurley par-dessus la table.

— Vous en êtes bien sûrs ?

Hurley hocha la tête.

— On a relevé des empreintes partielles sur le portefeuille que vous avez découvert dans le sac de camping enterré. Et d'autres encore plus nettes sur la lame de rasoir que Farelli a trouvée dans la cuisine de la femme assassinée.

Jake regarda Farelli et leva le pouce pour le féliciter. Personne n'avait réussi à trouver la lame qui avait servi à taillader Maria Gonzalez. Tout le monde avait renoncé jusqu'à ce que Farelli décide de fouiller la poubelle. Et elle était bien là, déformée mais intacte.

— Et les deux empreintes correspondent, continua Hurley. C'est le même individu.

Jake revit en mémoire la jeune femme torturée au rasoir. Elle avait été entaillée sur tout le corps. Il ne voulait même pas imaginer le martyre qu'elle avait souffert. Il sortit son calepin.

— Vous avez le nom de cette ordure de sadique ?

— Rudolph Payte, dit Hurley. Ses copains l'appellent Rudy.

— Ce n'est pas un mince salaud, ajouta Kitt tout en rassemblant les feuilles du fax. Mais commençons par l'organisation à laquelle il appartient.

Kitt leur décrivit le groupe extrémiste en détail. Il avait l'air de se contenter de lire le fax, mais on voyait bien qu'il savait déjà plein de choses sur ce groupuscule.

— Ils se sont donné pour nom les Dix Justes. Tous professent la suprématie de la race blanche et sont violemment opposés au gouvernement fédéral et à ses lois. Il y a quelques années ils se sont installés sur un territoire inhabité de cinquante kilomètres carrés dans le nord de l'Idaho et ont proclamé leur indépendance. Ils ont construit tout un ensemble, ont fermé les routes, ont refusé de payer des impôts et se sont mis à tirer sur tous les intrus. Lorsqu'un agent fédéral est venu leur remettre une injonction, ils l'ont abattu délibérément pour violation de leur territoire.

« Cet agent fédéral avait une femme et deux gosses, poursuivit Kitt d'une voix grave. (Il respira profondément.) Quelques jours plus tard les fédéraux sont arrivés en force et ont donné l'assaut. Ce fut une vraie bataille. Les bâtiments ont brûlé et la plupart des adeptes ont péri dans l'incendie. Quelques-uns ont été abattus. Malheureusement Walter George Reineke, leur chef, a réussi à s'échapper. Et avec lui son garde du corps, Rudy Payte.

— Qui n'était donc pas un véritable adepte ? intervint Jake.

— Sauf si vous le payiez assez pour ça. Toujours est-il que nous avons cru le groupe liquidé et anéanti à jamais. On s'est visiblement trompés.

— Et qui est la femme que nous cherchons ? demanda Jake.

— La fille de Reineke, Eva.

Kitt leur passa une feuille de fax avec la photo d'Eva. Elle était assez imprécise, mais il était clair que c'était la même femme que sur le portrait-robot de la police.

— C'est le cerveau qui dirige les attentats.

— D'où tient-elle sa science ?

— C'est nous qui lui avons appris, répondit Kitt. Eva s'est engagée dans l'armée à la sortie du lycée et est devenue spécialiste en mines. Particulièrement en plastic et en dispositifs à retardement. Tellement bonne qu'on l'a jugée apte à entrer dans les Forces spéciales. Elle en a fait la demande et a été prise aussitôt. Ses progrès ont été jugés remarquables. Mais, une semaine avant de recevoir le béret vert, elle a été renvoyée pour faute grave.

— C'est-à-dire ?

— Pour avoir rejoint une organisation paramilitaire et avoir tenté d'y enrôler ses camarades.

— Et certains l'ont suivie ? demanda Jake.

— Oui, Rudolph Payte. Viré également pour le même motif.

Kitt leur tendit des photos de Walter George Reineke et de Rudy Payte.

— On va les diffuser auprès de tous les services de police du district de Los Angeles. Ainsi qu'à la télévision. Le 19 avril, ceux qui contrôleront les entrées des immeubles fédéraux auront leur photo sous les yeux.

Jake repensa à la première explosion, celle d'Hollywood.

— On devrait également montrer ces clichés dans les supermarchés et supérettes des quartiers ouest.

— Et dans les aéroports, les gares, les gares routières... renchérit Hurley.

Farelli jeta un coup d'œil aux photos des trois terroristes. Ils avaient l'air si ordinaires, comme la foule dans les stades.

— Avec ça on est sauvés.

— Pas tant que ça, prévint Kitt. Les terroristes nationaux sont ceux qui nous donnent le plus de fil à retordre. Ils parlent parfaitement notre langue. Ils sont indiscernables. Ils connaissent notre manière de vivre. Ils connaissent aussi parfaitement le terrain. Ils sont parfaitement adaptés puisqu'il n'y a pas de différence entre eux et nous.

On frappa à la porte et un grand gaillard du FBI entra dans la pièce. Il remit une enveloppe à Kitt.

— Voici les photos qui viennent d'arriver, monsieur, dit-il. Elles sont bien meilleures.

— Très bien.

Kitt ouvrit l'enveloppe et examina les nouveaux tirages couleur.

— Avez-vous fini de comparer la liste des Dix Justes avec celle des employés du Memorial ?

— Oui, monsieur. Ça n'a rien donné.

Kitt soupira.

— Encore un coup pour rien.

— Monsieur, une partie des femmes qui sont mortes dans la colonie de l'Idaho avaient des initiales intermédiaires. Peut-être celles de leur nom de jeune fille.

— Vérifiez-moi ça le plus rapidement possible.

— On est en train mais ce n'est pas facile. Aucune n'avait de numéro de sécurité sociale et le tribunal où étaient entreposés leurs dossiers a entièrement brûlé.

— Merde ! grommela Kitt.

— En effet, monsieur.

— Continuez.

Kitt attendit que l'agent se soit retiré pour montrer les photos à ses interlocuteurs.

Il se renversa sur sa chaise, réfléchissant aux problèmes posés par la chasse aux terroristes. Sans un tuyau ou un informateur, il serait pratiquement impossible de les coincer avant qu'ils ne passent à l'action. C'est pourquoi dénicher leur soi-disant ami au Memorial avait tant d'importance. On arriverait peut-être à lui mettre suffisamment la pression pour le faire parler.

Farelli grommela dans sa barbe devant la photo de Rudy Payte.

— D'où sort une telle vermine ?

De n'importe où, eut envie de répondre Kitt. De tous les coins d'Amérique. Ils vivent en colonies depuis le nord-ouest de la côte Pacifique jusqu'aux déserts du Sud-Ouest et même plus loin que les Ozark. Tous endoctrinés à fond et décidés à détruire le pays pour tout reconstruire à leur idée.

Kitt considérait les terroristes du pays comme la seule grande menace pour l'Amérique. Et elle augmentait de jour en jour. Ses agents enquêtaient en ce moment même sur près de mille cas de menace terroriste venant de l'intérieur. Elle était parfois très directe, sous forme de lettres envoyées aux services fiscaux. D'autres étaient plus diffuses, comme récemment le vol non élucidé de vingt-cinq tonnes de nitrate d'ammoniaque chez un grossiste en engrais de Virginie. Cela représentait douze fois la quantité utilisée dans l'attentat à la bombe contre l'immeuble fédéral d'Oklahoma City. Kitt se demanda si une partie n'avait pas été acheminée jusqu'à Los Angeles.

Non, décida-t-il. Eva était une spécialiste du plastic. Elle ne se servirait pas de quelque chose d'aussi encombrant que du nitrate d'ammoniaque. A moins qu'elle ait un plan de rechange. Les meilleurs terroristes en avaient toujours un.

Il regarda sa montre. Dans vingt minutes il devait rencontrer les agents chargés de la protection du Président.

— Je vous fais tirer une épreuve de ces photos avec les autres particularités physiques des terroristes.

Jake examina la photo de Walter George Reineke. Il avait l'air d'un grand-père, avec de rares cheveux gris et un sourire bienveillant. Mais ses yeux étaient petits, sombres, glacials. Des yeux de tueur.

— Comment devient-on terroriste ?

— Après que votre femme, votre fils et votre belle-fille ont été brûlés vifs dans l'incendie d'une colonie. Ce dont il tient le gouvernement fédéral pour responsable.

Jake passa à la photo d'Eva Reineke.

— J'imagine qu'Eva n'était pas là au moment de l'attaque.

— Bien sûr que si. Selon un témoin, le vieux a fait

s'échapper Eva et Rudy par un tunnel secret qu'il était le seul à connaître.

— Et pourquoi n'a-t-il pas emmené le reste de sa famille ?

Kitt regroupa les photos et les mit en tas. Puis il se leva.

— C'est une question à poser à Walter George Reineke.

33

Jeudi 15 avril, 10 h 18

— Les flics suivent Joanna Blalock partout, dit Rudy.

— Ils sont combien ?

— Deux. L'un l'accompagne dans l'hôpital. L'autre reste dans la voiture pie et surveille sa bagnole.

— C'est laquelle ?

Rudy pointa le doigt à travers le pare-brise.

— La BMW bleue, juste à côté de la place réservée aux handicapés.

Ils étaient assis dans une fourgonnette Chevrolet verte au fond du parking derrière le Memorial Hospital. Le soleil du matin leur tapait dans les yeux. Tous les deux portaient des casquettes de base-ball et de grandes lunettes noires.

Eva observa la voiture de police postée près de l'entrée à l'arrière du parking. Elle était placée afin de permettre au flic de voir arriver de loin ceux qui entraient comme ceux qui sortaient.

— Blalock ne quitte pas l'hôpital de la journée ?

— En général. Mais hier elle est sortie manger un morceau.

— Où ça ?

— Dans un square à quelques rues d'ici. Il doit être surtout fréquenté par les gens qui travaillent à l'hôpital. J'y ai vu un tas de médecins et d'infirmières. Et une bande d'enfants sur la pelouse. L'ambiance est familiale.

— Joanna Blalock était seule ?

— Non. Avec un flic sur ses talons.

Rudy est tellement fidèle, pensa-t-elle. Dommage qu'il soit aussi con.

— Je voulais dire : y a-t-elle rencontré quelqu'un ?

Rudy réfléchit.

— Attends, un gamin a couru vers elle et l'a appelée tante Joanna.

— Le gosse était accompagné ?

— Par sa mère.

Eva plissa les yeux derrière ses lunettes de soleil. Ainsi donc Joanna Blalock avait une sœur et un neveu. Intéressant.

— Ils sont restés dans ce square ?

— Juste quelques minutes, répondit Rudy. Puis ils sont allés dans la rue derrière voir le marchand de glaces.

— Le flic ne les a pas quittés ?

— Il suivait à trois ou quatre mètres.

— Et la voiture de police ?

— Elle est allée se placer le long du trottoir, face au marchand de glaces. Je te l'ai dit. Ils ne la lâchent pas d'une semelle.

Eva rabattit le pare-soleil et prit un chewing-gum. Elle rumina tranquillement ce qu'elle venait d'apprendre sur Joanna Blalock, sa sœur, son neveu et les flics qui les protégeaient. Elle cherchait le point faible. Elle en trouva deux sur-le-champ. Tous les deux risqués. Beaucoup trop.

— Oublions-la, tout simplement, dit Rudy, interrompant ses pensées.

Eva secoua la tête, essayant de ne pas se laisser distraire par Rudy. A un moment ou à un autre il allait falloir séparer les deux flics qui gardaient Joanna Blalock, qu'ils ne se voient plus. Comment faire ?

— Je ne vois pas pourquoi...

— Ce n'est pas ce qu'on te demande, répliqua sèchement Eva, ayant perdu le fil de sa pensée. Mais je vais quand même t'expliquer les raisons, alors ouvre tes oreilles. (Elle énuméra sur ses doigts) :

primo, Blalock m'a suffisamment vue de près pour donner ma description aux flics. Au point que la police a pu reconstituer mon portrait.

— Quelle merde !

— Ce qui veut dire qu'elle peut m'identifier ou me reconnaître sur une photo qu'aurait de moi le FBI.

— Quelle merde ! répéta Rudy.

— De plus c'est elle qui mène l'enquête, poursuivit Eva. Sans elle la flicaille s'écroulerait comme un château de cartes. C'est elle qui oriente toutes leurs recherches.

— Oui, mais il ne reste que quatre jours.

— C'est amplement suffisant pour quelqu'un d'aussi pointu que Joanna Blalock. Et n'oublie pas que tout tourne autour du Memorial Hospital, d'une façon ou d'une autre. Ce qui fait que les flics du FBI et de l'ATF la mettent au courant de tout. Ils ont besoin de ses connaissances.

Rudy approuva lentement, comprenant enfin.

— C'est elle qui alimente le cerveau.

— Non, elle *est* le cerveau. Tout ce que les flics et les fédéraux savent passe par elle.

Et cette Blalock sait certainement si les médailles doivent être remises sur le perron ou à l'intérieur, pensa Eva. Information primordiale pour l'exécution de leur plan.

— Dis donc, tu n'aimerais pas t'introduire dans la tête de Blalock pour savoir où en sont les flics, exactement ?

— Oh que si ! fit Eva en se disant que parfois Rudy n'était pas aussi idiot qu'il en avait l'air.

Elle repensa à Joanna Blalock et à sa famille dans le square puis au marchand de glaces.

— Est-ce que sa sœur et son neveu sont revenus à l'hôpital avec Joanna Blalock ?

— Non, dit Rudy. Ils se sont embrassés et dit à demain.

— Aujourd'hui, donc.

— Ouais.

— Et où doivent-ils se revoir ?

— Au square, j'imagine.

Eva sourit.

— On a besoin d'un landau. Avec une grande capote.

— Tout de suite ?

— Immédiatement.

— Pour quoi faire ?

— Tu verras bien.

12 h 25

Jean-Claude traversa la pelouse en courant, les bras tendus vers Joanna.

Elle s'accroupit et serra le garçonnet dans ses bras.

— Tu sais que tu es beau ?

Jean-Claude sourit de bonheur.

— Tu es content ?

Jean-Claude fit signe que oui et, remontant les jambes de son pantalon, montra ses bottes de cow-boy toutes neuves.

— Superbes !

Jean-Claude embrassa Joanna sur la joue.

— On va chercher une glace ?

— Oui, tout à l'heure. Va jouer d'abord.

Elle regarda son neveu s'éloigner en galopant sur son cheval dans un monde imaginaire que seuls les enfants savent créer. Il salua en passant sa mère, assise sur un banc, puis poursuivit sa chevauchée en imitant un cow-boy menant son troupeau.

Joanna vint s'asseoir près de Kate.

— Il ne s'arrête jamais ?

— Seulement une fois le bétail rentré.

— Où a-t-il pris cette passion pour les cow-boys ?

— Dieu seul le sait.

Kate alluma sa cigarette avec un briquet jetable et aspira la fumée.

— Il doit même en rêver la nuit.

— Tu t'es remise à fumer ?

— Depuis que j'ai appris qu'on cherche à te tuer.

Joanna lui prit la cigarette et aspira une bouffée avant de la lui rendre.

— Dans quelques jours ce sera fini. Les terroristes n'auront plus aucune raison de s'attaquer à moi.

— Comment peux-tu en être sûre ?

— Parce que le 19, ils... (Elle s'arrêta au milieu de sa phrase en se rendant subitement compte qu'elle risquait d'être indéfiniment menacée. Même après l'attentat ils chercheraient peut-être à la tuer. Elle se demanda encore une fois ce qu'elle savait de si important à leurs yeux. Elle jeta un regard vers le policier en uniforme qui se tenait à trois mètres.) En principe les terroristes vont s'évanouir dans la nature après leur méfait.

— Et définitivement, avec un peu de chance. (Kate écrasa sa cigarette par terre, puis scruta le visage de Joanna.) Tu as l'air crevée.

— Les nuits sont longues.

— Malgré la présence de Jake ?

Joanna haussa les épaules.

— Les bruits me réveillent. Ou je fais des rêves.

— Tu penses toujours beaucoup à Paul ?

— Moins maintenant, mentit Joanna.

La nuit précédente, elle avait rêvé qu'elle était encore avec Paul du Maurier. Elle se sentait bien au réveil. Puis elle s'était rendu compte que ce n'était qu'un rêve et avait fondu en larmes.

Jean-Claude passa en coup de vent, juste le temps de donner un baiser à sa mère. Puis il laissa passer une jeune femme poussant un landau, avant de s'éloigner en galopant.

Joanna jeta un regard au landau et à la jeune femme qui le poussait. Elle avait de longs cheveux roux et portait une casquette de base-ball à la visière rabattue sur les yeux pour les protéger du soleil. De profil elle paraissait très jeune, vingt-cinq ans tout au plus. Et son ventre proéminent révélait une nouvelle grossesse. Joanna essaya d'apercevoir le bébé, mais la capote l'en empêcha. Elle détourna le regard et le posa sur son ventre plat.

Elle poussa un profond soupir. Elle approchait la

quarantaine, les années s'envolaient. Elle ne serait jamais enceinte, n'aurait jamais ni enfants ni famille.

Dans la rue une moto passa en vrombissant et s'arrêta au feu rouge. Le motard avait le crâne et la barbe rasés. Ses bras étaient couverts de tatouages. Le policier se mit aussitôt devant Joanna, lui bouchant la vue. Il porta la main à sa ceinture, libérant la lanière de son pistolet. Il ne quittait pas des yeux le skinhead. L'autre flic était sorti de sa voiture, se servant de la portière ouverte comme d'un bouclier. Les secondes passèrent. Le feu passa au vert. Le motocycliste mit les gaz et redémarra.

Kate poussa un soupir de soulagement.

— Je ne sais pas comment tu fais pour supporter ça.

— Je n'ai pas le choix.

— Bien sûr que si, répliqua Kate. Tu sautes dans un avion et tu te barres à dix mille kilomètres d'ici.

Joanna secoua la tête.

— Quand ils le veulent, ils te retrouvent toujours.

— Mais tu m'as dit qu'ils te laisseraient tranquille une fois leur attentat perpétré.

— J'ai dit qu'il y avait des chances, corrigea Joanna. Mais ils peuvent très bien continuer à me pourchasser. Il n'y a aucune garantie.

— Doux Jésus ! gémit doucement Kate.

— Ici ou ailleurs, c'est pareil.

Kate prit une cigarette mais ne trouva pas son briquet dans sa poche. Il était passé par un petit trou dans la doublure de sa veste. Elle eut du mal à le récupérer et alluma sa cigarette.

— Tu n'es pas perturbée dans ton travail au milieu de tout ça ?

— J'ai du mal.

— Tu arrives à te concentrer ?

Joanna sourit faiblement.

— J'ai peur d'être tuée en permanence. Et crois-moi ou pas, ce genre de crainte vous tient drôlement en haleine.

Kate sourit à son tour.

— Tu es vraiment un cas.

— Sans doute.

— Est-ce que l'identification de ces salopards avance ?

— Nous savons qui ils sont. On connaît maintenant leurs noms et leurs visages.

— Géant !

— Ça paraît géant sur le papier, dit Joanna d'une voix blanche. Mais savoir qui c'est, c'est une chose. Leur mettre la main dessus avant qu'ils ne déclenchent une bombe, c'est une autre affaire.

Joanna raconta à Kate sa conversation téléphonique avec Jake ce matin même. Elle lui décrivit en détail Eva, Walter George Reineke, Rudy Payte, le groupe terroriste auquel ils appartenaient et dans quelles circonstances il avait été créé.

— Ils se sont baptisés les Dix Justes.

Kate écarquilla les yeux.

— Tu as bien dit les Dix Justes ?

— Oui, répéta Joanna, voyant le visage effaré de sa sœur. Et alors ?

— Il va nous arriver quelque chose de terrible, dit Kate d'un air sombre. Un grand massacre.

— Qu'en sais-tu ?

— Le nom qu'ils portent, expliqua Kate, est prémonitoire.

Joanna tendit l'oreille.

— Raconte-moi.

— C'est dans la Genèse. Quand Yahvé décida de détruire Sodome et Gomorrhe, Abraham essaya de l'infléchir. Il lui fit remarquer que, si Dieu détruisait ces villes, il tuerait les innocents comme les coupables. Yahvé reconsidéra la question et déclara qu'il épargnerait ces villes si Abraham lui dénichait dix justes dans Sodome. Seulement dix. Abraham échoua, et le résultat fut l'un des plus grands génocides de la Bible... La destruction de Sodome et Gomorrhe.

Joanna frissonna.

— Bon Dieu ! Qu'est-ce qu'ils nous mijotent ?

— Une catastrophe, ça c'est sûr.

Des zélotes, pensa Joanna avec dégoût, qui se prétendent la main de Dieu. Même pour massacrer des bébés ou étrangler un innocent hospitalisé. A leurs yeux, c'est la volonté divine. Joanna regarda sa sœur, repensant au nom du groupe tiré de la Bible. Elle se demandait si cela ne pouvait pas donner des indices sur ces terroristes.

— D'où vient ta science sur Sodome et Gomorrhe ?

— De nulle part. Il y a quelques années mon mari faisait des fouilles archéologiques, et lui et son équipe ont découvert ce qu'ils ont pensé être les ruines de Sodome. Leurs arguments étaient solidement étayés, et il a fait une communication sur ses découvertes au cours d'une conférence à Paris. Je ne fais que répéter ses propos. (Elle se passa la main dans les cheveux et les lissa en arrière.) On plaisantait en se demandant ce qui se passerait si Dieu exigeait qu'on lui trouve dix justes à Paris. Ça me fait moins rigoler aujourd'hui.

Jean-Claude passa en coup de vent, poursuivant d'imaginaires hors-la-loi. Il fit un cercle autour du policier avant de s'éloigner de nouveau.

— Est-ce que ces tordus portent des signes particuliers ? demanda Kate. Quelque chose qui permette de les distinguer ?

— Pas dans leur apparence physique. Mais Walter George Reineke a un asthme sévère.

— Et alors ?

— Il a été repéré dernièrement à San Diego et serait en route pour Los Angeles, poursuivit Joanna sur un ton professionnel. Ici l'air est malsain, rempli de brumes saturées de gaz et autres polluants. Ça pourrait déclencher une sévère crise d'asthme, résistante aux médicaments qu'il prend d'habitude. Il se retrouverait aux urgences.

— Et sa photo est placardée aux murs de tous les services d'urgence de Los Angeles, c'est bien ça ?

Joanna hocha la tête.

— Et son nom est listé dans tous les ordinateurs des pharmacies, au cas où il voudrait faire renouveler le traitement qu'on lui a prescrit dans l'Idaho.

Kate lança un regard admiratif à Joanna.

— Sœurette, je ne voudrais pas t'avoir à mes trousses.

— Les terroristes partagent apparemment ton opinion, dit Joanna, même s'il lui semblait futile de s'imaginer retrouver le chef du groupe grâce à ses problèmes de santé. (Les services d'urgence de Los Angeles étaient débordés le week-end et le personnel avait à peine le temps de regarder le visage des malades. Il suffisait que Walter George Reineke porte des lunettes de soleil et mette une fausse moustache, et personne ne le reconnaîtrait.) C'est un sacré travail, murmura-t-elle, plus pour elle-même que pour Kate.

— C'est toujours mieux que rien.

— J'espère. (Joanna se leva et tira sur sa jupe.) As-tu envie d'une glace ?

— Pas tellement, dit Kate en faisant signe à Jean-Claude de venir. Mais je connais un amateur.

13 h 02

Rudy Payte était allongé à l'arrière de la fourgonnette Chevrolet, transpirant à grosses gouttes. Toutes les vitres étaient remontées et le soleil de midi tapait un maximum, faisant monter la température dans la bagnole à plus de 37 degrés. Rudy pesta contre la chaleur, l'humidité et la sueur qui dégoulinait. Mais il était surtout fâché de se trouver en si mauvaise posture à cause des ordres d'Eva. La fourgonnette était garée sur un emplacement réservé aux livraisons juste devant la boutique du marchand de glaces. Et de l'autre côté de la rue stationnait la voiture pie qui escortait Joanna. Putain de merde ! Putain de merde ! Le flic va sûrement s'apercevoir que quelque chose cloche et venir regarder la fourgonnette de plus près. Ce qui va m'obliger à le descendre. Qu'est-ce qui est passé par la tête d'Eva ? Il avait un flic sous le nez, et un autre était chez le marchand de glaces avec les Blalock. Et il y avait de la circulation. Pas moyen de démarrer en trombe, à supposer qu'ils soient encore en vie. Quel plan à la con ! Si on pouvait appeler ça un plan.

Eva ne lui avait rien expliqué. Elle lui avait simplement dit de rester allongé dans la camionnette et de ne pas regarder par la vitre. Quand il entendrait deux grattements à la porte latérale il lui faudrait ouvrir, puis se mettre au volant et démarrer. C'est ça ! Et les flics lui diraient au revoir ! Merde ! Elle va nous faire tuer ! Rudy respira profondément pour essayer de se calmer. Encore quatre jours, se répéta-t-il, et je serai en train de bronzer sur une plage de Mexico. Avec cinq cent mille dollars sur un compte en banque.

Il y eut un frottement léger sur le pare-brise.

Rudy empoigna son semi-automatique, tous ses sens immédiatement en alerte. Ça ne peut être que le flic, se dit-il. Il restait parfaitement immobile, le cœur battant. Il se demanda si le flic allait essayer les portières. Elles étaient verrouillées, à l'exception de la portière latérale près de Rudy. Si le flic l'ouvrait, Rudy le tuerait et démarrerait. Il n'aurait pas le choix. Eva n'aurait qu'à se débrouiller toute seule.

Le bruit sur le pare-brise se répéta. Il rampa sur quelques centimètres afin de glisser un œil entre les sièges. C'était une grosse contractuelle qui glissait une contredanse sous l'essuie-glace. Qu'est-ce que j'en ai à foutre, de ton ticket. Le mec à qui j'ai piqué la bagnole n'aura qu'à payer.

Rudy reprit sa position initiale. Il avait du mal à respirer dans une telle chaleur. La température ne cessait de monter. Rudy saisit une petite bouteille d'eau minérale qu'il but d'un trait. Il se demanda combien de temps il devrait rester là et surtout combien de temps il allait tenir le coup. Encore un quart d'heure et sa cervelle serait liquéfiée. Il reprit la bouteille et la renversa dans sa bouche pour en tirer les dernières gouttes.

Il entendait rouler les voitures, puis ce fut le rire d'un petit enfant. Il eut envie de regarder, mais Eva lui avait interdit de se montrer. Il entendit un nouvel éclat de rire, plus près encore. Cette fois il ne put résister. Il se releva doucement et glissa un œil au bas de la vitre. Les Blalock entraient dans la boutique du marchand de glaces, un flic sur les talons. Il vit aussi Eva arriver sur le trottoir, poussant un landau.

Rudy se baissa et fixa le silencieux sur son pistolet. Puis il attendit.

— Chocolat, commanda Jean-Claude à l'homme derrière le comptoir.

— Une ou deux boules ?

Jean-Claude leva un regard interrogateur vers sa mère. Elle leva un seul doigt. Jean-Claude en fit autant.

— Il adore aussi les petits morceaux de praline.

Le marchand prépara le cône de glace et le tendit à Jean-Claude.

— Voilà, mon petit.

— Merci beaucoup, dit Jean-Claude avec un sourire.

Le marchand, à la barbe blanche et frisée, portait un tablier rouge par-dessus son gros ventre. Jean-Claude trouvait qu'il ressemblait au père Noël. L'enfant picora un à un les bouts de praline.

— Encore, maman !

— Tout de suite.

Le marchand remit une couche de praline.

— Vous le gâtez trop, fit Kate.

Le marchand hocha la tête d'un air entendu.

— Je suis là pour ça.

La baraque était bondée de gens venus déjeuner. Toutes les tables et les tabourets étaient pris. Il ne restait même pas la place de se mettre contre le mur.

— On devrait ressortir, dit Joanna.

Leur ange gardien les précéda au soleil. La circulation était dense. Il laissa passer les voitures et les gros camions et fit un signe amical vers la voiture pie garée en face.

Une jeune femme s'approchait en poussant un landau.

Le policier recula pour la laisser passer.

Le landau se trouvait maintenant entre le policier et les Blalock. Le flic recula encore, touchant presque la fourgonnette verte garée le long du trottoir.

La jeune femme rousse sourit au policier et se pencha sur le landau. Il crut que c'était pour ajuster l'angle de la capote qui protégeait du soleil le visage du bébé.

Eva tenait le pistolet muni d'un silencieux avant que le policier n'esquisse une réaction. Le premier coup l'atteignit au ventre, le second à l'épaule. Il resta debout un instant, frappé de stupeur, avant de s'écrouler sur le trottoir.

Eva frappa deux petits coups contre la porte qui s'ouvrit aussitôt. Elle saisit Jean-Claude par le col de sa chemise et le jeta à l'intérieur. Elle se retourna aussitôt vers Joanna et lui mit le pistolet sur la tempe.

— Rentre là-dedans ou je te fais sauter la cervelle.

Eva poussa Joanna dans la fourgonnette, puis ce fut le tour de Kate.

— Hé ! Hé ! fit le marchand de glaces en se précipitant dehors. Qu'est-ce que vous êtes en train de faire ?

Eva fit volte-face et tira à bout portant. Le rondouillard s'écroula comme une masse. D'un bond Eva sauta dans la fourgonnette et referma brutalement la portière à glissière.

— Roule ! Roule ! hurla-t-elle à l'adresse de Rudy.

Le policier dans la voiture pie regarda partir la Chevrolet. Il chercha son coéquipier du regard mais ne le vit plus. Puis il aperçut l'attroupement. Une femme hurla.

Le policier sauta de sa voiture et courut vers la boutique de glaces. Il ne vit pas arriver la moto qui le renversa.

34

Jeudi 15 avril, 14 h 40

Jake franchit en courant les portes à ouverture automatique du service des urgences du Memorial Hospital. Il y régnait un désordre total. Les infirmières et les aides couraient en tous sens, les uns poussant un chariot, d'autres transportant des sacs de plasma et de sang. Un jeune interne essayait de se faire entendre. Jake s'écarta le temps de laisser passer un chariot de plus, sur lequel était allongé un corps inerte, entièrement recouvert d'un drap.

— Jake ! Je suis là ! lui cria Farelli.

Il se tenait près de la porte de la salle n° 1 des traumatisés. A ses pieds une boîte en plastique transparent dans laquelle il y avait une plaque et une arme de policier.

Jake laissa encore passer un fauteuil roulant, puis le rejoignit en vitesse.

— Combien de morts ?

— Personne de chez nous, lui rapporta Farelli. Du moins pour l'instant.

— Je viens de voir un cadavre sur un brancard. C'était qui ?

— Un suicidé. Il s'est jeté de la fenêtre d'un hôtel voisin.

La porte de la salle n° 1 s'ouvrit et une radiologue poussa dehors son électrocardiographe. Jake et Farelli s'écartèrent pour la laisser passer tandis qu'elle se hâtait le long du couloir vers une autre salle.

Jake ouvrit son calepin jusqu'à une page vierge.

— Bon, dis-moi ce que tu sais.

— Rien. Peau de zèbe.

— Quelqu'un a-t-il vu Joanna ?

Farelli secoua la tête.

— Personne n'a rien vu.

— Pas un seul témoin ?

Farelli secoua de nouveau la tête.

— Bon sang ! siffla Jake de colère. Qu'est-ce qui s'est passé ? Comment se sont-ils démerdés pour faire leur coup sans que personne ne voie rien venir ?

Farelli haussa vaguement les épaules.

— Pas la moindre idée.

— Quelqu'un a bien dû voir quelque chose, répondit sèchement Jake. Ces salopards ne sont quand même pas invisibles.

— Weathers dit que ça s'est passé en un éclair, répliqua Farelli en consultant son carnet. La seconde d'avant elle était là, la suivante elle avait disparu. Tout ce qu'il peut dire, c'est qu'il a vu une fourgonnette de couleur sombre démarrer.

William Weathers était le policier qui se trouvait dans la voiture en face du marchand de glaces. En se précipitant de l'autre côté de la rue pour venir au secours de son coéquipier, il avait été heurté par une moto qui lui avait fracturé la jambe. Farelli avait pu brièvement lui parler aux urgences.

Il changea de page.

— Weathers n'a pas pu me donner la marque de la fourgonnette. Ça pourrait être une Ford ou une Chevrolet.

— Et je suppose que celui qui l'a renversé a pris la fuite.

— Bien sûr. Il ne s'est pas arrêté. Pas de témoin là non plus.

Jake pesta dans sa barbe, étonné que les terroristes aient pu régler tant de détails et aussi vite.

— L'accident devait être lui aussi programmé.

— C'est bien possible, opina Farelli. Tout le reste

était si bien réglé. Une véritable opération commando.

Jake approuva.

— C'est normal. N'oublie pas qu'Eva a suivi l'entraînement des bérets verts avant d'être foutue dehors.

— Eh ben ! Ils l'ont entraînée comme il faut, dit Farelli avec amertume. Parce que tout ce qu'elle a laissé derrière elle, c'est un landau et deux mecs au tapis.

Les portes battantes de la salle de traumatologie furent brusquement poussées et un chirurgien corpulent sortit dans le couloir. C'était un homme d'âge moyen, presque chauve, avec une épaisse moustache. Le devant de sa tunique était trempé de sueur.

— Comment va-t-il ? demanda Farelli en montrant sa plaque.

— Il va s'en sortir. Mais il a des fractures multiples du tibia et il va falloir l'opérer.

— Peut-on lui parler ?

Le chirurgien hésita, puis secoua la tête.

— On l'emmène maintenant en salle d'opération.

— Juste quelques minutes, implora Jake. La vie d'une personne est en jeu.

Le chirurgien hésita de nouveau avant de dire :

— Faites vite. Dès que les brancardiers sont là, on l'emmène.

Jake se précipita dans la salle, Farelli sur ses talons. Une infirmière réglait le débit d'une perfusion installée au bras de Weathers. Jake s'approcha de la table de soins, le regard attiré par le pansement posé sur la fracture ouverte et l'os en saillie.

— Comment ça va ? lui demanda Jake.

— Pas bien du tout, jeta Weathers à travers ses lèvres desséchées. Ma jambe me fait atrocement mal.

L'infirmière releva la tête.

— Voulez-vous que je vous redonne un calmant ?

— Ça ira, répondit Weathers en serrant les dents.

— Faisons vite car vous allez passer tout de suite sur le billard, le pressa Jake.

— Je sais.

— Commençons depuis le moment où Joanna a quitté l'hôpital.

— Elle est sortie par la porte de service précédée de Keely. Ils ont traversé le parking pour aller au square derrière l'hôpital. Elle y a retrouvé sa sœur et le petit gamin.

— Vous ne l'avez jamais perdue de vue ?

— Pas jusque-là.

— Et ensuite ?

— Les deux femmes se sont assises sur un banc pendant que le gosse jouait. Il n'y avait rien de suspect. Que des mères avec leurs marmots. Et c'est tout.

Jake plissa les yeux.

— Il y avait des landaus ?

— Ouais, y en avait un… (Weathers grimaça de douleur et se tourna vers l'infirmière.) J'en veux bien une nouvelle dose, finalement.

L'infirmière lui injecta de la morphine.

Weathers sentit son cerveau s'embrumer et la douleur s'estomper. Il fit un effort pour rester lucide.

— Vous avez parlé d'un landau, lui souffla Jake.

Weathers opina.

— Avec une grande capote. Poussé par une jeune rouquine.

— Vers où allait-elle ?

Weathers réfléchit.

— Je ne l'ai pas vue revenir. Elle a dû repartir par le fond du square.

Et arriver devant chez le marchand de glaces, se dit Jake. Il échangea un regard avec Farelli. La femme au landau devait être Eva Reineke, faisant un tour de reconnaissance pour vérifier si tout était bien en place.

— Et après ?

— Rien de spécial, dit Weathers en essayant de s'humecter les lèvres. Une moto est passée en pétaradant et s'est arrêtée au feu rouge avant de repartir.

Jake tendit le cou.

— Avez-vous remarqué le motard ?

— Un skinhead, les bras couverts de tatouages.

— Jeune ou vieux ?

— Assez vieux. Dans les cinquante-cinq ans.

Cela correspondait bien à Walter George Reineke. Ça ne pouvait être que lui, conclut Jake.

— Et puis ?

— Elles sont sorties du square pour aller chez le marchand de glaces. Je...

Les portes battantes s'écartèrent brutalement et un brancardier entra en tirant un chariot.

Jake regarda l'infirmière.

— Juste encore une minute.

— Impossible, fit-elle. C'est le moment d'y aller.

Pendant que le brancardier et l'infirmière transféraient Weathers de la table sur le chariot, Jake continua de le questionner.

— Quand vous êtes arrivé devant la boutique, est-ce que la fourgonnette était déjà là ?

— Elle était garée en tête de la zone de livraison.

Sacrément futé, pensa Jake. Non seulement la fourgonnette bloquait la vue de Weathers, mais en plus elle l'obligeait à se garer de l'autre côté de la chaussée.

— Avez-vous repéré la fourgonnette ? Couleur ? Marque ?

— Je n'y ai pas trop fait attention, reconnut Weathers qui sentait la douleur remonter. Je sais bien que j'aurais dû.

Vous pouvez le dire, eut envie de répliquer Jake, mais il se retint.

— Et puis la fourgonnette a démarré et j'ai entendu un cri, poursuivit Weathers. Je suis sorti de ma voiture et j'ai traversé. Puis j'ai entendu une pétarade. Après je ne me souviens de rien.

— Quelle sorte de pétarade ?

Tandis que le brancardier et l'infirmière poussaient le chariot vers la porte, Weathers ajouta :

— C'était plus un bruit de moto que de voiture.

Maintenant la salle était vide et silencieuse, le sol jonché de pansements usagés, de tubes de perfusion et de papiers d'emballage. Ça sentait le sang séché.

— Il a dit qu'il n'avait pas tellement fait attention à la camionnette, grogna Jake. Quel naze.

Farelli approuva.

— C'est pas une flèche.

Jake se mit à arpenter la pièce en chassant du pied les détritus.

— Il n'a pas fait son boulot comme il faut. Et ça risque de coûter la vie à Joanna.

— Ils ont eu affaire à des pros, Jake. On n'aurait peut-être pas fait mieux.

— On ne sait jamais.

Jake savait bien que Farelli avait raison. Les terroristes avaient préparé et exécuté un plan minutieux. Ils savaient exactement ce qu'il fallait faire pour éliminer les deux flics. Il regarda Farelli.

— D'après toi, qui a renversé Weathers ?

— Le skinhead en moto, dit immédiatement Farelli.

— Et tu sais qui c'était ?

Farelli secoua la tête.

— Walter George Reineke.

— Arrête ton char !

— Eh oui ! reprit Jake. C'était bien lui. Son dossier au FBI indique qu'il approche de la soixantaine mais paraît plus jeune. Et que comme il perd ses cheveux, il préfère souvent se raser la tête. Il est tatoué aux bras et c'est un dingue de moto. Et maintenant, qui a bien pu renverser Weathers ?

— Cette vieille canaille de Walter George.

— Il a dû décider de venir prêter main-forte à sa chère gamine.

Farelli eut un sourire en coin.

— Comme tous les bons papas.

Jake recommença à faire les cent pas, furieux que Weathers se soit comporté comme un manche, et furieux surtout contre lui-même. Il aurait dû insister pour que Joanna reste dans son laboratoire de médecine légale toute la journée, avec un flic près d'elle en permanence et un autre devant la porte. Mais le square avait semblé si inoffensif et facile à contrôler. Ce n'était pas du square, d'ailleurs, qu'était venu le problème. C'était le détour chez le marchand de glaces qui avait tourné à la catastrophe. Qui s'en serait douté ?

Mais tu savais qu'ils étaient après elle, se morigéna Jake, tu le savais bien. Et tu n'étais pas là au moment où elle avait le plus besoin de toi. Comme chaque fois, tout au long de ta vie.

Jake respira un grand coup pour essayer d'évacuer son sentiment de culpabilité et sa colère et se concentrer sur le problème immédiat : retrouver Joanna avant que les terroristes ne la liquident. Quel était le meilleur chemin pour la retrouver ? A quelle question fallait-il d'abord répondre ? Il analysa les événements qui s'étaient produits devant la boutique de glaces. Les flics. La fusillade. Le cri. La moto. Aucun indice exploitable. Il recommença depuis le début, plus lentement.

— La camionnette, finit-il par dire.

— Quoi ?

— Là où est la camionnette, Joanna se trouve aussi, poursuivit Jake, réfléchissant maintenant aux possibilités d'identifier le véhicule. Commence par vérifier tous les magasins qui vendent des landaus à quinze kilomètres à la ronde.

Farelli prit note.

— Je ne vois pas en quoi ça va nous aider. Ils n'y ont sûrement pas laissé le numéro d'immatriculation de la camionnette.

— Bien sûr que non, mais le vendeur qui leur a porté le landau jusqu'à la camionnette se rappelle peut-être de la marque, ou de l'année. Sait-on jamais ?

— Mais il y a de grandes chances qu'il s'agisse d'un véhicule volé, réfléchit Farelli, et largué après.

— Ils l'ont probablement gardé. Pour trimballer cinq ou six personnes, une camionnette, c'est l'idéal.

Farelli approuva.

— Surtout si les vitres sont teintées.

Jake fronça les sourcils pour mieux se concentrer et envisager toutes les éventualités.

— Evidemment, ils ont très bien pu voler un

second véhicule, une sorte de mulet, de voiture de réserve. (Jake se frotta machinalement les mains.) Procure-toi la liste de toutes les camionnettes volées dans l'agglomération de Los Angeles ces dix derniers jours. Sois particulièrement attentif aux Chevrolet et aux Ford foncées.

Farelli leva les yeux.

— Weathers a parlé de Ford et de Chevrolet à tout hasard.

— Je le sais. Mais la première impression est souvent la bonne.

Farelli finit de noter.

— Jake, je pense que notre meilleure chance d'identifier le véhicule est d'en parler au coéquipier de Weathers et au marchand de glaces. Ce sont eux qui l'ont vu de plus près.

— Si tu veux, dit Jake, pas très convaincu.

Ce sont parfois les plus proches témoins qui voient le moins bien. Mais enfin, pensa-t-il, la camionnette est restée en stationnement devant la porte un bon moment. Le marchand l'a peut-être mémorisée.

— Au fait, comment vont-ils ?

Farelli haussa les épaules.

— Ils les ont embarqués en salle d'opération avant que j'arrive.

Jake reprit ses allées et venues.

— Il faut qu'on retrouve cette satanée camionnette.

— Et espérer que le toubib n'en soit pas loin.

— Ouais ! soupira Jake, sachant que leurs espoirs étaient bien faibles.

Il se demandait en quoi Joanna représentait un tel danger pour les terroristes. Est-ce qu'elle en savait trop ou bien était-elle sur le point de découvrir le pot aux roses ? Comment savoir ? Mais pourquoi la kidnapper ? Pourquoi ne pas tout simplement l'abattre comme ils avaient tenté de le faire la veille ? Cette action était sans rime ni raison. Cela n'avait aucun sens. Aucun.

— Jake, dit doucement Farelli, tu comprends qu'il y a une forte chance que le toubib soit déjà mort ?

— Je ne pense pas, dit Jake en revoyant le visage de Joanna. S'ils avaient voulu la tuer, ils l'auraient fait sur-le-champ. Et ils ne se seraient pas préoccupés de Jean-Claude.

— Pourquoi ont-ils enlevé le gosse ?

— Comme monnaie d'échange. Ils vont le séparer de Joanna et de Kate et leur promettre qu'il ne lui sera fait aucun mal tant que Joanna coopérera. Et bien sûr elles n'essaieront pas de s'échapper en abandonnant Jean-Claude.

— Ça se peut très bien, dit sombrement Farelli. Mais le 19 ils liquideront le toubib.

— Je sais.

— Ainsi que le gosse et sa mère.

— Je le sais aussi.

La porte de la salle fut poussée, et le chirurgien corpulent refit son entrée. Il avait changé de tunique, mais elle commençait aussi à s'imprégner de sueur.

— Mauvaise nouvelle, dit-il.

— Laquelle ?

— Le flic qui s'est fait tirer dessus est décédé sur le billard, avança le chirurgien sans manifester la moindre émotion. L'une des balles lui avait perforé l'artère pulmonaire. Il n'avait aucune chance de s'en tirer.

Farelli détourna tristement le regard. Il connaissait Joe Keely depuis dix ans. Un brave flic marié et père d'adolescents. Dont une fille sur le point d'entrer à l'université et dont Joe était très fier.

— Sa femme est prévenue ?

— Pas encore. On essaye de la joindre.

— Et le marchand de glaces ? fit Jake.

— Ça ne va pas fort.

— Il va s'en tirer ?

— C'est pile ou face, dit le chirurgien en repartant. On m'a dit qu'on avait du mal à maintenir la pression sanguine.

35

Jeudi 15 avril, 16 h 32

— Non ! Non ! hurlait Kate en serrant Jean-Claude dans ses bras. Mon bébé reste avec moi.

— La cave est sombre et humide, dit calmement Eva.

Kate lui tourna le dos, se plaçant ainsi entre Jean-Claude et la terroriste.

— Il reste avec moi.

— Si le gamin se met à crier et à pleurer, on vous ligote et on vous bâillonne tous les trois. Compris ? (Eva parlait d'une voix calme, sans menacer, mais elle gardait la main sur la crosse de son pistolet qui ressortait de sa poche de manteau.) Et dans ce cas-là, ce sera définitif.

Kate interrogea Joanna du regard, ne sachant trop quoi faire. Elle ne pouvait pas leur confier Jean-Claude. Elle en était incapable.

— Alors ? fit Eva en atteignant la porte de la cave. Qu'est-ce que vous décidez ?

Il y eut un silence tendu dans le vestibule. Personne ne bougeait. Une sirène couinait au loin.

— Qu'est-ce que vous voulez ? demanda Joanna en essayant de masquer sa peur.

Son regard fouillait les lieux, à la recherche d'une issue. Le terroriste se trouvait à la porte de la cuisine, en train de visser un silencieux sur son arme.

Eva suivit le regard de Joanna.

— N'y pensez même pas.

Kate regarda de nouveau Joanna pour chercher de l'aide. Elle resserra son étreinte sur Jean-Claude. Celui-ci se tortilla dans les bras de sa mère.

— Maman, je voudrais de l'eau.

Eva fit un signe à Rudy, qui disparut dans la cuisine. Puis elle sortit son pistolet et y vissa le silencieux, le regard fixé sur Joanna.

Joanna fit un effort pour ne pas céder à la panique et analyser rapidement la situation. Ils étaient dans un quartier bourgeois, résidentiel, qu'elle ne reconnaissait pas. Après la fusillade on les avait forcées à rester allongées sur le plancher pendant que la camionnette roulait, et cela avait paru durer des heures. Lorsqu'elle s'était enfin arrêtée, Joanna n'avait pu se faire aucune idée de l'endroit où ils se trouvaient. Elle ne savait même pas s'ils étaient encore à Los Angeles. Quoi qu'il en soit, elles étaient prisonnières des terroristes qui finiraient par les tuer. A moins qu'on arrive à négocier, voulut espérer Joanna. Echanger des renseignements contre la vie sauve. Mais elle savait au fond d'elle-même que c'était pure illusion.

Rudy revint avec un gobelet en plastique rempli d'eau pour Jean-Claude. Le gamin l'avala et dit merci.

— Bien. (Rudy reprit le gobelet, l'écrasa entre ses mains et le jeta par terre.) Allons-y.

— Tata, est-ce qu'il y a la télé ici ? demanda innocemment Jean-Claude.

Eva sourit, mais sans chaleur.

— Il y en aura une d'ici quelques minutes.

— Est-ce que je peux aller regarder la télévision avec la dame ? poursuivit Jean-Claude.

Kate regarda une fois de plus Joanna.

— Qu'est-ce que je fais ?

— Laisse les prendre Jean-Claude avec eux, conseilla Joanna. Ils ne lui feront pas de mal.

— Tu en es bien certaine ? demanda Kate avec inquiétude.

— Oui, c'est moi qu'ils veulent, pas lui, dit Joanna,

surprise elle-même par son calme. Et ils savent que s'ils lui font du mal ils ne tireront rien de moi.

Kate posa Jean-Claude par terre à regret et le tapota par-derrière.

— Reste avec la dame.

— Et je peux regarder la télé ? demanda Jean-Claude.

— Oui.

Eva ouvrit la porte de la cave sans quitter les femmes des yeux.

— Posez vos sacs et vos montres par terre avant de descendre.

Rudy s'approcha et vérifia rapidement leurs vestes à la recherche d'une arme. Il ne trouva que les cigarettes de Kate, qu'il empocha.

— Elles sont OK.

— Remue-toi, ordonna Eva en poussant Joanna du bout du pistolet.

Joanna descendit la première. Il faisait si sombre qu'elle avait du mal à distinguer les marches et tâtonnait. L'escalier de bois était étroit et craquait bruyamment sous les pas. La rampe consistait en un simple tube de fer tout rouillé.

— Tiens-toi à la rampe, dit Joanna, et descends les marches une par une.

— Il... Il fait si noir là-dedans, murmura Kate.

— Je sais.

Joanna comptait les marches. Huit. Neuf. Dix. Onze. Douze. Son pied toucha le sol cimenté. Elle calcula mentalement la hauteur sous plafond. A vingt-cinq centimètres environ par marche, ça faisait à peu près trois mètres.

La porte se referma derrière elles. Elles entendirent qu'on poussait le verrou.

Joanna sentait la présence de Kate tout près d'elle dans l'obscurité. Un très faible rayon de lumière venait d'un endroit près du plafond. Il apparaissait, disparaissait, revenait, mais Joanna ne pouvait en percevoir l'origine. Puis plus rien.

Joanna avança doucement. Une toile d'araignée lui caressa le visage, qu'elle balaya de la main. Elle essaya de s'orienter, mais c'était impossible dans l'obscurité. Quelle vérole ! Elle avait besoin de lumière, même un court instant. Elle entendit derrière elle Kate pleurer doucement et tendit le bras vers elle.

— Il n'arrivera rien à Jean-Claude.

— Il est si petit, sanglota Kate. Il ne se rend compte de rien.

— Tant mieux, dit Joanna d'un ton rassurant. Comme ça il ne va pas bouger. Il faut surtout éviter de se retrouver bâillonnés et attachés.

— Ça changerait quoi ? dit Kate, désespérée.

Joanna se pencha vers elle et baissa la voix.

— Quand c'est important, parle tout bas. On peut nous écouter. Pigé ?

— Pigé.

Joanna se rapprocha encore.

— Il est important de garder les mains libres parce que quand on est attaché on ne peut pas se sauver.

— Comment veux-tu t'échapper d'ici ? dit Kate à haute voix. On est dans une cave.

— Chut ! souffla Joanna. Pas si fort.

— Mais il n'y a pas d'issue, murmura Kate.

— Mais si, murmura Joanna à son tour. Il faut simplement la trouver.

— Et Jean-Claude ?

— On ne partira pas sans lui, dit Joanna d'une voix faussement calme, alors qu'elle était bien loin d'être sûre d'elle.

Elle soupira dans l'obscurité, sachant que ses paroles ne reposaient sur rien. En fait la seule issue était l'escalier ainsi que la porte verrouillée et probablement gardée.

Et même si elles arrivaient à franchir la porte, comment récupérer Jean-Claude, sûrement gardé par Rudy ? Joanna frissonna en pensant au terroriste. Il agissait de sang-froid et avait dû prendre plaisir à lacérer Maria Gonzalez. Jake lui avait parlé des empreintes de Rudy sur la lame de rasoir. Quel épouvantable sadique ! Il avait saigné la pauvre femme goutte à goutte.

Elle frissonna encore à l'idée de ce que Rudy pourrait lui faire si elle ne leur donnait pas ce qu'ils attendaient.

— Ça va ? demanda Kate.

— Ouais... fit Joanna au moment où un peu de lumière, de nouveau, pénétrait furtivement.

Elle leva la tête et vit que la faible lueur venait du haut du mur. Elle avança en tâtonnant pour éviter les obstacles éventuels. La lueur s'intensifia un instant, ce qui permit à Joanna de distinguer un soupirail. Placé tout en haut, à deux mètres cinquante peut-être. Impossible à atteindre. La lueur s'évanouit et elles se retrouvèrent dans l'obscurité.

Joanna demanda à Kate :

— Est-ce qu'ils t'ont pris tes cigarettes ?

— Oui.

— Et ton briquet ?

— Aussi.

Kate vérifia. En fait le briquet avait de nouveau glissé dans sa doublure par le trou de sa poche.

— Ah non ! Je l'ai.

— Donne-le-moi.

Kate mit dans la main de Joanna le briquet jetable.

— Je ne sais pas s'il est très chargé. Ça fait un moment que je l'ai.

— Je croyais que tu venais juste de recommencer à fumer.

— Les cigarettes, répondit Kate. Mais je m'offre un joint de temps en temps.

— Bravo ! dit Joanna sur un ton consterné. On reparlera de ça quand on sera sorties d'ici.

— Tu veux dire : *si* on arrive à sortir d'ici.

Joanna alluma le briquet. La flamme était chétive et n'éclairait pas grand-chose. Joanna balaya rapidement la cave du regard. Elle était carrée, dans les huit mètres sur huit. Les murs nus étaient recouverts d'un enduit vert. Dans un coin il y avait un seau et un balai serpillière à côté d'une petite table de bois. Le soupirail était étroit et au ras du plafond.

La flamme brûla Joanna et elle écarta brusquement les doigts. Le briquet tomba et rebondit sur le ciment.

— Saloperie ! pesta Joanna en se léchant les doigts. Je l'ai lâché.

— Ne parle pas si fort, lui rappela Kate. Ils n'ont pas besoin de savoir que nous avons un briquet.

— Exact, fit doucement Joanna en continuant à se lécher le pouce et en espérant ne pas attraper une ampoule. Ne bouge pas. J'essaye de le récupérer.

Joanna s'agenouilla et explora le sol alentour. Il était froid et sale, graisseux par endroits. Sa main rencontra une boule de chiffon. Le briquet était dessus.

— Je l'ai retrouvé, dit-elle en se relevant.

La lueur réapparut par le soupirail, et Joanna distingua une ampoule au-dessus d'elle. Puis la cave fut replongée dans l'obscurité.

— As-tu vu l'ampoule au plafond ?

— C'est un plafonnier, dit Kate. Il est hors de portée.

— L'interrupteur n'est donc pas dessus. Il doit être fixé au mur.

— Ou à l'extérieur, dans le vestibule.

— Ou à l'intérieur, insista Joanna contre tout espoir. (La lumière était essentielle. Sinon elles n'avaient aucune chance de pouvoir s'échapper.) Quand ils vont nous laisser remonter, regarde s'il y a un interrupteur dans l'escalier.

— Qu'est-ce qui te fait croire qu'on pourra remonter ?

— Pour aller aux toilettes et calmer Jean-Claude. Il va finir par râler et vouloir nous voir. Les terroristes veulent éviter par-dessus tout un bébé qui crie. Ça risquerait d'attirer l'attention de l'extérieur.

— Et s'il continue ? demanda Kate avec inquiétude. Ils ne vont pas lui faire du mal, au moins ?

Joanna prit la main de Kate.

— Il s'arrêtera de pleurer dès qu'il te verra, et je te garantis qu'ils ne lui feront pas de mal.

— Qu'est-ce qui te fait dire ça ?

— C'est qu'ils savent très bien que s'ils touchent à Jean-Claude ils ne tireront rien de nous.

Kate se remit à sangloter.

— Ils vont nous tuer et après ce sera le tour de mon bébé.

— Seulement si on les laisse faire, répéta Joanna, essayant de garder une voix ferme mais intérieurement aussi désarmée que sa sœur. Allez ! Sèche tes larmes. Tu m'empêches de réfléchir.

Kate renifla et ravala ses larmes.

— Dieu tout-puissant ! Quelle fin horrible ! Nous allons mourir dans le fond d'une cave. On ne nous retrouvera même pas.

— Ne pense pas à mourir, dit tranquillement Joanna. Pense à t'en sortir.

Kate frissonna.

— On dirait une tombe. Nous sommes ensevelies dans l'obscurité. Ça donne envie de pleurer.

— Je sais, dit Joanna en se souvenant de ses pleurs et de ses hurlements quand elle s'était retrouvée bloquée dans une buse de drainage à six pieds sous terre. Jake et un chien nommé Sniff l'avaient retrouvée à temps. Elle imaginait Jake s'acharnant avec Farelli à la retrouver sans le moindre repos, jusqu'à épuisement total. Mais cette fois-ci elles avaient disparu sans laisser de trace. Il faudrait un miracle pour qu'il les retrouve. C'était pourtant leur seul espoir.

— Frangine, dit doucement Kate, rompant le silence. T'ai-je déjà dit combien je t'aime ?

— Maintes fois.

— Tu as tant fait pour nous. Tu t'es toujours dévouée pour la famille.

— Je l'ai fait volontiers.

— Tu en as bavé, mais tu as été exemplaire. Et même quand j'ai grandi j'étais toujours pour toi la petite sœur dont tu prenais soin. Je t'en suis encore plus reconnaissante.

Joanna repensa à la mort de leur père. Kate n'avait que huit ans et n'avait pas conscience du changement radical que cela apportait à leur vie. Joanna essaya de revoir le visage de sa mère et de son père, mais leurs traits s'étaient estompés. L'image de leurs pierres tombales lui vint à l'esprit. Et elle savait que Kate, Jean-Claude et elle n'allaient pas tarder à les suivre. La lignée des Blalock allait disparaître à cause d'une poignée de terroristes.

— Il faut qu'on se sorte de là.

— Comment veux-tu ?

— D'abord, il faut vaincre sa peur.

— J'en suis incapable.

— Si ce n'est pour toi, fais-le pour Jean-Claude.

Kate respira un grand coup.

— Dis-moi ce que je dois faire.

Joanna baissa encore la voix.

— Quand ils vont venir nous chercher, ne te presse pas. Plus les choses traîneront, plus on aura de chances de survivre.

— Que crois-tu qu'ils veulent ?

— Des renseignements, murmura Joanna. Dont ils ont absolument besoin.

— C'est-à-dire ?

— Je n'en sais trop rien. A mon avis je sais quelque chose de première importance pour l'exécution de leur plan le 19 avril. (Joanna essaya d'humecter sa gorge sèche.) Il va falloir que je les sente venir et que j'essaye de ne pas leur donner ce qu'ils cherchent. Je peux peut-être tourner les choses de façon à les laisser dans le vague.

— Ça peut se révéler dangereux, Joanna. N'oublie pas qu'ils tiennent Jean-Claude.

— Pourrais-je l'oublier un seul instant ?

— Les Dix Justes, dit Kate avec dégoût. Ils doivent penser que Dieu approuve leurs actes de kidnapping de femmes et d'enfants.

— Ils ne croient en rien d'autre qu'en leur propre cause. Pour eux, Dieu et la Bible ne sont qu'un alibi commode.

La lueur réapparut une fois de plus. Elle vacilla et faiblit mais sans disparaître complètement. Joanna avança avec précaution dans la demi-obscurité, les bras en avant. Elle atteignit le mur du fond et tâtonna à la recherche de la table. Elle dut allumer le briquet un instant pour la trouver. Elle la traîna ensuite doucement jusque sous le soupirail. Elle monta enfin sur la table et, se mettant sur la pointe des pieds, regarda dehors.

Le soupirail était petit et couvert d'une épaisse poussière, à l'intérieur comme à l'extérieur. De gros barreaux bloquaient le passage. Devant le soupirail les feuilles mortes et la boue s'étaient accumulées. Il y avait peut-être bien aussi un épais buisson. Joanna n'en était pas sûre, mais cela semblait bouger sous l'effet du vent.

Joanna essaya d'essuyer avec sa manche la saleté qui collait à la vitre. Dehors on semblait être à la fin du jour, avec des ombres qui s'allongeaient. Joanna crut un instant voir quelque chose bouger. Quelqu'un ? Un animal ? Elle essaya de mieux voir.

La porte de la cave s'ouvrit brusquement, projetant un jet de lumière. Quelque chose rebondit sur les marches et atterrit avec un bruit mou.

Joanna et Kate écarquillèrent les yeux dans la pénombre et, retenant leur souffle, s'attendirent à entendre des cris d'enfant.

La porte se referma en claquant, et elles furent à nouveau plongées dans le noir.

36

Vendredi 16 avril, 11 h 58

— Je me fais l'impression d'un vautour attendant patiemment de savoir si ce gars n'est toujours pas mort, dit Farelli.

— J'espère bien que non, dit Jake d'un ton renfrogné. C'est notre seule chance d'identifier la camionnette.

Ils faisaient les cent pas devant le bloc opératoire. Il était presque midi et Sol Fischer, le marchand de glaces, venait de subir sa seconde intervention en vingt-quatre heures. La première avait consisté à extraire une balle et à pratiquer l'ablation de la rate et d'une partie des intestins qu'elle avait perforés. La seconde opération consistait à trouver la source de son hémorragie interne et à la stopper avant qu'il ne se vide de son sang.

— Quel âge a-t-il ?

Farelli regarda dans son calepin.

— Soixante-douze ans.

— Merde !

— Mais le toubib dit que son état général est très bon.

— Soixante-douze ans, c'est malgré tout soixante-douze ans, dit Jake d'une voix tendue. Il s'en est quand même pris une dans le bide.

— Ouais.

Ils continuèrent à déambuler, les traits tirés, luttant contre la fatigue accumulée après une nuit de travail ininterrompu. En dépit de leurs efforts, ils n'avaient toujours pas d'indications sur la fourgonnette. En passant au crible les vols récents de véhicules dans l'agglomération de Los Angeles, on avait répertorié seize camionnettes, dont six de couleur sombre. Mais elles avaient toutes été retrouvées avant la fusillade devant chez le marchand de glaces. Tous les témoins avaient été réentendus. Aucun ne se souvenait de cette camionnette.

La porte du bloc opératoire s'ouvrit, et une infirmière entre deux âges en sortit, le devant de sa tunique maculé de sang.

Jake se précipita vers elle et exhiba sa plaque.

— Comment va M. Fischer ?

— Il respire encore, dit l'infirmière d'un ton maussade. (Elle poussa un profond soupir et secoua la tête.) Vous savez depuis combien de temps Sol Fischer tenait sa boutique ?

— Un bail, j'imagine.

— Pas loin de quarante ans, poursuivit tristement l'infirmière. Tous ceux qui travaillent au Memorial y emmènent leurs gamins. Sol les gâte toujours en leur ajoutant une pincée de praline sur leur glace préférée et il les fait sourire et rire. C'est un homme merveilleux, tellement généreux, et voilà ce qu'ils lui ont fait. (Elle secoua de nouveau la tête et s'essuya le nez du revers de la main.) Ce monde est vraiment pourri.

— A qui le dites-vous, dit Jake en regardant l'infirmière s'éloigner vers une salle de repos. (Il leva les yeux vers la pendule. Il était midi. Dans soixante heures on serait le 19 avril. Il dit à Farelli :) J'ai l'impression que sa vie ne tient qu'à un fil.

Farelli opina.

— Il faut qu'il se passe un truc et tout de suite. Notre meilleure chance, c'est que quelqu'un voie les portraits des terroristes à la télé et se rappelle les avoir rencontrés quelque part.

— Ne compte pas là-dessus. Ils vont rester planqués jusqu'à lundi.

— Ce n'est parfois pas si facile que ça de retenir deux femmes et un gosse.

— Mais si, il suffit de les attacher et de les bâillonner. Et de les tuer après en avoir obtenu ce qu'on cherche, pensa sombrement Farelli.

— Peut-être que quelqu'un va trouver la camionnette curieusement garée.

— Elle doit être dans un garage, dit Jake, espérant malgré tout que le contrôle systématique de toutes les locations récentes dans les quartiers ouest les amène à quelque chose.

Les terroristes avaient bien dû se trouver une nouvelle base d'opérations après la destruction de l'ancienne par explosion. Mais il y avait tellement de maisons. Autant chercher une aiguille dans une meule de foin.

— On doit passer à côté de quelque chose, grommela Farelli. Il doit bien y avoir une faille.

— Détrompe-toi, dit carrément Jake. Ce sont de vrais pros. Et ils ont toujours un coup d'avance sur nous parce qu'ils savent où ils vont et pas nous.

Jake alla à la fontaine et avala une gorgée d'eau avant de s'asperger le visage. Toute la nuit il avait passé en revue chaque détail, à la recherche du moindre indice ou de la moindre piste, sans aucun résultat. La camionnette était la clé pour retrouver les terroristes. Jake en était sûr, tout comme Hurley. C'est lui qui avait eu l'idée de relever les traces de pneu laissées par le fourgon lorsqu'il avait démarré en trombe. On avait fait appel à un expert en automobiles dans l'espoir de déterminer la marque et le modèle de la camionnette. Mais les traces étaient incomplètes. L'expert pensait que c'étaient celles de pneus qui équipent la marque General Motors, mais sans certitude. Et pendant qu'on s'acharne sur la marque de pneus, pensa Jake avec découragement, un enfant de salaud armé d'un rasoir est peut-être en train de s'amuser à charcuter Joanna. La camionnette. Cette putain de camionnette ! Il fallait absolument la retrouver.

La porte du service des urgences s'ouvrit brusquement. Un chirurgien en blouse blanche s'approcha des policiers. Il était grand et dégingandé, cheveux gris coupés en brosse. Le nom inscrit sur son badge était : DR ROBERT KANE.

— Comment va notre malade ? questionna Jake anxieusement.

— Mal. Il aurait déjà dû mourir plusieurs fois. Mais il s'accroche.

— Il faut que je lui parle, pressa Jake. Trois vies en dépendent.

Le chirurgien hésita.

— Je ne crois pas qu'il soit en état de parler. Ses paramètres vitaux sont chancelants et il est bourré de calmants.

— C'est une question de vie ou de mort, dit gravement Jake.

Kane respira profondément, peu désireux de soumettre son patient à un stress supplémentaire.

— Posez-lui des questions simples, et ne vous acharnez pas. S'il réagit mal, laissez-le immédiatement.

— Promis, répliqua Jake.

Le chirurgien les précéda dans le service de chirurgie. La salle était plus petite que Jake n'aurait cru. Il n'y avait que cinq lits alignés le long du mur, tous occupés. Les patients ne bougeaient pas, mais certains se plaignaient par-dessus le bruit des ventilateurs. A la tête de chaque lit un moniteur électronique affichait le rythme cardiaque, la pression sanguine et le rythme respiratoire.

Le chirurgien se dirigea vers le lit du milieu, se pencha sur le patient et appela :

— Monsieur Fischer, vous m'entendez ?

Sol ne réagit pas.

— Sol ! Si vous m'entendez, ouvrez les yeux.

Les paupières de Sol papillotèrent légèrement avant de s'entrouvrir.

— Sol, ce sont des policiers. Ils ont besoin de vous poser quelques questions.

Sol remua la tête comme en signe d'acquiescement. Il s'humecta la langue et les lèvres.

Kane jeta un regard au moniteur à la tête du lit. La pression sanguine était de 10/7, le pouls à

96 pulsations/minute. Il espéra avoir trouvé et stoppé toutes les hémorragies dans l'abdomen de son patient. Le chirurgien fit signe à Jake de s'approcher.

Celui-ci se pencha vers l'oreille du vieil homme.

— Monsieur Fischer, je suis le lieutenant Sinclair. Vous souvenez-vous de la fusillade d'hier ?

Sol se passa de nouveau la langue sur ses lèvres desséchées.

— Ils se sont saisis du petit. J'ai voulu lui porter secours. C'est tout ce dont je me souviens.

— Et des coups de feu ?

— Seul... seulement du bruit.

Fischer souffla lentement et referma les yeux.

Le chirurgien regarda de nouveau le moniteur. Les paramètres vitaux étaient constants. Kane secoua légèrement l'épaule du vieil homme.

— Sol, vous ne dormez pas ?

Sol déglutit avec effort, gardant les yeux fermés.

— Quand pourrai-je boire ?

— Nous allons vous apporter des glaçons à sucer d'ici quelques minutes.

Sol fit un signe de tête approbateur.

— Vous souvenez-vous du véhicule garé devant la boutique ? demanda Jake. Celui qui s'est enfui ?

— Il est resté en stationnement sur l'emplacement réservé aux livraisons jusqu'à la fusillade.

— C'était quelle sorte de véhicule ?

— Une camionnette.

Jake s'approcha encore.

— De quelle marque ?

— J'en sais rien.

— Vous n'avez rien remarqué de particulier ?

Fischer battit légèrement des paupières avant de refermer les yeux.

— Je crois qu'elle était de couleur sombre.

Jake se releva, comprenant que cela ne le menait nulle part, une fois de plus. Il regarda Farelli.

— Il faut absolument la retrouver.

— On n'y arrivera pas si on n'a pas le numéro d'immatriculation. Impossible.

— Demandez à la contractuelle, murmura Sol.

— Quoi ? dit Jake en se penchant de nouveau sur lui. Comment ça, la contractuelle ?

— Elle lui a collé un papillon pour stationnement interdit.

Jake se précipita vers la sortie, Farelli sur ses talons.

37

Vendredi 16 avril, 14 h 28

Joanna se réveilla courbatue et vaseuse. Tout était noir et silencieux autour d'elle, et elle mit un certain temps à réaliser où elle était. Puis elle entendit Kate s'agiter près d'elle et sentit le dur matelas sous elle.

Elle s'assit avec effort et laissa son cerveau s'éclaircir. Le matelas, elle se souvenait que les terroristes le leur avaient jeté du haut des marches. Il avait atterri dans l'obscurité avec un bruit mou. Dans un premier temps Kate et elle avaient cru que c'était le corps de Jean-Claude qui avait rebondi sur les marches avant de heurter le sol de ciment. Elles en avaient été liquéfiées de peur. Puis elles s'étaient aperçues que c'était un matelas, qui avait terminé sa course dressé contre le mur. Le briquet était une bénédiction. Sans lui elles auraient peut-être passé une heure à quatre pattes, cherchant frénétiquement un corps qui n'y était pas.

Joanna entendit des pas au-dessus. D'abord des pas légers, puis d'autres plus lourds. Deux personnes, en déduisit-elle. Probablement Jean-Claude et Rudy, dont le boulot consistait à suivre le gamin. Les pas s'éloignèrent progressivement, et Joanna imagina Jean-Claude chevauchant un cheval imaginaire, inconscient d'être en danger de mort. Peut-être valait-il mieux qu'il en soit ainsi.

Elle repensa à leur fâcheuse posture et aux moyens de s'en sortir. Aucune chance de pouvoir s'évader même si Jean-Claude s'était trouvé dans la cave avec elles. Il était assez petit pour pouvoir se glisser par la fenêtre, mais pas à travers les barreaux. Elle se demanda si les barreaux étaient scellés dans la pierre. Sinon, on pouvait peut-être les écarter. Mais ensuite ?

Le regard de Joanna se porta vers l'emplacement théorique du soupirail. Aucun rai de lumière, pas la moindre lueur. Pas de soleil, il devait faire nuit. Elle s'agita sur son matelas, essayant de deviner l'heure et combien de temps elle avait dormi. Des heures, sûrement, à en juger à la raideur de ses articulations et de ses muscles. Mais combien d'heures ? Joanna regretta d'être privée de sa montre. Elle aurait au moins eu la notion du temps.

Un pas lourd lui parvint d'au-dessus, suivi d'un autre encore plus pesant.

Kate s'éveilla en sursaut.

— Quoi ? Qu'est-ce qui se passe ?

— Quelque chose vient de tomber par terre au rez-de-chaussée.

— C'était Jean-Claude ? demanda Kate, les sens rapidement en éveil.

— C'est peu probable. Je l'ai entendu partir en courant dans une autre pièce il y a un instant. Il va bien.

— Quand penses-tu que je vais pouvoir le voir ?

— Très bientôt. Ça ne va pas tarder.

— Comment peux-tu en être sûre ?

— Parce que Jean-Claude va être de mauvaise humeur et se mettre à pleurer s'il ne te voit pas rapidement, et ça les gênera. Maintenant je veux que tu remues bras et jambes pour faire circuler le sang.

Kate se mit debout et essaya d'étirer ses muscles endoloris.

— Dieu ! Que je suis raide !

— Ça va passer.

Joanna alluma le briquet jetable. La flamme semblait encore plus faible qu'auparavant et éclairait à peine. Elle se saisit du chiffon huileux qui se trouvait par terre et éteignit aussitôt le briquet.

— Que vas-tu en faire ? questionna Kate.

— Je vais l'enrouler autour du briquet et le poser contre le mur, chuchota Joanna. Ils vont peut-être nous fouiller à nouveau lorsqu'ils vont nous faire remonter.

— Pourquoi ne le laisses-tu pas tout simplement sous le matelas ? chuchota à son tour Kate.

— Parce qu'ils sont capables de fouiller ici pendant que nous serons là-haut.

Du dessus on entendit ouvrir un robinet et l'eau courir dans les canalisations. L'obscurité qui les entourait amplifiait les bruits, qui n'en finissaient pas. Puis il y eut des pas lourds et le bruit cessa.

Kate tendit le bras pour localiser sa sœur.

— Où es-tu, frangine ?

— Sur l'autre partie du matelas.

— Dis donc ! Qu'est-ce qu'il fait noir !

— Je sais.

Joanna avait elle aussi l'impression que l'obscurité s'épaississait. Et l'air immobile devenait presque suffocant. Elle regrettait d'avoir allumé le briquet pour trouver ce chiffon qui était en fait à ses pieds. Sa brève lueur rendait maintenant le noir plus épais. Et surtout elle avait gaspillé les réserves du briquet, déjà presque vide. C'était idiot ! Oui, idiot ! Fais travailler tes méninges !

La porte de la cave s'ouvrit brusquement. Il leur fallut un certain temps pour s'habituer à la lumière aveuglante. Elles finirent par distinguer, projetée du haut des marches, l'ombre allongée d'une silhouette.

— Montez ! vociféra Eva.

Joanna se pencha vers Kate.

— Si on te questionne, dis-en le moins possible. Plus tu en diras, plus tu risques de commettre une erreur.

— Je dirai simplement que je ne sais rien, chuchota Kate.

— Méfie-toi, l'avertit Joanna. Souviens-toi qu'ils sont malins.

Joanna passa la première, montant lentement les marches. La lumière crue lui faisait mal aux yeux.

Elle trébucha et se rattrapa à la rampe métallique. Comme elle arrivait en haut de l'escalier, elle ralentit encore, cherchant à apercevoir un interrupteur au mur. Mais elle ne vit que du plâtre fissuré.

— Plus vite, dit Eva d'une voix impatiente. On perd du temps.

Joanna franchit la porte. Elle détourna la tête comme si la grande clarté lui faisait toujours mal aux yeux. Elle profita de cet instant pour regarder le mur derrière elle. Et elle vit l'interrupteur, placé à l'extérieur de la porte. Merde !

Joanna se retourna vers Eva et Rudy. Jean-Claude se trouvait entre eux.

— Maman ? demanda Jean-Claude en regardant Joanna.

— Elle arrive, répondit Joanna en s'écartant.

— Maman ! cria Jean-Claude de joie en se jetant dans les bras de sa mère.

Kate le prit dans ses bras et le couvrit de baisers. Elle le chatouilla dans le cou pour le faire rire, aimant l'enfant plus que tout au monde. Elle l'embrassa encore.

— Comment vas-tu, mon petit bonhomme ? Tout va bien ?

Jean-Claude fit signe que oui.

— As-tu mangé ?

Jean-Claude fit oui d'un air hésitant.

— C'était pas bon ?

Jean-Claude fit une grimace.

— Il faut manger, fit Kate. C'est très important. Promets-le-moi.

Jean-Claude hocha la tête sans enthousiasme et prit sa mère par la main.

— Viens regarder la télé.

— Peut-être tout à l'heure, dit Kate en l'embrassant de nouveau.

Joanna regarda autour d'elle et vit la vive lumière qui entrait par la fenêtre de la cuisine. Elle s'était trompée. Il faisait grand jour. On devait être en fin de matinée ou en début d'après-midi. Elles avaient dormi plus de douze heures.

Eva surveillait Joanna qui regardait toujours vers la cuisine.

— J'espère que vous n'allez pas essayer de faire une connerie.

— Je cherchais les toilettes, mentit Joanna d'un ton naturel.

— C'est la première porte par ici, répondit Eva tout en faisant signe à Rudy.

Joanna traversa le hall, Rudy sur ses talons. Elle voulut refermer la porte, mais il la bloqua avec son pied.

— Vous permettez ? dit-elle.

— Permettez quoi ? dit Rudy avec un sourire glacial.

— Je ne peux pas faire quand on me regarde.

Rudy réfléchit à la situation en se tripotant l'entrejambe. Il se demandait si Eva allait le laisser se taper les deux nanas avant de les liquider. Et il pourrait le faire sans qu'elles lui opposent de résistance. Il lui suffirait de leur promettre de les libérer ensuite. Elles se laisseraient faire. Son regard s'attarda sur la poitrine de Joanna, la trouvant plus bandante que sa sœur.

— Alors ? fit Joanna.

— Ne ferme pas la porte, dit Rudy en se retirant.

Joanna s'assit sur la cuvette et soulagea sa vessie, tout en examinant rapidement les lieux. La salle de bains était petite et sans fenêtre, équipée d'une douche, d'un lavabo et d'une armoire à pharmacie. Ni savon ni serviettes, rien sur la tablette. Sous le lavabo, près d'elle, il y avait un petit meuble. Elle se pencha pour regarder dedans. Il était vide. Aucun ustensile, aucun outil, rien qui puisse servir d'arme.

Elle s'essuya et tira la chasse d'eau. Profitant du bruit de l'eau, elle se précipita vers l'armoire à pharmacie et l'ouvrit.

Rudy réapparut derrière elle et repoussa la porte-miroir. Il lui décocha un regard sévère.

— Tu cherches quelque chose ?

— Du dentifrice, répondit Joanna du tac au tac.

— C'est ça, fit Rudy. Bouge ton cul de là !

Eva les attendait à l'entrée de la cuisine. Kate était assise par terre dans le hall, Jean-Claude dans les bras. Le gosse suçait consciencieusement son pouce, les yeux mi-clos.

Eva ordonna à Rudy :

— Emmène la mère et l'enfant devant la télé et surveille-les.

— Et si elle veut pisser ?

— Accompagne-la.

Rudy eut un sourire vicieux.

— Je vais la garder de près.

— S'il lui arrive quoi que ce soit, vous n'obtiendrez plus rien de moi, prévint Joanna.

— J'ai bien noté, dit Eva sans élever la voix.

Elle fit un signe à Rudy et le regarda emmener la mère et le gosse dans la pièce de devant. Puis elle regarda Joanna.

— Vous, dans la cuisine !

Joanna entra dans la cuisine bien éclairée. La fenêtre était fermée, les stores vénitiens descendus mais ouverts. Dehors le ciel était bleu et le soleil brillait. L'arrière-cour était vaste, avec un garage, des arbres, des haies. On n'apercevait pas de maison voisine.

— Asseyez-vous, lui intima Eva en lui désignant une chaise.

Joanna tira la chaise à elle tout en essayant de se préparer. Réfléchis, se recommanda-t-elle. Réfléchis avant de répondre. Et parle lentement. Impose ton rythme. Fais-la lambiner. Ça te donnera plus de temps de réflexion.

Eva s'assit face à Joanna et appuya ses coudes sur la table.

— J'ai quelques questions à vous poser, et j'espère que vous me répondrez franchement. Je parle sincèrement. Parce que chaque fois que je vous prendrai sur le fait de mentir, je dirai à Rudy de briser un doigt de votre sœur. (Eva fit une grimace appuyée.) Vous savez que ça fait drôlement mal.

Joanna avala sa salive.

— Je vous dirai la vérité.

— Bien.

Eva se remit debout et commença à tourner autour de la table.

— Je veux savoir qui dirige l'institut de rééducation. Donnez-moi son nom.

C'est un test, se dit Joanna.

— Si vous voulez parler du directeur, il s'appelle Josiah Wales, dit-elle posément.

— Vous y êtes déjà allée ?

— Plusieurs fois.

— Combien ?

Joanna fronça les sourcils, comme si elle faisait un effort de mémoire.

— Deux fois, je crois.

— Récemment ?

— Ce mois-ci.

— Et dans quel but ?

Joanna hésita, cherchant une réponse aussi évasive que possible.

— Pour essayer de vous trouver.

— Eh bien, tout ce que vous avez trouvé, ce ne sont que quelques cons de Mexicains.

— Qui me menaient droit à vous.

— Oui, vous avez été très forte. (Eva dégaina son pistolet et le pointa sur le front de Joanna.) Tellement fortiche que vous vous retrouvez maintenant à contempler le canon d'une arme pointée sur vous.

Joanna hocha la tête, réalisant combien sa réponse avait été stupide. Ne cherche pas la bagarre. Sois soumise. Et calcule chaque mot.

— Je suis mal barrée, hein ?

— Et ce sera pire si vous mentez.

Eva remit l'arme dans la poche de sa veste et recommença sa ronde.

Joanna la surveillait du coin de l'œil tout en mettant ses pensées en ordre. L'une des questions pièges l'inquiétait. La terroriste avait pris pour argent comptant que Joanna s'était rendue deux fois à l'institut. Comment savait-elle que c'était vrai ? Quelqu'un avait dû le lui dire, et ce quelqu'un faisait forcément partie de l'institut. Mais qui ? Et pourquoi ?

— J'ai besoin de renseignements sur ce nouvel institut, reprit Eva, interrompant les pensées de Joanna. Que savez-vous ?

Joanna haussa les épaules.

— Pas grand-chose. Je ne l'ai jamais visité.

Eva s'arrêta net et scruta Joanna.

— Jamais ?

— Jamais, dit Joanna d'un ton assuré. J'y suis passée deux ou trois fois, mais sans le visiter.

Eva reprit sa ronde.

— Connaissez-vous sa date d'ouverture ?

— L'inauguration est prévue pour le 19 avril.

— Qui y assistera ?

— Un paquet de notables, j'imagine.

— Je veux des noms, coupa Eva.

Finies les questions pièges, pensa Joanna. La liste des invités n'était connue que de Simon Murdock et des services du Président. Personne de l'institut, pas même Josiah Wales, n'avait la liste complète.

— Ça, je ne sais pas.

— Croyez-vous que le maire de Los Angeles y assistera ?

— J'imagine.

— Et le gouverneur ?

— Ça se pourrait.

— Et vous, évidemment, vous y serez.

Joanna lança un regard surpris à la terroriste.

— Pourquoi serais-je invitée ?

Eva poussa un gros soupir.

— Quel dommage ! Ça va coûter à votre sœur un petit doigt brisé.

— Pourquoi ? demanda nerveusement Joanna. (Elle avait la gorge nouée.) Je vous ai dit la vérité.

— Non, pas du tout. Nous savons que vous y serez pour recevoir la médaille de la Liberté des mains du président des Etats-Unis. Dites le contraire, et votre sœur aura deux doigts de brisés au lieu d'un.

Joanna sentit la nausée lui monter aux lèvres et se précipita vers l'évier, où elle eut un haut-le-cœur. Elle ne vomit pas vraiment, juste une remontée de bile amère. Elle hoqueta encore et attendit que sa nausée se calme, la tête toujours penchée au-dessus de l'évier. Elle essayait désespérément de contrôler sa panique et de réfléchir. Elle n'avait dit que la vérité, et pourtant la terroriste refusait de la croire. Pourquoi ? Pourquoi ? Joanna repensa à la question et à sa réponse. Et elle comprit. A la demande du service de protection, la cérémonie de remise des médailles avait été transférée de l'hôpital au nouvel institut. Elle aurait lieu juste avant l'inauguration. Joanna ne l'avait appris que la veille au matin. Comment les terroristes l'avaient-ils su de leur côté ? Elle se passa de l'eau sur le visage et se tourna vers Eva.

— Laissez-moi vous expliquer.

— Que ce soit la vérité, dit Eva d'un ton menaçant. Pensez aux doigts de votre sœur. Et n'oubliez pas que nous savons déjà certaines choses.

Joanna fit oui d'un air soumis, sentant un changement dans la voix et le comportement de la terroriste. Elle était plus menaçante, se faisait plus pressante. Ce qui signifiait qu'il s'agissait des renseignements auxquels les terroristes tenaient. Qu'est-ce qu'ils avaient besoin de savoir ?

Joanna pointa le doigt vers les boîtes de soda posées sur le plan de travail.

— Je peux en prendre une ? Ça me remettra peut-être l'estomac en place.

— Allez-y, dit Eva en sortant son pistolet, pour le cas où Joanna tenterait une ânerie.

Joanna ouvrit une boîte et la sirota lentement, le cerveau en ébullition. Fais attention, se dit-elle, fais très attention. Ne lui mens pas, mais ne lui dis pas ce qu'elle cherche à savoir. Sinon, dès qu'elle l'aura obtenu, ils te tueront ainsi que Kate et le petit Jean-Claude.

— Pourquoi n'avez-vous pas voulu me dire que vous étiez invitée à l'inauguration ? reprit Eva en observant l'attitude de Joanna.

— Je ne vous ai pas menti, dit Joanna en pesant ses mots. Je n'ai pas été invitée à l'inauguration. Je dois y aller pour recevoir ma médaille des mains du Président. Et c'est tout.

— Et repartir aussitôt ?

— Je crois bien. Je n'ai rien à voir avec l'institut.

— Autrement dit, réfléchit Eva à haute voix, vous n'iriez que parce que le Président sera là ?

— C'est ce que j'ai cru comprendre.

— Et où exactement ?

— On ne me l'a pas dit.

Eva eut un rictus.

— Vous recommencez à mentir.

— Je dis la stricte vérité, répéta Joanna de son ton le plus sincère.

— Vous deviez y aller en espérant le trouver, c'est ça ?

Joanna fit un signe de dénégation.

— On m'a dit d'appeler le bureau du directeur lundi matin pour recevoir des instructions.

Eva plissa les yeux.

— Vous deviez les appeler ?

— C'est exactement ça... (Joanna vit que la terroriste était préoccupée. Il y avait un os. Quelque chose ne se passait pas comme prévu.) C'est vrai, ce que je vous dis.

— Hum... marmonna Eva, sans que son ton indique si elle croyait ou non ce que lui racontait Joanna. Ont-ils précisé si la remise des médailles aura lieu devant l'institut ou à l'intérieur ?

— Je pense qu'ils devaient me le dire quand je les appellerais.

— Hum-Hum... refit Eva en guettant sur le visage de Joanna le moindre tic nerveux révélateur d'un mensonge.

Joanna détourna les yeux, mal à l'aise sous le regard fixe de la terroriste. Elle se sentit à nouveau envahie par la peur et s'efforça de l'écarter et de se concentrer. Toutes les questions tournaient maintenant autour du Président. Pourquoi ? Pourquoi cela avait-il tant d'importance pour les terroristes ? Quel rapport... Dieu tout-puissant ! L'inauguration était programmée pour le 19 avril, le jour choisi par les terroristes pour commettre un attentat. Ils projetaient de faire sauter l'institut au moment où le Président et les autres officiels y seraient. Ça ne pouvait être que ça. Et il leur fallait plus de renseignements pour mener à bien leur projet. Mais quel était le détail essentiel qui leur manquait ? Joanna sirotait son soda, le cerveau en effervescence. Trouver quelle est cette information capitale et ne la leur donner à aucun prix. Freiner au maximum. Gagner du temps. Les faire lanterner.

— Je pourrais appeler chez le directeur et le leur demander, proposa Joanna en sachant pertinemment que cela serait immédiatement refusé. Ils me le diront peut-être.

— C'est ça, dit Eva d'un ton sarcastique. Et qu'est-ce que vous leur diriez ? Que vous avez faussé compagnie à vos ravisseurs et que vous vous apprêtez à les rejoindre ? Ils ne goberont jamais ça. Et ils auraient sans doute le réflexe d'alerter la police, qui serait en mesure de localiser votre appel. C'est ça, votre idée ?

— Pas du tout, dit doucement Joanna. Je cherche uniquement à sauver ma famille.

— Eh bien, ça n'en prend pas le chemin pour l'instant.

Joanna cherchait désespérément une solution. Il fallait réussir à les tenir en haleine et les convaincre de la maintenir en vie. Il fallait qu'elle les persuade qu'elle était capable de leur donner le renseignement qu'ils recherchaient. Mais comment s'y prendre ? Elle repensa à la remise des médailles et à qui serait présent. L'image de Joe Wells lui vint à l'esprit.

— Il y a peut-être une autre solution.

— Laquelle ?

— L'un de mes collègues doit recevoir la médaille de la Liberté en même temps que moi. C'est le Dr Joe Wells, qui doit arriver par avion du Montana dimanche soir.

— Et alors ?

— Lui aussi doit appeler le directeur de l'hôpital

lundi matin pour recevoir les consignes. Moi, je pourrais l'appeler après, à son hôtel.

— A quelle heure devez-vous appeler l'hôpital lundi matin ? répliqua Eva.

— 8 heures.

— Et à quel hôtel doit descendre le Dr Wells ?

— Au Hilton près du Memorial. C'est à dix minutes à pied de l'institut.

— Vous pourriez donc l'appeler à 8 h 05 et savoir où se fera la remise des médailles. C'est ça ?

— Je pense que oui, dit Joanna, le cœur battant à rompre.

Eva pesa le pour et le contre.

— Où se trouve le Hilton ?

— Avenue Wilshire.

Eva saisit son téléphone mobile et appela les renseignements. Après avoir obtenu le numéro, elle appela l'hôtel et parla à la standardiste.

— Bonjour, dit Eva d'une voix tout aimable. Le Dr Joe Wells est-il arrivé ?... Non, pas encore... Je voudrais lui laisser un message. Pouvez-vous me passer la réception ?... Merci.

Joanna retint son souffle, priant le ciel que la remise des médailles n'ait pas été annulée à cause de son enlèvement. Dans ce cas Joe aurait annulé sa réservation. Sans Joe Wells, elle était perdue. Aucune solution de rechange. Son regard se posa sur la crosse du pistolet qui dépassait de la poche de la terroriste. Impossible de s'en saisir. Et de toute façon, elle n'aurait pas su s'en servir.

— Oui, poursuivait Eva au téléphone, ici le secrétariat du directeur du Memorial Hospital. Vous avez une réservation pour le Dr Joe Wells, et nous devons absolument le joindre. Doit-il arriver ce soir ou demain matin ? Vous ne pouvez pas me le dire ? Ah bon. (Eva plissa les yeux, réfléchissant.) Pouvez-vous prendre un message et le lui remettre dès son arrivée ?... Bien. Est-ce que vous le lui remettrez vous-même ?... Ah ! Je vois. Ce ne sera pas possible. Vous n'êtes pas de service demain. (Eva eut un grand sourire, elle avait la confirmation qu'elle voulait.) Bon, ça ira. Veillez simplement à ce que le message lui soit bien remis. Le voici : « Appeler le secrétariat du directeur le 19 avril à 7 h 45 »... C'est bien ça. Merci.

Eva reposa le téléphone cellulaire sur le plan de travail et regarda Joanna.

— On va faire comme vous avez dit. On va attendre.

Joanna poussa un soupir de soulagement. Elle avait réussi à gagner du temps.

— A moins qu'on n'obtienne le renseignement par une autre voie, ajouta Eva d'un ton lourd de menaces. (Elle alla jusqu'à la porte et cria dans l'entrée :) Rudy ! Amène-les !

Le regard de Joanna se porta sur le téléphone cellulaire posé sur le plan de travail. Si seulement elle pouvait mettre la main dessus ! Non seulement elle pourrait appeler Jake mais en plus il arriverait à la localiser.

Kate entra dans la cuisine, Jean-Claude dans les bras. Le gosse avait du mal à garder les yeux ouverts.

— Frangine, je crois que Jean-Claude ne va pas bien.

Joanna s'approcha vivement.

— Il se sent malade ?

— Il dit que non, mais il est si mou et mal réveillé... En principe, à cette heure-ci, il pète d'énergie.

Joanna posa la main sur le front de Jean-Claude. Il n'était ni chaud ni rouge. Son pouls et sa respiration étaient réguliers et lents.

— Salut, Jean-Claude ! dit-elle doucement. Tu as mal quelque part ?

— Ça va, dit Jean-Claude d'une voix endormie, les yeux clos.

— Je pense qu'il va bien, dit Joanna en touchant encore son front pour vérifier qu'il n'avait pas de fièvre. Il s'est trop excité. Et dis-toi bien qu'ils l'ont laissé courir comme un fou et faire tout ce qu'il voulait. Il s'est épuisé.

Kate berça l'enfant dans ses bras tandis qu'il plongeait dans le sommeil.

— Il n'est jamais fatigué comme ça dans la journée. Ce n'est pas normal.

— On va prendre soin de lui, dit Eva.

— Allez vous faire voir ! répliqua sèchement Kate en serrant son fils dans ses bras. Allez faire joujou ailleurs.

Eva s'approcha de Kate et la fixa droit dans les yeux, nez à nez.

— Ne me parle pas sur ce ton-là, ou tu ne reverras pas ton fils.

— Pardon, dit Kate d'un ton soumis, résistant à l'envie de hurler et de courir.

— Fais ce qu'on te dit et il n'arrivera rien à ton garçon. Donne-le à Rudy.

Kate hésita un instant, le regard attiré par la fenêtre et se demandant si elle ne pourrait pas sauter avec Jean-Claude dans les bras.

— Tout de suite ! ordonna Eva.

Kate s'exécuta, en veillant à ce que Rudy le tienne bien. Le gamin endormi ne se rendit compte de rien.

Eva alla ouvrir le réfrigérateur et revint avec deux cartons de lait et deux tranches de pain blanc.

— Mangez en vitesse. On a déjà assez perdu de temps comme ça.

— Je n'aime pas le lait, fit Kate.

— Bois-le quand même, prévint Eva. Parce que vous n'aurez rien d'autre aujourd'hui. Mais si tu préfères crever de soif dans la cave, ça te regarde.

— Bois ton lait, conseilla Joanna. Tu ne voudrais pas te déshydrater.

— Mais oui, se moqua Eva. Tu ne voudrais pas te déshydrater.

Joanna avala son lait et s'assura que Kate faisait de même. Il était très frais et se buvait bien. Il avait un petit arrière-goût de caillé, mais le pain l'effaçait.

Le regard de Joanna revint se poser sur le téléphone cellulaire resté près de l'évier.

— On peut avoir de l'eau ?

— En vitesse, dit Eva d'un ton bourru.

Joanna alla à l'évier en poussant doucement Kate devant elle.

— Tu peux en boire deux verres.

Joanna se plaça de façon à masquer le téléphone aux regards de la terroriste. Elle remplit les verres au robinet et en tendit un à Kate. Son coude gauche était à moins de trente centimètres du téléphone. Tout en buvant elle s'en rapprocha encore.

— L'eau est pleine de rouille, se plaignit Kate.

— Bois quand même, dit Joanna en poussant son bras jusqu'à toucher l'appareil. Ce n'est pas dangereux.

Kate prit une gorgée qu'elle recracha aussitôt dans l'évier.

— Beurk ! Ça a un goût de métal.

— Avale d'un seul coup.

Kate réessaya mais recracha à chaque fois.

— Ça ne passe pas. On devrait peut-être laisser couler l'eau une minute, dit-elle en tendant la main vers le robinet.

Eva intervint et les repoussa.

— Maintenant vous avez eu assez d'eau. Dégagez !

Dans le vestibule Joanna et Kate cherchèrent des yeux Jean-Claude et Rudy. Aucune trace. Un téléviseur dont on avait baissé le son marchait dans une des pièces de devant. Un lourd camion passa dans la rue, faisant trembler les vitres. Joanna entendit des pleurs et se figea sur place, puis s'aperçut que ça venait de la télévision.

— A la cave, ordonna Eva en les poussant du bout de son pistolet.

Joanna descendit lentement les marches, profitant de la lumière le plus longtemps possible. Rien n'avait bougé dans la cave. Le matelas était toujours étalé par terre, et le chiffon gras qui cachait le briquet à côté. La serpillière et le seau étaient dans leur coin, la table contre le mur sous le soupirail.

La porte claqua derrière elles et elles furent de nouveau plongées dans une obscurité si brutale et si intense qu'elles en furent désorientées. Joanna se sentit tout étourdie. Elle respira à fond et attendit que cela se passe.

— Oh mon Dieu ! Ça paraît encore plus noir

qu'avant, murmura Kate. On se croirait dans une tombe.

— Attends quelques minutes que tes yeux s'habituent, dit Joanna, la tête recommençant à lui tourner.

Elle leva les yeux dans la direction où devait se trouver le soupirail et ne vit rien, pas le moindre reflet. Pourquoi ? Quelque chose était-il venu le boucher, empêchant la lumière de passer ? Elle pensa monter sur la table et aller voir, mais ses jambes étaient trop lourdes.

— Frangine, dit Kate, je ne me sens pas très bien.

— Qu'est-ce que tu as ?

— Je crois que je vais tomber dans les pommes.

Joanna tâta le sol du pied pour retrouver le matelas. Puis elle tendit le bras et guida Kate.

— Assieds-toi là et repose-toi un peu.

— Il faut que je m'allonge, dit Kate d'une voix pâteuse.

La tête de Joanna tourna de nouveau, plus intensément. Elle n'arrivait plus à garder les yeux ouverts. Que nous arrive-t-il ? Pourquoi cette fatigue et ces étourdissem... Le lait ! Le lait et son arrière-goût ! On l'avait trafiqué. Ce fut sa dernière pensée avant de s'abîmer dans un sommeil profond et sans rêves.

38

Samedi 17 avril, 19 h 40

— Pourquoi ça traîne ? demanda Jake d'un ton agacé.

— Savez-vous combien on rédige de PV par jour ? fit Molly Anderson, responsable du service des contraventions.

— J'en sais rien et je m'en fous, dit Jake d'un ton sec. Trouvez-moi ce PV.

— Ça représente des milliers et des...

— Trouvez-le-moi, un point c'est tout ! coupa Jake.

Anderson respira profondément pour essayer de se contenir.

— Et ça ne pourrait pas attendre lundi ? Qu'est-ce qui justifie à ce point de faire revenir quatre de mes collègues un samedi ?

— Un kidnapping, dit Jake, l'image de Joanna lui revenant à l'esprit.

— Un kidnapping ! Mon Dieu ! Fallait le dire !

Jake la regarda sortir en trombe et se précipiter dans la vaste salle de tri. A travers la vitre il vit la grassouillette chef de service répandre la nouvelle et activer son équipe. Ils fouillaient une montagne de PV pour essayer de mettre la main sur celui de la camionnette garée devant chez le marchand de glaces. Normalement, il n'aurait pas dû être difficile à trouver. Il aurait suffi d'identifier la contractuelle concernée et d'examiner ses carnets de contraventions. Mais c'est là qu'il y avait un problème. La contractuelle affectée à ce secteur avait eu un malaise pendant son service jeudi matin et il avait fallu la remplacer. C'est la remplaçante qui avait rédigé le PV, et personne ne savait qui c'était. Celui qui l'avait désignée était parti en vacances au Mexique. Sans le nom de la contractuelle, il fallait passer tous les carnets de contraventions au crible.

Jake regarda la pendule. Elle indiquait 19 h 45. Cela faisait vingt-cinq heures qu'ils s'acharnaient pour rien. Jake alluma une cigarette en dépit du panneau d'interdiction de fumer et repassa en revue tous les aspects de l'affaire, cherchant à découvrir une piste pour retrouver les terroristes. On en revenait toujours au PV, qui les mettrait sur les traces de la camionnette. Et ils seraient encore loin du but. Il faudrait alors retrouver cette fameuse camionnette, qui depuis le temps avait probablement été détruite, ou en tout cas bien planquée. Pas gagné d'avance, se dit Jake avec découragement, mais leur seule chance. Il tira sur sa cigarette en pensant à Joanna, à Kate et à Jean-Claude, et se demanda s'ils avaient été maltraités ou blessés. Ils étaient peut-être morts, leurs cadavres jetés dans les buissons sur le bord d'une route. Il frissonna en imaginant Joanna couchée dans un cercueil. Il chassa cette image et regarda de nouveau la pendule. 19 h 50. Encore vingt-huit heures avant le 19 avril.

Jake s'adossa au mur pour soulager ses jambes. La fatigue remontait, il avait beaucoup de mal à résister à l'envie de dormir. Il s'obligea à garder les yeux ouverts, sachant que s'il les fermait il serait instantanément cueilli par le sommeil et perdrait un temps précieux. La porte de l'ascenseur s'ouvrit et Jake entendit qu'on s'approchait. Il s'écarta du mur avec effort.

Lou Farelli entra d'un pas fatigué et s'affala dans un fauteuil pivotant.

— Mauvaise nouvelle.

— Quoi ?

— Le vendeur de glaces est mort.

Un de plus, se dit Jake en calculant que le nombre des victimes des terroristes atteignait maintenant vingt-neuf.

— As-tu réussi à lui parler avant qu'il passe l'arme à gauche ?

Farelli secoua la tête.

— Ils l'ont ramené d'urgence sur le billard parce qu'il refaisait une hémorragie. Il est mort en salle d'op.

Jake grommela, regrettant cette mort, regrettant encore plus que Farelli n'ait pas eu l'opportunité de le revoir. Peut-être que le vieux se serait souvenu de quelque chose de nouveau une fois remis de l'anesthésie et des calmants.

— Il fallait voir la réaction du personnel médical quand la nouvelle de sa mort est tombée. Les infirmières étaient en larmes, les médecins essayaient de contenir leur émotion. On aurait dit qu'ils venaient tous de perdre un proche.

— Oui, en quelque sorte, dit sombrement Jake.

Il jeta sa cigarette dans un gobelet en plastique à demi rempli de café froid.

— A part ça ?

Farelli feuilleta son calepin.

— La balle logée dans le ventre du vieux correspond à celle qui a tué le copain de Maria Gonzalez. Elles ont été tirées par la même arme et sans doute par le même individu. (Farelli parcourut rapidement la page suivante.) Et on a peut-être trouvé la moto qui a renversé le flic devant la boutique du marchand de glaces. Une Harley-Davidson volée, garée dans une ruelle à trois kilomètres au sud des lieux du crime.

— On a trouvé des empreintes ?

— Un paquet. On vérifie s'il s'agit de celles de Walter George Reineke.

— Ça doit être lui, dit Jake sans hésiter.

— Forcément.

— Dis-leur d'examiner la roue avant à la recherche de bouts de peau ou de vêtement du policier renversé.

Farelli prit note avant de tourner la page.

— Encore une chose. On a mis la main sur une des balles tirées du toit. Elle était fichée dans le coffre de ta bagnole. Une neuf millimètres, le même calibre qui a tué le vieil homme. Mais tiré par une arme différente.

— Ça fait deux tireurs différents.

— Forcément.

Deux terroristes du même groupe, réfléchit Jake en arpentant la pièce. Il y avait eu une embrouille. La suite des événements n'était pas logique. Un jour ils veulent tuer Joanna, et le suivant ils prennent tous les risques pour la kidnapper. C'était incompréhensible, sauf peut-être pour les terroristes. Quelque chose avait dû les faire changer d'avis. Pour quelle raison avaient-ils besoin de garder maintenant Joanna en vie ? Du moins pour le moment. Pourquoi donc ?

Molly Anderson fit irruption dans le bureau en brandissant un carnet de contraventions.

— On l'a trouvé !

— Alléluia ! s'exclama Jake.

Anderson lut le PV.

— Procès-verbal établi jeudi à 13 h 15 sur Broxton Avenue. Le véhicule était une camionnette Chevrolet. Le numéro d'immatriculation est 3 VDM 593.

Jake se frotta les mains.

— Quelqu'un d'entre vous a-t-il accès au fichier informatique des immatriculations ?

— Oui, moi.

Anderson se précipita devant son ordinateur et tapa sur son clavier.

— Qui ont-ils kidnappé ?

— Un petit garçon, dit Jake sans autre explication.

— Quand vous trouverez l'enfoiré qui a fait ça, collez-lui une balle dans la tête.

— Ce n'est pas permis.

— Pour moi, si.

Anderson appuya sur une dernière touche et se cala sur sa chaise tandis que les nombres défilaient sur l'écran à une telle vitesse qu'ils étaient illisibles. Finalement le numéro d'immatriculation 3 VDM 593 apparut.

Jake et Farelli se penchèrent vers l'écran pour lire la fiche. La Chevrolet était enregistrée au nom de :

LEWIS KOPPELMAN
2524 SIERRA MADRE DRIVE
BEVERLY HILLS, CA 90210

— Je connais ce coin-là, dit Farelli. C'est un beau quartier, avec de belles baraques, et habité par des médecins, des avocats, des gens de cinéma. Pas vraiment le genre terroriste.

— Aujourd'hui, on ne sait plus.

Jack approuva Anderson d'un hochement de tête et quitta le bureau. Les agents qui avaient passé toutes ces heures à trier les carnets étaient affalés sur leurs chaises, épuisés. Jake leva le pouce à leur intention. Ils lui répondirent par un sourire.

Rendu à l'ascenseur, Farelli demanda :

— Comment est-ce qu'on agit ?

— Avec une équipe du SWAT* et des démineurs.

Dimanche 18 avril, 0 h 21

Il était un peu plus de minuit et le quartier était calme, les lumières éteintes. Seule la maison voisine de chez les Koppelman était éclairée. Le stationnement était interdit dans la rue. Tous les véhicules étaient garés dans les allées privées ou à l'intérieur des garages.

Depuis le carrefour Jake observait les environs avec des jumelles à vision nocturne. Il régla la luminosité, et tout devint phosphorescent. Il pouvait maintenant voir les hommes du SWAT prendre position autour de la maison.

* SWAT : Special Weapon Assault Team, l'équivalent du RAID français.

Dan Hurley était aux côtés de Jake, suivant les opérations par un récepteur fixé dans l'oreille.

— Ils sont en train de passer la maison aux infrarouges pour repérer le moindre signe de vie. Sans résultat pour l'instant.

Jake observait les membres du SWAT, accroupis sous les fenêtres. Ils étaient couverts par des tireurs d'élite, couchés en position de tir de l'autre côté de la rue.

— Cette putain de baraque est vide à tous les coups, grommela-t-il.

— Ouais, fit Hurley. A l'exception de deux cadavres, peut-être.

Un peu plus tôt ils avaient appelé les Koppelman par téléphone et étaient tombés sur leur répondeur. Ils avaient ensuite appelé la société de surveillance qui les avait pour clients. Les Koppelman avaient prévenu la société de surveillance qu'ils prenaient des vacances du mercredi au dimanche soir. Ils n'avaient laissé aucune adresse ou numéro de téléphone où on puisse les joindre.

Il y avait trois hypothèses possibles. La première, c'était que cette histoire était vraie. Les Koppelman étaient partis en vacances. La deuxième, c'était que les Koppelman étaient en cheville avec les terroristes. Et la troisième, c'était que les terroristes avaient investi la maison des Koppelman pour s'en faire une base opérationnelle. Ils avaient forcé les Koppelman à téléphoner à la société de surveillance, puis les avaient tués. La police penchait pour cette dernière version.

— Les infrarouges ne donnent rien et on ne perçoit aucun son dans la maison, rapporta Hurley. Il semble qu'il n'y ait personne là-dedans.

— Mais ils nous ont peut-être laissé un cadeau avant de partir.

— Ouais, dit Hurley d'une voix tendue. Du genre feu d'artifice.

Hurley savait que la première bombe était le plus souvent contre la porte principale ou de service. Celles placées en seconde ligne étaient plus difficiles à détecter. En général elles étaient dans la cuisine, la salle de bains ou un débarras. On ne sait pas pourquoi, mais elles étaient rarement placées dans les chambres.

Hurley écouta un message et répondit dans un minuscule micro.

— Passez par la fenêtre d'une chambre.

Il entendit un bruit de vitre cassée, un chien aboya, puis un autre et encore un autre. Les lumières s'allumèrent chez les voisins.

Jake vit les hommes se glisser dans la maison par une fenêtre. Un. Deux. Trois. Habillés en noir et blanc et équipés de lunettes de vision nocturne. La maison des Koppelman resta dans le noir.

Hurley s'enfonça un peu plus l'écouteur dans l'oreille en espérant ne pas entendre le bruit de l'explosion d'une bombe. Un engin piégé pouvait se trouver n'importe où. La moindre erreur et c'était la mort pour vous et votre entourage. La maison des Koppelman s'éclaira soudain.

— Il n'y a personne, commenta Hurley.

— Il faut combien de temps pour s'assurer qu'il n'y a pas de pièges ? demanda Jake en posant ses jumelles.

— Ça dépend. Si la maison est en ordre, ça va assez vite. Mais si tout est chamboulé, ça peut prendre des heures.

Un haut-parleur se mit à glapir :

— Police ! Restez chez vous ! Je répète : police ! Restez chez vous !

Les voisins qui étaient sortis battirent en retraite. Les portes claquèrent. Les chiens se remirent à aboyer.

Les minutes passèrent et Jake enchaîna cigarette sur cigarette. Il regardait à tout instant sa montre, souhaitant voir le temps ralentir, alors qu'il semblait s'accélérer. Il était 0 h 30, moins de vingt-quatre heures avant le 19 avril. Il se demanda encore ce que les terroristes voulaient faire sauter et quelle serait l'ampleur du carnage. Mais c'était sûrement un gros coup, dans un endroit très fréquenté. Du genre cité administrative fédérale comme à Oklahoma City. Un immeuble, une bombe : cent soixante-neuf morts.

— A première vue, y a rien, dit Hurley. Maintenant ils amènent les chiens pour flairer s'il y a des explosifs cachés. Ça va aller vite.

— Y a-t-il des traces de lutte ?

— Non, tout est propre et rangé. Rien qui révèle le passage des terroristes.

Donc ils n'avaient pas investi la maison, conclut Jake. Alors comment avaient-ils récupéré la voiture ? Soit Koppelman la leur avait passée, ou bien elle avait été volée. Et tout ça ne rapprochait pas Jake des terroristes.

Il alluma encore une cigarette et se demanda une fois de plus si les Koppelman étaient impliqués avec ces terroristes. C'étaient visiblement des gens qui avaient réussi, et Beverly Hills était aux antipodes d'une installation paramilitaire style Idaho. Mais comment savoir ? Autrefois seuls les exclus et les désespérés commettaient des actes de terrorisme. Cette époque était révolue depuis longtemps.

Jake s'adossa à sa voiture et rejeta la fumée dans l'air frais de la nuit. Ils se trouvaient derrière un fourgon de police, pour le cas où il y aurait une explosion. Et derrière eux des barrières isolaient l'impasse. Au deuxième carrefour, ambulances, infirmiers et renforts de police attendaient. Et un hélicoptère les survolait dans un rayon de mille cinq cents mètres. Tout ça pour deux terroristes de merde, ragea Jake. Qui en plus n'étaient pas là. Mais qui avaient pu poser des bombes avant de partir, comme à Hollywood Ouest.

Jake entendit quelqu'un traverser la rue et se retourna. C'était Farelli.

— Rien de neuf sur Koppelman ?

— Rien. On n'a aucune fiche sur lui, alors on a donné son nom au FBI. Ils ont plus de moyens que nous.

— Mais ça prend du temps.

— C'est sûr.

Toute la maison des Koppelman s'éclaira subitement. La porte d'entrée s'ouvrit. Au loin on entendait l'hélicoptère s'approcher. Un fourgon de police remit son moteur en route.

— La maison est sûre, annonça Hurley en retirant son oreillette.

Les policiers remontèrent d'un pas vif la rue bordée de pelouses bien entretenues. A l'exception des maisons que la police avait fait évacuer, tout le quartier était allumé. Les voisins, piqués par la curiosité, étaient aux fenêtres. Les chiens aboyaient. Une sirène de voiture se déclencha mais cela ne dura que quelques secondes. Devant eux l'équipe d'intervention se rassemblait sur le trottoir, lunettes à infrarouge sur le front.

Jake désigna une maison éclairée près de celle des Koppelman.

— Lou, va les trouver. Vois ce qu'ils savent des Koppelman.

— D'accord.

Farelli prit son pistolet et vérifia qu'il était bien chargé.

— Tu as des raisons de te méfier ?

— Pas particulièrement. Mais j'ai horreur des accueils surprises, dit Farelli en remettant son arme dans son étui fixé à la ceinture.

Jake approuva, se souvenant.

— Sois prudent.

Comme Farelli s'éloignait, Hurley demanda :

— A quoi fait-il allusion ?

— Il y a à peu près deux ans on s'est trouvés dans une situation semblable avec un meurtrier à la clé. Quand Farelli a frappé à la porte, le voisin lui a ouvert en pointant un fusil sur sa tête. En fait, ce n'était pas le voisin. C'était le meurtrier.

Hurley aspira l'air entre ses dents.

— J'imagine que le type n'a pas tiré.

— Il a bien essayé. Il a appuyé sur la gâchette, mais l'arme s'est enrayée.

— Quelle a été la réaction de Farelli ?

— Je ne me souviens pas très bien, dit Jake d'un ton évasif. Mais le mec s'est retrouvé avec la mâchoire cassée, les lèvres fendues et des côtes enfoncées. Il a dû tomber en voulant s'échapper.

— Ouais, ça peut arriver qu'un gars bute contre quelque chose et se casse la gueule. (Hurley vérifia que son arme était prête à tirer.) On a vite fait de s'esquinter.

Jake remonta l'allée pavée de briques qui menait à une maison éclairée, elle aussi voisine de celle des Koppelman. Un petit homme maigrichon, dans les soixante-cinq ans, aux cheveux gris ébouriffés, l'attendait sur le pas de sa porte. Il portait une veste d'intérieur en soie.

Jake présenta sa plaque.

— Je suis le lieutenant Sinclair et voici le lieutenant Hurley. On voudrait vous poser quelques questions sur les Koppelman.

— Certainement, certainement, répondit le voisin sans hésiter. Voulez-vous entrer ?

— Volontiers.

L'homme leur fit traverser un vestibule tout de marbre et les introduisit dans un vaste salon richement décoré. Les sièges étaient en acajou, recouverts d'un tissu bleu clair. Aux murs étaient accrochées des toiles d'impressionnistes français. L'une avait l'air d'être un Renoir. Jake se demanda si c'était un original.

— Mon nom est Marshall Quinn, dit l'homme. Et voici mon épouse, Vicky.

Jake inclina la tête en direction de la femme qui se tenait près de la vieille cheminée de brique. C'était une magnifique blonde qui paraissait facilement trente ans de moins que son mari. Elle avait également l'air de s'ennuyer ferme.

— Est-ce qu'il est arrivé quelque chose aux Koppelman ? demanda Quinn avec un intérêt sincère.

— On ne sait pas, dit Jake en sortant son calepin. La seule chose qui soit sûre c'est qu'un véhicule qui leur appartient a été utilisé pour commettre un crime.

— Quelle sorte de crime ?

— Une attaque à main armée.

Quinn lança à Jake un regard incrédule.

— Et vous croyez que Lewis est mêlé à ça ?

— On vérifie.

— Ça ne vous mènera nulle part. (Quinn se dirigea vers un petit secrétaire et prit une pipe polie par l'usage.) Ça fait plus de vingt ans que je connais Lewis Koppelman, et il est irréprochable.

Jake attendit que Quinn ait allumé sa pipe. Derrière lui une large porte donnait sur une bibliothèque. On apercevait aux murs des affiches de cinéma encadrées et une statuette dorée sur une étagère. Un Oscar. Du coup le nom de Marshall Quinn lui rappela quelque chose. C'était un des gros producteurs d'Hollywood.

— M. Koppelman fait-il partie d'un groupe de marginaux farfelus ?

Quinn regarda Jake d'un œil méfiant.

— On n'a pas le droit ?

— Pas quand le groupe tue un policier.

Quinn approuva.

— La réponse à votre question est non. Lewis Koppelman est un Républicain à tout crin. Ronald Reagan et lui se tutoyaient. Je peux vous dire sans hésiter que Lewis n'a d'affinités ni avec l'extrême droite ni avec l'extrême gauche.

— Quand l'avez-vous vu pour la dernière fois ?

— Mardi soir. Ils sont passés prendre un pot. (Quinn regarda sa femme.) Vers 19 heures. Hein, poulette ?

— Ouais, je pense, répondit Vicky sans conviction, absorbée par la contemplation de son vernis à ongles rouge.

— Et tout allait bien ? demanda Jake.

— Apparemment, répondit Quinn. Ils s'apprêtaient à partir quelques jours dans le désert.

— Ont-ils dit où on pouvait les joindre ?

Quinn secoua la tête.

— Ils ne disent jamais où ils vont. Ils aiment se balader à leur fantaisie. Parfois ils vont à Palm Springs, parfois dans le Mojave pour admirer la végétation sauvage.

— Sont-ils partis avec la camionnette Chevrolet ?
Quinn haussa les épaules.
— Je n'en sais rien. Ils sont partis très tôt.
— Ils ont une autre voiture ?
— Une Mercedes.
— Savez-vous quand ils doivent revenir ?
— Ils ne m'ont rien dit.
— Ont-ils des parents proches ?
Quinn secoua de nouveau la tête.
— Aucun qui soit vivant.
Jake referma son calepin et soupira. Résultat nul. Pas la moindre piste. Il s'adressa à Hurley :
— Vous avez des questions ?
— Une ou deux, dit Hurley en regardant Quinn rallumer sa pipe. M. Koppelman travaille dans quel domaine ?
— Dans les surplus de l'armée et de la marine, répliqua Quinn.
Les pupilles de Jake se rétrécirent.
— Armes ? Grenades ? Des trucs comme ça ?
Quinn réfléchit.
— Ça doit plutôt être des tentes, des couvertures et des vêtements. Des choses qui peuvent servir dans le civil.
— Possède-t-il une arme ?
— Négatif. Il en a horreur. Son unique frère est mort dans un accident de chasse.
Hurley et Jake échangèrent un regard et rangèrent leurs carnets.
— Merci de nous avoir reçus, monsieur Quinn, fit Jake.
Dehors, le temps s'était rafraîchi et une brume épaisse se formait. L'équipe d'intervention mettait son matériel dans un camion. Les chiens du voisinage aboyaient à qui mieux mieux contre les chiens policiers qui attendaient, imperturbables, l'ordre suivant.
— Tout ça ne nous mène nulle part, dit Jake avec désespoir. Résultat nul.
— Les Koppelman vont peut-être nous aider, dit Hurley.

— N'y comptez pas, grommela Jake. Et souvenez-vous qu'ils ne rentrent que ce soir.

— S'ils n'arrivent pas trop tard, ça nous laissera peut-être un peu de temps pour agir. Sait-on jamais, ils ont peut-être un renseignement utile à nous donner.

— Seigneur ! On s'accroche à des riens.

— On n'a pas autre chose.

Ils se retournèrent vers Farelli qui venait vers eux tout en toussant dans l'air frisquet.

— Qu'est-ce qu'on t'a dit ?

— Ce Lewis Koppelman, c'est drapeau-drapeau, et il donne à toutes les organisations caritatives de Los Angeles. (Il se remit à tousser et cracha.) Et sa femme est encore plus généreuse que lui.

— Les voisins savent-ils où les Koppelman sont partis ?

— Pas du tout.

— Ni quand ils vont rentrer ?

— Ce soir tard.

— Mais encore ?

— Entre 21 et 22 heures. Ils préfèrent attendre qu'il y ait moins de circulation. (Farelli toussa encore et se racla la gorge.) Et quand la circulation est vraiment trop dense, ils attendent le lundi matin pour rentrer.

Jake s'éloigna, complètement déprimé. Le temps s'écoulait. Et eux n'avançaient pas.

39

Dimanche 18 avril, 10 h 02

Joanna vivait un cauchemar à demi éveillée. Elle passait de l'obscurité totale à une lumière aveuglante et on la forçait à boire du jus d'orange sous la menace d'une arme. Elle rejetait la tête en arrière et serrait les mâchoires. Puis elle se retrouvait dans l'obscurité, et elle ne savait plus si elle dormait ou non. Puis elle se retrouvait de nouveau en pleine lumière, une arme braquée sur elle, et quelqu'un appuyait sur la gâchette. Puis tout se passait au ralenti. L'éclair. La détonation. La balle qui partait vers elle. Elle leva les bras et essaya de fuir mais elle fut retenue par quelque chose de dur et de froid. Elle poussa désespérément, mais rien ne bougea. *Oh Seigneur ! Seigneur ! Oh...*

Joanna se réveilla en sursaut. Son cœur battait, ses pensées étaient confuses et elle était encore à moitié endormie. Elle respira profondément, essayant de rassembler ses esprits et de mettre de l'ordre dans ses idées. Elle étendit le bras et sentit le ciment froid et le matelas à côté d'elle. Elle se rendit compte qu'elle était toujours dans la cave.

Elle roula sur elle-même pour se retrouver sur le matelas auprès de Kate. Elle se frotta les yeux et attendit d'avoir repris ses esprits. Petit à petit les événements lui revinrent. Elle se souvint du lait. Cette saleté de lait ! On les avait droguées. Joanna pesta contre elle-même. Si elle avait été ne serait-ce qu'à moitié aussi maligne qu'on le disait, elle aurait vu venir le coup et aurait agi en conséquence. C'était pourtant clair. Le petit Jean-Claude avait tellement sommeil qu'il ne pouvait pas garder les yeux ouverts quand normalement il aurait dû mener une chasse effrénée aux hors-la-loi. Kate lui avait dit que Jean-Claude n'était pas dans son état normal, mais Joanna n'en avait tenu aucun compte. *Idiote ! Quelle idiote !* Et le lait avait un goût étrange. Elle n'en avait pas tenu compte non plus.

La bouche de Joanna était desséchée et elle avait du mal à déglutir. Ses membres étaient raides et douloureux. Elle se demanda combien de temps elles avaient dormi. Sans doute des heures et des heures. Mais ce n'était pas facile à dire, avec ce soupirail totalement bouché. Elle ne pouvait même pas affirmer si c'était le jour ou la nuit.

Elle se leva et avança avec précaution dans le noir, essayant d'assouplir ses muscles. Son pied toucha quelque chose par terre. Quelque chose de carré et de creux, avec un bec verseur. Une brique en carton. Mais elle se souvint que les briques de lait étaient restées au rez-de-chaussée. Elle renifla le carton vide. Du jus d'orange !

Et donc ce qu'elle avait pris pour un cauchemar était réel. On les avait réveillées et, encore sous l'effet de la drogue, forcées à boire du jus d'orange additionné lui aussi de drogue. Cela expliquait à la fois ses raideurs, son état second et sa gorge desséchée. Avec tout ce qu'on leur avait fait absorber, elles pouvaient avoir dormi toute une journée. C'était peut-être déjà dimanche.

Joanna se pencha par-dessus Kate et chercha le chiffon huileux et le briquet. Elle ne le trouva pas tout de suite et se demanda si les terroristes les avaient découverts en venant leur faire ingurgiter de la drogue. Sans le briquet elles étaient perdues. Joanna pesta de nouveau contre elle-même, regrettant de ne pas les avoir mieux cachés. Et puis sa main, en balayant le bas du mur, toucha le chiffon. Dans lequel se trouvait toujours le briquet.

Kate s'agitait, gémissant dans l'obscurité, mais toujours endormie.

Joanna lui secoua doucement l'épaule et lui murmura à l'oreille :

— Kate ! Kate !

— Hein ? Quoi ?

— Il faut te lever.

— Laisse-moi dormir encore un peu, marmonna Kate en se rendormant.

Joanna la secoua plus fort.

— Debout !

— Qu'est-ce qui se passe ?

— Tu te souviens où nous sommes ?

Les paupières de Kate s'alourdirent, mais elle se força à garder les yeux ouverts.

— Hein ?

— Tu sais où nous sommes ? répéta Joanna.

— Comment l'oublier ?

Kate essaya de se relever mais retomba sur le matelas.

— J'ai la tête qui tourne.

— C'est parce qu'on nous a droguées. Ils avaient mis quelque chose dans le lait.

— Les salauds ! dit Kate en se relevant une seconde fois et en attendant que ses vertiges passent.

Elle essaya sans succès de s'orienter dans le noir. Elle n'avait aucune idée de l'emplacement du soupirail ou de l'escalier. Et ne pouvait même pas voir Joanna.

— Frangine, où es-tu ?

— Par ici.

— Quelle heure est-il ?

— Aucune idée.

Elles entendirent des pas lourds au-dessus d'elles. Puis à nouveau le silence.

Kate tendit l'oreille dans l'espoir d'entendre des pas légers. Il n'y en avait aucun.

— As-tu entendu courir Jean-Claude ?

— Il doit être encore endormi, dit Joanna à voix basse. Tu te souviens qu'il tombait de sommeil. Il a dû être drogué lui aussi.

— Quels sacrés salauds ! siffla Kate de colère.

— Parle moins fort ! murmura Joanna. S'ils nous entendent parler, ils vont nous droguer de nouveau et on n'arrivera jamais à se tirer de là.

— On ne sortira jamais d'ici, frangine. Nous sommes faites comme des rats et tu le sais.

— Pas forcément, dit Joanna, tout en sachant au fond d'elle-même que sa sœur avait raison.

Il ne leur restait que quelques heures à vivre, ainsi qu'à Jean-Claude.

Son regard s'orienta dans la direction supposée du soupirail. Pas de lumière, pas même une lueur. Elle tendit la main et toucha le bras de Kate.

— Aide-moi à monter sur la table.

— Pour quoi faire ?

— Pour que je me rende compte pourquoi on ne voit plus rien.

— Il fait peut-être nuit.

— Pas sûr.

— Et alors ? fit Kate tristement. Une petite lueur ne nous avancera pas à grand-chose.

Joanna serra le bras de Kate.

— Ecoute-moi, et écoute-moi bien. La prochaine visite de ces enfoirés sera probablement la dernière. Et je n'ai pas l'intention de les attendre sans rien faire. Je vais essayer de trouver un moyen de nous en tirer. Et ce soupirail est notre unique lien avec l'extérieur. Voyons où ça peut nous mener.

— Nulle part, dit Kate d'un ton sans illusions. Il y a des barreaux, tu te souviens ? Nous sommes fichues.

— Ça suffit, répliqua sèchement Joanna. Si tu ne te bats pas pour toi, fais-le au moins pour Jean-Claude.

Kate toisa sa sœur, fâchée d'être bousculée par elle, et plus fâchée encore de sa faiblesse.

— Allons-y.

Joanna battit le briquet, qui donna une flamme minuscule. La table avait été déplacée à gauche du soupirail. Joanna essaya de se rappeler si c'était elle qui l'avait poussée avant de monter l'escalier. Elle le pensait, sans en être sûre. Le briquet s'éteignit tout seul.

— Aide-moi à remettre la table sous le soupirail. Ne la traîne pas. Il ne faut pas faire de bruit.

Elles soulevèrent la table et la mirent en place.

Joanna monta dessus et se redressa, les jambes encore faibles et cotonneuses. A travers la fenêtre tout était noir. Mais en regardant le haut de la vitre elle perçut une faible ligne lumineuse à gauche. Elle mit un moment à comprendre qu'elle contemplait le bord de quelque chose qui bouchait le soupirail.

Joanna baissa les yeux sur Kate :

— Suis le mur avec ta main jusqu'au coin de gauche. Là il y a le balai-serpillière. Apporte-le-moi.

Kate trouva la serpillière dans le noir et revint vers la table. Elle la tendit, manche en premier.

Joanna plaça la serpillière sur son épaule, manche en avant. D'un coup sec elle perça le coin de la vitre en haut et à gauche. Elle avança doucement son balai par le trou et l'objet qui obstruait la fenêtre céda. La cave fut brutalement illuminée. Joanna détourna le regard le temps de s'y habituer, puis regarda dehors. Elle vit un grand carton renversé sur un buisson desséché et des feuilles mortes.

Joanna se laissa redescendre et s'appuya lourdement contre la table. Elle avait les jambes douloureuses et tremblantes de fatigue. Elle se pencha pour se masser doucement les mollets. Dans la lumière elle pouvait voir Kate et l'escalier derrière elle. Et par terre le mince matelas crasseux.

— Qu'est-ce qui bouchait la fenêtre ? demanda Kate.

— Un grand bout de carton, que Rudy a dû mettre là.

— Il ne va pas s'apercevoir qu'on l'a déplacé ?

— Il croira peut-être qu'il a basculé tout seul.

— Oui, mais quand il va voir la vitre cassée, il va comprendre que c'est nous et il va être en rogne.

— Peut-être pas, réfléchit tout haut Joanna. La vitre n'est pas entièrement brisée, elle l'est juste dans un coin. Si on entend quelqu'un arriver, on bourrera le trou avec le chiffon et on remettra la table à sa place. Avec un peu de chance, ils ne feront pas attention à ça.

Kate secoua la tête.

— Ils sont bien trop malins.

— On verra bien.

Kate regarda le rayon lumineux, brillant et circulaire, comme la lumière d'un flash.

— On doit être le matin.

Joanna acquiesça.

— Ou en début d'après-midi.

— Tu penses qu'on a dormi vingt-quatre heures d'affilée ?

— Peut-être même plus.

— Bon, je ne veux plus dormir et retomber dans ces sacrés cauchemars.

— Tu en as eu aussi, hein ?

— De la pire espèce. Et ils semblaient tellement réels. C'était hallucinant.

— Comment ça ?

Kate hésita à parler.

— J'étais aux toilettes, en train de baisser ma culotte. Et Rudy m'épiait. Il me souriait et riait, sans perdre aucun de mes gestes. Puis il a voulu me toucher et une voix s'est mise à hurler. Et Rudy riait de plus en plus fort. Ça foutait la trouille, même si ce n'était qu'un rêve.

Joanna acquiesça, mais elle savait que sa sœur n'avait pas rêvé. La scène avait dû véritablement avoir lieu. Pendant qu'elles étaient anéanties par la drogue on avait dû les faire monter et les emmener uriner. Comme ça pas besoin de les ramener en haut encore une fois. Et ça expliquait pourquoi ni Kate ni elle n'avait envie d'uriner au réveil. Elles avaient vidé leur vessie il y avait à peine quelques heures. Sous les yeux de Rudy, pensa Joanna en frissonnant et en se demandant s'il l'avait également touchée.

A l'extérieur une voiture s'arrêta. La portière claqua.

En un instant Joanna fut juchée sur la table et sur la pointe des pieds, à regarder par le trou de la fenêtre. Le carton lui bouchait encore à moitié la vue, mais elle aperçut de dos un homme aux cheveux blonds s'éloigner. Il portait quelque chose sous le bras. Petite boîte ou colis, Joanna ne savait pas trop. Il disparut au bout d'un instant. Elle regarda vers la voiture, mais ne put pas en déterminer la marque ou le modèle. Elle ne pouvait voir que le haut de la capote et le pare-brise. Puis elle vit le macaron de parking sur le pare-brise. Un frisson la traversa. Il ressemblait à celui des médecins du Memorial. Il leur permettait de se garer au plus près des bâtiments.

Joanna entendit la sonnette et des pas se précipiter vers la porte. Elle descendit en vitesse de la table.

— Qui était-ce ? demanda Kate, tout excitée.

— Un de la bande, dit Joanna en tendant à Kate le chiffon. Je me mets en haut de l'escalier pour essayer d'entendre ce qu'ils disent. Toi, monte sur la table et observe-moi. Si je les entends venir ici, je claque dans mes doigts. Toi tu bouches le trou avec le chiffon et tu te remets sur le matelas comme si tu dormais. Compris ?

— Compris.

Joanna monta les marches et colla son oreille contre la porte. Elle entendit des éclats de voix en provenance de la cuisine, ceux d'un homme et d'une femme. La terroriste était visiblement furieuse.

— Vous n'êtes pas fou d'être venu ici ? braillait Eva. Vous avez perdu la tête ?

— Je n'avais pas le choix, disait l'homme. J'ai essayé cent fois de vous appeler sur le mobile, mais c'était toujours occupé.

— Personne ne s'est servi de la ligne.

— A vérifier.

— Rudy !

Joanna entendit venir les pas lourds de Rudy. Soudain le bouton de la porte de la cave tourna. Joanna retint sa respiration et attendit le bruit d'ouverture du verrou. Rudy essaya encore d'ouvrir la porte, apparemment pour vérifier qu'elle était bien fermée. Puis il poursuivit son chemin. Joanna poussa un soupir de soulagement et remit son oreille contre le panneau. Ils se disputaient et tout le monde parlait en même temps. Eva disait avec colère :

— Tu as passé le téléphone au gosse pour qu'il joue avec ?

— Il commençait à pleurer, expliqua Rudy. Alors je le lui ai filé. Il ne sait pas s'en servir.

— Donne-moi ce téléphone.

Il y eut un silence. Joanna crut entendre qu'on ouvrait une boîte de soda. Elle passa sa langue sur ses lèvres desséchées, pensant à sa soif.

— Eh bien, reprit Eva, ce gosse ne sait peut-être pas se servir du téléphone, mais il s'est débrouillé pour nous déconnecter.

— Désolé, marmonna Rudy.

— Il ne suffit pas de dire : désolé, répliqua sèchement Eva. Retourne surveiller le gamin.

Les pas lourds repassèrent, sans que Rudy vérifie encore la porte.

— Qu'est-ce qui justifie à ce point votre venue ici ? questionna Eva.

— Il faut absolument que je sache si l'inauguration du nouvel institut est prévue dedans ou dehors.

— Je vous ai dit qu'on ne le saura que demain matin.

— Et encore. Ce docteur qui doit venir n'en sera peut-être informé qu'en arrivant sur place.

— Je sais, je sais bien, répondit Eva d'un ton préoccupé.

Joanna tendait l'oreille, essayant de mettre un nom sur cette voix masculine. Elle pensait l'avoir déjà entendue mais n'en était pas certaine. La porte épaisse et la distance jusqu'à la cuisine étouffaient les sons.

— Il y a peut-être un moyen d'atteindre la cible, que la cérémonie se passe à l'extérieur ou à l'intérieur.

— Comment ça ?

— Faire mettre sa prothèse à Wales avant la cérémonie.

— Vous pouvez obtenir ça de Wales ?

— Je pense. Au départ on avait prévu de lui installer sa prothèse devant le Président et sa suite. Ce qui n'est pas possible sur le perron. Et Wales ne sera pas d'accord. Alors ce soir au cocktail je vais lui suggérer de prévoir de mettre sa prothèse avant la cérémonie. Et si elle a lieu sur le perron, il pourra toujours soulever son pantalon et montrer sa prothèse au Président. Si ça se passe à l'intérieur, on pourra toujours recommencer. Et dans les deux cas Wales aura sa photo avec le Président.

— Vous croyez que ça va marcher ?

— Oui, je pense. Mais c'est plus aléatoire si ça se passe dehors. A l'intérieur, on connaîtra d'avance la place de chacun. Tandis qu'à l'extérieur, il risque d'y avoir une certaine distance et du monde entre Wales et le Président.

— Il vaut mieux que ça se passe à l'intérieur, admit Eva. Beaucoup mieux. La solution de rechange présente trop de problèmes. Elle est trop incertaine.

— J'en suis conscient, répondit l'homme. De même que je suis conscient qu'en insistant trop pour modifier le programme je pourrais mettre la puce à l'oreille de Wales. Il est déjà suffisamment sur les nerfs.

— Est-ce que quelque chose a pu l'énerver ?

— Pas pour l'instant. Mais c'est un perfectionniste et il suit tout de très près.

— Mais il n'a aucun soupçon sur vous, hein ?

— Aucun. Il me prend toujours pour son sous-fifre qui exécute les ordres et lui calcule les prothèses sur ordinateur.

C'est Timothy Bremmer ! reconnut Joanna avec amertume, c'est lui l'allié des terroristes dans le Memorial, celui qui fournit les renseignements qui leur permettent d'avoir un temps d'avance sur la police. Un médecin ! Un médecin responsable de la mort de dizaines de personnes... enfants, veuves, policiers, et même ses propres patients. Et, à moins d'un miracle, il allait en plus se rendre responsable de la mort de Joanna et de toute sa famille.

Joanna colla fermement l'oreille contre la porte,

pestant silencieusement contre Bremmer et les actes de terreur auxquels il était mêlé. Et ils étaient sur le point d'assassiner le Président. Mais comment allaient-ils s'y prendre ? Et pourquoi l'installation de la prothèse de Wales jouait-elle un rôle tellement essentiel dans leur plan ?

— Faut-il prévoir la solution de rechange ou pas ? demanda Bremmer.

— Oui. Au cas où.

— Dommage que votre premier plan n'ait pas marché. Il était parfait. Et super-simple. Quatre Mexicains judicieusement répartis dans la foule à l'arrivée du Président. Avec chacun deux pains de plastic incorporés dans son gilet de protection. Le Président serait venu prendre un bain de foule et serrer les mains. Et, au moment le plus favorable, le plastic aurait explosé et tout le monde, Président compris, serait parti en fumée. Avec un peu de chance on aurait vu ça en direct à la télévision, et ça serait passé dans le monde entier.

— Notre nouveau plan n'est pas mal non plus, répondit Eva. Tout ce qu'il faut c'est qu'on soit à l'intérieur et que le Président mette le nez sur la nouvelle prothèse de Josiah Wales. Et qu'à distance vous déclenchiez l'explosion du plastic contenu dans la prothèse.

Seigneur ! Oh Seigneur ! Joanna pressa encore un peu plus son oreille contre la porte, pour essayer de capter plus de détails.

Bremmer était en train de demander :

— Etes-vous bien certaine que les chiens policiers ne pourront pas détecter le plastic inclus dans les prothèses ?

— Certaine. J'ai fait deux fois le test. Tant que le plastic est enfermé entre deux feuilles de plastique, aucune odeur ne filtre. Pas la moindre trace. Les chiens ont reniflé rapidement le plastique et n'en ont fait aucun cas.

— Parfait.

Joanna perçut des pas devant sa porte, les voix

plus basses et assourdies. La porte d'entrée fut ouverte et refermée.

Joanna dévala l'escalier et fit signe à Kate de la rejoindre.

Kate se glissa en bas de la table et se rapprocha.

— Qu'as-tu appris ?

— Tu ne vas jamais me croire.

— Dis toujours.

— Ils vont assassiner le président des Etats-Unis, dit sombrement Joanna. Avec une bombe.

— Dieu tout-puissant !

— Et ils ont un plan d'enfer.

40

Dimanche 18 avril, 16 h 25

L'agent Jack Youngblood se pencha en avant et contempla la plaine dorée du Kansas à trente-cinq mille pieds en dessous de lui. C'est là qu'il était né, avait grandi et vécu jusqu'à son enrôlement dans les Marines. Il se souvenait encore du temps où il travaillait dans les champs de maïs de la ferme paternelle, levant le nez vers les avions qui passaient en se demandant quelle était leur destination et rêvant d'être un jour dedans. Mais jamais dans ses rêves les plus fous il n'aurait imaginé voler dans l'avion présidentiel, en tant que responsable de la protection du président des Etats-Unis.

Youngblood se rejeta en arrière sur son siège et ferma les yeux, écoutant le bourdonnement régulier des réacteurs. Il avait deux heures tranquilles devant lui, car tout à bord avait été soigneusement passé en revue, qu'il s'agisse des personnes ou des éléments matériels. Aucune menace possible de l'intérieur ou de l'extérieur. Les agents de protection pouvaient dormir sur leurs deux oreilles dans l'avion présidentiel.

Youngblood entendit quelqu'un s'approcher. Il ouvrit les yeux et se leva d'un bond.

Le Président lui fit signe de se rasseoir.

— Restez assis, Jack.

— Oui monsieur, fit Jack, tout en restant debout.

Il ne pouvait pas s'asseoir avec le Président debout. C'était impensable.

— Vous ne m'obéissez plus, Jack, plaisanta le Président. Je vous dis de vous rasseoir et vous restez debout.

— Bien, monsieur, dit Jack, toujours debout.

Le Président fit quelques pas dans la cabine. Il boitait de la jambe gauche. C'était un homme de haute taille, de belle allure, la cinquantaine, au visage patricien bien dessiné, avec d'épais cheveux gris qui blanchissaient aux tempes. Il avait largement atteint la seconde partie de son mandat, et sa cote de popularité atteignait le score phénoménal de 78 pour cent.

Il tournait en rond, s'efforçant d'assouplir la raideur de son genou. Il avait été blessé en jouant au football dans l'équipe de Stanford lors d'un match mémorable qu'ils avaient remporté contre l'équipe californienne. Sur le moment il avait pensé que cela valait le coup. Mais plus maintenant. Il souffrait du genou pratiquement chaque jour. Il regarda son agent du service de protection.

— Vous est-il arrivé de faire dans votre jeunesse quelque chose que vous avez amèrement regretté par la suite ?

— Oui, monsieur, répondit Youngblood.

— Mais vous n'avez pas envie d'en parler, c'est ça ?

— En effet, monsieur.

— Jack, vous devriez élargir votre vocabulaire. Vous répétez sans arrêt : oui, monsieur.

— Oui, monsieur.

— Bon sang ! rigola le Président. Jack, je vais vous donner un ordre précis. Ne me répondez plus : oui, monsieur.

Youngblood hésita.

— Entendu, monsieur.

Le Président éclata de rire, son genou lui laissant quelque répit.

— On m'a dit que vous partiez bientôt.

— Le mois prochain.

— Vous me manquerez, Jack. Vous nous avez fait du sacré bon boulot.

— Merci, monsieur.

— Vous avez l'air pressé de nous quitter.

— Non, monsieur, dit Youngblood avec sincérité.

Il considérait que faire partie de la garde présidentielle était un honneur et un privilège et s'il n'en avait tenu qu'à lui il aurait continué indéfiniment. Mais le service de protection ne le permettait pas. Un agent ne restait pas affecté à la garde présidentielle plus de six mois. Pour la bonne raison que le service ne voulait pas que l'attention de leurs agents se relâche et qu'ils accomplissent leur mission par routine. Il ne fallait pas qu'ils perdent de vue leur objectif.

Le Président regarda Youngblood avec insistance.

— Vous n'êtes toujours pas satisfait de me voir aller à Los Angeles, n'est-ce pas ?

— Non, monsieur.

Le Président agita le doigt en direction de son agent de sécurité.

— Pas de réponse toute faite ! Que pensez-vous vraiment ?

— Cela présente un danger, monsieur.

Le Président secoua la tête.

— Le vrai danger n'est pas là, Jack. Le vrai danger serait de mettre les pouces devant une poignée de terroristes. Dès l'instant où vous leur cédez, vous commencez à renoncer à vos libertés. (Le Président respira profondément et crispa les mâchoires.) Quel effet ça vous ferait, Jack, si je vous disais qu'il suffit qu'une poignée de terroristes fasse exploser quelques bombes à Los Angeles pour que le président des Etats-Unis renonce à se rendre dans la deuxième ville du pays ? (Il serra encore un peu plus les mâchoires.) Ça voudrait dire quoi aux yeux des habitants de Los Angeles ? Qu'ils n'ont plus qu'à faire le gros dos et prier le ciel et que, d'ailleurs, le Président lui-même ne vient pas, de peur de prendre un mauvais coup. Vous et vos enfants risquez d'être tués dans une explosion, mais ce n'est pas grave, le Président observe tout ça de loin, bien à l'abri. Quel effet ça vous ferait, Jack ?

Youngblood ne dit rien.

— Répondez-moi.
— Mais, monsieur, vous êtes le chef des armées.
— Vous ne pouvez pas mieux dire, répliqua le Président d'un ton catégorique. Et je n'ai pas l'intention de laisser quelque terroriste que ce soit me dicter ma conduite.

Youngblood regarda le Président quitter la cabine avant de se laisser retomber sur son siège, espérant avoir tout verrouillé. L'escorte habituelle du Président avait été doublée. Le nouvel institut était maintenant entièrement sécurisé, gardé jour et nuit, et seuls les maîtres-chiens pouvaient entrer et sortir. Des détecteurs de métaux avaient été installés et leur sensibilité portée à un niveau tel qu'ils signaleraient des clés de voiture.

Dans sa tête Youngblood repassa rapidement en revue tous les détails de la visite présidentielle à l'institut. Ils devaient entrer par la porte principale, passer quelques minutes dans le hall, où le Président devait serrer les mains des notables invités, tous soigneusement contrôlés. Puis le Président ferait un tour rapide de l'institut, accompagné de cinq personnalités : le gouverneur de Californie, le maire de Los Angeles, le plus âgé des sénateurs de Californie, le directeur de l'institut et le directeur du centre hospitalier. Ce serait bouclé en moins d'une demi-heure.

Tout semblait prévu et sûr.

Mais Youngblood savait bien qu'il suffisait d'une toute petite erreur pour que le Président disparaisse. Comme à Dallas où Kennedy n'avait pas voulu que des agents de sécurité se tiennent sur les pare-chocs arrière de sa limousine. Il voulait que tout le monde puisse le voir. Et cela avait bien été le cas, y compris pour Lee Harvey Oswald, qui n'aurait jamais réussi à placer sa balle si des agents s'étaient tenus sur le pare-chocs arrière.

Youngblood revit l'image du film de Zapruder où on voit la tête de J.F. Kennedy exploser littéralement et asperger Mme Kennedy. C'était la plus sérieuse défaite du service de protection et leur épouvantail. Et tous ceux qui avaient en charge la garde du Président étaient obsédés par l'éventualité que cela se produise.

Youngblood ferma les paupières et répéta pour la centième fois la même prière :

— Empêche, Dieu tout-puissant, que cela arrive sous mon commandement.

41

Lundi 19 avril, 6 h 20

Assis dans sa voiture, Jake regardait le jour se lever. Des traînées rouges se répandaient dans le ciel d'un gris sombre, faisant rapidement pâlir la pleine lune. Il regarda une fois de plus sa montre. Ça ne faisait pas plus de cinq minutes qu'il l'avait consultée. 6 h 20. Il regarda Farelli dont la tête reposait contre l'appuie-tête, yeux clos.

— Tu dors ? demanda Jake.

— A moitié. Du nouveau ?

— Rien de neuf.

Farelli se recroquevilla contre le froid du matin, la tête reposant maintenant sur sa poitrine.

Ils stationnaient le long du trottoir devant la maison des Koppelman, attendant leur retour. Malgré des recherches intensives, on n'avait pas réussi à les trouver. Et la diffusion du signalement de leur camionnette Chevrolet dans tout l'Etat n'avait pas permis de la localiser. D'autre part, on avait passé au crible tous les hôtels et motels de Palm Springs et du désert environnant. Et toujours rien trouvé. Les Koppelman avaient disparu.

Jake alluma une cigarette, se demandant s'ils avaient été tués et ensevelis quelque part dans le désert. C'était le plus probable. Dans ce cas-là, toute chance de retrouver Joanna avait disparu avec eux. Jake tira sur sa cigarette et fut pris d'une forte toux, des glaires encombrant ses voies respiratoires.

— Tu vas finir par te tuer à fumer comme ça, remarqua Farelli.

— Je sais, fit Jake d'une voix enrouée, la gorge à vif d'avoir fumé un paquet depuis minuit. Mais c'est la nicotine qui me tient en éveil. (Il tira une nouvelle bouffée et ajouta, plus pour lui-même que pour Farelli :) Il faut que je reste éveillé. Il faut que je la retrouve.

Farelli ouvrit un œil.

— La toubib est morte, Jake. Il faut t'y faire.

— Il reste une chance, insista Jake.

Farelli secoua la tête.

— Sors-toi ça de la tête. Même si les Koppelman nous mènent jusqu'à elle, on ne trouvera que des cadavres.

Jake hocha tristement la tête, sachant que c'était la vérité. Joanna avait à tout casser une chance sur mille d'être encore en vie. Et il était encore moins probable que les Koppelman soient liés aux terroristes et mettent la police sur leurs traces. La fiche de police de Lewis Koppelman indiquait qu'il avait survécu à l'holocauste et était arrivé tout jeune en Amérique, avait réussi à faire des études universitaires et était devenu millionnaire par ses propres moyens. Et c'était un Républicain convaincu. Un profil parfaitement à l'opposé de celui d'un terroriste.

La radio se réveilla brusquement.

— Une voiture s'approche de vous !

En un clin d'œil Jake et Farelli étaient sortis de leur voiture, accroupis derrière les portières ouvertes. Ils épiaient un véhicule qui roulait vers eux phares allumés dans l'aube naissante. Il roulait très lentement, s'arrêtant presque par moments. Un bruit feutré était également perceptible par intermittence, dont ni Jake ni Farelli ne parvenaient à déterminer l'origine. Puis ils distinguèrent le véhicule : un pick-up depuis l'arrière duquel des hommes jetaient les journaux.

Jake remit son arme dans son étui et Farelli parla au micro avec les policiers de la voiture pie en place au carrefour. Jake alluma une cigarette de plus et regarda le pick-up faire demi-tour pour distribuer les journaux de l'autre côté de la rue. Sombrement, il se demanda quels seraient les gros titres du lendemain. Ils feraient la une sur le nombre de morts et le nom des responsables. Et la mort de Joanna Blalock passerait presque inaperçue, reléguée en page intérieure. Et comme elle n'avait plus de famille, c'est Jake qui organiserait les funérailles. Il ne savait pas comment s'y prendre. Tout simplement appeler les pompes funèbres et donner son numéro de carte bleue, se dit-il.

— Une autre voiture ! crachota la radio.

Farelli saisit le micro.

— Vous avez repéré la marque ?

— Mercedes, berline. Deux personnes à l'avant.

Jake et Farelli s'accroupirent de nouveau derrière les portières ouvertes et attendirent. Les phares apparurent, la voiture roulant à allure réduite mais constante.

— Fais gaffe ! cria Jake, il pourrait y avoir un connard à l'arrière avec un fusil.

— Ouais-ouais, dit Farelli en vérifiant que le cran de sûreté de son arme était dégagé.

La Mercedes noire s'engagea dans l'allée des Koppelman et stoppa, phares toujours allumés. Jake resta à l'abri de la porte, pistolet toujours pointé.

— Monsieur Koppelman ! Police ! cria-t-il. Sortez de voiture ainsi que votre femme.

Les silhouettes dans la voiture ne bougèrent pas et les phares restèrent allumés.

— Si quelqu'un est couché sur le siège arrière, je vous préviens : vous avez deux pistolets pointés sur vous et deux voitures de police qui attendent que vous fassiez une ânerie.

La porte du conducteur s'ouvrit et un homme en sortit, les mains en l'air. Il était petit, solidement bâti et à moitié chauve, avec de rares cheveux gris.

— Ouvrez la portière arrière et écartez-vous, ordonna Jake. Puis dites à votre femme de faire la même chose.

Les Koppelman s'exécutèrent. Ils étaient éloignés maintenant de la voiture, toutes portes ouvertes.

Jake et Farelli s'approchèrent avec précaution, pistolets pointés devant eux. Parvenus derrière la voiture, ils échangèrent des signes.

— Il n'y a personne à l'intérieur, dit Koppelman.

Farelli laissa passer une seconde puis se jeta sur le gazon, roulant en position de tir, son arme pointée sur la banquette arrière. Elle était vide. Il se releva lentement.

— RAS.

Jake remit son pistolet dans son étui et rejoignit les Koppelman.

Lewis Koppelman baissa les bras et s'interposa entre Jake et sa femme, le regard furieux.

— Qu'est-ce que c'est que ce cirque ? protesta-t-il.

— Affaire de meurtre et de kidnapping, répondit Jake.

— Ça concerne quelqu'un du coin ?

Jake ignora la question.

— Où est votre Chevrolet ?

— Derrière la maison, dit Koppelman sans hésiter. Venez, je vais vous la montrer.

Ils retournèrent à la Mercedes, et Koppelman mit pleins phares. Les rayons allèrent frapper la porte du garage au bout de l'allée.

— Merde alors ! siffla Koppelman de colère. Quelqu'un me l'a encore piquée.

Les épaules de Jake retombèrent. Sa dernière chance de retrouver Joanna et les terroristes venait de s'envoler.

— Quand l'avez-vous vue pour la dernière fois ?

— Mercredi matin juste après 8 heures. C'est à cette heure-là qu'on est partis.

— Aucune idée du voleur ?

— Aucune, affirma Koppelman en prenant la main de sa femme et en l'attirant vers lui. Savez-vous si la maison a été cambriolée ?

— Non, le rassura Jake. On a vérifié.

— Comment êtes-vous entrés ?

— En cassant un carreau, dit Jake en toussant de nouveau. On le fera réparer.

— Je m'en occuperai moi-même.

Koppelman considéra l'allée vide et secoua la tête.

— Et on s'est servi de ma camionnette pour commettre un kidnapping, c'est ça ?

— Ouais.

— Je connais les victimes ?

— Non.

— Vous êtes sûr que c'est de ma camionnette qu'ils se sont servis ?

— Totalement, se contenta de répondre Jake. (Il se retourna pour partir.) Excusez-nous.

— Inspecteur, dit la femme de Koppelman en s'adressant à Jake, voudriez-vous prévenir la police pour qu'ils recherchent notre camionnette et nous la ramènent ?

Jake soupira de lassitude.

— Madame, il vaudrait mieux que ce soit vous qui appeliez. Vous pourrez leur donner tous les détails nécessaires. Votre description sera plus précise que la mienne.

— Oh ! Ils n'ont pas besoin de description, reprit la femme. Il suffit de leur communiquer notre numéro et ils déclenchent le système LoJack.

Jake revint vers la femme, tout oreilles.

— Le système comment ?

— Le système LoJack, expliqua Koppelman. La deuxième fois qu'on nous a volé la camionnette, on a fait installer l'appareil sous le capot. Maintenant il suffit d'appeler la police et ils déclenchent le système. L'appareil émet un signal radio qui les guide. En principe le véhicule est retrouvé en un rien de temps, avant qu'il n'ait été esquinté ou mis en pièces.

— Ça marche très bien, ajouta sa femme. Ils se servent même d'un hélicoptère pour le dénicher...

— Donnez-moi tout de suite ce numéro, coupa Jake.

Koppelman ouvrit un petit carnet et en feuilleta les pages.

42

Lundi 19 avril, 7 heures

— Je zigouille le gosse tout de suite ? demanda Rudy.

— Pas encore, fit Eva. Joanna Blalock va exiger de le voir avant de téléphoner.

— Ça nous fait attendre combien de temps ?

— À peu près une heure.

Joanna avait l'oreille collée contre la porte de la cave et écoutait la conversation dans la cuisine. Encore une heure, se dit-elle, cela veut dire qu'il est 7 heures. D'ici soixante minutes la famille Blalock sera rayée de la carte à moins de trouver un moyen de retarder les choses. Peut-être en transmettant un message bidon aux terroristes après avoir eu Joe Wells au téléphone. Non, réfléchit-elle. Ça ne pourra pas marcher. Ça ne prendra pas avec la terroriste. Elle collera son oreille à l'écouteur pendant la conversation téléphonique.

Les voix en provenance de la cuisine devinrent étouffées pendant quelques minutes avant de redevenir claires.

— Alors tu veux que je commence par la doctoresse, disait Rudy, ensuite le gamin et en dernier la mère.

— C'est ça, dit Eva. Et tous les trois d'une balle dans la tête.

— Il va y avoir du sang partout. Par terre, sur les murs, partout.

— Tout à fait. (La voix d'Eva se perdit un instant puis redevint claire.)... tirer les corps et les jeter dans l'escalier de la cave.

— Pour quoi faire ? On sera plus là.

— Mais la police va y être, elle. En partant, on ira à pied jusqu'à la galerie marchande au carrefour. De là on appellera la police et on leur donnera l'adresse en leur disant qu'on a entendu des cris à l'intérieur. On leur parlera aussi de la camionnette verte parquée dans l'allée, on raccrochera et on se barrera avec la voiture de location que tu as garée par là.

— Je ne vois pas ce que ça nous apportera de plus.

— Bien sûr que si, poursuivit Eva. D'abord, ça va rameuter tous les flics et les agents fédéraux de Los Angeles vers une maison vide. Ils croiront qu'on est dedans, et ça les occupera pendant qu'on se tirera. Au bout d'un moment ils donneront quand même l'assaut et découvriront du sang partout. Ne trouvant pas de cadavres au rez-de-chaussée, il y aura bien un con pour tourner le bouton de la porte de la cave.

— Et alors ?

— Le plastic collé au plafond de la cave sera mis à feu et tout explosera. Ça fera le même effet que dans Hollywood Ouest, sauf que cette fois ça tuera un maximum de flics.

— Merveilleux, gloussa Rudy.

— Oui, admit Eva tout en se demandant quel serait le meilleur moment pour liquider Rudy.

Lorsqu'il exécuterait la mère, décida-t-elle. D'une balle dans la nuque.

— Et on récupère Bremmer, hein ?

— On n'emmène pas Bremmer.

— Mais ils vont l'arrêter et il va tout leur cracher.

— Pas s'il est mort.

Il y eut un long silence.

Joanna tendait désespérément l'oreille, se demandant s'ils avaient baissé la voix ou s'ils étaient sortis.

— Comment va-t-on faire ? demanda finalement Rudy.

— Après l'assassinat, Bremmer va fuir et nous téléphoner de sa voiture pour qu'on lui donne des instructions. Dès qu'il aura raccroché, je refais son numéro et, en soulevant le combiné, il déclenchera l'explosion du plastic collé sous le capot. Il en restera tout juste de quoi l'identifier.

— Et il l'aura dans le cul.

Rudy haussa les épaules, mais il commençait à trouver Eva salement dangereuse et à penser qu'elle serait bien capable de le tuer lui aussi pour éviter de lui payer ses 400 000 dollars.

Eva nota le changement d'expression et regretta immédiatement d'avoir dévoilé ses plans concernant Bremmer. Elle serait plus prudente à l'avenir.

— Je vais t'expliquer pourquoi il faut se débarrasser de Bremmer, reprit-elle. Les fédéraux ne vont pas mettre longtemps à découvrir que le plastic était logé dans les prothèses. Ils sauront que c'est forcément Bremmer qui l'y a mis, et ils vont se lancer à ses trousses et l'arrêter. Et ils le cuisineront jusqu'à ce qu'il leur raconte tout. Ça te plairait ?

— Pas vraiment.

— Vu ? Allons vérifier... avant... de...

Les voix redevenaient étouffées, mais Joanna entendait les pas s'approcher. Elle se dépêcha de redescendre les marches sur la pointe des pieds et vint s'asseoir à côté de Kate sur le matelas en lui murmurant :

— Si la porte s'ouvre, fais semblant de dormir.

Elles attendirent en silence. Le parquet au-dessus craqua, puis plus rien. Joanna leva les yeux en se demandant où était placé le plastic. Probablement entre le parquet et le plafond. Elle chercha des yeux des fils électriques, mais la lumière matinale qui filtrait par le soupirail était trop faible pour lui permettre de distinguer quoi que ce soit.

— Comment va Jean-Claude ? demanda doucement Kate.

— Il est en train de jouer, mentit Joanna. Je l'ai entendu courir.

— Je n'ai pas reconnu ses petits pas.

— Il est dans la cuisine.

Kate regarda les briques de lait restées intactes qui se trouvaient par terre depuis la nuit précédente.

— Il ne faut pas boire ce lait, hein ?

Joanna secoua la tête.

— Il a dû être trafiqué.

Kate poussa un profond soupir et essaya de ravaler sa soif.

— Tu as une idée de l'heure qu'il est ?

— 7 heures.

— Dans une heure ce sera fini.

— Oui.

— Ils ne vont pas nous retrouver d'ici là, hein ?

Joanna ne répondit rien parce qu'à ce stade cela n'avait plus guère d'importance. Même si on les localisait, ça provoquerait une fusillade et avant de mourir les terroristes s'arrangeraient pour faire exploser le plastic. Ce qui fait que Kate, Jean-Claude et elle seraient morts de toute façon. A moins qu'ils ne puissent profiter de la fusillade pour s'évader par le soupirail. Mais il n'y avait pas suffisamment d'espace entre les barreaux.

Joanna s'efforça de réfléchir à un moyen de s'échapper ou d'attirer l'attention sur leur détention. Mais elle ne trouvait pas de solution. Aucune issue possible, et attirer l'attention de l'extérieur pouvait avoir de dangereuses conséquences pour Jean-Claude. Ce n'était envisageable que si les terroristes ne se rendaient pas compte que ça venait d'elle. Mais comment faire ? Joanna se concentra, cherchant sans succès une solution. Elle contempla le soupirail qui ne lui offrait pas de passage et secoua la tête, désespérée.

— Est-ce que tu crois qu'il y a une vie après la mort ? interrogea Kate, rompant le silence.

— Bien sûr, fit Joanna.

— Tu crois qu'on va retrouver papa et maman ?

— Je l'espère.

— Moi aussi.

Joanna se demanda si sa vision du ciel était la bonne. Paradis et enfer, le bon et le mauvais. Où irait-elle ? Au paradis peut-être, près de son père et sa mère, avec Kate et Jean-Claude. Tous les Blalock réunis.

— Tu crois vraiment que l'enfer est rempli de flammes et de charbons ardents ? reprit Kate. Comme dans *L'Enfer* de Dante ?

— Peut-être.

— J'ai horreur des flammes, dit Kate d'une petite voix. J'en ai peur. (Elle frissonna, se frottant les mains pour résister au froid matinal.) Bien qu'un peu de feu ne me ferait pas de mal. Juste pour me réchauffer les doigts.

— Il suffit d'allumer... (Joanna sauta sur ses pieds et contempla la fenêtre.) Il y a peut-être un moyen d'attirer l'attention de dehors.

— Comment ça ?

— Tu vas voir, dit Joanna en saisissant le chiffon huileux et le briquet. Passe-moi la serpillière.

Joanna remit en vitesse la table sous la fenêtre. Elle grimpa dessus et prit la serpillière des mains de Kate. Elle se servit d'abord du manche pour pousser sur la vitre, qu'elle cassa avec un bruit léger. Les éclats de verre tombèrent sans bruit sur les feuilles mortes et le carton.

— Qu'est-ce que tu fais ? demanda Kate, sur la pointe des pieds pour essayer de voir quelque chose.

— Chut ! fit Joanna, enveloppant le chiffon huileux autour de la serpillière et l'attachant avec les franges.

Elle frotta le briquet, mais il ne s'alluma pas. Elle recommença encore et encore : il ne voulait toujours pas s'allumer. Au troisième essai une minuscule flamme apparut. Avec précaution elle l'approcha du chiffon huileux et attendit. Il y eut quelques étincelles, suivies de fumée, puis une faible flamme. Joanna fit passer avec mille précautions la serpillière par la fenêtre et la laissa tomber sur les feuilles mortes et le carton.

Le carton se carbonisa rapidement, noircissant et se calcinant au centre. Puis il s'éteignit. Un instant plus tard, les flammes de la serpillière s'évanouirent également. Joanna ramena vivement la serpillière à l'intérieur et essaya de la rallumer. Elle frotta le briquet, mais il n'en sortit que des étincelles. Elle recommença encore et encore, mais elle n'obtint toujours que des étincelles, et de moins en moins.

Joanna s'effondra sur la table et poussa un soupir de désespoir.

— Ça ne va pas ? demanda Kate.

— Le briquet est mort. Et nous avec.

43

Lundi 19 avril, 8 h 01

Armé de puissantes jumelles, Jake observait la maison des terroristes du bout de la rue. On ne voyait aucune lumière à l'intérieur. Rien ne bougeait. Son regard se posa sur la camionnette Chevrolet garée dans le passage et sur sa plaque minéralogique : 3 VDM 593.

— Repère-t-on des signes de vie ? demanda-t-il.

Hurley leva une main et enfonça l'écouteur plus avant dans son oreille.

— Ils finissent d'assurer la sécurité dans la dernière maison voisine. Ils seront en position dans une minute.

Jake vit la porte d'entrée de la maison la plus proche du repaire des terroristes s'ouvrir et se refermer. Un couple en pyjama et robe de chambre descendit les marches à la hâte. Un membre de l'équipe d'assaut les fit longer la maison et les emmena rapidement hors de vue. Toutes les maisons alentour étaient maintenant vides, à part les tireurs d'élite qui s'y étaient postés avec des viseurs à infrarouge et des spécialistes en acoustique munis d'appareils si sensibles qu'ils pouvaient capter un chuchotement à cent mètres de distance. De nouveau, plus rien ne bougeait. Un chien aboya brièvement, puis se tut. Jake regarda sa montre. Il était 8 h 02.

— Vous pensez que la maison est piégée ? demanda Jake.

— C'est probable, dit Hurley.

— Merde ! marmonna Jake qui s'impatientait et espérait contre tout espoir que Joanna était encore vivante.

— Mais ce n'est pas ça le pire, continua Hurley. Il arrive qu'ils ceinturent leurs otages d'explosifs. Au moindre faux pas, vous faites sauter un paquet d'innocents.

— D'accord, mais les terroristes sautent avec eux.

— Pas forcément. Les plus pointus fabriquent un mince collier de plastic qu'ils mettent au cou de chaque otage. Juste ce qu'il faut pour décapiter leur victime.

Jake fit la grimace.

— C'est déjà arrivé ?

— Une fois. La tête est partie et a déboulé dans la rue. Je vous jure qu'elle rebondissait comme une balle de base-ball.

— Putain ! fit Jake en essayant de chasser cette vision atroce.

Tout à coup Hurley leva de nouveau la main.

— On a une image infrarouge de la pièce de devant.

Il pencha la tête, écoutant attentivement les échanges entre les membres de l'équipe d'intervention.

— Ils voient une personne et demie dans le séjour.

— Ça veut dire quoi, une demi-personne ? demanda aussitôt Jake.

— Un enfant.

Jake poussa un soupir de soulagement. Ce devait être Jean-Claude. Et si le gosse était toujours en vie, il y avait de grandes chances pour qu'il en soit de même pour Joanna et Kate.

— Qui est avec lui ?

— Difficile à dire. Et les détecteurs de voix ne peuvent permettre de le déterminer parce que la télé marche.

— C'est probablement l'un des terroristes.

— Probablement n'est pas suffisant. Il faut en être sûr.

Hurley s'absorba dans l'écoute d'un rapport d'un des policiers.

— Ils détectent deux autres personnes dans la pièce de derrière. Sans doute la cuisine. Ils entendent deux voix de femmes.

— Est-ce que celles qui sont dans la cuisine s'appellent par leur nom ? demanda anxieusement Jake.

Hurley balaya la question d'un geste.

— Maintenant ils captent une voix masculine. On a trois voix mais on n'en voit que deux. Où diable se trouve le... (Hurley s'arrêta au milieu de sa phrase, tendant l'oreille et hochant la tête.) La femme demande : Où serez-vous, dehors ou dedans ? L'homme répond : Je n'en sais rien encore. J'ai appelé et la secrétaire m'a dit de contacter... (Il y eut une gerbe de parasites, et Hurley attendit que ça passe.) L'homme parle toujours. Il dit : Je dois rappeler dans trois quarts d'heure.

De nouveaux parasites, pendant plusieurs secondes. Puis la ligne redevint claire. La conversation téléphonique avait cessé. Hurley regarda Jake.

— Vous y comprenez quelque chose ?

— Rien du tout.

— Moi non plus.

— Peut-être que le prochain coup de fil nous en apprendra plus, dit Hurley en refixant l'écouteur dans son oreille.

Soudain il fronça les sourcils.

— Les deux personnes quittent la cuisine. Une porte s'ouvre et se referme. Maintenant, on entend des pas dans l'escalier du bas, celui de la cave, pensent-ils.

— Bien, dit Jake en pensant que les terroristes avaient enfermé Joanna et Kate.

— Mal, répliqua Hurley. Les murs de la cave sont couverts d'un plâtre épais. Les rayons infrarouges ne le traversent pas.

Jake régla ses jumelles sur le bas de la maison, juste en avant de la camionnette.

— Ce soupirail au ras du sol, il ne donne pas dans la cave ?

— Si, mais il est trop petit et trop haut.

— Merde ! grogna Jake, en regardant un des hommes du SWAT ramper jusqu'à la camionnette et trouer les pneus au cas où les terroristes chercheraient à s'en servir pour s'enfuir.

— On capte une conversation dans la cave, rapporta Hurley. Deux voix de femmes. L'une d'elles s'appelle Kay ou Kate.

Elles sont vivantes ! se dit Jake. *Dieu de Miséricorde, elles sont vivantes !*

— L'une d'elles parle d'essayer d'allumer un briquet, poursuivit Hurley. Et maintenant elles parlent d'une serpillière ou d'une espèce de chiffon. (Hurley jeta un regard à Jake.) J'espère qu'elles ne sont pas assez folles pour mettre le feu à la cave.

Jake déglutit avec peine.

— Ça risquerait de faire sauter toute la maison, hein ?

— C'est pas ça le problème, expliqua Hurley. Vous pouvez faire brûler du plastic sans qu'il explose. Il faut une décharge électrique pour le faire exploser. Mais je crains qu'elles soient asphyxiées par la fumée si elles allument un feu là-dedans.

— Elles peuvent casser la vitre.

— Ce serait pire. L'air sera aspiré à l'intérieur et attisera le feu.

— Elles sont à bout, dit Jake sombrement. Et c'est peut-être leur seul espoir.

— Je sais, fit Hurley, soupesant le risque d'envoyer un homme ramper jusqu'au soupirail pour transmettre le message.

C'était l'exposer et, si les terroristes l'apercevaient, il était mort. Et les terroristes alertés. Trop risqué, décida-t-il.

Jake pointa ses jumelles sur la petite fenêtre à barreaux. On avait poussé quelque chose à l'extérieur. Il les régla et distingua la serpillière en feu retomber sur le tas de feuilles mortes. Le tas prit feu et dégagea une fumée noire.

— Bien joué. Bravo ! Très bien joué !

Hurley fut informé du feu par l'un de ses hommes posté dans la maison voisine.

— Faut espérer que le feu ne va pas prendre aux murs. Sinon, on va avoir des morts.

Jake reposa ses jumelles en vitesse.

— Appelez la caserne de pompiers la plus proche pour qu'ils envoient un véhicule sirènes hurlantes. Dites-leur de s'arrêter avant le carrefour pour que je leur parle. Et qu'ils apportent des équipements de pompier en réserve.

Hurley hésita un instant avant de dire :

— Jake, vous feriez mieux de laisser agir mes gars.

— Pourront-ils distinguer Joanna et Kate de cette saleté de terroriste en une fraction de seconde ?

Hurley hocha lentement la tête.

— Vous marquez un point.

— Appelez-les.

44

Lundi 19 avril, 8 h 46

— Vous voyez bien ! Je vous avais dit que la cérémonie aurait lieu à l'intérieur, s'exclama Josiah Wales à la sortie du vieil institut.

Timothy Bremmer le suivait en essayant de ne pas se laisser distancer. La boîte qu'il portait sous le bras contenait entre autres la nouvelle prothèse que Wales devait mettre devant le Président.

— Rappelez-vous, continua Wales, le Président adore serrer la main des riches donateurs et c'est plus facile à l'intérieur. Et ça permet à la presse et à la télé de faire plein d'images.

— C'est ça, plein d'images, dit Bremmer d'un ton distrait, se demandant s'il fallait qu'il contacte Eva pour lui dire qu'il avait la réponse qu'elle attendait.

Il n'y avait plus de raison de conserver les Blalock en vie. Autant les liquider tout de suite. Ce serait une bonne chose de faite. Mais les événements allaient trop vite, et Bremmer ne pouvait pas appeler du nouvel institut. Il n'avait pas confiance dans les téléphones qui s'y trouvaient, avec tous ces agents du service de protection sur place.

— Avez-vous une idée de la quantité de voix qu'une telle inauguration peut apporter au Président ? demanda Wales.

— Un paquet, je suppose, fit Bremmer en souhaitant que Wales la ferme un peu pour le laisser réfléchir.

Il avait encore quelques détails à régler.

— On peut dire deux millions, jacassa Wales. Tous les handicapés qui vont me voir mettre ma prothèse devant le Président voteront pour lui. Plus tous les anciens combattants, qui se souviendront que l'institut porte le nom d'un pilote de chasse qui a combattu au Viêtnam.

Bremmer saisit l'opportunité pour obtenir le renseignement qui lui manquait.

— Etes-vous vraiment certain que le Président a l'intention de vous regarder mettre votre prothèse ?

— Tout à fait, dit Wales sans hésiter. Je l'ai proposé à Simon Murdock, qui m'a dit de tout organiser.

— J'y serai aussi ?

— Malheureusement pas. Seules cinq personnes accompagneront le Président dans sa visite du nouvel institut. J'ai fait ce que j'ai pu pour que vous en fassiez partie, mais ça n'a pas marché.

Bremmer laissa tomber les épaules pour simuler la déception.

— Je sais bien que vous avez fait ce que vous avez pu.

— Mais vous et les autres invités pourrez tout voir, dit Wales en guise de consolation. Tous les couloirs et les salles sont couverts par des caméras en circuit fermé.

— Superbe, fit Bremmer en finissant de mettre la dernière main à son plan d'assassinat.

Wales mettrait sa nouvelle prothèse, sans doute dans la partie appareillage de l'atelier. Lorsqu'il poserait le pied par terre, la pression que subirait la cheville de la prothèse amorcerait le détonateur. Bremmer n'aurait plus qu'à pousser le bouton pour faire exploser le plastic, tuant Wales, le Président et toute la clique. Dans la confusion qui s'ensuivrait Bremmer pourrait s'éclipser sans se faire remarquer.

Ils accélérèrent l'allure à l'approche du nouvel institut. La rue était barrée et débarrassée des voitures à part une seule limousine qui venait déposer un notable retardataire, un vieillard courbé en deux qui grimpa lentement, appuyé sur sa canne, la rampe pour handicapés.

— Je croyais que tout le monde devait être là pour 8 h 30, fit remarquer Bremmer.

— C'est Mortimer Rhodes, précisa Wales.

— Le milliardaire ?

Wales confirma.

— Et l'homme le plus influent de Californie. Il se déplace où et quand il veut.

Bremmer observa Rhodes lutter pour monter la rampe, et se dit que ce vieux machin n'avait déjà que trop vécu. Il parcourut du regard les marches du nouvel institut et le trottoir d'en face. Les flics en civil étaient partout, aux aguets en permanence. Sur le toit de l'immeuble de la Bank of America deux silhouettes noires inspectaient les environs à la jumelle. Des tireurs d'élite, pensa Bremmer.

Au pied des marches ils furent stoppés par les agents fédéraux. On examina leurs cartons d'invitation, et on compara leurs visages à des photos glacées de douze sur douze.

— Veuillez poser votre pouce là-dessus, intima à Wales un des agents en désignant un carré lumineux au centre d'un écran d'ordinateur.

Wales plaça son pouce sur le carré. Ses empreintes furent électroniquement transmises à un fichier numérisé qui les compara à celles répertoriées de Josiah Wales. Quelques secondes plus tard l'écran afficha : ACCÈS AUTORISÉ.

— Merci, monsieur, dit l'agent. Entrez directement, je vous prie.

Bremmer plaça sa main sur l'écran et s'efforça de garder son calme, bien que son cœur batte et que la sueur lui coule dans le dos. Le contrôle des empreintes ne posait pas de problème. Les chiens policiers, en revanche, c'était autre chose. Bien qu'Eva ait affirmé que le C-4 inséré entre les feuilles de plastique ne dégageait aucune odeur, ça le rendait quand même nerveux. S'ils le prenaient avec du plastic, il passerait le reste de sa vie dans un quartier de haute sécurité, enfermé dans une petite cellule vingt-trois heures par jour. Ce serait pire que la mort. Une vie entière de supplice. Si on découvrait le plastic dans la prothèse, Bremmer était décidé à déclencher la mise à feu et à se faire sauter.

ACCÈS AUTORISÉ, afficha l'écran.

— Merci, monsieur, répéta l'agent. Entrez directement, je vous prie.

Bremmer rejoignit Wales sur le perron et ils entrèrent. Un autre agent les arrêta.

— Ouvrez cette boîte, s'il vous plaît.

Bremmer retira le couvercle et montra son contenu.

— Quels sont ces appareils ?

— Des prothèses. Vous voulez les examiner ?

— Oui. Une par une, s'il vous plaît.

Bremmer retira de la boîte une main sophistiquée. Il ne voulait pas que sa propre main tremble, mais il ne pouvait s'en empêcher.

— C'est une prothèse de main. Vous voulez voir comment ça marche ?

— Oui, monsieur.

Bremmer souleva la main. La surface externe était rose pâle, très proche de la couleur de la peau. Des fils métalliques et de minces lames de titane ressortaient du poignet.

— Quand on appuie sur ce bouton, la main se referme. Vous voulez voir ?

— S'il vous plaît.

Bremmer appuya sur un bouton, et les doigts se refermèrent lentement.

Le policier s'approcha, fasciné. Un collègue en fit autant pour regarder.

— Et si vous pressez sur ce bouton-là la main va se rouvrir, leur dit Bremmer.

Il pressa sur le second bouton, et les doigts s'ouvrirent lentement.

— Incroyable ! fit le policier en pensant à un camarade qui avait perdu ses deux mains au Viêtnam. Dommage que ça ne marche pas en cas de double amputation.

— Bien sûr que si. Le produit final n'aura pas de boutons. On le fera agir d'un haussement d'épaule.

Le policier nota mentalement d'appeler son pote et de lui parler des prothèses dernier cri.

— C'est vraiment impressionnant, commenta-t-il.

Moins impressionnant que lorsqu'on pousse les deux boutons en même temps pour faire exploser le plastic, pensa Bremmer. Il replongea la main dans la boîte.

— Et voici une prothèse de pied.

Le policier l'examina consciencieusement avant de la reposer dans la boîte.

— Les tiges métalliques de cette main vont probablement déclencher le détecteur de métaux.

— En principe non, dit Bremmer. C'est du titane.

— Passez sous le portique, s'il vous plaît.

Bremmer s'avança, la boîte en carton serrée sous son bras. Il marchait sans hâte, d'un pas égal, s'efforçant de ne pas trahir sa nervosité. Mais son cœur battait à tout rompre et sa gorge était sèche comme du sable.

Au moment de passer sous le détecteur de métaux, un chien policier le regarda d'un œil soupçonneux, sensible à sa peur. Le malinois releva le nez et huma l'air.

Bremmer s'efforça de ne pas hâter le pas et de ne pas regarder le chien. Le malinois vint flairer les chevilles et les chaussures de Bremmer, et émit un son rauque avant de se désintéresser de lui et de retourner près de son maître.

Bremmer avait presque traversé le détecteur de métaux lorsqu'il entendit des murmures et vit des gens se hâter vers la porte. Il se retourna.

La limousine présidentielle remontait la courbe de l'allée.

45

Lundi 19 avril, 9 h 04

Eva entendit s'approcher la sirène. Elle relia en vitesse le détonateur à la porte de la cave, puis se précipita dans le salon. Rudy observait les environs en écartant deux lames des stores vénitiens tout en tenant Jean-Claude par la nuque.

— C'est quoi ? demanda Eva.

— Une voiture de pompiers, arrêtée juste devant. J'ai cru sentir de la fumée tout à l'heure.

Eva renifla, sans rien remarquer.

— D'où ça venait, d'après toi ?

— J'en sais rien. (Rudy relâcha brusquement le store et recula.) Mais deux pompiers traversent la pelouse.

Eva fut aussitôt sur le qui-vive, réfléchissant à toute vitesse. Qu'est-ce qui brûlait et où ? Ça ne pouvait pas être un gros incendie. Sinon ils auraient envoyé plus d'un véhicule. Et les pompiers marchaient tranquillement. Ce n'était peut-être qu'une mission de surveillance. Non, pas possible. Ils avaient actionné leurs sirènes, et quelques minutes avant Rudy avait senti de la fumée.

La sonnette retentit.

Eva ne répondit pas et continua de réfléchir. Ça ne pouvait pas être dans la cave. La fumée aurait passé sous la porte. D'ailleurs, les Blalock n'avaient rien pour allumer un feu. Elles avaient été soigneusement fouillées pendant leur sommeil. Mais enfin, ce serait une erreur de sous-estimer...

La sonnette retentit une seconde fois, suivie de coups à la porte.

— Bon, fit Rudy en saisissant son arme. Qu'est-ce qu'on fait ?

— Tu n'auras qu'à écouter.

Eva fourra son pistolet dans l'arrière de son pantalon en ne laissant dépasser que la crosse. Puis elle attrapa Jean-Claude, encore abruti par les sédatifs qu'on lui avait fait ingurgiter la veille au soir.

— Je vais ouvrir la porte et jouer les mères inquiètes avec son gosse. Tu me couvres de la cuisine.

— Et s'ils veulent aller dans la cave ?

— On les tue, dit Eva d'un ton froid. Allez, va !

Elle attendit que Rudy ait disparu pour ouvrir la porte.

Elle se retrouva face à face avec deux pompiers portant de lourds vêtements antifeu et leurs grands casques en plastique.

— Désolés de vous déranger, madame, dit le policier du SWAT, mais il y a un petit feu allumé contre votre maison.

— Oh ! Mon Dieu ! fit Eva, feignant la peur. (Elle serra Jean-Claude dans ses bras, qui tenta de se dégager.) Que... Qu'est-ce qui brûle ?

— Des détritus, reprit le policier, tout en jetant un œil par-dessus l'épaule de la femme pour repérer d'autres terroristes, mais la pièce était vide.

— J'avais dit à mon mari de nettoyer ça, dit Eva. Je sais que ça peut être très dangereux.

— Oui, madame. Toute la maison aurait pu partir en fumée.

— Eh bien, merci vraiment de me l'avoir éteint.

— Oui, madame. Et on aimerait jeter un coup d'œil dans la cave pour vérifier que des étincelles n'y sont pas tombées.

— Est-il vraiment nécessaire que vous inspectiez la cave ? dit Eva en élevant la voix pour que Rudy l'entende.

— Oui, madame.

Eva s'écarta.

Comme le policier déguisé en pompier pénétrait dans la maison, Eva tendit la main vers son pistolet, ne tenant plus Jean-Claude que d'un bras.

Jean-Claude se pencha en avant et releva la visière du second pompier.

— Jacques ! cria-t-il de joie.

En une fraction de seconde Jake balança son poing dans le visage de la fille, lui fendant les lèvres et lui cassant le nez. Elle s'écroula et sa tête vint cogner contre le parquet.

Jake attrapa Jean-Claude et plongea à l'extérieur. Il atterrit sur la pelouse et fit un roulé-boulé, protégeant de son corps le gamin. Il entendit deux coups étouffés dans la maison et reconnut aussitôt le bruit d'un silencieux.

L'instant d'après le policier sortait en titubant, tenant son épaule ensanglantée. Il s'écroula dans l'herbe.

Jake était maintenant allongé en position de tir, Jean-Claude sous lui. Son arme était pointée sur la porte, comme celle du tireur d'élite posté derrière le camion des pompiers.

Eva gémissait bruyamment et Jake vit sa main qui commençait à s'agiter.

— Jacques ! Tu m'empêches de respirer, se plaignit Jean-Claude.

— Chut ! chuchota Jake. Les hors-la-loi sont là-dedans.

— Tu vas les prendre ?

— Ouais.

— Bon !

Rudy s'approcha de la porte à quatre pattes pour essayer de tirer Eva dans le salon.

Jake le manqua, mais pas le tireur d'élite. La tête de Rudy explosa, projetant dans les airs cervelle, os et sang.

Eva essaya de se relever. Au moment où elle se mettait sur un genou, Jake fit feu de nouveau. Elle porta la main à sa poitrine et retomba.

Deux membres de l'équipe d'intervention foncèrent à travers la pelouse jusqu'au pied de la maison. L'un d'eux brisa la baie vitrée et arracha le store vénitien. Ils attendirent que les guetteurs équipés de lunettes et de jumelles puissantes leur donnent le feu vert, avant de disparaître à l'intérieur.

Jake envoya Jean-Claude vers le camion, où un authentique pompier lui tendait les bras, puis il resta en position de tireur couché jusqu'à ce que l'enfant soit en sécurité. Alors, il se releva et avança doucement vers la maison, son arme toujours pointée vers la porte. A l'intérieur il découvrit Rudy par terre dans le vestibule. A part le menton et la bouche, il ne restait rien de la tête du terroriste. A ses côtés gisait Eva Reineke, agonisante. Une écume ensanglantée bouillonnait à travers le trou qu'elle avait dans la poitrine.

— Plus de malfaiteurs, cria un policier à son intention.

Jake remit son pistolet dans son étui et traversa en vitesse le vestibule.

— Les personnes qu'on vient libérer sont dans la cave, dit-il en tendant la main vers le bouton de la porte.

Le policier lui attrapa le poignet et le rejeta en arrière.

— Pas touche !

Il montra du doigt les fils électriques au-dessus de la porte qui descendaient jusqu'à une petite boîte métallique près de l'interrupteur.

— Bon Dieu ! frissonna Jake. Il faut appeler les démineurs.

Le policier secoua la tête.

— On n'en a peut-être pas le temps. Ils ont sans doute installé un système à retardement.

— Alors on passe par le soupirail ?

— Il est peut-être piégé aussi.

— Tant pis, il faut tenter notre chance, non ?

Jake s'approcha de la porte en prenant soin de ne pas la toucher.

— Joanna ! Joanna !

Il y eut un silence de quelques secondes.

— Joanna ! cria Jake de nouveau.

— Jake ? reçut-il comme réponse.

Il sourit en reconnaissant la voix de Joanna.

— Oui, c'est moi ! On va vous faire sortir. Mais surtout ne touchez pas la porte. Elle est piégée.

— Je le sais, répondit Joanna. Comment va Jean-Claude ?

— Il joue dans le camion des pompiers. (Jake eut l'impression d'entendre des pleurs, mais sans en être sûr.) Ne bougez pas ! On va vous sortir de là par le soupirail. Sais-tu s'il est piégé aussi ?

— Je ne crois pas. J'ai brisé la vitre et tiré sur les barreaux et rien ne s'est produit.

— Bien !

— Jake, il faut immédiate...

— Ne restons pas là, l'interrompit le policier avec impatience. S'il y a un minuteur couplé à la bombe, ça peut sauter à tout instant.

— Ne bouge pas ! cria Jake en se précipitant dehors sur les pas du policier.

Il se débarrassa en vitesse de son accoutrement de pompier sur la pelouse.

— Il nous faut une hache pour casser la fenêtre.

— Elle est peut-être piégée, prévint le policier.

— On passe son temps à discuter ou vous voulez m'aider ?

Le policier hésita un instant.

— Je vais chercher des pics.

C'était un vrai miracle que Joanna, Kate et Jean-Claude soient encore en vie. De même qu'ils avaient eu une sacrée chance que les terroristes aient volé une camionnette équipée d'un émetteur radio. Une sacrée chance. Espérons qu'elle allait durer encore un peu.

Le policier du SWAT revint avec deux pics et en tendit un à Jake.

— Allons-y.

Ils se précipitèrent vers le côté de la maison.

Depuis un logement situé au-dessus du garage, Walter George Reineke regardait à travers les persiennes d'une lucarne et observait les deux policiers armés de leurs pics. Il visa tranquillement le plus proche et appuya sur la détente.

Le flic se cambra et s'écroula face contre terre.

Reineke prit tout son temps pour ajuster sa seconde cible dans sa lunette de tir. L'homme s'enfuyait en courant, mais cela n'était pas grave. Il était à découvert. Autant dire qu'il était mort.

46

Lundi 19 avril, 9 h 32

Le Président arrivait au bout du rang des invités et s'adressait à présent à Mortimer Rhodes. Le vieil homme, lourdement appuyé sur sa canne, avait refusé de s'asseoir sur la chaise qu'on lui avait proposée.

— Mortimer, je vous suis très reconnaissant pour toute l'aide que vous m'avez apportée.

— Je ne l'ai pas fait pour vous, dit carrément Rhodes. Je l'ai fait pour notre pays. J'ai pensé que vous étiez le meilleur candidat pour le diriger, et j'avais raison.

— Je prends ça pour un grand compliment.

— Ce n'est que la simple vérité.

Le Président eut un large sourire et tapota l'épaule de Rhodes, appréciant le vieil homme et son franc-parler.

— Portez-vous bien, Mortimer.

— Vous aussi, monsieur le Président.

L'agent Jack Youngblood se tenait juste derrière le Président, le suivant pas à pas. Il observait sans cesse les visages et les yeux. Il connaissait leur langage. Quand quelqu'un attaquait, il bougeait d'abord la tête, ensuite seulement les mains. Cette fraction de seconde suffisait à Youngblood pour se jeter entre le Président et l'agresseur.

Youngblood ajusta son écouteur et suivit les conversations entre les agents répartis à l'extérieur.

Tout était sous contrôle. La limousine blindée attendait, moteur tournant. Et la voiture d'escorte, une Chevrolet Suburban, avec une puissance de feu capable de balayer une escouade, était en place.

Youngblood regarda sa montre. Ils étaient dans les temps, et avec un peu de chance ils seraient partis dans moins d'une demi-heure. Un tour rapide de l'institut. La remise des médailles. Une dernière tournée de poignées de mains. Et retour à l'avion présidentiel.

Le regard de Youngblood se posa à nouveau sur le Président, à qui on était en train de présenter les deux dernières personnes de la rangée. C'étaient des médecins en blouse blanche. L'un d'eux tenait une boîte en carton sous le bras. On en avait soigneusement vérifié le contenu : rien que des prothèses neuves.

— Monsieur le Président, disait Murdock, je vous présente le Dr Josiah Wales, le directeur de cet institut.

Le Président serra la main de Wales.

— Je n'ai entendu que des compliments sur vous, docteur Wales.

— Je vous remercie, monsieur. Votre venue nous fait grand honneur.

— C'est un plaisir pour moi.

Wales désigna Timothy Bremmer.

— Monsieur le Président, voici mon adjoint, le Dr Bremmer.

Bremmer se courba gauchement et serra la main du Président.

— Je n'oublierai jamais ce jour, monsieur le Président.

Le Président hocha la tête en souriant.

— Nous en garderons tous un bon souvenir. Que portez-vous dans cette boîte ?

— Des exemplaires de nos nouvelles prothèses. Voulez-vous les voir ?

— Volontiers.

Bremmer sortit du carton la main artificielle, si

ressemblante, et fit la démonstration de sa capacité à saisir.

— Elle est capable de ramasser une pièce de monnaie sur une table.

— C'est fantastique, dit le Président, visiblement impressionné.

Il toucha la surface de la prothèse, qui ressemblait à une peau humaine, et dit à Murdock :

— C'est comme ça que j'aime voir utiliser les crédits affectés par l'Etat fédéral à la recherche.

Murdock et Wales échangèrent un regard ravi. Le Président venait de laisser entendre qu'ils obtiendraient de nouveaux crédits pour la recherche.

— Qu'avez-vous encore dans cette boîte ? demanda le Président.

— Un pied, monsieur le Président. (Wales prit en main la prothèse neuve et la montra.) Vous savez peut-être, monsieur le Président, qu'il m'en faut un nouveau. Si vous désirez, je peux vous montrer comment c'est fait et installé.

— Avec plaisir.

Le groupe se dirigea vers la porte du fond.

Youngblood parla dans le micro fixé au revers de sa veste.

— Liberty se déplace. Nous le suivons à l'intérieur.

Bremmer recula et regarda le petit écran vidéo placé au-dessus. Le groupe était maintenant dans le couloir et se dirigeait d'un pas vif vers la salle de fixation des prothèses.

Il remit la main artificielle dans la boîte, mais garda les doigts sur les boutons de mise à feu.

9 h 40

Walter George Reineke était descendu dans le garage. Il se maintenait au ras du sol, un mouchoir mouillé devant le visage pour empêcher le gaz lacrymogène de l'atteindre. Mais ses yeux et son nez le brûlaient malgré tout, et il avait du mal à respirer. Il donna des coups de pied désespérés contre les planches et sentit qu'elles cédaient. Il redoubla d'efforts et le bois éclata. De l'air frais entra par la brèche, que Reineke aspira goulûment. Sa vue redevint claire, lui permettant de repérer un petit camion de pompiers stationné dans le tournant de l'allée. Il l'empêchait de voir la rue et le soupirail.

Il retira la lunette de son fusil et s'en servit pour observer le terrain par-dessous le véhicule. Il ne voyait ni pieds ni personne, ce qui signifiait qu'ils n'étaient plus en train d'essayer de forcer un passage par le soupirail. Du moins pour l'instant.

Reineke respira l'air frais à pleins poumons et essaya d'examiner la situation. Il ne s'en faisait pas une idée claire. Mais une chose en tout cas était sûre. Ce n'étaient pas des pompiers ni des flics ordinaires qui se trouvaient là. Cela devait être des membres du SWAT. Quand il avait abattu le premier flic, ils avaient riposté par un tir nourri qui avait transpercé le logement. Et cette riposte était venue si vite qu'il n'avait pas eu le temps de tirer sur le second flic. Ce grand type en uniforme de pompier. Mais il avait réglé son compte à l'autre démon, celui en noir.

Reineke fixa de nouveau la lunette sur le fusil, préoccupé par le sort de sa fille. Tout allait bien, probablement. Rudy et elle contrôlaient toujours la maison, sinon les flics n'essaieraient pas d'entrer par le soupirail de la cave. La police cherchait en priorité à récupérer les otages. Tant mieux. Ça les occupait et fixait leur attention. Cette Blalock ne pouvait plus servir à rien, de toute façon. Ce qui était important, c'était que le Président entre dans l'institut afin qu'on puisse le réduire en fumée et l'envoyer en enfer comme il le méritait.

Reineke risqua à nouveau un œil par la fente et aperçut des pieds derrière le camion. Ils revenaient délivrer les otages. Reineke saisit son fusil, veillant à ce que le canon ne dépasse pas des planches, puis visa dans la lunette. Il reposa brusquement son arme. Les gars du SWAT doivent te croire mort, se dit-il. Ne les détrompe pas et fais en sorte qu'ils laissent le camion là où il est, ce qui leur bouche la vue et va te permettre de rejoindre ta fille.

Reineke rampa jusqu'au mur du fond et fit sauter deux planches à coups de pied. Il se glissa dehors, courbé en deux derrière la haie qui séparait les deux propriétés contiguës. Il inspecta la cour des voisins et ne vit personne. La voie était libre. Une voiture était garée et les attendait dans la rue adjacente.

Il observa les deux maisons. De grands arbres à l'arrière masquaient en partie la vue de l'une à l'autre. De l'étage les snipers ne voyaient que des branchages. Reineke calcula la distance qui le séparait de la porte de derrière. Une dizaine de mètres. Peut-être un peu plus. Il prit sa respiration et piqua un sprint, enfonçant la porte d'un coup d'épaule et roulant sur le sol de la cuisine.

Aucun bruit, à part celui des pics qui s'acharnaient sur le soupirail et le mur autour.

Reineke traversa la cuisine à quatre pattes et pénétra dans le vestibule. Il y vit deux corps allongés près de la porte grande ouverte. L'odeur de sang et de mort lui monta aux narines, et il espéra contre tout espoir que sa fille était encore vivante. Il parvint jusqu'au corps décapité de Rudy et le repoussa. C'est alors qu'il vit sa fille. Elle respirait à peine, la poitrine couverte de sang et d'écume.

— Eva ! Eva ! murmura avec inquiétude Reineke à l'oreille de sa fille. Tu m'entends ?

Eva battit des paupières avant de les entrouvrir.

— Père ? demanda-t-elle faiblement.

— Il faut tenir le coup, dit Reineke en la tirant à l'intérieur du vestibule. Je vais te sortir de là.

Eva secoua la tête et cracha du sang en toussant.

— Pas moyen. Il y a des flics partout. Ils... vont nous tuer.

— Sûrement pas.

Reineke prit le pistolet semi-automatique dans le jean d'Eva et vérifia qu'il était chargé.

— Je vais te sortir de là avec les deux otages comme boucliers.

— Mais la...

— Reste tranquille, reprit Reineke en tendant la main vers la poignée de la porte de la cave.

Eva écarquilla les yeux.

— Non ! C'est raccordé...

Reineke tournait le bouton et tirait.

Il fut ébloui par l'éclair. Pendant une fraction de seconde il fut entouré d'une mer de feu. Puis ce fut le trou noir.

Bremmer ne quittait pas des yeux le moniteur de télévision, regardant le groupe entrer dans l'atelier de fabrication des prothèses. Celle qui était bourrée de plastic était posée sur une table près de la porte, avec un agent du service de protection en faction devant.

Bremmer respira profondément et essaya de se contrôler, mais son pouls s'emballait et ses mains commençaient à transpirer. Il essuya sa main droite avec son mouchoir avant de la rentrer dans la boîte en carton. Il avait le regard fixé sur l'écran, les doigts posés sur les boutons de mise à feu.

— Et on les fixe dans la pièce d'en face, monsieur le Président, était en train d'expliquer Wales. Nous y avons installé des fauteuils spéciaux pour améliorer le confort des patients.

— Puis-je les voir ? demanda le Président, sincèrement intéressé.

— Bien sûr. Et, avec votre permission, je ferai office de patient pour vous montrer comment on ajuste les prothèses.

— Parfait !

Wales leur fit traverser le couloir, sa prothèse de pied serrée sous son bras.

La salle d'ajustage était une petite pièce, entièrement nue à l'exception de deux gros fauteuils avec des attaches en cuir et entre les deux un meuble métallique aux tiroirs ouverts.

Le Président s'approcha pour mieux voir. Les

tiroirs contenaient des instruments, des vis et d'épaisses bandes de plastique.

— C'est donc ici qu'on ajuste définitivement l'appareil, et le patient ressort d'ici avec un nouveau pied ?

— Exactement, répondit Wales. Et maintenant, monsieur le Président, si vous voulez bien vous écarter un petit peu, je vais m'installer et mettre ma nouvelle prothèse.

Le Président recula et se cogna à l'agent Youngblood.

— Pardon, Jack.

— C'est ma faute, monsieur le Président.

Wales se laissa tomber sur le fauteuil et se trémoussa jusqu'à ce qu'il soit confortablement assis.

— Vous pouvez vous approcher un peu, monsieur le Président, et je vais vous montrer comment la prothèse est fixée à mon moignon.

Le Président fit un pas en avant.

Wales retira la vieille prothèse qu'il laissa choir sur le sol. Il saisit la neuve.

— Voyez, ces lanières sont d'une importance capitale pour une bonne fixation. Elles...

Youngblood écarta brutalement le Président comme lui parvenait à l'oreille ce message :

— Bombe ! Bombe !

En une fraction de seconde Youngblood précipita le Président hors de la pièce et le long du couloir. Deux autres agents de protection surgirent, arme au poing, courant à côté du Président courbé en deux et lui servant de bouclier. Un troisième, puis un autre encore vinrent l'entourer complètement. Ils débouchèrent dans le hall d'accueil, bousculant tout le monde sur leur passage.

Il y eut des cris de panique et les officiels se précipitèrent vers la sortie. Quelques-uns trébuchèrent et tombèrent, piétinés par les autres. A l'entrée tout le monde se bousculait et jouait des coudes dans sa hâte de fuir. Les agents du service de protection se regroupèrent et foncèrent vers la sortie, envoyant valser tous ceux qui se trouvaient sur leur chemin.

Ils jaillirent dans le soleil matinal et descendirent les marches à toute vitesse tout en gardant le Président courbé et complètement protégé. Ils le poussèrent dans la limousine, visage contre terre, Youngblood couché sur lui.

La limousine démarra en trombe dans un crissement de pneus.

Une atmosphère de chaos régnait dans le hall. Certains officiels n'arrivaient pas à se relever, encore étourdis par leur chute. Un vieillard était inconscient, un autre se tenait la poitrine en cherchant à respirer. Mortimer Rhodes tenait en gémissant son poignet cassé.

Il leva les yeux vers le docteur en blouse blanche.

— Je crois bien que j'ai le bras cassé.

Bremmer ne fit pas attention au vieil homme et essaya désespérément de rassembler ses idées. Ils savaient ! Ils savaient pour la bombe ! Mais comment avaient-ils trouvé ? Quelqu'un avait dû parler. A moins qu'un des chiens ait réussi à la détecter. Oui ! Ça devait être ça. Un chien ! Ce qui signifiait qu'ils ne savaient pas qui était dans le coup. Mais ils n'allaient pas tarder à s'en faire une idée en analysant la prothèse et en découvrant le plastic. Ils comprendraient alors que c'était lui. Il fallait qu'il récupère cette prothèse et qu'il la détruise. Sans elle ils ne pourraient rien prouver.

Bremmer regarda l'écran vidéo. Wales était toujours dans le couloir, essayant de se déplacer sur une seule jambe et progressant avec difficulté. Il portait sa prothèse sous son bras.

— Mon poignet !

Mortimer Rhodes gémissait de douleur.

Bremmer le contourna et franchit la porte du couloir. Il se demanda ce qu'il allait faire si l'autre fumier refusait de lui remettre la prothèse. Prends-la de force, se dit Bremmer, et au besoin tue-le. Assomme-le par-derrière et fais croire qu'il a trébuché sur sa jambe unique et s'est brisé le crâne dans sa chute.

— Tim ! appela Wales. Venez m'aider !

Bremmer se précipita.

— Qu'est-ce qui ne va pas ?

— Une des lanières a lâché, et cette saloperie de prothèse ne reste pas fixée au moignon. (Il tendit la prothèse à Bremmer.) Pouvez-vous m'arranger ça ?

Bremmer examina rapidement la prothèse. Une vis était desserrée.

— Certainement. Mais j'ai besoin d'un tournevis et d'une lanière neuve.

— Dans ce cas retournons-y et arrange...

— On fait évacuer l'immeuble, l'interrompit Bremmer. Traînez-vous jusqu'à la sortie. Je récupère un tournevis et une lanière neuve et je vous rejoins.

— Bon, fit Wales en luttant pour avancer en s'aidant du mur.

Bremmer attendit que Wales ait disparu, puis se précipita vers la porte du fond. Que Wales aille se faire foutre ! pensa-t-il. Je fonce à ma voiture, je dégage, et je fais tranquillement disparaître la prothèse. Sans elle, personne ne pourra rien prouver.

Joanna se tenait derrière une voiture de police à une rue du lieu de l'explosion. Elle parcourut lentement du regard les décombres, se répétant que c'était un miracle qu'aucun voisin n'ait été tué. La maison des terroristes n'était plus qu'un tas de ruines. Il ne restait debout qu'une cheminée et le mur du fond de la cuisine. Les maisons avoisinantes étaient gravement endommagées, murs et fenêtres éventrés. Et le petit camion des pompiers qui stationnait près du soupirail avait été projeté sur le flanc au milieu de la pelouse de la maison voisine. Elle avait échappé à la mort par miracle.

Elle vint s'asseoir près de Kate sur le rebord du trottoir.

— Comment ça va ?

— Plutôt bien, dit Kate en berçant doucement Jean-Claude endormi. Et mon petit cow-boy veut bien se reposer maintenant que tous les méchants ont disparu.

— C'est un sacré petit dur à cuire, hein ?

— Un vrai Blalock, dit Kate en embrassant l'enfant sur le front.

Joanna regarda Jake en train de fumer une cigarette, assis par terre à côté d'elles. Il s'était écorché les mains à force de tirer comme un fou sur les barreaux pour les desceller. Même quand un membre du SWAT avait vu un terroriste courir du garage à la maison, Jake avait continué à s'acharner et à gratter. Il avait reçu l'ordre de dégager pendant qu'il en était temps. Mais il n'avait pas voulu.

Joanna se serra contre lui.

— Je te suis très reconnaissante.

— La prochaine fois, laisse-moi un peu plus d'indices, d'accord ?

— Qui te dit qu'il y aura une prochaine fois ?

Jake eut un léger sourire.

— Avec toi, c'est inévitable.

— On dirait, dit Joanna d'un air fatigué, n'aspirant qu'à un bon lit et qu'on la laisse dormir une semaine entière.

Elle leva la tête à l'arrivée de Hurley, l'écouteur à la main.

— Ont-ils reçu l'alerte à temps ?

Hurley fit oui de la tête.

— Le Président est en route pour l'aéroport et les moteurs de son avion tournent déjà.

— Bon, dit Joanna en laissant reposer sa tête sur l'épaule de Jake. Jake...

— Quoi ?

— Merci.

Timothy Bremmer roulait vers l'ouest sur l'autoroute de Santa Monica en réfléchissant à ce qu'il allait faire. Commencer par se débarrasser de la prothèse. La réduire en miettes à coups de marteau et la jeter dans l'océan au bout de la jetée de Santa

Monica. Voilà. Mais avant, appeler Eva pour lui dire ce qui s'était passé et recevoir ses instructions.

Bremmer appela de son téléphone de voiture. Il composa le numéro d'Eva et attendit. Il sonna douze fois sans qu'elle décroche.

— Où diable sont passés Bremmer et ma prothèse ? réclama Wales.

Il était revenu dans son bureau du vieil institut, le moignon posé sur le bureau.

— Il devait me réparer cette saloperie et me la redonner, reprit-il.

Lucas, le thérapeute noir, haussa les épaules.

— Je l'ai vu foncer vers sa voiture et démarrer comme s'il avait eu le feu au cul.

— Avec ma prothèse, j'imagine.

— Il devait paniquer à cause de la bombe.

— Et merde ! tout le monde a paniqué, dit Wales avec colère. (Il fit tourner le répertoire téléphonique de son bureau et saisit le téléphone.) Essayons de le joindre dans sa voiture.

Le téléphone de voiture de Bremmer sonna. C'était Eva. Forcément. Il décrocha, envoyant par là même une décharge électrique au plastic sous le capot.

Une boule de feu jaillit devant le pare-brise et il s'imagina, à l'instant où il mourait, que le ciel s'écrasait sur la terre.

ÉPILOGUE

Joanna n'avait jamais assisté à un rodéo. Cela ne ressemblait pas à ce qu'elle avait imaginé. Il y avait de la grandeur et du courage chez ces cow-boys jaillissant du toril sur le dos de taureaux furieux qui ruaient des quatre pattes et se secouaient pour essayer de se débarrasser de leur cavalier.

Une cloche tinta. Un toril s'ouvrit et en jaillit un redoutable taureau du nom de Terminator. L'animal arqua le dos et rua sauvagement, mais le cow-boy réussit à se tenir sur son dos huit bonnes secondes.

— Mon Dieu, dit Joanna, admirative. Comment font-ils ?

— A force de cran, répondit Jake.

— Autrement dit ?

— Ils s'obligent à le faire.

Un autre cow-boy jaillit du toril et s'accrocha désespérément à la bête. Mais le taureau était trop costaud. Le cavalier ne résista qu'une poignée de secondes avant de chuter lourdement. Joanna réagit.

— C'est étonnant qu'ils ne se rompent pas le cou.

— Ça arrive.

— Pourquoi font-ils ça ? Pour l'argent ?

Jake secoua la tête.

— Pour la défonce.

— Qu'est-ce que ça leur procure ?

— C'est le secret des cow-boys.

La foule applaudit le cow-boy qui quittait en boitant l'arène de Long Beach. Jean-Claude se joignit aux applaudissements. Le gamin était debout sur son siège, fasciné par le rodéo. Il portait des bottes et un chapeau blanc de cow-boy avec un autographe de Webb Stevenson, le champion de rodéo, que Jake lui avait fait rencontrer avant le début de la compétition.

Joanna se rapprocha de Jake pour lui demander :

— D'où connais-tu Webb Stevenson ?

— Je ne le connais pas. Mais il est parent avec un sergent qui travaille au commissariat du quartier des Remparts. C'est lui qui a tout arrangé.

— Mais c'est toi qui le lui as demandé.

— Il m'a suffi d'un coup de fil.

— En tout cas, tu as fait un heureux.

— Je ne voulais pas que Jean-Claude rentre en France avec l'idée que l'Amérique n'est remplie que de salauds de terroristes.

— On en a quand même un paquet, dit Joanna en faisant la grimace.

— Mais ça en fait quatre de moins.

— Tu imagines cette ordure de Timothy Bremmer ? s'emporta Joanna. Un médecin, chapeau !

— Eux aussi peuvent mal tourner.

— Mais le bouquet, c'est Walter George Reineke. Tu t'imagines envoyer ta fille tuer le Président ?

— Il a probablement cru bien faire, dit Jake sans s'émouvoir. Il avait un certain instinct paternel, malgré tout. Je pense qu'il est revenu dans la maison pour essayer de sauver sa fille.

— Pourquoi les tireurs d'élite ne l'ont-ils pas descendu ?

— Il était en partie caché par les feuillages des arbres à l'arrière du terrain. Ils ne pouvaient tirer à coup sûr.

— Dans un sens, je préfère ça. C'est la main de Dieu qui a fait qu'ils ont été tués par leurs propres bombes.

— Sans doute, marmonna Jake, son attention attirée par le cow-boy suivant qui sortait à ce moment-là du toril.

Joanna s'étira, le dos encore endolori des épreuves

subies dans la cave. Elle attendit la fin de la chevauchée pour dire :

— Jake, je vais m'en aller quelque temps.

— Toute seule ?

— Ouais ! (Joanna prit la main de Jake dans la sienne.) Je vais prendre l'avion pour Washington et y recevoir ma médaille des mains du Président. Puis j'irai à Paris avec Kate et Jean-Claude. (Elle soupira.) Je ne me suis pas encore complètement libéré l'esprit de Paul du Maurier. Il va me falloir un certain temps pour me remettre. Ça t'ennuie ?

— Pas du tout, répondit Jake d'un ton serein. Il faut que tu le fasses, et toute seule. C'est ce que les psys appellent faire son deuil.

Joanna approuva lentement.

— Je comprends maintenant pourquoi il fallait que tu ailles aux funérailles d'Eleni en Grèce.

Jake approuva à son tour en revoyant le visage de son ex-femme. Ils étaient à la terrasse d'un restaurant près d'Athènes, ses cheveux étaient ébouriffés par le vent. Elle lui souriait.

— C'est efficace, demanda Joanna, l'interrompant dans son souvenir, de faire son deuil ?

— En partie.

Les haut-parleurs se mirent à brailler :

— Et maintenant, mesdames et messieurs, voici le dernier concurrent de la soirée, Webb Stevenson. Il lui faut quatre-vingt-six points pour obtenir le premier prix.

La foule applaudit, puis le silence s'installa.

— C'est beaucoup, quatre-vingt-six points ? demanda Joanna.

— Il faut faire un sacré parcours pour atteindre ce score.

La porte du toril s'ouvrit. Stevenson montait un grand taureau noir qui se tordait et virevoltait dans tous les sens tout en rejetant la tête en arrière avec fougue.

Stevenson semblait flotter en l'air, ne faisant qu'un avec le taureau. Il gardait un bras levé pour garder l'équilibre et de l'autre main il s'accrochait à la courroie de cuir. Le taureau fit un bond puissant, le corps pratiquement plié en deux. Stevenson tint bon.

Un signal sonore indiqua qu'il avait atteint les huit secondes.

— Jésus ! fit Joanna, le souffle coupé. C'est incroyable ! Personne ne peut tenir sur un taureau pareil.

— Sauf le champion du monde.

Le score fut annoncé.

Quatre-vingt-huit.

La foule, debout, applaudit à tout rompre, saluant le cow-boy et sa performance. Jean-Claude hurlait à tue-tête de sa voix de fausset.

L'ovation dura une bonne minute. Elle se calma lorsque le cavalier reçut son chèque de vainqueur et qu'on lui passa le micro.

— Merci à tous, dit Stevenson avec son léger accent traînant du Texas. Merci d'être venus si nombreux.

La speakerine à côté de lui demanda :

— Ce taureau vous a donné du fil à retordre, pas vrai ?

— Il est difficile de trouver mieux. Il a fait quelques mouvements de première. J'ai eu de la chance de ne pas aller au tapis.

— Webb, je sais que vous avez un message personnel pour un de vos amis.

— En effet, dit Stevenson en pointant le doigt vers les sièges occupés par Jake et les Blalock. Je tiens à saluer mon copain qui a fait tout le chemin depuis Paris. C'est un vrai cow-boy, mes amis. Applaudissez mon pote, Jean-Claude !

La foule applaudit poliment.

Les projecteurs éclairèrent Jean-Claude, qui se mit sur la pointe des pieds, souleva son chapeau et l'agita à la manière des cow-boys.

Ce fut un délire.

Jake gloussa et secoua la tête.

— Ce n'est pas un Blalock pour rien, ma parole.

Joanna se mit à rire et se serra contre Jake, le menton sur son épaule.

— Je voudrais te poser encore une question.

— Laquelle ?

— Quand tu as été blessé et que dans l'ambulance tu t'es cru mourant, tu as dit quelque chose à Farelli au cas où tu ne t'en sortirais pas. Il disait quoi, ce message ?

Jake hésita, revoyant la scène. Au bout d'un moment, il dit :

— Que je t'aimais. Depuis toujours et pour toujours.

Joanna le fixa droit dans les yeux.

— Ce n'est pas tout, hein ?

Jake hocha la tête.

Je l'ai chargé de te dire que je t'attendrais dans l'au-delà. Mille ans s'il le fallait.

Joanna sourit.

— Pourquoi as-tu tant de difficultés à me dire des choses agréables et tendres ?

Jake passa son bras autour de ses épaules et l'attira vers lui.

— Si je le répétais tous les quatre matins, ça n'aurait pas la même valeur. Tu ne crois pas ?

Joanna se blottit contre sa poitrine et soupira doucement.

— Oh ! Jake !

Composition réalisée par JOUVE

IMPRIMÉ EN FRANCE PAR BRODARD ET TAUPIN
La Flèche (Sarthe)
Dépôt légal Editeur : 27668-12/2002
LIBRAIRIE GÉNÉRALE FRANÇAISE - 43, quai de Grenelle - 75015 Paris.

ISBN : 2 - 253 - 17260 - X

31/7260/8